CONSTANZE WILKEN

Das Geheimnis von Ardmore Castle

AF203204

Constanze Wilken

Das Geheimnis von Ardmore Castle

Roman

GOLDMANN

Penguin Random House Verlagsgruppe FSC® N001967

3. Auflage
Originalausgabe Mai 2022
Copyright © 2022 Wilhelm Goldmann Verlag, München,
in der Penguin Random House Verlagsgruppe GmbH,
Neumarkter Straße 28, 81673 München
Gestaltung des Umschlags und der Umschlaginnenseiten:
UNO Werbeagentur, München
Umschlagmotiv: © Jaroslaw Blaminsky / Arcangel;
David Lichtneker / Arcangel; FinePic®, München
Redaktion: Regine Weisbrod
BH · Herstellung: ik
Satz: GGP Media GmbH, Pößneck
Druck und Bindung: GGP Media GmbH, Pößneck
Printed in Germany
ISBN: 978-3-442-49203-9

www.goldmann-verlag.de

Diesen Roman widme ich den Croftern,
Menschen, die gewaltsam gezwungen wurden,
ihre Heimat zu verlassen.

Farewell to the Highlands, farewell to the North,
The birth-place of Valour, the country of Worth;
Wherever I wander, wherever I rove,
The hills of the Highlands for ever I love.

Robert Burns: »My Heart's In The Highlands« (1789)

Personenverzeichnis

Gegenwart

Alfred und Edith Ferguson – Schafzüchter auf Skye
Ivy Ferguson – ihre Tochter
Ross MacKenzie – Laird of Ardmore Castle
Calum MacKenzie – sein Neffe
Alistair und Lorna MacKenzie – Calums Eltern
Fiona Gregor – fährt einen Fischkutter
Dougie Gregor – ihr Bruder
Seth und Brenda MacKinney – arbeiten für Ross
Rachel und Tommy Mulloy – Freunde von Ivy und Calum
Moira Buchanan – Heilerin
Gordon Buchanan – ihr Sohn, leitet ein Restaurant in Portree

Ardmore 1870er

Colin MacKenzie – Laird of Ardmore Castle
Shona – seine Tochter
Angus Ferguson – Crofter
Peigi – seine Frau
Duff und Henry Ferguson – Angus' Söhne
Iain Swan – Crofter
Mark Mavor – Crofter

James Gibb – Crofter
Sorcha – Heilerin
Tavish MacPhail – Verwalter des Lairds
Murdoch – arbeitet für den Laird

Ardmore, Isle of Skye, 1879

Von der See kroch der Nebel herauf, umhüllte die Felsen des Ufers mit feuchten, salzigen Fingern und stieg weiter bis zu den Hütten der Crofter. Wie schwarze Pilze ragten die mit Schilf gedeckten Dächer der kargen Behausungen aus dem Morgennebel auf. Das Meer in der Bucht von Ardmore lag ruhig vor der Küste der Insel Skye. Es gab diese Tage im Frühsommer, an denen die Bewohner der Hebrideninsel sich glücklich schätzten, auf diesem Eiland zu leben. Die Natur war von unvergleichlicher Schönheit, auch wenn sie ihren Bewohnern alles abverlangte.

Doch an diesem Morgen im Juni des Jahres 1879 war es so still, dass selbst der Hofhund von Angus Ferguson mit eingezogenem Schwanz im Stall bei den Ziegen lag und ratlos den Kopf hob. Er drehte die Ohren hin und her, aber weder die sonst so frechen Möwen noch die Rinder waren zu hören. Der Hund erhob sich und ging langsam zur offenen Stalltür, um die Nase in den Wind zu halten und zu erfahren, was der Tag bereithielt. Doch der Nebel war so dicht, dass er nichts preisgab.

Im Haus auf der anderen Seite des schlammigen Hofplatzes klapperte Geschirr, und die Haustür unter dem niedrigen Reetdach wurde aufgestoßen. »Mungo!«

Der Hund lief schwanzwedelnd über den Hof, denn wenn sein Herr rief, gab es Futter.

»Aye, mein Freund, hier hast du.« Angus Ferguson stellte seinem Hund eine Schüssel mit Grütze und Fleischresten vom gestrigen Abendessen hin. Der hochgewachsene Schotte rieb sich das Kinn und atmete tief die kühle Morgenluft ein. Die Stirn war von Sorge um das Überleben seiner Familie zerfurcht. Wie sollten sie das nächste Jahr überstehen, wenn der Chief ihres Clans ihnen das Land nahm? Sie waren Crofter, deren Scholle ihnen gerade genug bot, um ein paar Hühner, Schafe, Ziegen und Kühe zu halten und etwas Gemüse anzubauen. Das Leben auf Skye war nicht einfach, aber sie beklagten sich nicht. Sie waren ihrem Clanchief gegenüber loyal, wie Generationen von Highlandern vor ihnen. Der Chief sorgte für seine Leute, so war es immer gewesen. Und deshalb waren sie für ihn durchs Feuer gegangen, hatten ihre Söhne für ihn in den Kampf geschickt und ihre Töchter an die tapfersten Krieger verheiratet. Doch nun waren die Zeiten des Krieges vorüber.

Lord Colin MacKenzie brauchte keine Krieger mehr, er wollte sein Land meistbietend verpachten. Reiche englische Farmer zahlten mehr als Hunger leidende Schotten. Ausgerechnet die verhassten Engländer sollten ihre Schafe auf den Weiden der MacKenzies grasen lassen. Die Preise für Wolle waren derart gestiegen, dass die Pacht der Crofter mit dem Ertrag der Schafzüchter nicht mithalten konnte und der Chief seine Pächter einfach verjagte. Doch wie konnte sich ihr Chief mit dem Teufel verbünden und seine eigenen Leute ins Unglück stürzen? Angus Ferguson ging zum Brunnen, goss sich einen Kübel kaltes Wasser über den Körper und fuhr sich mit den Händen übers Gesicht. Keine Ehre, dachte er. Sein Lord, dem er sein Leben anvertraut hätte, verkaufte seine Leute für Geld.

Angus stützte sich auf den Brunnenrand und schüttelte die Haare, wie sein Hund. Als er den Kopf hob, hätte man nicht sagen können, ob er weinte oder ob es das Wasser war, das ihm übers Gesicht lief, das Antlitz eines Mannes, der sein Leben im Kampf mit den Elementen verbrachte, der weder Regen noch Kälte scheute, um nach seinen Tieren zu sehen und das karge Stück Land zu bearbeiten, das man ihm überlassen hatte.

Er liebte dieses Land. Hier war er geboren worden, und hier wollte er sterben, wie sein Vater und sein Großvater vor ihm. Der Highlander streckte die Arme und sog tief die salzige Luft ein, die vom Meer und den Hügeln heraufstieg. Die wilde See, der Ginster, der bereits erblüht war, die Heide und der Geruch der Torffeuer, die in den Hütten ringsum brannten, mischten sich zu einem unverwechselbaren Duft, der Heimat für ihn bedeutete.

Doch etwas war anders an diesem Morgen. Seine Muskeln spannten sich an, und er lauschte angestrengt in den Nebel.

Die Vögel sangen nicht, und die Tiere im Stall gaben keinen Laut von sich. Seine Nackenhaare stellten sich auf, und automatisch griff er nach seinem Gürtel, an dem sich normalerweise sein Dolch und eine Pistole befanden. Doch zum Waschen war er unbewaffnet nach draußen gekommen. Leise und gedämpft, als hätten sie die

Hufe der Tiere mit Lappen umwickelt, näherten sich Pferde. Seine Sinne waren geschärft und vernahmen das verhaltene Gemurmel von Menschen, die sich nicht verraten wollten.

»*Athair*, Vater!«, rief sein Sohn Duff vom Haus herüber, und Angus fuhr herum.

»Geh ins Haus, Junge!« Doch er wusste, dass es keinen Zweck hatte, denn Duff war in diesem Sommer achtzehn Jahre alt und in den Kreis der Männer aufgenommen worden.

»Was ist los?« Mit wenigen Sätzen war Duff bei seinem Vater.

Sie kannten einander zu gut, waren zu vertraut miteinander, als dass einer vor dem anderen etwas verheimlichen konnte.

Angus packte seinen Sohn am Arm und legte den Finger auf die Lippen. Sekundenlang standen Vater und Sohn regungslos und lauschten in den lichter werdenden Nebel.

»Pferde und Männer. Ein Dutzend, würde ich sagen. Ich hole unsere Waffen und sag den anderen Bescheid«, flüsterte Duff, der seinem Vater wie aus dem Gesicht geschnitten war. Nur waren seine Haare lang und der Körper jugendlicher und ohne die tiefen Narben, die sein Vater in Kämpfen gegen die MacDonalds davongetragen hatte.

»Sie kommen also tatsächlich«, kam es von Angus.

»Iain hatte recht. Wir hätten uns gleich auf seine Seite stellen und gegen die Landbesitzer kämpfen sollen.« Duff Ferguson sah sich gehetzt um. »Worauf warten wir

noch, wir sollten zumindest bewaffnet sein, *athair*!«
Genau wie sein Vater trug er nur seinen Kilt.

Angus hielt seinen Sohn weiter fest. »Wir stellen uns
gegen sie – und dann? Was ist dann, mein Sohn? Willst
du gegen deine eigenen Leute kämpfen?«

Duff riss sich los und lief davon, und Angus folgte
ihm, denn die Pferde kamen näher.

Im Haus wurden sie von seiner Frau Peigi und den
kleineren Kindern mit großen Augen erwartet. »Ist etwas
passiert?«

Angus schüttelte den Kopf, griff nach Gürtel und Pistole. »Verhaltet euch ruhig. Es wird sich alles klären.«
Dann küsste er seine Frau auf die Stirn.

»Duff!«, rief er und verließ das Haus.

Als sie den Brunnen erreichten, hörten sie den ersten
Schuss.

»Gott, sie sind bei den Swans!«, murmelte Duff und
griff seine Pistole fester.

Iain Swan war ihr Nachbar und Angus' bester Freund.
»Aye, aber du hältst dich zurück, Duff, lass mich mit ihnen reden!«, warnte Angus seinen Sohn.

Da stürmte eine Horde Berittener in den Hof. Tavish
MacPhail war der Anführer von Lord MacKenzies Männern und trieb sein schwarzes Pferd direkt auf sie zu. Er
wurde gefolgt von Murdoch, dem Schläger, der seinen
berüchtigten Stock schwang, während er sein Pferd zu
bändigen suchte. Diesmal meinten sie es ernst, erkannte
Angus, als er die Äxte und brennenden Fackeln sah.

»Tavish! Was soll das?«, versuchte er dennoch, mit
dem Verwalter des Lords zu reden.

Tavish MacPhail gehörte nicht zu den übelsten Männern. Zwar führte er die Befehle seines Herrn aus, ließ jedoch durchaus vernünftig mit sich reden.

»Habt ihr gepackt? Wenn ihr jetzt das Haus verlasst, passiert euch nichts, Angus«, sagte Tavish, und es lag etwas Flehendes in seiner Stimme.

»Niemals! Ihr habt kein Recht, uns zu vertreiben!«, brüllte Duff und lief mit gezogener Pistole auf die Angreifer zu.

Er hatte keine Zeit, auch nur zu zielen, denn Murdoch preschte mit seinem Pferd auf ihn zu und zog ihm den Knüppel über den Kopf. Ein dumpfes Geräusch, ein hässliches Krachen, und Duff sank mit einem erstickten Schrei zu Boden.

The Scotsman, 8. Oktober 1983

Ardmore Castle, Isle of Skye. Ein ungeklärter Mord erschüttert die Highlands. Der renommierte Antiquitätenhändler Ross MacKenzie steht unter Verdacht, seine Ehefrau ermordet zu haben. Die Umstände des außergewöhnlichen Falles geben den Ermittlern der Mordkommission viele Rätsel auf. MacKenzie zählt zur Elite der britischen Antiquitätenhändler. Auf seinem Stammsitz Ardmore Castle wird ein Brief des schottischen Nationaldichters Robert Burns aufbewahrt, und MacKenzies Stücke werden von angesehenen Sammlern und Museen von Rang gekauft.

MacKenzie kam in der Nacht vom 1. auf den 2. Oktober von einer Geschäftsreise aus Paris zurück. Nach eigenen Angaben fand er seine Frau Kirsty erdrosselt im Wohnzimmer vor. Das Schloss zeigte Anzeichen eines Raubüberfalls.

Im Verlauf der Ermittlungen stellte sich heraus, dass die Ehe der MacKenzies seit geraumer Zeit zerrüttet war. Handelt es sich um eine Beziehungstat aus Eifersucht? Der Verdacht gegen den Ehemann steht im Raum, doch widersprüchliche Zeugenaussagen und das Fehlen belastender Beweise scheinen eine Verurteilung MacKenzies unmöglich zu machen.

Fulbrook's Fine Art, Mayfair, London, Gegenwart

Selten waren sich alle so einig wie heute, doch die Sache hatte einen Haken. Einer von ihnen musste nach Skye reisen und der Geschichte auf den Grund gehen. Ivy Ferguson schob die Detailaufnahmen des antiken Möbelstücks, die alle Mitarbeiter von Fulbrook an den Tisch gelockt hatten, hin und her.

»Wann, sagten Sie, hat Mr Kermack seine Zweifel an der Echtheit dieses Sekretärs angemeldet?« Sie hob eine Aufnahme der Front an und betrachtete die feine Arbeit der Messingbeschläge. Die Patina stimmte, die Motive ebenfalls. Auch die edlen Hölzer, die für den Korpus des kleinen Schreibmöbels verwendet worden waren, überzeugten durch Farbe und Bearbeitung. Selten hatten sie ein so perfekt erhaltenes Möbel aus der Zeit Louis' XVI. zur Begutachtung erhalten.

Oscar Fulbrook, Inhaber der renommierten Kunstversicherung, schnaubte verärgert. Im vergangenen Jahr hatte er groß seinen sechzigsten Geburtstag gefeiert und betont, dass er die Firma noch viele Jahre leiten wolle. Dichtes graues Haar, eine runde Hornbrille, ein markantes Profil und bunte Seidenschals charakterisierten das Äußere von Ivys Arbeitgeber, der in der Kunstwelt als

Autorität anerkannt war. Umso mehr ärgerte es ihn, dass er ein Objekt versichert hatte, dessen Echtheit nun angezweifelt wurde. Sein Ruf als seriöser Kunstversicherer stand auf dem Spiel.

»Zwei Monate nachdem er es auf der Auktion ersteigert hatte. Ein Freund der Familie war zu Besuch und hat ihn auf die Unterschiede in der Holzfarbe hingewiesen. Minimal, leicht zu übersehen.«

George Hatfield, mit einundfünfzig Jahren der älteste Mitarbeiter bei Fulbrook, hatte die Einschätzung vorgenommen und trommelte nervös mit den Fingern auf die Tischplatte. »Ich hätte es sehen müssen. Das ist mein Job, aber der Schreibtisch machte einen großartigen Eindruck. Die Hölzer sind echt, aus der Zeit. Das Design von Pierre-Harry Mewesen kenne ich verdammt gut, und seine Signatur ist echt. Ich gebe zu, dass ich mich womöglich habe blenden lassen.«

Der Experte wirkte ehrlich zerknirscht, und ein klein wenig tat er Ivy leid, auch wenn er sie ansonsten mit seiner Arroganz zur Weißglut trieb. George arbeitete seit über zehn Jahren für Oscar, konnte auf eine Karriere bei großen Auktionshäusern zurückblicken und war als Experte für Möbel und Gemälde des achtzehnten und neunzehnten Jahrhunderts anerkannt. Doch in diesem Fall hatte ihn sein sicheres Gespür für die Echtheit eines Stückes offenbar im Stich gelassen.

»Das hätte jedem von uns passieren können«, meldete sich Giles Cunningham zu Wort und spielte mit seinem vergoldeten Füllfederhalter. Giles sah gut aus, hatte die fünfzig noch nicht erreicht und gab sich gern als nonchalanter Lebemann. Doch was leicht erschien, war die reine Berechnung, wie Ivy innerhalb kurzer Zeit herausgefunden hatte. Giles strebte eine Partnerschaft mit Oscar an, was dieser jedoch nicht in Erwägung zog.

George grinste schief. »Ihnen nicht, mein Bester, das wollten Sie doch damit sagen, nicht wahr?«

»Nun, wenn ich gelesen hätte, dass das Stück aus dem Besitz von Ross MacKenzie stammt, hätte ich sicher einen zweiten Blick darauf geworfen«, meinte Giles selbstzufrieden.

»Soweit ich weiß, gab es nie Zweifel an der Echtheit oder Provenienz von Stücken, die MacKenzie veräußert hat«, sagte Ivy.

»Das nicht«, erwiderte Giles. »Aber seien wir doch mal ehrlich, sein Ruf ist seit dem Skandal von 1983 ruiniert.«

Ivy, die auf der Isle of Skye aufgewachsen war, wusste um den Mordfall, der mit dem Namen MacKenzie verbunden war, doch sie gehörte nicht zu der Sorte Menschen, die jemanden aufgrund von Gerüchten verurteilte. »Der Fall wurde nie geklärt, und MacKenzie hat sich danach mehr und mehr aus dem Geschäft zurückgezogen.«

»Ganz genauso ist es. Und deshalb müssen wir diesem schottischen Phantom, das wie ein Geist in seinem Schloss lebt, auf den Zahn fühlen.« Oscar schlug mit der flachen Hand auf den Tisch. Er warf einen Blick in die Runde. »George scheidet aus, weil er bekannt ist. Wenn der alte MacKenzie ihn vor seiner Tür sieht, schlägt er ihm die Tür gleich vor der Nase zu. Für Giles gilt dasselbe.« Es folgte eine Pause, in der sich alle Augen auf Ivy richteten.

Ivy schüttelte ihre rotbraunen Locken und sagte mit ihrem noch immer hörbaren schottischen Akzent: »Nein! Das können Sie nicht machen! Ich werde nicht die Suppe für George auslöffeln.«

»Warum nicht? Sie fahren nach Skye, besuchen Ihre Eltern und helfen dem alten MacKenzie bei der Auflösung seines Besitzes. Besser könnte es gar nicht sein. Hier, schauen Sie!« Oscar schob ihr eine Stellenausschreibung hin.

»Kunstexpertin gesucht, die bei der Veräußerung von hochwertigen Antiquitäten und Gemälden aus dem Besitz der MacKenzies auf Castle Ardmore hilft. Bezahlung nach Absprache. Freie Kost und Logis«, las Ivy laut vor. »Und wenn er mich kennt?«

»Warum auch nicht? Er kann nicht wissen, dass Sie für uns arbeiten, weil Ihr Name noch nicht auf unserer Website geführt wird. Sie sind unser Joker, Ivy. Und das hier ist Ihre Bewährungsprobe.« Sehr zufrieden mit sich und dem unfehlbaren Plan, den er entworfen hatte, lehnte sich Oscar Fulbrook in seinem Stuhl zurück.

Was sollte sie dem entgegensetzen? Sie war erst seit vier Monaten in der Kunstversicherung tätig. Und das auch nur, weil ihr voriger Arbeitgeber, ein liebenswerter älterer Antiquitätenhändler, überraschend verstorben war. Seine Erben hatten das Geschäft aufgelöst und sie entlassen.

»Es spricht doch nichts dagegen. Sie kennen sich dort oben aus, können gleichzeitig Ihre Familie besuchen und das tun, was Frauen am besten können – Theater spielen«, meinte Giles mit einem süffisanten Grinsen und drehte die Kappe seines Füllhalters auf.

Ivys Miene verdüsterte sich, denn sie hatte sich bereits mehrfach der Anzüglichkeiten ihres Kollegen erwehren müssen. »Für Ihre negativen Erfahrungen mit Frauen kann ich nichts, aber Sie sollten sich dennoch ein gewisses Maß an Objektivität bewahren.«

»Bitte, Giles, bleiben wir doch sachlich«, mahnte Oscar Fulbrook und sah Ivy an. »Nicole meldet Sie in Ardmore an und bucht Ihnen ein Zugticket. Spesen und Tagespauschale selbstverständlich extra. Wenn Sie diesen Auftrag erfolgreich erledigen, verkürze ich Ihre Probezeit, und über Ihr Gehalt können wir neu verhandeln. Was sagen Sie, Ivy?«

Der eigentliche Verursacher ihrer Misere machte eine Miene, als hätte er in eine Zitrone gebissen, als Oscar die lukrativen Konditionen offerierte. Warum auch nicht, dachte Ivy. Dieser Job bei Fulbrook war derzeit ohnehin ihre einzige Chance, sich weiterhin ihr Apartment in London leisten zu können.

»In Ordnung. Ich mache es«, sagte Ivy entschieden.

Oscar Fulbrook strahlte. »Wusste ich doch, dass ich auf Sie zählen kann.«

»Und was ist, wenn MacKenzie sie gar nicht will?«, gab Giles zu bedenken.

»Das lassen Sie nur meine Sorge sein«, meinte Oscar. »Er wird sie nicht ablehnen können.«

»Und welcher einigermaßen angesehene Kunstexperte will bei mieser Bezahlung in einem zugigen alten Kasten in Schottland arbeiten?« George Hatfield schenkte ihr ein mitleidiges Lächeln. »Nichts für ungut, Ivy. Ich hätte es selbst gemacht, wenn es möglich gewesen wäre.«

Ganz sicher, dachte Ivy und überlegte bereits, was sie alles packen musste, um für einige Wochen auf Skye gerüstet zu sein.

1

Ardmore Castle, Skye

Die Wolken ballten sich dunkel über dem Schloss zusammen, während Ivy mit dem Fahrrad die schmale Straße hinauffuhr. Vom Haus ihrer Eltern bis zum Schloss waren es nur knapp sechs Kilometer, und die Landschaft war so atemberaubend schön, dass sie die frische Luft und die Bewegung genoss. Die Landzunge im Nordwesten von Skye, auf der ihr Elternhaus stand, nannte sich Waternish. Grüne Hügel zur Landseite, Felsen, Ginster und ein Wald erstreckten sich vom ältesten Ort Stein bis hinüber zur Ostseite der Halbinsel. Was Ivy schon als Kind faszinierend gefunden hatte, waren die alten Geschichten über das Feenvolk, das einst auf Skye gelebt hatte. Noch immer gab es die Fairy Bridge, mit der die Legende um eine tragische Liebe zwischen einem Chief des MacKenzie-Clans und einer Fee verbunden war.

Weniger begeistert war Ivy von der Viehzucht. Ihre Eltern betrieben einen kleinen Hof und züchteten seltene Schafrassen. Die kleinen Castlemilk Moorit und die widerstandsfähigen Manx Loaghtan mit den hübschen braunen Gesichtern grasten im felsigen Hügelland der Fergusons. Allein von der Schafzucht konnten ihre Eltern jedoch nicht leben und hatten deshalb zwei kleine Ferienhäuser aus Holz gebaut, die bei den Gästen sehr beliebt waren.

Als ein erster Regentropfen ihre Stirn traf, beschleunigte Ivy das Tempo, um ihrem neuen Arbeitgeber nicht durchnässt gegenübertreten zu müssen. Es war September und noch immer mild, doch sie hatte die Rechnung ohne das rasch wechselnde schottische Wetter gemacht. Innerhalb weniger Augenblicke war es beinahe dunkel, und dicke Regentropfen wurden ihr vom Wind entgegengepeitscht. Zähneknirschend trieb sie ihr Rad die letzte Steigung zum Schloss der MacKenzies hinauf, überquerte die Brücke vor dem Toreingang und kam in einem gepflasterten Innenhof zum Stehen.

»Hey, was machen Sie hier?«, rief eine männliche Stimme. »Das ist Privatbesitz.«

Ivy schob ihr Rad auf den Mann zu, der unter einem Vordach stand und sie mit amüsierter Miene musterte. Er war groß, dunkelhaarig und hatte auffallend blaue Augen. In einer Hand hielt er ein Mobiltelefon, mit der anderen tätschelte er einen Jagdhund, der hinter ihm aus der offenen Tür gekommen war.

»Sind Sie Calum MacKenzie?« So selbstsicher, wie er sich gab, konnte er nur der Neffe des Schlossherrn sein, entschied Ivy und lächelte, während sie ihr nasses Haar aus dem Gesicht strich.

Er hob eine Augenbraue, musterte sie eingehend und grinste. »Ivy Ferguson?«

Sie nickte. »Ich bin wohl zu lange nicht mehr hier gewesen, sonst hätte ich mich mit meiner Wetterprognose nicht so verhauen.«

Calum MacKenzie steckte sein Telefon in die Hosentasche und reichte ihr die Hand. »Willkommen auf Ardmore Castle. Das Rad können Sie hier stehen lassen. Kommen Sie herein, da machen wir Ihnen einen Tee.«

Ivy lehnte ihr Fahrrad neben einem Surfbrett an die Mauer, um Calum ins Haus zu folgen. Der Hund, ein braun-weißer Springerspaniel, schnupperte an ihr, und sie streichelte automatisch das weiche Fell.

»Wie heißt er?«

»Charly. Er gehört meinem Onkel. Warten Sie bitte.« Sie befanden sich in einem kleinen Arbeitszimmer, in dessen Mitte ein schlichter Piedestalschreibtisch stand. Bücherregale, eine Vitrine und Stiche mit Tiermotiven fielen Ivys Kennerblick als geschmackvoll und einer näheren Begutachtung würdig auf.

Calum verschwand, und Ivy zog die nasse Windjacke aus. Immerhin war ihr Pullover nicht durchnässt. Jeans, Boots und ihre Handtasche ließen sich durch Schütteln von den Wassertropfen befreien. Der Hund legte sich in einen Korb neben dem Schreibtisch, blinzelte sie noch einmal an und schlief seufzend ein.

Da es ihre Aufgabe sein würde, das Inventar zu taxieren, machte sie in Gedanken bereits eine Aufstellung dessen, was sie sah. Solide, dachte sie, vor allem die Stiche konnten interessant sein. Sie trat näher, um den Künstler zu identifizieren, als Calum mit einem Handtuch zurückkehrte.

»Bitte, wenn Sie sich frisch machen wollen, finden Sie das Bad links am Ende des Ganges. Aber nicht erschrecken, hier ist die Zeit stehen geblieben.«

»Danke.« Sie nahm das Handtuch und ihre Handtasche und ging an gekalkten Wänden mit schmalen Fenstern zum Hof vorbei. Zugig, feucht und kalt, schoss es Ivy durch den Kopf, als sie die Tür zum Badezimmer aufdrückte. Die sanitären Einrichtungen hätten auch einem Museum alle Ehre gemacht. Entweder der Schlossherr hatte Sinn für Humor und war sehr sparsam, oder es mangelte schlicht an Geld.

Nachdem sie sich präsentabel gemacht hatte, kehrte sie in das Arbeitszimmer zurück. »Tut mir leid, dass ich Ihnen Umstände bereite, aber nach dem Londoner Stadtmief war es einfach zu verlockend, das Fahrrad zu nehmen.«

Calum reichte ihr einen Becher mit Tee. »Keine Umstände. Wir sind froh, dass Sie sich gemeldet haben, um ehrlich zu sein. Alle anderen Bewerber waren, nun ja, kaum akzeptabel. Die meisten waren wohl eher auf der Suche nach einem bezahlten Urlaub auf Skye.«

»Wirklich? Nun, in dieser Hinsicht kann ich Sie zumindest beruhigen. Touristische Ambitionen habe ich nicht.« Sie nippte an ihrem Tee, der stark und aromatisch war.

Calum lehnte sich an den Schreibtisch und nahm eine Mappe in die Hand. »Nein, Ihre Eltern haben eins der Crofter-Häuser und sind ziemlich erfolgreich mit ihrer Schafzucht.«

»Wie man's nimmt«, meinte Ivy und beobachtete seine schlanken Hände, die in den Unterlagen blätterten. Er wirkte sportlich, und seine Haut war gebräunt, so als wäre er viel am Wasser.

»Sie klingen nicht sehr begeistert.«

»Nein, deshalb bin ich gleich nach der Schule von hier

fortgegangen. Für Kunstbegeisterte gibt es nicht viele Möglichkeiten auf der Insel. Es sei denn, man besitzt ein Schloss, das mit Antiquitäten vollgestopft ist.«

»Womit wir beim Grund Ihres Hierseins sind.« Calum fuhr sich durch die Haare. »Die Lage ist folgende: Mein Onkel hatte einen Schlaganfall, von dem er sich nur langsam erholt. Bis dato hat er allein hier in dem alten Kasten gelebt, was nun aber nicht länger möglich ist. Deshalb hat er sich zum Verkauf des Familiensitzes entschlossen, was ihm sehr schwergefallen ist, aber ich halte es für die beste Lösung. Bevor wir diesen letzten Schritt gehen, wollen wir seine Kunstschätze veräußern.«

»Ihr Onkel war ein erfolgreicher Antiquitätenhändler. Mein ehemaliger Arbeitgeber hat ihn manches Mal erwähnt. Hat Ihr Onkel seinerzeit nicht auch einige Artikel für das Burlington-Magazin geschrieben?« Ivy hatte sich vorbereitet, soweit das in der Kürze der Zeit möglich gewesen war.

»Richtig. Möbel des achtzehnten Jahrhunderts waren sein Spezialgebiet.«

Sollte sie gleich mit der Tür ins Haus fallen und das Schreibmöbel, das infrage stand, erwähnen? Zumindest wäre eine spontane Reaktion interessant. »Ich meine, mich an ein kleines Schreibmöbel zu erinnern, das vor einigen Monaten auf einer Auktion versteigert wurde. In der Provenienz wurde Ihr Onkel erwähnt. Sehr hübsch und außergewöhnlich, deshalb erinnere ich mich daran.«

Calum zuckte nur mit den Schultern. »Da bin ich überfragt. Ich helfe meinem Onkel, weil ich ihn mag und er sonst niemanden hat, dem er vertrauen kann. Allerdings bin ich Mediengestalter, kein Kunstexperte. Deshalb brauchen wir Sie.«

Sein Lächeln war entwaffnend und ließ sie unsinnigerweise überlegen, ob er Single war.

»Wollen Sie mir vielleicht zeigen, was auf mich zukommen würde, damit ich einschätzen kann, wie viel Zeit ich benötige?«

»Seien Sie nicht allzu enttäuscht vom Zustand des Schlosses.« Er ging voraus und führte sie zuerst in die große Halle, das Zentrum jeder schottischen Burg.

Während sie die massiven Möbelstücke aus verschiedenen Jahrhunderten, Waffen aller Art, Gemälde und Teppiche betrachteten, tappte Charly geduldig neben ihnen her und gähnte gelegentlich. Die Decke der Halle war getäfelt und mit aufwendigen Schnitzereien versehen. Hier hatten die großen Feste und Versammlungen des Clans stattgefunden. Und genauso waren hier Verhandlungen geführt und Kriegspläne geschmiedet worden. Wahrscheinlich hatte hier auch mancher Pächter vor dem Lord gestanden und um Hilfe gebeten, wenn er mit den Zahlungen im Rückstand war, weil die Ernte zu gering ausgefallen war oder eine Krankheit seine Familie dahingerafft hatte.

»Wie ist Ihr Eindruck?«, riss Calum sie aus ihren Gedanken.

»Solide, ich sehe bis jetzt allerdings keine besonders wertvollen Stücke. Die Gemälde sind Durchschnitt. Keine bedeutenden Künstler, aber ansprechende Motive. Besonders die Jagdszenen finden ihre Liebhaber.«

Calum sog scharf die Luft ein. »Autsch, das hört sich nicht gut an. Lassen Sie das nicht meinen Onkel hören.«

»Warum nicht? Er weiß doch sicher viel besser als ich, welche Gewinne zu erzielen sind.«

Ein lautes Klopfen ertönte. Beide drehten sich um, und Ivy sah den Schlossherrn in einem Rollstuhl durch die Tür fahren. Quer über seinen Beinen lag ein Spazierstock, mit dem er anscheinend gegen die Tür geschlagen hatte. Ross MacKenzie war noch immer eine beeindruckende Erscheinung, auch wenn er von seiner Krankheit gezeichnet war. Dichtes weißes Haar, ein klassisches Profil mit einem energischen Kinn und ein Ausdruck, der von einer gewissen Arroganz oder auch Verbitterung zeugte, hielten sein Gegenüber auf Distanz. Mit diesem Mann legt sich niemand ohne Weiteres an, dachte Ivy und lächelte zaghaft.

Die buschigen weißen Augenbrauen wurden unwillig zusammengezogen, als er mit beiden Händen seinen Stock umklammerte und seinen Neffen ansah. »Wer ist das?«

Seine Aussprache war undeutlich, und es strengte ihn an, sich zu artikulieren, was ihn mit Sicherheit verärgerte. MacKenzie war kein Mann, der sich gern helfen ließ, geschweige denn, auf die Hilfe anderer angewiesen sein wollte, mutmaßte Ivy.

»Darf ich dir Ms Ferguson vorstellen, Onkel? Sie war doch für heute angemeldet. Ich bin gerade dabei, ihr einen Überblick zu verschaffen und …«, begann Calum, doch sein Onkel unterbrach ihn mit einer Handbewegung.

»Sie sind eine Ferguson?«, brachte er gepresst hervor und starrte Ivy grimmig an.

Verunsichert sah Ivy zu Calum. »Ja, aber warum? Ist das ein Problem?«

»Nein, nein, natürlich nicht«, versicherte Calum. »Onkel, es ist doch schön, dass Ms Ferguson hier Verwandte hat. Dann ist sie nicht allein. Skye kann eine Herausforderung für jemanden sein, der es nicht kennt. Die Einsamkeit hier draußen ist nicht jedermanns Sache.«

»Sie haben einen wundervollen Familiensitz, Sir. Als Kind bin ich hier oft vorbeigekommen und habe mich gefragt, wie das Schloss wohl von innen aussehen mag«, sagte Ivy freundlich.

Ein unverständliches Gemurmel war die Antwort.

»Und ich bin schon sehr gespannt auf den berühmten Brief von Robert Burns, den Sie hier aufbewahren! Was für ein Schatz! Der allein dürfte schon eine Menge einbringen.« Wenn sie gehofft hatte, dass diese Aussage Lord MacKenzie besser stimmen würde, sah sie sich getäuscht.

Stattdessen riss Ross MacKenzie die Augen auf, fuchtelte unkontrolliert mit seinem Stock gefährlich nah an ihrem Kopf vorbei und knurrte: »Nein!«

Calum ging zu seinem Onkel und legte ihm beruhigend den Arm um die Schultern. »Ist ja gut, wir unternehmen nichts ohne deine Zustimmung. Soll ich dich wieder in dein Zimmer bringen? Es ist Zeit für deine Medikamente. Bitte entschuldigen Sie uns einen Augenblick, Ms Ferguson.«

Ratlos blieb Ivy in der Halle von Ardmore Castle zurück. Was auch immer sie erwartet hatte, es entsprach in keiner Weise dem, was sich ihr hier bot.

2

Während Ivy auf Calum wartete, sah sie sich in der Halle um. In den meisten Burgen befanden sich die Familienquartiere auf der einen Seite der Halle – dorthin war Calum mit seinem Onkel gegangen – und die Küche sowie weitere Wirtschaftsräume auf der anderen Seite. Durch das Oberlicht der hohen Decke fiel plötzlich Sonnenschein in den Raum, und Millionen von Staubpartikeln tanzten im Licht. Als sie genauer in die Ecken sah, entdeckte sie dicke Spinnweben und ahnte das Ausmaß an Vernachlässigung, das über die Jahre seine Spuren hinterlassen hatte. Durch ihre Arbeit für Fulbrook und auch für Russel hatte sie Einblick in zahlreiche Herrenhäuser, Schlösser und Landsitze erhalten. In zu vielen Fällen verkauften die Besitzer solcher Anwesen aus finanzieller Not heraus, denn die Unterhaltung fraß enorme Summen. Vielfach hatten schon die vorherigen Generationen die besten Stücke der Kunstsammlungen oder des Inventars veräußert.

Hier jedoch lag der Fall anders. Nachdenklich betrachtete Ivy einen schön gearbeiteten Kartentisch, dessen Platte von einer Lyra gehalten wurde – eigentlich ein amerikanisches Motiv des frühen neunzehnten Jahrhunderts, das bei Tischen aller Art verwendet wurde.

Nun, MacKenzie war ein erfolgreicher Antiquitäten-händler gewesen und hatte sicher Stücke aus aller Welt ein- und verkauft. Sie bückte sich, um unter die Tisch-platte sehen zu können. Wenn sie sich nicht täuschte, könnte dieser Tisch von Michael Allison stammen und wäre damit hochpreisig anzusetzen. Das Akanthusmotiv der Lyra, die geschwungenen Säbelbeine und die Klauen-füße waren aus Messing und passten zur Arbeit des be-rühmten Kunsttischlers.

»Haben Sie doch etwas Interessantes gefunden?«, er-klang Calums Stimme und ließ Ivy so abrupt auffahren, dass sie sich den Kopf an der Tischplatte stieß.

»Autsch, haben Sie mich erschreckt!«

»Tut mir leid, das war nicht meine Absicht. Mein Onkel hat sich hingelegt und wird mit Ihnen sprechen, sobald er kann. Natürlich nur, wenn Sie den Job hier übernehmen wollen?« Hoffnungsvoll sah Calum sie an. »Ich weiß nicht weiter und bin ganz ehrlich: Die Schul-den wachsen meinem Onkel über den Kopf, aber er will den Ernst der Lage nicht einsehen.«

»Also dieser Kartentisch hier macht einen vielver-sprechenden Eindruck. Wenn es mehr Stücke dieses Ka-libers gibt? Und was ist mit dem Burns-Brief? Der würde ein Vermögen einbringen!«

Calum seufzte. »Tja, da ist nichts zu machen. Mein Onkel hat mir ausdrücklich untersagt, den Brief zu ver-kaufen. Wollen Sie ihn sehen? Er befindet sich in der Bibliothek.«

»Unbedingt!«

Die Bibliothek war ein eher kleiner Raum, doch die

umlaufenden Regale waren bis unter die Decke mit Büchern und kleinen Skulpturen gefüllt. Es gab eine schmale Empore, die man über eine Wendeltreppe erklimmen konnte, und in der Mitte des Raumes befand sich ein Lesetisch mit vier Ledersesseln.

»Oh, wie schön!«, entfuhr es Ivy. »Haben Sie die Bücher gesichtet? Sind seltene Erstausgaben darunter?«

Calum hob ratlos die Hände. »Ich interessiere mich weder für Bücher noch für Möbel oder Gemälde, und mein Onkel hat nie ein Verzeichnis seiner Bücher geführt. Wissen Sie, er hat gekauft, was ihm gefiel, und er hatte einen Riecher für besondere Stücke. Das hat ihn erfolgreich gemacht, bis ...« Calum brach ab und ging zu einer kleinen Vitrine, die vor einem der Regale stand.

»Schauen Sie, hier ist der Brief.«

Ivy trat neben ihn und sah auf vergilbtem blauem Samt einen Briefbogen liegen, der mit den charakteristischen Schriftzügen des berühmten schottischen Dichters beschrieben war. »1785 hat Burns diesen Brief verfasst. Wenn ich mir vorstelle, wie er wohl in seiner Stube gesessen und an seine Geliebte geschrieben hat.«

»Sie begeistern sich tatsächlich für diese alten Dinge, ja?« Calum sah sie an, was ihr sehr bewusst war.

»Äh ja, schon immer. Sie nicht? Und das, obwohl Ihr Onkel in einem Schloss lebt?«

MacKenzies Neffe lachte. »Das war schon eine tolle Sache für einen Jungen, aber mich hat das Meer immer mehr interessiert. Mein Vater ist Ross MacKenzies jüngerer Bruder, aber verschiedener könnten Brüder kaum sein. Wir sind nach London gezogen, wo mein Vater als

Finanzberater tätig war. Ich bin immer gern in den Ferien nach Skye zu meinem Onkel gefahren, weil ich hier surfen konnte und mein Onkel mir alle Freiheiten gelassen hat, die sich ein Junge wünschen kann.« Er grinste breit.

Ivy konnte sich gut vorstellen, was für ein Paradies Skye für einen Londoner Teenager sein musste. Er hatte eine entwaffnend offene Art, die es ihr schwer machte, weiterhin die unbedarfte Kunstexpertin zu spielen. Aber das war ihr Job. Und im Grunde log sie ja nicht, sondern verschwieg einfach nur einen Teil der Wahrheit.

»Ihre Eltern leben doch in einem der alten Crofter-Häuser. Eigentlich hätten wir uns begegnen müssen«, überlegte Calum. »Waren Sie nicht oft am Strand? Warten Sie, kennen Sie Tommy Mulloy? Der hat eine Tischlerei drüben am Ende der Bucht eröffnet, und seine Frau, Rachel, ist mit ihrer Töpferkunst erfolgreich.«

»Rachel Waters?«

»Genau die!«

»Wir sind zusammen in die Grundschule gegangen. Ach, und sie ist mit Tommy Mulloy verheiratet? Das wusste ich nicht. Ich muss gestehen, dass ich keinen Kontakt mehr hatte und in den Ferien immer nur fortwollte.«

Er hob die Schultern. »Ich will Sie nicht mit alten Geschichten langweilen. Jeder muss seinen Platz im Leben finden, und das ist manchmal nicht einfach. Nicht alle sind so mit einem Ort verwurzelt wie mein Onkel.«

Ivy lächelte. »Nein, sicher nicht. Aber sagen Sie, warum will er sich nicht von diesem Burns-Brief trennen?«

»Wenn ich das wüsste. Er kann sehr verschwiegen sein, wenn es um seine Antiquitäten geht. So war er schon immer. Also bleiben Sie und stellen sich der Herausforderung? Die Bezahlung ist nicht besonders, doch wenn wir erfolgreich verkaufen, ist ein Bonus für Sie drin.«

Sie schlug in die dargereichte Hand ein. »Ich bleibe.«

Er strahlte. »Großartig. Können Sie morgen anfangen?«

»Ja, das ist kein Problem. Wer außer Ihnen ist denn noch hier und kümmert sich um Ihren Onkel?«

»Nur Brenda MacKinney. Sie kommt zum Putzen, macht die Wäsche und kocht an manchen Tagen«, erklärte Calum.

»Wie viele Räume hat die Burg eigentlich?« Es war nicht verwunderlich, dass Staub und Spinnweben überhandnahmen, wenn nur eine Person die gesamte Burg putzen sollte.

Calums Mobiltelefon klingelte, und er warf einen kurzen Blick auf das Display. »Lassen Sie uns das Weitere morgen besprechen, ja? Ich bereite alles vor, und wenn mein Onkel sich gut fühlt, wird er auch mit Ihnen sprechen.«

»Gut. Ich kann um neun hier sein.«

Calum nickte und nahm das Gespräch an. »Hi, Peter, bleib kurz dran, bitte.« Zu Ivy sagte er: »Sie finden allein hinaus?«

Während sie die Bibliothek verließ, hörte sie Calum über eine Softwarelösung sprechen. Er hatte ein Leben und einen Job und war sicher nur kurzfristig hier, um seinem Onkel zu helfen, mit dem Ivy nicht unbedingt allein sein wollte. Als sie durch die große Halle ging, blieb sie vor dem Kartentisch stehen. Was störte sie? Nichts, dachte sie. Der Tisch war perfekt, genau wie das kleine Schreibmöbel von Mr Kermack. Es kam selten genug vor, dass Möbel des achtzehnten Jahrhunderts derart gut erhalten waren. Nun, sie würde genügend Zeit haben, der Sache auf den Grund zu gehen.

Die Regenwolken hatten sich verzogen, und Ivy sog tief die salzige Luft ein, als sie den Hügel hinunterfuhr. Die MacKenzies hatten einen prachtvollen Ausblick von hier oben. Rechts schaute man bis hinüber nach Ardmore Point, wo die Klippen vom ewig nagenden Meer zu einem markanten Bogen ausgewaschen worden waren, der nun wie ein Tor wirkte. Hinter den Klippen schlug die offene See gegen die Küste, und weiter nördlich warnte das Leuchtfeuer von Waternish Point die Seeleute vor den gefährlichen Felsen. Wandte man den Blick nach links, wurde die Landschaft lieblicher. Palmen wiegten sich im Wind, und die Gärten waren üppig bepflanzt, was einer Laune der wärmeren Meeresströmungen zu verdanken war. Doch ihr Weg führte sie von der Küste ins Landesinnere wieder hinauf in die felsigen Hügel, wo sich die weißen Häuser der Crofter als Relikte einer vergangenen Epoche gegen das schottische Wetter behaupteten.

Die Crofter-Häuser lagen verstreut in großen Abständen voneinander. Überall grasten Schafe, hin und wieder fanden sich Pferde, die von Weidezäunen eingegrenzt wurden. Ivy konnte gerade noch einem Schlagloch ausweichen, bevor sie auf die Schotterpiste bog, die zu ihrem Elternhaus führte. Der Weg wand sich einen Kilometer die Hügel hinauf, stellenweise von Weidezäunen begrenzt, doch die weitesten Teile waren allen Tieren zugänglich, wie überall in den Highlands. Umsicht beim Fahren war geraten, denn oft kreuzten Schafe oder Rinder die Straße.

Mit einer letzten Kraftanstrengung nahm Ivy die Steigung und bremste schwungvoll auf dem Hof vor dem einstöckigen Haus ihrer Eltern. Es unterschied sich nicht von den übrigen Crofter-Häusern. Die Fassade war weiß gestrichen, Fensterrahmen und Tür schwarz, und auch das Dach war mit schwarzen Schindeln gedeckt. Ihre Mutter hatte Kletterrosen neben der Haustür gepflanzt, die noch blühten. Auch die Blumenbeete und der Gemüsegarten gingen auf das Konto ihrer unermüdlich arbeitenden Mutter. Alles wirkte sauber und gepflegt. Ivy schob ihr Rad in den Schuppen, der sich neben einem der Schafställe befand. Die beiden Ferienhäuser lagen in exponierter Position auf der anderen Seite des Hauses. Von dort aus hatten die Gäste einen weiten Blick über die Hügel bis hinunter zur Bucht. Ardmore Castle markierte die Küste mit seinem Turm, auf dem die Flagge der MacKenzies gehisst war.

Ein Border Collie kam ihr entgegengelaufen und stupste sie an. »Hey, Molly. Na, meine Hübsche, willst du mit rein?«

Der ausgebildete Hütehund war der ganze Stolz ihres Vaters und durfte nicht ins Haus, was Ivy geflissentlich ignorierte. Für sie gehörten Hunde zur Familie, vor allem, wenn sie so einen guten Job machten wie Molly. Ihre Haltung Tieren gegenüber war ein wesentlicher Streitpunkt zwischen ihr und ihren Eltern gewesen.

Energisch schritt Ivy die Stufen zur Haustür hinauf und ließ Molly eintreten. Vorsichtig schaute sich der Hund zu ihr um. »Ist okay, Molly. Wenn ich hier bin, darfst du das.«

Sie tätschelte der Hündin den Kopf und ging in die Küche, wo sie ihre Mutter hantieren hörte.

»Hi, Mum, ich bin zurück!«

Molly schob sich an ihr vorbei und schnüffelte genießerisch, bevor sie sich unter den Tisch legte. Die Küche war das Zentrum des Hauses, hier wurde gekocht, gegessen und zusammengesessen, um den Tag zu besprechen.

Edith Ferguson wischte sich die Hände an einem Tuch ab und öffnete die Arme, um ihre Tochter an sich zu drücken. Die beiden Frauen trennten fünfundzwanzig Jahre, und sie sahen sich sehr ähnlich. Vielleicht überwog in Ediths Augen das Braun, doch sie hatte dieselben widerspenstigen kastanienbraunen Locken wie ihre Tochter. Nur einige graue Strähnen zeigten an, dass die Mutter bereits auf die sechzig zuging.

»Du sollst Molly doch nicht ins Haus lassen«, tadelte sie Ivy milde und warf dem Hund einen Happen zu.

Ivy grinste. »Sie ist ein toller Hütehund und verdient einen warmen Platz am Tisch. Meine Meinung.«

Sie hatten besprochen, dass Ivy in die Lodge ziehen könne, sobald die letzten Gäste der Saison ausgezogen waren. Mit ihrer Mutter hatte Ivy sich immer gut verstanden, und sie wäre auch öfter nach Hause gekommen, doch mit ihrem Vater kam es immer wieder zu hässlichen Streitereien, die sich minimieren ließen, wenn die räumliche Distanz größer war.

»Ach, Ivy, es ist ja nicht nur wegen Molly, was ist das nur zwischen dir und deinem Vater? Kannst du nicht ein wenig nachsichtiger mit ihm sein? Er ist nicht mehr der Jüngste, und die Arbeit fällt ihm schwerer, auch wenn er das nie zugeben würde.« Edith ging zurück an den Herd, sah in die Töpfe und griff nach dem Messer, um Zwiebeln und Karotten zu schneiden.

»Kann ich dir helfen?« Ivy wusch sich die Hände in einem kleinen Waschbecken und trat neben ihre Mutter.

Es gab Dinge, die sie immer mit ihrer Kindheit verbinden würde. Dazu gehörten der traditionelle Clapshot, ein Kartoffel-Rüben-Stampf, der mit Schnittlauch abgeschmeckt und mit Fleisch oder Oatcakes gegessen wurde. Ivy hatte aufgehört, Fleisch zu essen, als ihr Vater ein Lamm geschlachtet hatte, das sie mit der Flasche gefüttert hatte.

»Das ist lieb von dir, aber setz dich nur und nimm dir ein Glas Wein. Ich habe extra einen guten Wein eingekauft, aber sag das Vater nicht, sonst schimpft er wieder über meine Verschwendungssucht. Hast du den Job bei den MacKenzies jetzt sicher?« Edith Ferguson lächelte ihre Tochter um Verständnis bittend an, und Ivy nahm die Flasche und den Korkenzieher und ging zum Küchentisch.

»Ich denke ja. Und wie ich schon angedeutet hatte, bleibe ich nur für eine kurze Zeit und gehe nach London zurück.« Ivy seufzte. »Bist du eigentlich glücklich, Mum? Ich war es hier nie.«

Ihre Mutter gab gehacktes Fleisch in eine Pfanne, in der bereits Zwiebeln schmorten. Es zischte und brutzelte, und Ivy rümpfte die Nase. Sie konnte den Geruch schon lange nicht mehr ertragen, sagte aber nichts. Stattdessen zog sie den Korken aus der Flasche, einem anständigen Chardonnay, und goss Wein in zwei Gläser. Eines reichte sie ihrer Mutter. »Cheers!«

»Cheers, Ivy!«, sagte Edith und nahm einen Schluck. Liebevoll strich sie ihrer Tochter über die Wange. »Du musst nicht immer so schlecht von allem hier und vor allem von deinem Vater denken. Ich wäre nicht bei ihm geblieben, wenn ich es nicht gewollt hätte. Wir haben uns die Farm gemeinsam aufgebaut, und mit den beiden Ferienhäusern läuft es richtig gut. Das hätten wir schon viel früher machen sollen.«

»Ich denke nicht schlecht von Vater. Er ist nur so schrecklich verbohrt und will einfach nicht verstehen, dass ich etwas anderes als die Farm wollte. Das ist unfair, Mum.«

»Da gebe ich dir recht, aber er ist, wie er ist. Sein Vater war genauso. Du hast ihn ja kaum kennengelernt, den alten Ferguson, aber Himmel, was war das für ein sturer Mann!« Edith lachte leise und stellte ihr Glas ab. Sie selbst war eine geborene Stewart und stammte aus Uig, wo ihre Familie ein Fährgeschäft zu den Äußeren Hebriden betrieb. Als kluge Unternehmer hatten sich die Stewarts den ständig wachsenden Besucherzahlen angepasst. Aus einer Fähre waren drei geworden, und heute gehörten ihnen zudem ein Restaurant und ein Hotel am Hafen von Uig. Mit ihrem Cousin und zwei Cousinen verstand sich Ivy gut, auch wenn sie nur losen Kontakt hielten. Ihr Vater war auf den erfolgreichen Schwager immer ein wenig eifersüchtig gewesen, weshalb es bei Familienfesten kaum ohne kleinere Reibereien ablief, die Ivy schon als Teenager gehasst hatte. Wenn es sich vermeiden ließ, blieb Ivy Familienzusammenkünften fern, freute sich jedoch, wenn sie von ihren Cousinen in London besucht wurde.

»Ich möchte jedenfalls nicht mit jemandem mein Leben verbringen, der kein Verständnis für meine Wünsche und Sehnsüchte hat.«

»Deshalb hast du dich von Louis getrennt?«, fragte ihre Mutter, während sie das Hackfleisch wendete.

Drei Jahre war Ivy mit Louis, der eine exklusive Weinhandlung in London betrieb, zusammen gewesen. Die Trennung lag bereits ein halbes Jahr zurück, und sie gingen inzwischen freundschaftlich miteinander um, doch es nagte noch immer an ihr, dass Louis sie mit einer Französin auf einer Weinmesse betrogen hatte.

»Auch. Du weißt, dass er mich betrogen hat.«

»Sicher, aber schon davor warst du unzufrieden mit eurer Beziehung, wenn ich das richtig in Erinnerung habe. Ihr wart zu verschieden, hast du mir erzählt.«

»Hm, stimmt, ja.« Louis verbrachte seine Freizeit, die knapp bemessen war, am liebsten in Clubs, auf Weinmessen, oder er besuchte Weingüter in Europa. Ivy hingegen brauchte als Ausgleich zu ihrem Job in der Kunstwelt ausgedehnte Wanderungen oder Radtouren durch die Natur. Dabei verzichtete sie gern auf jeden Komfort, packte nur einen Rucksack und übernachtete auf Campingplätzen oder in einfachen Hütten. Louis hatte diese Ausflüge als Zumutung empfunden, denn sein Freizeitschuhwerk bestand allenfalls aus Bootsschuhen.

»Siehst du, und dein Vater und ich lieben dieselben Dinge. Das verbindet uns.«

Ivy seufzte. »Du findest es in Ordnung, die Schafe, die du monate- oder jahrelang gehegt hast, die du beim Namen kennst, auf den Hänger zu locken und dann zum Schlachthof zu bringen?«

Edith Ferguson legte den Bratenschieber lautstark auf die Ablage und sah ihre Tochter fest an. »Das ist unser Leben. Du willst es nicht, du musst es nicht verstehen, und das ist in Ordnung. Aber hör auf, uns ständig Vorhaltungen zu machen. Ich freue mich, dass du hier bist. Du bist meine Tochter, und ich liebe dich. Was auch immer du tust, ich respektiere es. Versuch du bitte auch, uns zu respektieren.«

Tränen schossen in Ivys Augen, und sie schluckte mehrfach, bis sie sich wieder unter Kontrolle hatte. »Tut mir leid, Mum.«

Sofort wurde der Ausdruck auf Ediths Gesicht weich, und sie zog ihre Tochter an sich und drückte sie fest. »Meine Süße, so ist das Leben. Wir sind alle verschieden. Und vieles hat sich geändert. Wenn ich in deinen Schuhen stecken würde, wer weiß, was wir dann gemacht hätten. So, und jetzt deck bitte den Tisch, denn dein Vater kommt gleich.«

Für ihren Vater brauchte sie kein Weinglas hinzustellen, denn er trank nur Ale und gelegentlich einen Whisky.

Alfred Ferguson war auf Skye verwurzelt. So sehr, dass er nur ungern die Insel verließ, und das war seiner Meinung nach ohnehin nicht notwendig. Hier gab es alles, was er brauchte, abgesehen von den neuesten technischen landwirtschaftlichen Gerätschaften. Für eine Messe war er schon mal nach Glasgow gereist, und wenn es Viehmärkte in den Highlands gab, fuhr er auch dorthin. Doch wenn seine Frau den zarten Wunsch nach einem Ausflug artikulierte, schmetterte er diesen meist als unnötig und viel zu aufwendig ab. Es war diese engstirnige Haltung, die Ivy schon früh gegen ihren Vater aufgebracht hatte. Sie konnte seine Liebe und Verbundenheit zu seiner Scholle verstehen, doch fand sie es nicht zu viel verlangt, von ihm auch Verständnis für die Wünsche anderer zu erwarten.

Als Edith das Essen fertig zubereitet zum Warmhalten in den Backofen gestellt hatte und sich die Hände wusch, kam Ivys Vater in die Küche. Groß und schlank entsprach Alfred mit seinen struppigen grau-roten Haaren dem Typus des Highlanders. Seine dunklen Augen musterten jeden neugierig und doch mit einer gewissen Distanz. Er hatte das kantige Kinn der Fergusons, doch wenn er lächelte, konnte er jeden für sich einnehmen. Warum nur machte er nicht öfter Gebrauch davon?, dachte Ivy und umarmte ihren Vater.

»Hi, Dad.«

»Aye, meine Kleine.« Er küsste sie auf die Wange, ging zu seiner Frau und küsste sie ebenfalls auf die Wange, bevor er sich an den Küchentisch auf seinen Platz setzte.

»Was hast du uns Gutes gekocht, Schatz?«

»Clapshot, mein Lieber, und zum Nachtisch haben wir Beerencrumble mit Sahne.«

Alfred brummte zufrieden und goss sich Ale aus der Flasche ein, die er sich aus dem Kühlschrank genommen hatte. »Und wie war dein Vorstellungsgespräch, Ivy?«

»Ganz gut, denke ich. Der Neffe ist froh, wenn ich anfange, während sein Onkel ein merkwürdiger Kauz zu sein scheint.« Ivy tippte gegen ihr Weinglas.

Mit dem Handrücken wischte sich Alfred über die Lippen. »Der alte MacKenzie ist nicht besser als die gesamte verrottete Sippe. Von dem kannst du nichts erwarten.«

»Alfred! Sprich nicht so!«, mahnte seine Frau vom Herd.

»Warum nicht, wenn es doch die Wahrheit ist!« Ihr Vater lehnte sich in seinem Stuhl zurück. »Von denen hatten wir noch nie etwas Gutes zu erwarten. Warum sollte sich das heute ändern?«

»Ach, das kann man doch so nicht sagen. Lass die Vergangenheit endlich ruhen, Alfred. Ross MacKenzie hat uns nie Ärger gemacht.«

Ivys Vater schnaufte verächtlich. »Nur, weil er keine Gelegenheit dazu hatte.«

»Wie auch, Dad? Die Zeiten der Abhängigkeit der Crofter von den Lairds sind lange vorbei. Ich kann es einfach nicht mehr hören. Wir leben im nächsten Jahrtausend!«

Alfred Ferguson warf seiner Tochter einen langen, nachdenklichen Blick zu. »Vielleicht ist das so. Vielleicht auch nicht, Ivy. Du weißt nicht alles. Wenn du es wüsstest, würdest du nicht so leichtfertig über die Vergangenheit reden.«

»Wir zahlen Lord MacKenzie keine Pacht, haben wir nie, oder doch?«

Alfred runzelte die Stirn. »Nein, das nicht, aber …«

»Aber was? Dann hat er uns doch nie ein Unrecht getan. Warum sollte ich nicht gut mit ihm auskommen wollen? Ich habe heute einen alten, verbitterten Mann gesehen, der nach einem Schlaganfall im Rollstuhl sitzt und nach Worten sucht«, feuerte Ivy zurück.

»Tatsächlich? Ich wusste nicht, dass der Alte einen Schlaganfall erlitten hat«, meinte ihr Vater und drehte sein Bierglas vor sich.

»Würde es etwas an deinem Groll gegen die Familie MacKenzie ändern?«

Ihr Vater schwieg.

»So, das Essen ist fertig!« Sie füllte allen eine großzügige Portion Rübenmus auf die bereitstehenden Teller.

»Du wirst also für die MacKenzies arbeiten, ja? Dann frag den Alten doch mal, ob er seine Frau damals umgebracht hat. Das würde mich interessieren.« Selbstzufrieden vermengte Alfred sein Hackfleisch mit dem Rübenmus.

3

Sein Onkel hatte sich hingelegt, und Calum hoffte, dass er ein wenig schlafen würde. Ruhe tat ihm gut, auch wenn er sich das nicht eingestehen wollte. Ross Mac-Kenzie war ein sturer alter Knochen, wie er selbst gern sagte, und Calum widersprach ihm nicht. Doch er liebte diesen knurrigen Mann und verstand ihn besser als sonst irgendjemand. Ganz abgesehen davon war er wohl der einzige Freund, der Ross geblieben war.

In Begleitung von Charly lief Calum den schmalen Pfad zur Küste hinunter. Noch schien die Sonne, und die Regenwolken hatten sich verzogen. Bewegung und frische Luft waren das beste Mittel gegen fast alles. Noch besser war es, mit dem Surfbrett auf dem Wasser zu sein, doch dafür war es heute zu spät. Er sprang über einen Felsbrocken, der auf den Weg gerollt war. Vor ihm breitete sich die Bucht mit dem kleinen Hafen aus, und am Horizont begann die Sonne in all ihrer Farbenpracht unterzugehen. Er liebte Edinburgh und seine kleine zentrale Wohnung am Moray Place. Die Gegend war ruhig genug, um in der Wohnung arbeiten zu können, und zentral genug, um fußläufig mitten in der schottischen Metropole unterwegs sein zu können. Seit einigen Jahren arbeitete er freiberuflich für Agenturen und erstellte Webseiten und Medienkonzepte für Unternehmen und Events. Er verdiente genug, um das Leben zu führen, das er liebte und in dem er unabhängig genug war, um sich Auszeiten für Surftrips an die Küste zu nehmen. Wenn das Geld reichte, verbrachte er im Winter einige Wochen in Portugal oder auf Fuerteventura, wo er surfen und arbeiten konnte und die Sonne ein wenig öfter schien als in Schottland.

Nach einigen Metern hatte er den Weg zum Hafen erreicht. Er hielt inne und sog tief die salzige Luft ein, die nach Meer und Algen roch. Möwen kreischten und flatterten auf, weil einer der Fischer Reste seines Fangs ins Meer warf. Calum winkte, als der Mann zu ihm hinaufschaute. Er kannte die meisten der einheimischen Fischer gut und war als Junge manchmal auf dem Kutter von Hamish MacFee mitgefahren.

»Aye, Cal!«, rief Duncan, der Sohn von Hamish, der den Kutter übernommen hatte und noch oft gemeinsam mit seinem Vater hinausfuhr.

»Aye, Duncan.« Calum spazierte zwischen Kisten, Pollern und Tauen hindurch und schlug in die schwielige Hand ein, die ihm von Duncan gereicht wurde.

»Das Stadtleben bekommt dir, Mann«, meinte Duncan anerkennend. »Ich hätte gedacht, dass es dich fett und arrogant macht.«

Calum grinste und sah sich nach Charly um, der begeistert an den Fischkörben schnüffelte. »Sieh dir den Hund an, der frisst dir noch die besten Fische weg. Komm her, Charly!«

Der Jagdhund hob den Kopf, überlegte kurz, trottete aber zu ihm herüber.

»Wie geht's deinem Onkel? Ich habe ihn lange nicht gesehen?« Duncan war mit Anfang vierzig ein paar Jahre älter als Calum, hatte ein kantiges Gesicht, das den Frauen gefiel und ihm eine Menge Ärger beschert hatte. Zwei Kinder, die bei seiner Ex-Frau lebten, und eine schwangere Freundin machten sein Leben nicht einfacher.

»Besser, danke. Es braucht seine Zeit, aber er erholt sich langsam, und die Sprache kommt zurück. Das stört ihn am meisten, sich nicht so leicht mitteilen zu können wie sonst. Abgesehen von dem Rollstuhl, den er nicht immer benötigt, aber er fühlt sich dadurch wie ein alter Mann.«

»Er ist ein alter Mann!«

»Sag ihm das bloß nicht!«

Die beiden Männer lachten, und Calum nahm Duncan seine Frotzeleien nicht übel. Dafür kannten sie sich zu lange.

»Trinken wir heute Abend im Pub ein Bier zusammen?« Der Fischer warf ein Netz in eine Kiste. Er hatte kräftige Arme und das Kreuz eines Bodybuilders.

»Eigentlich gern, aber ich muss noch einiges für unsere Kunstexpertin vorbereiten. Sie fängt morgen bei uns an.« Charly kläffte, als eine Katze mit einem Stück Fisch auf einen Container sprang.

Ein weiterer Kutter fuhr mit tuckerndem Motor in den Hafen. Duncan hob den Kopf. »Das ist Fiona. Kennst du sie noch? Die Tochter von Niael.«

Niael Gregor gehörte zu einer der ältesten Fischerfamilien in Ardmore. Seit Generationen beanspruchten die Gregors den besten Liegeplatz und die besten

Fanggründe für sich. Und man tat gut daran, sich nicht mit ihnen anzulegen.

»Sie fährt raus? Was ist mit ihren Brüdern? Ein harter Job für eine Frau.« Calum war erst seit einer Woche auf Skye und hatte noch keine Zeit gefunden, mit alten Bekannten zu sprechen.

Duncan schob seine Wollmütze aus der Stirn und beobachtete das Anlegemanöver der Konkurrentin. »Sie macht das ganz gut, zumindest für eine Frau. Dougie sitzt noch ein. Wird nächste Woche entlassen. Er hat sich mal wieder geprügelt. Steve fährt zu den Märkten. Manchmal tauschen sie auch. Kunstexpertin? Wozu brauchst du die denn?«

Dougie Gregor war der älteste Sohn und hatte sich schon als Teenager den Ruf eines Raubeins erworben. Er war kein übler Kerl, aber neigte zu Jähzorn, und wenn er getrunken hatte, geriet er außer Kontrolle, und man ging ihm lieber aus dem Weg. Anscheinend hatte sein Gegner diese Regel nicht befolgt. Der mittlere Sohn, Steve, war ein besserer Geschäftsmann als Fischer, und Fiona schien da einspringen zu müssen, wo sie gebraucht wurde.

Wahrscheinlich wussten sowieso schon alle aus dem Dorf, dass sein Onkel finanzielle Sorgen hatte. »Ich helfe meinem Onkel dabei, seine Sammlung aufzulösen.« Das klang besser als der Ausverkauf des Inventars.

»O wirklich? Na ja, was soll er mit all dem Kunstkram. Würde ich auch verkaufen, wenn ich an seiner Stelle wäre. Das Geld kann er sicher gebrauchen, denn der alte Kasten verschlingt doch bestimmt Unsummen«, meinte

Duncan und zog eine Schachtel Zigaretten aus seiner Tasche.

Calum schüttelte den Kopf, als Duncan ihm die Schachtel hinhielt. »Du machst dir keinen Begriff ... Alles ist marode, die elektrischen Leitungen, die sanitären Anlagen, die Heizung. Ein Fass ohne Boden.«

Der Fischer zog an seiner Zigarette und sortierte nebenbei die Fische in seinen Kisten. »Aye, aber er lebt allein, was kümmert es ihn.«

»Hm, aber jetzt kann er allein nicht mehr so weitermachen. Okay, wir sehen uns, Duncan!« Calum pfiff nach Charly und ging an Stapeln von Kisten und Käfigen für den Hummerfang vorbei.

Fiona Gregor kam mit einem Satz von ihrem Kutter heruntergesprungen und landete direkt vor ihm auf dem Pflaster. »Cal, lange nicht gesehen.«

Sie war noch immer hübsch, die blonden Haare waren zu einem Pferdeschwanz gebunden, und ihre hellblauen Augen funkelten ihn herausfordernd an. Ihr sehniger Körper steckte in einem alten Wollpullover, Jeans und Gummistiefeln. Sie reckte die spitze Nase und steckte die Hände in die Hosentaschen. »Du scheinst dich ja mächtig zu freuen, mich zu sehen.«

»Ich bin überrascht, das ist alles. Wusste nicht, dass du jetzt den Kutter fährst. Wolltest du nicht nach Thailand und da eine Bar aufmachen – oder war es Bali?«

Als Teenager hatten sie eine Nacht am Strand verbracht. Sie waren beide betrunken gewesen, und Calum hatte sich danach bei ihr entschuldigt, was sie ihm übel genommen hatte. Für sie war es kein Versehen gewesen, sondern Verliebtheit, und eine Entschuldigung war schlimmer als ein Schlag ins Gesicht. Aber es war geschehen, und Calum hoffte, dass sie es endlich als Jugendsünde abhaken konnte.

Charly stand neben Calum und stupste seine Hand an, so dass er den Hund automatisch streichelte.

»Mir ist in Kambodscha die Kohle ausgegangen, und dann lag ich in einem verdammten Dschungelcamp mit Denguefieber, und keine Sau hat sich drum geschert, ob ich noch lebe. Es hat fünf verfluchte Jahre gedauert, bis ich wieder so viel Energie hatte, dass ich morgens aufstehen wollte. Kannst du dir das vorstellen? Scheiße, Mann, aber das erzählt einem keiner.« Sie trat mit einem Stiefel gegen einen Hummerkäfig. »Die sind alle so cool und hey, alles easy, peace, läuft schon. Doch wenn's dir dreckig geht und du keine Kohle mehr hast, sind sie weg, die tollen Freunde. Egal, war auch 'ne schöne Zeit, noch mal würde ich's allerdings nicht machen.«

»Wow, das hört sich heftig an, Fiona. Und jetzt bist du in den Familienbetrieb eingestiegen. Steht dir übrigens, der Kutter!«

Sie lächelte stolz. »Hätte nie gedacht, dass mir das mal Spaß machen würde. Tut es aber, und ich bin verdammt gut mit dem alten Kahn, kann sogar den Motor reparieren, besser als Dougie. Oh, shit, ich muss noch den Anwalt anrufen. Wie lange bleibst du, Cal? Sehen wir uns auf 'n Bier?«

Er nickte. »Sicher, bis die Tage!«

War er wirklich so selten hier gewesen in den letzten Jahren? Eigentlich hatte er seinen Onkel regelmäßig besucht, doch am Hafen war er kaum gewesen. Vom Anleger führte ein Pfad um die Bucht herum, dem er nach Norden folgte. Die Küste fiel hier sanft ab, die Hügel waren grün und weniger felsig als oben. Südlich standen noch vereinzelte Ferienhäuser, umgeben von schmucken Gärten mit Palmen und Koniferen, was viele Touristen mit ungläubigem Staunen quittierten. Je weiter man zur Spitze der Halbinsel kam, die sich hier verjüngte, desto spärlicher wurden die Behausungen. Calum ließ den Blick übers Meer schweifen und las die Strömungen, die ihm verrieten, wie die Wellen brachen und wo man den besten Swell zum Surfen fand.

Charly lief voraus und schien den Weg genau zu kennen. Es gab nur noch ein Haus am Ende der Straße, die oberhalb des Küstenpfads entlangführte, und das war die Tischlerei von Tommy Mulloy. Mit Tommy verband ihn seit Jahren eine lose Freundschaft. Wenn er auf Skye war, trafen sie sich ab und an zum Surfen, doch seit Tommy und Rachel Eltern geworden waren, war das seltener geworden. Die Tischlerei war mit zunehmenden Aufträgen gewachsen, was auf die vielen neuen Ferienhäuser zurückzuführen war, die sich großer Beliebtheit erfreuten. Plötzlich preschte der Hund vor und verschwand in der offenen Tür der großen Werkstatt.

Es dauerte einen Moment, und dann kam Tommy heraus, sah sich um und hob den Arm. »Hey, Cal!«

Calum ging zu seinem Freund und umarmte ihn zur Begrüßung. »Wie geht es euch? Was macht der Nachwuchs?«

Tommy war etwas kleiner als Calum, dafür kräftiger. Seine rötlichen Haare und die Sommersprossen verliehen ihm jungenhaften Charme, was manche Kunden fälschlicherweise dazu verleitete, nach seinem Chef zu fragen. Doch Tommy nahm das mit Humor und seine Arbeit dafür umso ernster. Er hatte sich den Ruf eines hervorragenden Tischlers erworben und beschäftigte inzwischen mehrere Mitarbeiter. Einer von ihnen war Seth MacKinney, der nun ebenfalls aus der Werkstatt trat und Calum mit Handschlag begrüßte.

»Cal, schön, dich zu sehen. Wie geht es deinem Onkel?«

MacKinney hatte seinen fünfzigsten Geburtstag schon vor einigen Jahren gefeiert und kannte Calums Onkel nicht nur durch die Arbeit seiner Frau Brenda im Schloss. Er half bei Reparaturen aus und hatte zu Ross' aktiver Zeit beim Verpacken und Transportieren von Möbelstücken mit angepackt. An seiner Jeans und in den kurzen grauen Haaren klebten Sägespäne.

»Er ist zäh und gibt nicht auf«, meinte Cal mit einem vielsagenden Grinsen.

MacKinney nickte. »Gut so. Er schafft das, und dann gehen wir alle zusammen ein Bier trinken.« Sein Telefon klingelte, und er machte eine entschuldigende Geste. »Bis morgen, Tommy, ich muss los, sonst bringt Brenda mich um.«

»Wäre schade um meinen besten Mitarbeiter. Grüß deine Frau!« Zu Calum sagte Tommy: »Komm doch mit ins Haus. Rachel wird sich freuen, und du kannst unseren Kurzen sehen.«

»Wie alt ist Toby jetzt? Surft er schon?«

Sie gingen über den Hof vor der Werkstatt, einem hohen Gebäude, das sich dank seiner Holzkonstruktion harmonisch in die Landschaft einfügte. Ähnlich verhielt es sich mit dem Wohnhaus der Mulloys, einem ehemaligen Stallgebäude, das sie geschickt in ein modernes Wohnhaus und Rachels Töpferwerkstatt umgewandelt hatten. Auf den Stufen standen handgefertigte Töpfe, und im Garten versteckten sich märchenhafte Figuren, Gestalten der keltischen Feenwelt, für die Rachel eine Vorliebe hegte. Rachels Tante Moira war eine Kräuterfrau oder Heilerin, wie heilkundige Frauen früher auf der Insel genannt worden waren. Moira lebte auf der anderen Seite der Bucht allein in einem alten Reetdachhaus.

Als Tommy die Haustür öffnete, kam ihnen der Duft von gekochtem Gemüse und Kartoffeln entgegen. Durch eine große, offene Diele gelangten sie in die Küche, wo Toby auf dem Fußboden mit Bauklötzen und Teig spielte. Rachel stand mit Schürze und aufgebundenen Haaren vor dem Herd und gab Zwiebeln und Karotten in einen Suppentopf.

»Wir haben einen Gast, Rachel«, sagte Tommy und küsste seine Frau, bevor er sich zu seinem Sohn hinunterbeugte und ihn in die Arme nahm. Doch Toby strampelte und wollte wieder zu seinen Spielsachen, für die sich auch Charly interessierte, was der kleine Junge mit fröhlichem Quietschen begleitete.

»Oh, Cal!« Sie begrüßten sich, und Rachel wischte sich die Hände an ihrer Schürze ab. »Hier sieht es schrecklich unordentlich aus, aber ich habe bis vorhin gearbeitet und wollte noch rasch etwas kochen. Isst du mit uns? Es gibt nur eine Gemüsesuppe, aber die ist frisch.«

Calum lächelte. »Danke, das ist sehr lieb, aber ich kann nicht lange bleiben. Ich esse mit meinem Onkel, und dann muss ich noch einige Sachen für unsere Kunstexpertin heraussuchen. Du kennst sie, glaube ich, Rachel. Sie heißt Ivy Ferguson und hilft uns bei der Taxierung der Kunstwerke.«

Rachel machte große Augen. »Nein! Ivy? Die Ivy, die nach London gegangen ist? Himmel, wie lange ist das wohl her, dass wir uns gesehen haben. Wir haben mal die Schulbank zusammen gedrückt. Ich erinnere mich, dass sie schon immer wegwollte von Skye. Und jetzt ist sie zurück?«

»Nur für diesen Job. Wenn du sie treffen willst, sie wohnt bei ihren Eltern.«

»Die Fergusons. Manchmal treffe ich sie auf dem Markt in Portree. Er ist ein sehr verschlossener Typ, aber für seine Schafe hat er schon einige Preise bekommen. Ist Ivy verheiratet, hat sie Kinder?«, wollte Rachel wissen.

»Kann ich dir nicht sagen. Sie hat zumindest keine Kinder erwähnt. Aber wie ich dich kenne, Rachel, findest du das bald heraus«, neckte Cal sie, woraufhin Rachel ihm die Zunge herausstreckte.

»Du weißt aber schon, dass die Fergusons und auch die Swans seit ewigen Zeiten mit den MacKenzies im Clinch liegen, oder?« Rachel gab verschiedene Kräuter in ihre Suppe, die appetitlich duftete.

»Alte Geschichten«, winkte Cal ab.

Tommy holte zwei Flaschen Bier aus dem Kühlschrank und reichte eine seinem Freund. »Sag das nicht.

Wenn ich Alan Swan manchmal reden höre, dann könnte man meinen, dass die Highland Clearances gerade mal zehn Jahre und nicht über einhundert her sind.«

»Was soll ich dazu sagen? Ich kann nichts für die Taten meiner Vorfahren. Cheers!« Cal hob die Flasche.

»Natürlich nicht, ich sag ja bloß, was mir so zu Ohren kommt. Du bist hier nur zu Gast und bekommst die Zwischentöne nicht mit. Letztlich macht es heute keinen großen Unterschied mehr. Das Land gehört jetzt vielen, auch vielen Auswärtigen, und denen ist die Vergangenheit hier ziemlich egal. Immerhin dürfen sie nicht wild bauen. Die neuen Lodges sehen doch sehr gut aus und passen sich ein, findest du nicht?«

»Wenn du die modernen Holzhäuser meinst, die ich auf dem Weg von Stein hier herauf sehe, dann ja, die gefallen mir!«

»Haben wir entworfen!«, sagte Tommy nicht ohne Stolz. »Ich arbeite mit einem Architekten aus Edinburgh zusammen. Er hat auch ein Büro in Portree, gleich neben *Harold's Tavern*.«

»*Harold's Tavern*? Das Haus gehört meinem Vater. Da sollten wir irgendwann mal zusammen essen gehen. Sonst im *Stein Inn*, das ist näher und günstiger. Du und Rachel, und ich bringe Ivy Ferguson mit. Was sagt ihr?«

»Fein. Das machen wir. Ich frage meine Mutter, wann sie Toby nehmen kann.«

Als Calum später als geplant das Haus der Mulloys verließ, war er guter Stimmung, und das hing ein klein wenig mit der Aussicht auf ein Wiedersehen mit Ivy zusammen.

4

Ardmore, Isle of Skye, 1879

Niemand würde den Schrei vergessen, den Angus Ferguson ausstieß, als sein Sohn sterbend in seinen Armen lag. Verzweiflung, Trauer und Wut lagen in diesem Laut, der stellvertretend für so viele stehen sollte.

»Mein Sohn, o Gott, hilf mir, so hilf mir doch!«, schluchzte Angus und drückte den leblosen Körper seines Sohnes an sich.

Blut verklebte die Haare seines Jungen, dessen Augen gebrochen in den Morgenhimmel über Skye starrten. »Du hättest mich überleben sollen!«

Nach und nach erstarben die Kampfgeräusche um ihn herum und wichen einem neuen, ebenso todbringenden Geräusch – dem von brennendem Holz und Reet! Angus sah auf und nahm erst jetzt den Rauch wahr, der sich beißend in seine Lunge fraß. Schwerfällig erhob er sich, den toten Sohn auf den Armen. »Peigi!«, brüllte er.

»Wir sind hier drüben, Angus!«, rief seine Frau.

Wie von Sinnen drehte sich Angus im Kreis und entdeckte seine Frau und die Kinder endlich im Schutz des Ziegenstalls, der noch unversehrt war. Die Tiere schrien panisch, sie rochen die todbringende Gefahr.

»Mach die Stalltür auf, Peigi!« Mit schweren Schritten überquerte er den Hof, in dem sich seine Leute und die Männer des Lairds gegenüberstanden.

Es kostete ihn übermenschliche Kraft, seinen Sohn zu halten, während sein Haus in Flammen stand, die Tiere schrien und seine Kinder weinten. Seine Frau riss die Stalltür auf, und die Tiere rannten in wilder Panik in den Hof. Ein Ziegenbock raste blindlings auf das Pferd von Tavish MacPhail zu, das scheute und aufstieg. Der Verwalter des Lairds konnte sich gerade noch im Sattel halten, brachte sein Pferd unter Kontrolle und rief: »Es ist genug! Lasst es für heute gut sein!«

Duffs Mörder trieb sein Pferd brutal durch Tiere und Menschen, bis er Angus erreichte, der mit zusammengebissenen Zähnen seinen toten Sohn trug. Er würde ihn nicht ablegen, bis der Letzte von MacKenzies Männern den Hof verlassen hatte.

Unbeeindruckt von diesem stoischen Widerstand beugte sich Murdoch zu Angus herunter und sagte: »Das hätte nicht passieren müssen. Du allein bist schuld am Tod deines Sohnes.«

Angus' Arme zitterten unter der Last, die ihm das Herz zerriss und ihn in die Knie zu zwingen drohte. »Verschwinde von meinem Land!«

Murdoch warf ihm einen letzten drohenden Blick zu, riss sein Pferd herum und verließ mit den übrigen Männern des Lairds den Hof. Zurück blieben Menschen, denen man alles genommen hatte – ihren Glauben an Gerechtigkeit, ihr Land und die Hoffnung auf eine Zukunft.

Das Meer rauschte unten gegen die Klippen, während sich der Trauerzug von der kleinen Kirche zum Friedhof bewegte. Es schien, als hätten sich alle Bewohner der Halbinsel am heutigen Tag versammelt, um dem Sohn von Angus und Peigi Ferguson auf seinem letzten Weg das Geleit zu geben. Selbst Tavish MacPhail war gekommen, um seinen Respekt zu bekunden. Mit ausdrucksloser Miene stand er vor dem Eingang der Kirche und verneigte sich vor Angus, als dieser hinter dem Sarg ins Freie trat.

»Es tut mir so leid, Angus«, murmelte Tavish. »Das hätte nicht passieren dürfen.«

Angus Ferguson gab den Sargträgern ein Zeichen, woraufhin sie anhielten. »Ist mein Sohn umsonst gestorben?«

Der Verwalter des Lairds sah den trauernden Vater an, blieb die Antwort jedoch schuldig.

»Verschwinde, Tavish«, knurrte Angus und stützte seine weinende Frau, die sich kaum auf den Beinen halten konnte.

Jeder wusste, dass Tavish MacPhail kein übler Mann war und nur die Befehle seines Herrn ausführte. Niemals hätte der Verwalter gewollt, dass einer der Pächter bei der Räumung der Häuser zu Schaden, geschweige denn zu Tode kam. Aber es war geschehen und nicht rückgängig zu machen. Vor allem aber hatte der Tod von Duff Ferguson nichts an der Entscheidung des Lairds geändert, die Pächter aus ihren Häusern zu vertreiben, um das Land neu zu vergeben.

Direkt hinter Angus folgte Iain Swan mit seiner

Familie. Der hochgewachsene Mann trug seinen Festtagskilt mit dem traditionellen Dirk am Gürtel. In seinem Strumpf war ebenso deutlich der Sgian dubh, der kürzere Dolch, zu sehen. Dass Swan und die anderen Highlander bewaffnet zur Trauerfeier kamen, war eine Warnung für den Laird, sich nicht in Sicherheit zu wiegen. Ans Aufgeben dachte hier niemand, und Swan, dessen Haus nicht vollständig niedergebrannt war, hatte bereits mit dem Wiederaufbau begonnen. Bei ihm und dem, was von Fergusons Stallungen übrig war, hatten Angus und seine Leute Unterschlupf gefunden.

Swan war ein Mann, der sich auszudrücken verstand und für Zeitungen schrieb. Das Wort schien in diesen Zeiten eine nicht zu unterschätzende Waffe geworden zu sein, denn ohne Swans Artikel für den *Highlander* hätte die breite Öffentlichkeit noch immer kein Interesse an der Lage der Pächter gezeigt. Der eloquente Mann war dem Laird ein Dorn im Auge, doch nach dem tragischen Todesfall musste sich MacKenzie bedeckt halten.

»Sag deinem Herrn, dass wir uns nicht vertreiben lassen wie unliebsame Insekten. Wir haben ein Recht auf das Land. Es gehört uns genauso wie ihm«, schleuderte Swan dem Verwalter ins Gesicht.

»So nehmt doch Vernunft an! Warum sträubt ihr euch denn so! Es hilft doch nichts, das wisst ihr!«, mahnte Tavish, der in seinem schwarzen Anzug und dem Zylinder wie ein Fremdkörper unter den Highlandern wirkte, obwohl er doch einer von ihnen war.

Die Männer hinter Swan schlossen auf und sahen Tavish finster an. »Was wissen wir?«, sagte Swan. »Dass unser Laird, dem wir über Generationen treu gedient haben, uns plötzlich hintergeht, uns abstoßen will wie fauliges Geschwür, das man abschneidet, damit der Körper gesundet?«

»Aber so ist es doch nicht. Die Zeiten haben sich geändert«, stammelte Tavish eher unbeholfen.

»Geändert hat sich nur MacKenzie! Er will mehr Geld verdienen, und wir sind ihm im Weg!« Swan stellte sich breitbeinig vor Tavish, und die anderen Männer rückten näher.

Angus spürte, wie sich die Spannung aufbaute, und hob beschwichtigend die Hand. »Hier ist nicht der Ort, um zu streiten.«

»Nein, aber in dieser Sache ist das letzte Wort noch lange nicht gesprochen. Richte das deinem Herrn aus, Tavish.« Swan legte die Hand an seinen Dolch.

Unter den feindseligen Blicken der Männer und Frauen von Ardmore senkte Tavish MacPhail den Blick und drehte sich um. Niemand sah ihm nach, als er langsam den steinigen Pfad hinunterging.

Als sie später im Gasthaus von Halistra zusammensaßen, sagte Mark Mavor, ein Crofter und Nachbar von Swan: »Was sollen wir nur tun, Iain? So kann es doch nicht weitergehen! Wir alle leben in ständiger Angst vor der nächsten Vertreibung durch die Männer des Lairds. Wir können uns gegenseitig zwar noch helfen, aber wie lange? Unsere Vorräte sind begrenzt, Rücklagen haben wir keine mehr, die sind schon im vergangenen Jahr durch die schlechte Ernte aufgebraucht worden. MacKenzie weiß das, und er lässt uns am langen Arm verhungern.«

Seit Jahren war die Lage der Crofter immer dramatischer geworden. Begonnen hatte alles mit den ersten großen Vertreibungen in der Region Sutherland im Tal von Kildonan. Earl Gower hatte beinahe fünfzehntausend Einwohner mit unnachgiebiger Härte von seinem Land und aus ihren Häusern vertrieben. Meist hatten die Crofter nur wenige Tage Zeit, ihr Hab und Gut zu packen und das Land zu verlassen. Dabei waren Häuser niedergebrannt worden und Familien zu Tode gekommen. Zur »Kompensation« hatte man den Vertriebenen schlechten Boden gegeben, der nicht einmal ein Prozent des zuvor von ihnen bewirtschafteten Landes ausmachte. Earl Gower, der erste Duke of Sutherland, war nicht nur nicht für seine Grausamkeit verurteilt, sondern in der Folge sogar als Wohltäter von der Presse gefeiert worden. Für die gälischsprachigen Highlander, die als hinterwäldlerisch galten, hegte man in den Lowlands wenig Sympathie. Das Elend der Vertriebenen und vor allem die Enttäuschung über den Verrat ihres Herrn, dem sie über Generationen treu gedient hatten, war unvorstellbar. Die Highlander waren gottesfürchtige Menschen, die nicht begriffen, warum sich plötzlich alles gegen sie wendete.

Pfarrer James Bothwick, der mit am Tisch saß, hob beschwichtigend die Hände. »Meine Freunde, bitte lasst uns gemeinsam überlegen, was zu tun ist. Duffs Tod soll uns eine Warnung sein. Greift nicht übereilt zu den Waffen, ich bitte euch im Namen des Herrn Jesus und der Heiligen Jungfrau!«

Ein Murmeln ging durch die Trauergesellschaft, und einer der Männer sagte zustimmend: »Amen.«

»Du hast gut reden, Pfarrer«, meinte Swan. »Du hast dein Auskommen. Wir nicht! Du wirst weiter von Mac-Kenzie bezahlt, uns nimmt er die Existenz. Mit welchem Recht tut er das? Sag mir das, Pfarrer?« Anklagend sah Swan den Mann der Kirche an.

Bothwick, ein kleiner, glatzköpfiger Mann mit Vollbart und einem wohlgenährten Leib, machte ein bedrücktes Gesicht. »Es ist nicht recht, nein, das ist es nicht. Aber es gibt immer Neuerungen, die unbequem sind, und später versteht man, dass es doch notwendig war …«

Weiter kam er nicht, denn Angus packte ihn am Arm. »Notwendig? Was redest du da für einen Unsinn, Mann Gottes! Notwendig kann es nicht sein, dass ein Herr mehr Profit aus seinem Land schlagen will und deshalb seine Leute vor die Hunde gehen lässt! Notwendig? Eine Schande und eine Ungerechtigkeit nenne ich das!«

Bothwick riss sich los, sichtlich erschüttert, und wollte aufstehen, doch Angus kam ihm zuvor, erhob sich und stieß ihn zurück in den Stuhl. »Geh zu deinem Herrn, der nicht länger meiner ist, und sag ihm, dass ich um mein Land kämpfen werde, dass ich eine Familie habe, die ernährt werden muss, dass er ein Mörder ist und ein vielfacher Mörder wird, wenn er uns nicht lässt, was uns zusteht! Geh, du Gottesmann! Heute lasse ich dich gehen, aber wehe, wenn wir uns wiedersehen, und du erzählst mir, es sei notwendig gewesen, dass mein Sohn sterben musste für die Gier eines einzelnen Mannes, der mehr besitzt als wir alle zusammen und der dennoch nicht zufrieden ist.«

Zitternd erhob sich der Pfarrer und stolperte rückwärts durch den Schankraum.

»Geh!«, brüllte Angus, und Bothwick drehte sich um, stieß in der Hast einen Stuhl zu Boden und rannte hinaus.

Ein Windstoß fegte salzige Meeresluft und den Geruch von Torf und Heide herein. Das war der Duft seiner Heimat, dachte Angus und wischte sich eine Träne aus dem Auge. »Duff soll nicht umsonst gestorben sein«, sagte Angus Ferguson und sah seine Freunde an.

Swan klopfte ihm auf die Schulter, und Mark goss Bier aus einem Krug in die Gläser. Die Frauen saßen an einem Nebentisch und begannen leise zu singen: »*I am going home with thee. To thy home! To thy home! I am going home with thee to thy home of autumn, of spring and of summer. I am going home with thee, thou child of my love, to thy eternal bed, to thy perpetual sleep* ...«

Das schöne alte Lied berührte jeden, und alle fielen ein, um die Seele des Verstorbenen bei ihrem Wechsel auf die andere Seite zu begleiten. *Ich begleite dich im Herbst, im Frühling und im Sommer*, hieß es, *dich, Kind meiner Liebe, begleite ich zu deiner ewigen Bettstatt, in den immerwährenden Schlaf.* Die Tränen liefen Angus über die Wangen, und die Stimme versagte ihm. Sein ganzes Leben hatte doch noch vor seinem Sohn gelegen. Duff hätte nicht gehen dürfen, nicht so, nicht durch die Hand des brutalen Schergen. Er griff nach seinem Dolch und umklammerte ihn so fest, dass seine Hand schmerzte. Erst als er den Blick hob und durch den Raum in die Augen seiner Frau sah, ließ die Anspannung nach. Sanft und kaum sichtbar schüttelte sie den Kopf. Er wusste, was das bedeutete. Tu es nicht, schien sie zu sagen. Nimm kein Leben für ein Leben.

In dieser Nacht lagen Angus Ferguson, seine Frau und vier Kinder im Heu neben den Ziegen im Stall von Iain Swan. Sie hatten kein anderes Dach über dem Kopf, denn alle Gebäude von Angus' Hof waren abgebrannt. Von MacKenzie hatten sie nichts zu erwarten, denn der Laird hatte sie mehrfach gewarnt. Wenn sie das Land nicht freiwillig verließen, würde er sie mit Gewalt vertreiben.

Peigi weinte stumm. Er spürte das Schluchzen, das ihren Körper schüttelte, und zog sie dichter zu sich. »Ich weiß, schsch, er fehlt mir auch.«

Er musste jetzt stark sein und seine Familie beschützen. »Morgen gehe ich Holz sammeln. Mark hat mir ein paar Balken zugesagt, und die Tiere sind vorerst bei Iain sicher. Wir schaffen das, Peigi. Ich bin gesund und werde uns ein neues Haus bauen.«

»Aber wenn er dich nicht lässt, Angus? Was ist, wenn er dich nicht lässt …«

Zwei Wochen waren seit Duffs Tod vergangen. Der Juni war warm und trocken, und die Mücken plagten sie nicht ganz so heftig wie im vergangenen Jahr. Aber das würde sich ändern, sobald der Regen wieder einsetzte. Überall dort, wo es feucht und modrig war, brüteten die lästigen Plagegeister und quälten mit ihren Stichen Mensch und Tier. Immer wieder starben Kleinkinder am Fieber, das aus dem Moor stieg. Angus war in Begleitung von Iain und Mark zum Torfstechen aufgebrochen. Henry, sein jüngster Sohn, begleitete sie, während die Mädchen bei Peigi geblieben waren. Die Kühe und Ziegen mussten gemolken, die Wolle gesponnen und das Gemüse geerntet werden.

»Morgen könnt ihr wieder in euer Haus ziehen, Angus. Dann bringen wir das Fleisch vom Schlachtfest mit und feiern euren Einzug.« Iain hatte seinen Spaten geschultert und schritt energisch aus.

»Ich kann noch nicht glauben, dass es überstanden sein soll. Es ist so ruhig gewesen. Warum haben wir nichts vom Schloss gehört?«, zweifelte Angus.

»Ich sage mir, wir sollen keine schlafenden Hunde wecken. Vielleicht haben sie eingesehen, dass sie uns so nicht behandeln können. Immerhin sind es Menschen mit Familie, wie wir«, meinte Mark.

Henry, der im Frühling sechzehn Jahre alt geworden war und neben seinem Vater lief, sagte: »Die sind nicht alle wie der Laird! Shona ist wirklich nett. Sie kommt oft an den Hafen und redet mit uns, wenn sie Fische kauft. Sie hat Haare wie gesponnenes Gold.«

Die Männer waren kurz still, bevor sie laut lachten. »Oh, Angus«, sagte Iain. »Pass auf deinen Sohn auf. Er wird zum Mann und hat anscheinend ein Auge auf die Tochter von MacKenzie geworfen.«

Henry, der seinen Vater bereits um einen Kopf überragte, jedoch nicht die muskulöse Statur seines verstorbenen Bruders hatte, schnaufte verärgert. »Ach, ihr macht euch über mich lustig. Darf ich denn nicht sagen, dass Shona ein schönes Mädchen ist? Und sie redet mit mir über Bücher, Gedichte und so was.«

»Gedichte? Na, das ist ja großartig!« Angus blieb stehen und nahm seinen Sohn am Arm. »Jetzt hör mir mal zu, Henry! Du hältst dich von dem Mädchen fern, von jedem MacKenzie! Hast du mich verstanden? Oder hast du vergessen, wer deinen Bruder getötet hast?«

Henry, der ein schmales Gesicht und die blauen Augen seiner Mutter hatte, nickte gehorsam. »Ja, Vater, aber sie ist nicht so wie die anderen.«

»Schluss damit!«, fuhr Angus ihn an und schob ihn weiter. »An die Arbeit, dann vergehen dir solche Dummheiten!«

Am Nachmittag kamen weitere Männer aus dem Dorf mit zwei Karren und halfen, die Torfstücke aufzuladen. Hier war jeder auf den anderen angewiesen. Man half sich und arbeitete da gemeinsam, wo es notwendig war. Vom Moor bis hinauf nach Ardmore benötigten sie zwei Stunden. Die vereinzelten weißen Crofter-Häuser zeichneten sich gut sichtbar gegen die satten grünen Wiesen ab. Schon von Weitem sahen sie den Rauch, und Angus' Kehle schnürte sich zusammen, und er griff nach der Hand seines Sohnes, der neben ihm hinter dem Karren her schritt. Henrys Gesicht war blass, und seine Lippen zitterten.

5

*St. Brendan and his monks on their voyages came
to an island (Waternish), where was an old man.
And the old man said to them, »O holy men of God,
make haste to flee from this island. For there is a
sea-cat here, of old time, that hath grown huge
through eating excessively of fish.« Thereupon they
turned back in haste to their ship. But lo, behind
them they saw that beast swimming through the
sea, and it had great eyes like vessels of glass.*

St. Brendan und seine Männer kamen auf ihren
Reisen nach Waternish, wo ein alter Mann lebte.
Und der alte Mann sagte: »Ihr heiligen Männer,
flieht schnell von dieser Insel. Hier haust ein
Seeungeheuer aus sehr alter Zeit, das riesengroß
geworden ist, weil es so viel Fisch frisst.«
Und die Männer drehten sich um
und flohen von der Insel zu ihrem Schiff.
Und als sie zurückschauten, sahen sie
das Seeungeheuer durch das Meer schwimmen,
und seine Augen waren wie riesige Bullaugen.

Helen Waddell: »Beasts and Saints«

Das Wetter auf Skye hatte Ivy nie gestört. Heute früh war es noch nass gewesen, doch jetzt brach die Sonne durch die Wolken und ließ die Hügel in sattem Grün strahlen. Die weißen Crofter-Häuser leuchteten wie Perlen, die man übers Land gestreut hatte. Ivy fuhr mit ihrem Rad über die holprige Straße, der Schlamm spritzte gegen ihre Boots und die Jeans, doch sie hatte nur Augen für die atemberaubende Aussicht, die sich ihr bot. Ardmore Castle lag direkt vor ihr etwas erhöht an der Küste. Sie konnte das Meer rauschen hören, und die Möwen kreisten über dem Hafen. Wahrscheinlich waren die Fischer zurück und sortierten ihren Fang. Sie erinnerte sich an den alten Hamish, mit dem sie als Kind einige Male hinausgefahren war. Ob er noch seinen Kutter hatte?

Wenige Minuten später fuhr sie durch das Tor vom Stammsitz der MacKenzies und stellte ihr Rad unter dem Dachvorsprung ab, den ihr Calum gestern gezeigt hatte. Sie klopfte sich die Hosenbeine ab und putzte ihre Schuhe mit einer Bürste, die neben der Haustür stand. Bevor sie die Kordel der Klingel ziehen konnte, wurde die Tür aufgezogen, und Charly steckte den Kopf hinaus.

»Hey, guten Morgen, Charly!«, begrüßte sie den Hund, der ihr schwanzwedelnd entgegensprang.

»Guten Morgen, Ms Ferguson!« Calum stand mit einem Becher Kaffee in der Hand im Eingang.

»Ivy, wenn es Ihnen recht ist«, sagte sie lächelnd und nahm ihren Rucksack von den Schultern.

»Cal, sehr gern. Kommen Sie herein. Haben Sie

gefrühstückt? Ich kann Ihnen noch Kaffee, Tee, Porridge, Eier, Würstchen und …«

Ivy lachte. »Danke, Kaffee reicht mir.«

Sie streichelte den Hund, der sie begeistert stupste, und zog ihre Jacke aus. Es war nicht kalt, nur etwas frisch durch den Wind, der vom Meer heraufwehte. »Womit wollen wir beginnen? Möbel oder Gemälde?«

»Ach, das überlasse ich ganz Ihnen. Sie können sich die einzelnen Räume vornehmen. Das hat mein Onkel vorgeschlagen.« Calum MacKenzie fuhr sich durch sein dunkles, zerzaustes Haar. »Ich habe Ihnen alle Unterlagen auf die Tafel in der Halle gelegt. Kaufverträge, Dokumente, Urkunden, was es eben so zu den einzelnen Stücken gibt. Mein Onkel hat es nicht so mit dem Computer.« Calum grinste.

»Oh«, seufzte Ivy und ahnte, was ihr bevorstand. »Es ist also nichts digitalisiert worden?«

Sie gingen in die Küche, die als Drehort für eine Jane-Austen-Verfilmung perfekt gewesen wäre, jedoch wenig modernen Komfort bot. Nun gut, man konnte nicht alles haben. Hier überwog eindeutig der historische Charme.

»Das nun auch wieder nicht, aber eben nur ein kleiner Teil.« Calum nahm einen Espressokocher vom Gasherd. »Zucker?«

»Schwarz, danke.« Sie nahm die kleine Tasse und leerte sie in einem Zug. »Gut. Welcher Teil wurde digitalisiert? Wann hat Ihr Onkel eigentlich das Geschäft aufgegeben? Gibt es Einträge seiner Stücke in Katalogen? Hat er darüber Buch geführt? Hat er auch an Museen oder an große Sammlungen verkauft?«

Calum goss sich den Rest des Espressos in seinen Becher und gab einen Löffel Zucker dazu. »Sie wissen vom Tod seiner Frau. Jeder, der sich mit Antiquitäten beschäftigt, weiß das. Der Skandal füllte damals über Wochen die Zeitungen. Danach war er nie wieder derselbe. Er hat sich aus allem zurückgezogen. Wann genau er sein Geschäft aufgegeben hat, kann ich nicht sagen. Es wurde einfach immer weniger. Er wurde weniger.«

Ivy hörte ihm aufmerksam zu. »Das klingt furchtbar traurig.«

»Das Leben hat es immer gut mit meinem Onkel gemeint. Er war erfolgreich, beliebt bei seinen reichen Kunden, besaß ein Ferienhaus in der Provence und reiste von einer Auktion zur nächsten. Bis der Tod meiner Tante alles veränderte. Aus einem lebenslustigen, charmanten Mann wurde ein verbitterter Einsiedler.« Calum spülte den Espressokocher aus und stellte ihn auf ein Abtropfgitter. »Hin und wieder hat er in den Jahren Stücke verkauft. Aber fragen Sie mich nicht, woher er sie bezogen hat und wer seine Kunden waren. Das herauszufinden ist Ihre Aufgabe.«

»Aber ich kann doch nachher mit Ihrem Onkel sprechen?«

»Ich hoffe es. Er ist kein einfacher Mensch, und er vertraut niemandem. Außer mir vielleicht«, meinte Calum mit einem traurigen Lächeln.

»Na schön, ich werde mit dem arbeiten, was ich finden kann, und wenn ich nicht weiterkomme, wende ich mich an Sie oder versuche es bei Ihrem Onkel. Wir werden schon etwas zustande bringen.« Ivy war zuversichtlich, dass sie an die notwendigen Informationen gelangen konnte. Man ließ ihr freie Hand, und das war mehr, als sie erwartet hatte.

Den gesamten Vormittag über beschäftigte sich Ivy mit den Möbeln der Halle. Die große Eichentafel mitsamt den Stühlen, ein Konsoltisch, eine Etagere aus Mahagoni und ein Spiegel waren ihre Ausbeute, die sie zudem gut dokumentiert in den unsortierten Unterlagen gefunden hatte. Die Möbel waren alle vor 1983 erworben worden und stammten aus Auktionen in Glasgow, York und London. Lediglich der prunkvolle Konvexspiegel war auf dem Kontinent in Wien erworben worden. Beinahe jedes der Stücke hatte eine Legende vorzuweisen und würde auf dem Markt einen guten Preis erzielen. Ivy schaute auf ihr Handy, während ihr Magen knurrte. Es gab eine Nachricht von Nicole, die in Oscar Fulbrooks Namen nach dem Stand der Dinge fragte, und eine Nachricht von Louis, der sie zu einem Lunch einlud.

Ivy sagte ihrem Ex-Freund ab und überlegte, ob sie nach Hause oder zum Pub fahren sollte. Gab es in der Nähe einen Supermarkt? Soweit sie sich erinnerte, musste man zum Einkaufen nach Portree fahren, und dafür benötigte sie ein Auto. Ihr Telefon klingelte, als sie sich auf den Weg zur Küche machte.

»Wo steckst du denn nur? Ich war gestern Abend bei dir, aber dein reizender Nachbar wusste nicht, wo du bist«, kam es ein wenig vorwurfsvoll, aber hauptsächlich scherzhaft von ihrer Freundin Sienna.

»Sienna, ich wollte dich noch anrufen, aber es ging alles so schnell. Ich bin auf Skye bei meinen Eltern.«

»Was? Oh, ich hoffe, es ist nichts passiert! Geht es deinen Eltern gut?« Sienna Rowland war Historikerin und Ivys beste Freundin in London. Sie hatten sich über ihre gemeinsame Liebe zur Musik kennengelernt. Sienna spielte Fiddle in einer Folkband, und Ivy hatte schon als Kind gern gesungen. Als die Sängerin von Siennas Band ausgefallen war, hatte Ivy die Chance ergriffen und war eingesprungen. Aus der spontanen Session in Camdens *Green Note* waren eine ständige Zusammenarbeit und eine echte Freundschaft entstanden.

»Ja, alles normal. Wie immer. Nein, ich kann jetzt nicht sprechen, Sienna.« Sie senkte die Stimme. »Ich mache gerade Mittagspause in Ardmore Castle.«

»Was? Wo? Arbeitest du jetzt als Fremdenführerin?« Sienna lachte.

»Nein, ich, äh, später, Sienna, okay?« Ivy hörte Stimmen und beendete das Gespräch.

Als sie in die Küche trat, sah sie Calum am Herd stehen, und Ross MacKenzie saß in seinem Rollstuhl am Tisch. Der alte Laird empfing sie mit mürrischem Blick.

»Guten Tag, Sir«, sagte Ivy und steckte ihr Telefon in die hintere Gesäßtasche ihrer Jeans.

»Hm«, brummte MacKenzie und griff unsicher nach dem Teebecher, der vor ihm auf dem Tisch stand. Ivy schob den Becher so in seine Nähe, dass er ihn besser greifen konnte.

»Sind Sie meine Krankenschwester, oder was?«, knurrte MacKenzie unwirsch.

Calum drehte sich um. »Ivy, wie sind Sie vorangekommen? Benötigen Sie noch etwas? Wir wollen uns gerade eine Suppe warm machen. Keine Angst, ich habe nicht gekocht. In Portree gibt es ein fabelhaftes kleines Restaurant, das *Café Arriba*. Die machen alles selbst, frisch und mit Produkten aus der Region. Sie gehen also kein Risiko ein …« Er grinste und hob den Deckel.

Es duftete tatsächlich sehr gut, und Ivys Magen meldete sich erneut lautstark. »Verzeihung, ja, ich kann nicht leugnen, dass ich hungrig bin.«

»Schüsseln haben wir hier, Besteck dort, Gläser und Wasser hier.« Er deutete vage auf Schränke und Regale, und Ivy war froh, dass sie sich nützlich machen konnte, während Ross MacKenzie sie weiterhin feindselig anstarrte.

Zur Kürbissuppe gab es frische Brötchen und Butter, und Calum hatte nicht übertrieben, es schmeckte beinahe so gut wie bei ihrer Mutter. Ivy legte den Löffel in ihre Schüssel. »Das war großartig, vielen Dank! *Café Arriba*? Ist das nicht am Hafen? Kann sein, dass ich schon mal dort war. Das ist allerdings Jahre her.«

»Direkt am Hafen. Es hat sich viel getan auf Skye. Der Tourismus nimmt immer weiter zu. Aber immerhin passen die Gemeinden mit der Bebauung auf.« Calum stand auf. »Möchten Sie einen Kaffee?«

»Sehr gern.« Ivy wollte ihm beim Abwasch helfen, doch er winkte ab. »Setzen Sie sich nur. Onkel, möchtest du einen Kaffee oder lieber einen Tee?«

Ivy ließ sich wieder auf einem der antiken Stühle nieder. »Sie haben wirklich eine beeindruckende Sammlung an Antiquitäten, Mr MacKenzie. Allein diese Hepplewhite-Stühle können einen ordentlichen Preis erzielen.«

Der alte Laird blitzte sie angriffslustig hinter seiner Brille an. »Das weiß ich selbst. Was glauben Sie eigentlich, wen Sie hier vor sich haben? Nur weil ich im Rollstuhl sitze, bin ich kein Idiot!«

»Es reicht, Onkel! Sei nicht so unhöflich zu unserem Gast!«, sagte Calum und nahm den zischenden Espressokocher von der Flamme.

»Gast? Du bezahlst sie doch von meinem Geld! Warum machst du nicht, was sie jetzt tun soll?« MacKenzie griff nach seinem Gehstock, dessen Knauf versilbert war.

Alles, was Ivy in diesem Schloss sah, war von besonderer Machart, Qualität oder Ästhetik. Wenn man vom Zustand der Vernachlässigung absah, war Ardmore Castle ein Gesamtkunstwerk, und es war ein Jammer, es durch den geplanten Ausverkauf zu zerstören. Als hätte MacKenzie ihre Gedanken gelesen, griff er seinen Gehstock fester und sagte: »Ich weiß genau, wann ich was wo gekauft habe, das können Sie mir glauben. Auch wenn mein Arm mir nicht mehr gehorchen will. Hier oben ist noch alles drin!« Er tippte sich an die Stirn und sagte zu Calum: »Es ist alles da, hörst du? Du musst es nur aufschreiben!«

Sein Neffe stellte die Kaffeetassen und einen silbernen Zuckertopf auf den Tisch. »Ich habe keine Ahnung von deinem Geschäft, Onkel, das weißt du genau. Und ich habe nicht genug Zeit. Ivy, er freut sich genauso wie ich, dass Sie uns helfen. Es ist ihm nur nicht bewusst, wie sehr wir auf Ihre Hilfe angewiesen sind.« Die letzten Worte sagte er mit Nachdruck und setzte sich an den Tisch.

»Wie ist das beispielsweise mit dem Spiegel in der Halle? Der wurde laut Rechnung 1979 im Dorotheum in Wien erworben. Gibt es dazu noch weitere Unterlagen?«, wagte Ivy einen ersten Vorstoß.

»Fragen Sie doch im Dorotheum nach«, kam es brüsk von MacKenzie.

»Das werde ich tun, keine Frage, aber wenn Sie mir helfen, können wir viel Zeit und Ihnen Geld sparen.«

MacKenzie hob leicht den Kopf. Ihre selbstbewusste Antwort schien ihn zu überraschen. Mit seinem dunklen Halstuch, einem hellblauen Oberhemd und dem leicht verschlissenen Sakko entsprach er noch immer dem Bild des typischen Landadligen. Ivy hatte Fotografien im Internet gefunden, auf denen Ross MacKenzie mit seiner schönen jungen Frau vor dem Casino in Monte Carlo neben prominenten Schauspielern posierte. Auch auf mondänen Festivitäten in Saint-Tropez und Cannes war MacKenzie vertreten gewesen. Und dann hatte der tragische Tod seiner Frau ihn aus der Bahn geworfen.

»Waren Sie auch so frech zu Sebastian Russel?« MacKenzie wollte seine Kaffeetasse anheben, zitterte jedoch zu stark und stieß sie verärgert von sich.

»Frech sind kleine Kinder, Mr MacKenzie. Ich habe Kunstgeschichte studiert und viele Jahre Berufserfahrung in Auktionshäusern und bei Mr Russel gesammelt. Meine Expertisen sind von Experten anerkannt worden und hatten vor Gericht Bestand. Mr Russel hat meine Arbeit geschätzt, und ich wäre nicht hier, wenn er nicht viel zu früh verstorben wäre.« Fest sah sie den verbitterten alten Mann an, der ihr leidtat, doch damit war weder ihr noch ihm geholfen.

Einen sehr langen Augenblick war es still in der Küche von Ardmore Castle. Draußen zwitscherten Singvögel in den Ästen vor dem Fenster, und man hörte Charly, der neben dem Herd auf einer Matte lag, im Schlaf seufzen. Sie fürchtete schon, zu weit gegangen zu sein, doch dann ging ein Ruck durch den Laird, er schob das Kinn vor und sagte: »Kommen Sie mit, ich will Ihnen etwas zeigen.«

Calum warf ihr einen anerkennenden Blick zu, als sie sich erhob, um hinter MacKenzie die Küche zu verlassen. Der Laird steuerte seinen Rollstuhl zurück durch die Halle und von dort in einen Raum, den Calum ihr noch nicht gezeigt hatte. Als die Tür aufgestoßen wurde und das Licht auf die dunklen Möbel und die bunten Stoffe der Bezüge fiel, stockte Ivy der Atem. »Nein! Das ist doch nicht möglich! Ist das tatsächlich alles von ...?« Der Name des berühmten schottischen Arts-and-Crafts-Designers blieb ihr im Hals stecken, so groß war die Ehrfurcht vor seinem Werk.

Stolz nickte MacKenzie. »Aber ja. Selbstverständlich sind das alles Originale aus der Werkstatt von Rennie Mackintosh. Ich halte ihn für den wichtigsten schottischen Universalkünstler des vergangenen Jahrhunderts.« Das Sprechen strengte den Laird sichtlich an, doch seine Augen leuchteten, als er über den Architekten und Designer sprach, dessen Werk stilbildend für Generationen geworden war. »Seine Arbeiten vereinen Wissenschaft und Geist. Ich meine damit, dass sie eine organische

Einheit erreichen und dabei funktional und ästhetisch sind und unverwechselbar.«

Beeindruckt strich Ivy über die klaren Formen der Stühle und trat näher, um die geschnitzte Wandpaneele zu untersuchen. Die Ornamente waren unverkennbar von Mackintosh. Typisch waren die stilisierten Blumen, die auf vertikale Gittermuster gesetzt worden waren. »Kunst ist die Blume, und das Leben ist das grüne Blatt«, zitierte Ivy Rennie Mackintosh. »Ich bringe es nicht ganz zusammen, aber er wollte Dinge erschaffen, die das Leben überdauern, und das ist ihm gelungen.«

Ross MacKenzie deutete auf eine gerahmte Architekturzeichnung. »Fast hätten wir diesen Entwurf realisiert. Ich hatte einen Investor, ein Grundstück und die Genehmigung, aber dann ...« Er brach abrupt ab.

»Ihre Frau?«

Die unwirsche Miene kehrte zurück, und er schien zu bereuen, so viel preisgegeben zu haben.

»Außergewöhnlich, diese Stücke«, sagte Ivy. »Vor allem, weil es nur noch so wenige Originale von Mackintosh in privatem Besitz gibt. Und dann ist auch noch die Glasgow School of Art abgebrannt. Welch ein Verlust, ich hätte weinen können, als ich davon hörte! Aber woher stammen diese Stücke? Das scheint mir ein komplettes Zimmer zu sein.«

»Sicher ist es das.«

Warum nur machte er es ihr so schwer? »Ich wüsste mehrere Auktionshäuser, die sich allein um dieses Zimmer reißen würden.«

»Das weiß jeder Anfänger.«

Ivy zählte stumm bis drei, bevor sie antwortete. »Warum bin ich hier, Mr MacKenzie?«

»Mein Neffe hatte diesen Einfall. Der ist nicht auf meinem Mist gewachsen.« Der alte Mann starrte aus dem Fenster und stellte den Stock mit dem silbernen Knauf auf den Boden. »An Cuan Canach. Von hier aus kann man bis nach Lochmaddy sehen. Früher sind sie mit dem Boot hinübergerudert, und viele sind nie zurückgekehrt.«

An Cuan Canach war der gälische Name für die Meerenge, die Skye und die Äußeren Hebrideninseln trennte. The Little Minch wurde sie auch genannt, die von Uig mit einer Fähre nach Lochmaddy zu überqueren war. Als Jugendliche war Ivy einige Male mit Freunden nach North Uist und zu den anderen Inseln gefahren, um dort zu zelten und zu fischen. Das Fischen hatte ihr nie gefallen, aber sie mochte die raue Landschaft und die Einsamkeit der Strände. »Früher war vieles anders, Sir. Es gab Zeiten, in denen diejenigen, die Land besaßen, ihre Pächter einfach vertrieben haben, nur weil sie mit der Verpachtung des Landes an Schafzüchter aus den Lowlands oder, noch schlimmer, aus England mehr verdienen konnten.«

MacKenzie schnaufte und schlug mit seinem Stock wütend gegen ein Stuhlbein. »Darauf habe ich gewartet. Das musste ja kommen!«, rief er laut. »Eine Ferguson kann nicht unter einem Dach mit den MacKenzies sein, ohne dass es zu Streitereien kommt.« Manche Worte waren kaum zu verstehen, weil er nur langsam sprechen konnte, was ihn noch wütender machte. »Verschwinden Sie! Wir brauchen Sie nicht!«

»Onkel Ross, nicht doch, was tust du denn!« Calum eilte durch die Tür und sah Ivy bittend an. »Geben Sie uns eine Chance, Ivy. Mein Onkel weiß ja nicht, was er sagt.«

»Und ob er das weiß! Er ...« Ross MacKenzie begann zu husten, und seine Hand zitterte so stark, dass er den Gehstock fallen ließ.

Wäre sie nicht als Undercoveragentin ihrer Versicherungsgesellschaft hier, sie hätte Ardmore sofort verlassen. Doch so musste sie ihren Stolz herunterschlucken, nahm die Schultern zurück und sagte mit einem schmalen Lächeln: »Die Situation ist sicher sehr schwer für Ihren Onkel. Und ich hätte die alten Geschichten nicht erwähnen sollen. Was haben wir noch mit den Highland Clearances zu tun? Wir leben heute und können das, was unsere Vorfahren getan haben, ganz anders beurteilen. Ich verurteile niemanden.«

»Dazu haben Sie auch keinen Grund!«, knurrte MacKenzie.

Ivy räusperte sich. »Das sollten Sie besser nicht zu meinen Eltern sagen. Vor allem mein Vater hat da eine ganz andere Meinung. Aber ich habe mit den alten Geschichten nichts am Hut. Deshalb bin ich mit achtzehn von hier weg.«

»Danke, Ivy. Wirklich, wir sind Ihnen sehr dankbar für Ihre Hilfe!«, bekräftigte Calum sein Bestreben, sie zum Bleiben zu bewegen.

»Sie wissen doch sicher noch, von wem Sie die Mackintosh-Möbel erworben haben, Sir?«, fragte Ivy erneut nach, denn ein Verkauf wäre ein guter Start und könnte den MacKenzies etwas Luft verschaffen.

»Nein, weiß ich nicht. Bring mich auf mein Zimmer, Cal.«

»Ich bin gleich zurück, Ivy. Vielleicht machen Sie an anderer Stelle weiter?«, bat Calum sie und ergriff den Rollstuhl seines Onkels.

Ivy nickte und zog ihr Mobiltelefon hervor, mit dem sie sich ins Internet einloggte. Eine kurze Suche nach Mackintosh blieb ergebnislos, was sie wunderte, denn die Stücke waren heute begehrter denn je auf dem Kunst- und Antiquitätenmarkt. Sie wählte Fulbrooks Nummer.

Oscar Fulbrook war selbst am Telefon. »Ivy, wie läuft es?«

Leise und mit Blick zur Tür sagte sie: »Nicht gut. Ich weiß nicht, was mit MacKenzie los ist! Er hat hier eine erstklassige Auswahl an Mackintosh-Mobiliar und weigert sich, mir zu sagen, wo er das gekauft hat. Er ist zwar alt und krank, aber nicht senil! Der alte Knabe weiß genau, was Sache ist. Vielleicht finden Sie mehr heraus.«

»Mackintosh? Na, das ist ja eine Überraschung! Gut, gut, schicken Sie alles her, was Sie in Erfahrung bringen konnten. Und was ist mit Kermacks Schreibtisch?«

»Das konnte ich nicht anbringen. Ein Gespräch mit MacKenzie ist so gut wie unmöglich. Er schnappt bei jeder Kleinigkeit zu wie eine Auster. Aber er weiß sehr viel mehr, und wenn ich genügend Zeit habe, bekomme ich schon heraus, was er zu verbergen hat.«

»Verstehe. Zwei Wochen können Sie noch bleiben, Ivy. Wenn Sie in dieser Zeit nichts Brauchbares herausfinden ...«

»Nein, nein, ich schaffe das! Ich werde Sie nicht enttäuschen, Oscar!« Sie wollte sich beweisen, und vor allem wollte sie den Job bei Fulbrook nicht verlieren.

»Gut. Wir hören von Ihnen.« Das Gespräch war beendet.

Ivy atmete hörbar aus. Ihr Arbeitgeber hatte sich anscheinend mehr von ihr erhofft. Die Enttäuschung in seiner Stimme war kaum zu überhören gewesen. Sie lauschte in den Gang, doch sie war allein und machte sich rasch daran, die Möbelstücke zu fotografieren. Kaum war sie fertig, kehrte Calum zurück.

»Sie sind noch hier? Ich dachte, Sie wollten woanders weitermachen. Dieses Mackintosh-Zimmer scheint meinen Onkel momentan sehr aufzuwühlen.«

»Und ich verstehe nicht, warum. Wenn Sie das hier verkaufen, wären Sie ein gutes Stück weiter. Wir sprechen über einen möglichen Gewinn in sechsstelliger Höhe.«

Calum pfiff durch die Zähne. »Na, das hört sich doch gut an! Aber wir müssen das vorerst zurückstellen, tut mir leid. Wenn mein Onkel etwas nicht will, kann ich nichts machen.«

»Ob die Sachen hier seiner Frau gehört haben?«

Erstaunt sah Calum sie an. »Wie kommen Sie denn darauf? Nein! Kirsty mochte diese dunklen Möbel sowieso nicht. Ich meine, ich kannte sie nicht, bin ein Jahr vor ihrem Tod geboren worden, aber von meinen Eltern habe ich natürlich einiges über sie erfahren.«

Schnell überschlug Ivy die Zahlen und kam zu dem Ergebnis, dass Calum fünf Jahre älter war als sie selbst. »Wo ist es denn eigentlich passiert?«

»In ihrem Schlafzimmer. Ich zeige Ihnen bald die Räume oben. Jetzt müssen Sie mich entschuldigen. Ich habe noch ein Projekt zu bearbeiten. Wenn Sie wollen, kommen Sie doch heute Abend mit nach Stein. Ich treffe mich dort mit Tommy und Rachel.«

»Sehr gern.«

Er wartete, bis sie vor ihm den Raum verließ, und zog die Tür hinter sich zu.

»Sie machen es mir nicht leicht. Was ist mit dem Burns-Brief? Haben Sie den schon von einem Experten untersuchen lassen?«

Calum schüttelte den Kopf. »Ich glaube nicht. Aber auch das muss warten. Sind Sie mit der Halle schon fertig? Was ist mit den Gemälden? Dann haben wir noch einen Salon mit hübschen Sesseln und so einem Tagesbett.«

»Oh, eine Chaiselongue meinen Sie?«

Er hob die Schultern. »Wahrscheinlich. Die Tür gleich links. Bis später, Ivy.«

Nun, wenn es sich um eine leichte Aufgabe gehandelt hätte, wäre sie nicht hergeschickt worden. Doch sie konnte sich des Gefühls nicht erwehren, dass Ardmore Castle über mehr Geheimnisse verfügte, als Oscar Fulbrook ahnte.

6

Die Abendsonne tauchte die Bucht von Ardmore in ein rotoranges Farbenmeer. Ivy lehnte ihr Fahrrad gegen einen Weidezaun, um das Schauspiel zu genießen. Der Wind hatte sich vollständig gelegt, und es war trocken. In solchen Momenten liebte sie Skye und konnte sich keinen schöneren Ort vorstellen. Ruhig lag die dunkle See in der Bucht, man hörte nur das leise Plätschern der Wellen, die auf die Steine rollten. Ein paar Rucksacktouristen spazierten an ihr vorbei und grüßten mit französischem Akzent. Ivy nahm ihr Telefon aus der Tasche und wählte Siennas Nummer.

»Hi, also was machst du da oben auf Skye? Ich platze vor Neugier!«, meldete sich ihre Freundin.

»Ein Undercover-Auftrag.« Sie umriss kurz, worum es ging. »Der kleine Schreibtisch von unserem Kunden wirkt echt, aber es könnte sich auch um eine gut gemachte Fälschung handeln. Das soll ich herausfinden. Der einzige Anhaltspunkt ist MacKenzie, aus dessen Besitz das Stück stammt.«

»Wie aufregend! Das ist ja noch besser, als ich dachte. Ich nehme mir sofort Urlaub und komme dich besuchen. Mir fällt hier sowieso die Decke auf den Kopf. Es ist noch viel zu warm in der Stadt – und all die Touristen.

Puh, es werden von Jahr zu Jahr mehr«, stöhnte Sienna. »Die haben überhaupt keine Hemmungen, latschen überall durch, nur weil sie sich die Räume ansehen wollen.«

Sienna war Dozentin für Geschichte am King's College im ehrwürdigen Strand-Campus, der am Nordufer der Themse lag.

»Du Ärmste!« Ivy lachte. »Aber lass mir noch etwas Zeit, bevor du herkommst. Ich möchte das Vertrauen von MacKenzie gewinnen, um mehr zu erfahren, und dafür brauche ich Zeit und Geduld und den Zugang über seinen Neffen.«

»Ah, der Neffe, ja? Wie heißt er gleich? Calum? Klingt nett. Sieht er gut aus? So ein richtiger Schotte …«

»Hör schon auf, Sienna. Aber er ist tatsächlich ein attraktiver Mann, was allerdings überhaupt keine Rolle spielt. Ich will mich hier beweisen, damit ich den Job bei Fulbrook behalten kann. Das ist eine Riesenchance für mich!« Ivy beobachtete, wie ein Boot an der Anlegestelle vor dem Inn in Stein festmachte.

»Mag sein, Ivy, aber so ganz in Ordnung finde ich das Vorgehen von Fulbrook nicht. Er verlangt eine Menge von dir. Ist das überhaupt legal? Du setzt deinen Ruf aufs Spiel. Was passiert, wenn MacKenzie herausfindet, dass du ihn belogen hast?«

Ivy biss sich auf die Lippe. »Wird er nicht, und ich belüge ihn ja eigentlich auch nicht. Also nicht wirklich. Ich verschweige nur ein paar Details, und es dürfte ihn nicht stören, weil ich trotzdem gute Arbeit leiste. Ich gebe mir große Mühe mit den Schätzungen. Er wird sich nicht beschweren können.« Eigentlich machte sie sich größere Sorgen um Calum. Wenn der den wahren Grund ihres Hierseins herausfand, wäre er sicher enttäuscht, und das wollte sie unbedingt vermeiden.

»Wenn du meinst, aber ich weiß nicht, ob ich das an deiner Stelle gemacht hätte. Na ja, vielleicht schon, Geheimnisse sind einfach unwiderstehlich. Wobei ich die ganze Zeit überlege, warum mir das Schloss so bekannt vorkommt. Ich war nie dort und habe es auch nicht wissenschaftlich bearbeitet, aber ...«

»Es gab einen Mordfall, in den MacKenzie verwickelt war.«

»Onkel oder Neffe?«, staunte Sienna.

»Der Onkel. Anfang der Achtziger wurde seine Frau im Schloss ermordet. Der Täter wurde nie ermittelt, und sein Ruf ist seither beschädigt, weil er verdächtigt wurde.«

»Sieh an, ja, jetzt erinnere ich mich. Eine hässliche Geschichte. Meine Mutter war damals ganz fasziniert davon. Ich werde sie mal danach fragen. Und hast du ihn darauf angesprochen?«

»Ehrlich, Sienna, wie stellst du dir das denn vor? Selbstverständlich nicht! Ich bin froh, wenn er mir Auskunft zu seinen Stücken gibt. Er ist sehr schwierig und verschlossen, obwohl es doch darum gehen soll, ihm finanziell zu helfen.«

»Es ist sein Schloss, Ivy, vergiss das nicht. Tradition und Stolz spielen da sicher eine Rolle. Da wirst du viel Geduld und Fingerspitzengefühl brauchen.« Sienna lachte leise.

»Was soll das denn bedeuten? Traust du mir das nicht

zu?«, meinte Ivy, wohl wissend, dass Sienna sie besser kannte als die meisten. Geduld und Feinfühligkeit waren noch nie ihre Stärken gewesen. Nun ja, sie war beharrlich und konnte sich in ein Problem verbeißen, bis sie es gelöst hatte, aber das bezog sich auf wissenschaftliches Arbeiten und Recherchieren. Im Suchen von Informationen war sie gut, und sie hatte es noch in jedes Archiv geschafft, kannte inoffizielle Wege und hatte zahlreiche Kontakte zu Auktionshäusern und Museen. Doch wenn sie auf sture, unleidliche Menschen traf, kam sie schnell an ihre Grenzen.

»Nein, nein, du machst das schon. Du hast ein Ziel, also wirst du schon die richtige Art und Weise finden, den alten Lord zu erweichen. Oder sagt man Laird?«

»Laird ist für einen schottischen Landbesitzer korrekt, obwohl sich das heute mischt. In England sagen sie Lord, doch ein richtiger Adliger ist er deshalb nicht. Wenn ich da an frühere Zeiten denke: Die Lairds haben hier geherrscht wie Fürsten. Aber das muss ich dir nicht erzählen, Frau Historikerin.«

»Für die Geschichte der Highlands habe ich mich immer interessiert, aber nie genügend Zeit gehabt, mich eingehender damit zu befassen. Vielleicht mache ich das, wenn ich dich besuche. Brauchst du meine Hilfe? Oder die von Freddy?«

Siennas Freund Frederick Saunders war ein hoch spezialisierter Computerexperte bei der Londoner Polizei. Obwohl nicht ganz legal, hatte Ivy seine Hilfe schon einige Male bei kniffligen Rechercheaufträgen in Anspruch genommen. »Vielleicht keine schlechte Idee. Denkst du, er kommt an die Prozessakten des alten Falles von 1983? Das wäre eine gute Grundlage, um mit MacKenzie zu sprechen. So könnte ich ihn aus der Reserve locken.«

»Oh, ich muss mich beeilen, Ivy. Ich habe gleich noch ein Doktorandengespräch. Pass auf dich auf dort oben, und bis bald!« Sienna hatte aufgelegt, und Ivy nahm ihr Fahrrad und setzte ihren Weg nach Stein fort.

Bis zu ihrer Verabredung mit Calum im Pub hatte sie noch etwas Zeit. Kurz entschlossen folgte sie der schmalen Straße vorbei an dem idyllischen Dörfchen Stein, wich den wenigen Autos aus, die noch unterwegs waren, und bog schließlich auf den Uferweg, auf dem sie bis zur Mündung des Bay River gelangte. Etwas weiter unten befand sich die Fairy Bridge, eine alte Brücke, die in den mystischen Legenden von Skye eine große Rolle spielte. Das Feenvolk gehörte zu Skye wie die Kelpies, die Wassergeister, die man entlang der schottischen Küsten fand.

Die Abendsonne warf ihre letzten glutroten Strahlen auf die Felsen und das Tal, in dem sich der Fluss dem Meer entgegenwand. Ivy fuhr langsamer, hielt schließlich an und lehnte ihr Rad gegen einen Baumstamm. Vereinzelte Steine und Reste von uraltem Mauerwerk markierten einen prähistorischen Ort, der Annait genannt wurde. Niemand wusste genau, wozu die steinzeitliche Tempelanlage, wenn es denn eine gewesen war, gedient hatte, welchem Gott oder welcher Göttin man hier gehuldigt hatte. Als Kind war sie nur selten hier gewesen, weil sie sich vor dem seltsamen Stein, der mitten aus dem kargen Moorboden aufragte, gefürchtet hatte.

Cat Cairn hieß der scharfkantige, wie eine Kralle geformte Stein, der seit Jahrhunderten Wind und Wetter trotzte.

Die Dämmerung senkte sich über das Land und verwischte Formen und Farben, Geräusche bekamen mehr Gewicht. Obwohl sie seit Jahren in der Großstadt lebte, hatte Ivy ihre Sinne für die Natur und deren Geheimnisse nie verloren. Viel zu sehr liebte sie es, draußen umherzustreifen und auf langen Wanderungen neue, möglichst ursprüngliche Gegenden zu erkunden. Zur Bucht hin war es heller, denn dort standen einige Häuser, und im Wasser lagen Boote, deren Positionslichter zu sehen waren. Doch hier am Fluss, inmitten der archaischen Hügellandschaft, war es beinahe dunkel. Sie sog die kühle Abendluft ein und wollte sich gerade auf den Rückweg machen, als sie hinter dem Stein eine Bewegung wahrnahm.

»Hallo?«, rief sie, mehr um sich selbst zu beruhigen.

Ein unwirsches Kauderwelsch aus Gälisch und Englisch war die Antwort und zeugte zumindest von einer irdischen Quelle. Es raschelte im Gebüsch, und eine schmächtige Gestalt kam mit einem Rucksack hinter dem Stein hervor.

»Gehen Sie zurück in Ihr Hotel oder was weiß ich«, schimpfte die ältere Frau, deren lange graue Haare unter einer Wollmütze hervorsahen. »Sie vertreiben die Geister.«

Ivy stutzte, denn sie kannte die Frau. Es war lange her, dass sie Moira gesehen hatte.

Moira gehörte zu Waternish wie die prähistorischen

Steine, und sie kam und ging wie das Wetter. Manchmal sah man sie für Monate nicht, und dann wieder schien sie überall auf der Halbinsel präsent zu sein. Meist sammelte sie Kräuter für ihre Salben und Tinkturen, denn sie war eine Heilerin, wie sie sich selbst gern nannte.

»Moira?«

Die sehnige Frau kam erstaunlich flink auf sie zu. Der große Rucksack schien ihr keinerlei Schwierigkeiten zu bereiten. Ihr Gesicht war eine Landkarte aus Linien, doch ihre wachen Augen musterten Ivy aufmerksam. In ihrer Jugend musste Moira eine schöne Frau gewesen sein, und Ivy fragte sich unwillkürlich, wen sie wohl geliebt hatte, denn Moira war eine leidenschaftliche, kämpferische Person.

Die Frau trat so dicht vor Ivy, dass diese die Sehnen und Adern an Moiras Hals, an dem zahlreiche Lederbänder mit Steinen und Federn hingen, sehen konnte.

»Ach, das Ferguson-Mädchen. Ich wusste, dass du zurückkommst.«

»Ach ja?«, entfuhr es Ivy. Moira hatte die irritierende Fähigkeit, ihr Gegenüber mit treffenden Feststellungen zu überraschen. Man wusste nie, woher sie ihr Wissen bezog oder ob sie tatsächlich das Zweite Gesicht hatte, wie sie von sich behauptete.

Moira machte eine Handbewegung, als verjage sie eine Fliege. »Du hast es in dir.«

»Was meinst du damit?«

Die Frau ignorierte ihre Frage und wollte an ihr vorbeigehen, als Ivy einen dunklen Schatten sah, der sich als Katze entpuppte. Mit einem eleganten Satz sprang die

Katze auf den Stein, der zwischen Gebüsch und flachen Felsbrocken aus dem Boden ragte. »Ist das deine?«

Moira drehte sich kurz um. »Nein. Aber das ist ihr Stein. Cat Cairn.«

»Ja, ja, die alten Geschichten. Die beeindrucken vielleicht die Touristen …«, meinte Ivy mit einem Schulterzucken.

»Hast du vergessen, woher du kommst, Fergusons Tochter?« Moira sah von ihr zu dem Stein, der nun von der Silhouette der Katze gekrönt wurde. »Der Junge, der da begraben liegt, hat sie verraten, die Hexen von Waternish, und musste mit seinem Leben dafür bezahlen. Denk daran, wenn du wieder im Schloss bist.«

Unangenehm berührt wich Ivy einen Schritt zurück. Woher wusste sie von ihrer Arbeit im Schloss? Nun ja, das war kein Geheimnis, Calum konnte es erzählt haben, und wenn das Dorf es wusste, war es nicht schwer, aber dennoch … »Moira, wenn du schon weißt, dass ich im Schloss arbeite, kannst du mir auch sagen, ob MacKenzie seine Frau ermordet hat?«, platzte es aus Ivy heraus.

Aber Moira hatte sich bereits umgedreht und ging zielstrebig davon. Eine kleine, drahtige Gestalt, die man mit ihrem Rucksack von Weitem für eine Touristin halten konnte.

Der *Stein Inn* durfte für sich beanspruchen, der älteste Pub auf Skye zu sein. Ende des achtzehnten Jahrhunderts hatte der schottische Architekt Thomas Telford im Auftrag der British Fisheries Society begonnen, eine Anlegestelle und Häuser in Stein zu bauen. Allerdings scheiterte das Unterfangen, einen Fischereihafen zu etablieren. Was blieb, waren die hübschen weißen Häuser mit den schwarzen Fensterrahmen und ein kleiner Hafen, in dem heute Hummerfischer ihre Käfige stapelten. Die Hummer wurden sogar nach Frankreich verkauft, aber einige landeten auch in den Töpfen des ältesten Pubs von Skye.

»Frischer Hummer« stand auf der schwarzen Tafel neben dem Eingang, als Ivy durch die niedrige Tür trat. Die verschachtelten Räume des Pubs waren bereits überfüllt. Ein babylonisches Sprachgewirr erfüllte die historischen Räume, denn Besucher aus der ganzen Welt fanden den Weg nach Skye. In einer Ecke entdeckte sie Calum mit seinen Freunden. Als er sie sah, stand er auf und kam ihr entgegen.

»Hallo, Ivy, kommen Sie, setzen Sie sich zu uns«, begrüßte er sie mit einem breiten Lächeln.

Er sah verdammt gut aus, stellte Ivy erneut fest und strich automatisch eine Haarsträhne in den losen Pferdeschwanz zurück.

»Tut mir leid, ich bin in Annait aufgehalten worden. Die alte Moira, eine Kräuterfrau.«

Er hob die Augenbrauen. »Moira? Wirklich? Sie … Ach, wir sollten uns einfach duzen, nicht wahr?«

»Sehr gern, wo wir doch beinahe Nachbarn sind.« Sie schüttelte die dargereichte Hand.

»Okay, Rachel, Tommy!« Er zog ihr einen Stuhl heran, so dass sie neben ihm und Tommy saß.

Rachel lächelte. »Wie schön, dass wir uns mal wiedersehen, Ivy. Wie lange ist es her? Egal, jetzt bist du hier, und darauf trinken wir! Was möchtest du? Die Craft-Biere hier sind sehr gut.«

Die drei hatten je ein Pintglas vor sich stehen, und Ivy entschied sich ebenfalls für eine leichte Biersorte. Calum ging zum Tresen, um das Getränk zu holen.

»Das ist mein Mann, Tommy, ich weiß nicht, ob ihr euch kennt.«

Tommy grinste. »Gesehen haben wir uns, sicher, aber wir waren alle mal weg von der Insel. Ich find's spannend zu beobachten, dass doch einige wieder herkommen und sich hier eine neue Existenz aufbauen. Skye ist attraktiver geworden.«

»Meine Eltern züchten noch immer Schafe, aber sie haben auch zwei Lodges gebaut. Das scheint mir eine gute Sache zu sein«, meinte Ivy.

»Der Tourismus ist die Zukunft, keine Frage. Davon profitiere ich mit meiner Tischlerwerkstatt auch. Solange wir Grenzen setzen und die Natur nicht zu sehr belasten, können wir alle gut davon leben.« Tommy warf seiner Frau einen liebevollen Blick zu. »Außerdem ist Skye der schönste Platz, um ein Kind großzuziehen.«

Bevor Ivy antworten konnte, kam Calum mit einem Pint zurück.

»Oh, vielen Dank! Cheers!«

Sie tauschten sich über ihre Kindheit auf Skye aus und kamen alle zu dem Schluss, dass sie die Insel liebten, aber ohne ihre Erfahrungen fern der Heimat nicht zu schätzen gelernt hätten, was die Hebrideninsel zu bieten hatte.

»Und du willst jetzt bleiben, Ivy?«, wollte Rachel wissen.

Die langen Haare fielen ihr offen über die Schultern. Ein T-Shirt ließ trainierte Arme sehen, und überhaupt strahlte Rachel die Zufriedenheit einer glücklichen Frau aus.

»Nein, das ist nur eine Übergangslösung, bis ich wieder einen Job in London habe.« Sie wäre gerade diesen Menschen gegenüber gerne offener gewesen, aber irgendwann würde sich die Situation aufklären lassen.

»Ist nicht so einfach in der Kunstbranche, schätze ich«, meinte Tommy.

»Ach, da findet sich schon was. Ich hatte Glück, dass ich so lange bei Russel arbeiten konnte. Wenn ich das Geld gehabt hätte, wäre ich in seinen Laden eingestiegen, aber so haben seine Erben alles verkauft. Sehr schade, doch ich muss euch nicht erzählen, wie hoch die Immobilienpreise in London sind.« Sie drehte ihr Glas und bedauerte aufrichtig, dass sie den kleinen Antiquitätenladen nicht hatte übernehmen können.

»Du wärst gern selbstständig? Überleg es dir gut, das ist nicht immer einfach«, sagte Tommy.

Calum nickte. »Man muss das wollen und sich der Risiken bewusst sein, aber letztlich möchte ich es auch nicht anders haben.« Sein Blick wurde abgelenkt, und dann sah Ivy eine Blondine, die sich zwischen den Tischen hindurchdrängte. Es war noch voller geworden, und aus den Boxen tönte moderner schottischer Folk. Ivy kannte die Band und tippte den Rhythmus mit.

»Cal!«, rief die Blonde und umarmte den leicht perplexen Calum, der mit einer solch herzlichen Begrüßung nicht gerechnet zu haben schien.

»Na, wie finde ich denn das, das halbe Dorf ist versammelt«, sagte Fiona Gregor mit einem Grinsen in die Runde. Bei Ivy blieb ihr Blick hängen. »Und du bist auch wieder hier, sieh an.«

»Ihr kennt euch?«, fragte Calum und rückte zur Seite, damit Fiona sich einen Schemel heranziehen konnte.

»Grundschule.« Noch ein Schatten aus Kindertagen, und sie würde sich verabschieden, dachte Ivy, denn Fiona gehörte nicht zu den angenehmen Erinnerungen dieses frühen Lebensabschnitts. Fiona Gregor war das gewesen, was man heute einen Bully nennen würde. Ivy war schon immer lieber für sich gewesen, denn ihre Vorliebe für Bücher und Kunst waren bei Fiona und ihrer Clique nicht gut angekommen. Zwar hatte es Ivy immer geschafft, einer physischen Konfrontation aus dem Weg zu gehen, doch hatte Fiona ihr mehr als einmal ihre geliebten Bücher ins Wasser geworfen und ihren Tuschkasten mit Öl unbrauchbar gemacht.

Cal warf ihr einen raschen Seitenblick zu, doch Ivy lächelte. »Wie geht's dir, Fiona?«

»Gut. Bin mir nicht zu schade zum Fischen. Deine Eltern hätten sicher auch Hilfe gebrauchen können. Familien sollten zusammenhalten.«

»Ich habe dich nie kritisiert, Fiona. Warum die Feindseligkeit?«, sagte Ivy sanft.

Rachel beugte sich vor und tätschelte Fionas Arm. »Wir sind erwachsen, Fiona, und sollten solche Kindereien nicht mehr nötig haben, was meinst du?«

Fiona leerte ihr Bierglas. »Ich bin nicht nachtragend.«

Beinahe hätte Ivy gelacht, doch sie wollte keinen

Streit. »Wer kennt die alte Moira? Wo lebt sie eigentlich? Ich habe sie vorhin oben am Cat Cairn getroffen.«

Entsetzt sah Fiona sie an. »Wieso warst du dort? Keiner, der bei Verstand ist, geht da hin!«

»Ich bin nicht abergläubisch, ach, komm schon!«

Tommy lachte. »Lass dich von ihr nicht hochnehmen, Ivy. Die Scherze macht sie auch immer mit den Touristen, nicht wahr, Fiona?«

»Hm, ja klar.«

»Weißt du wirklich nicht mehr, dass Moira meine Tante ist?«, meinte Rachel augenzwinkernd. »Sie gibt sich gern geheimnisvoll, wobei ich mir manchmal tatsächlich nicht sicher bin, ob sie Ahnungen hat. Das Zweite Gesicht oder so.«

»Aber ja doch, meine Güte, das ist mir vollkommen entfallen.«

»Ihr Sohn ist Gordon Buchanan, der *Harold's Tavern* in Portree übernommen hat. Das macht er richtig gut. Aber Moira ist eben Moira, ein wenig seltsam und verschroben.«

»Sie passt zu Skye«, antwortete Ivy.

Eine Weile plauderten sie angeregt, wobei Ivy den Eindruck gewann, dass Fiona großes Interesse an Calum hatte, was dieser jedoch ignorierte. Irgendwann tauchten Freunde von Fiona auf, und auch Rachel und Tommy wollten sich auf den Heimweg machen.

Calum stand noch vor dem Pub und sah zu, wie Ivy ihr Fahrrad holte. »Soll ich dich mitnehmen? Ist vielleicht besser, als nachts auf der schmalen Straße unterwegs zu sein.«

»Danke, aber ich radle …« Sie stutzte, denn ihr Hinterreifen hatte einen Platten. »Mist. Tja, dann würde ich wohl doch lieber dein Angebot annehmen.«

Mit einem Griff schulterte Calum ihr Rad und verstaute es hinten in seinem Bus neben seinen Surfbrettern.

»Das ist praktisch. Du hast alles dabei und kannst am Strand übernachten.« Ivy stieg ein.

»Mein Bulli gehört sozusagen zu meinem anderen Leben. Er gibt mir das Gefühl, unabhängig und ein klein wenig frei zu sein. Ich fahr gern spontan an den Strand, so wie vorhin, einfach eine halbe Stunde aufs Brett – und es geht mir gut.« Calum startete den Wagen und wartete, während sich ein SUV an ihnen vorbeidrängte.

»Wolltest du vorhin noch etwas zu Moira sagen? Sie hat mir schon als Kind Angst gemacht, und heute war das auch ziemlich seltsam, was sie da von sich gab.«

Vom Pub sah man direkt auf die Bucht hinaus. Calum legte einen anderen Gang ein und trat aufs Gas, um die Steigung den Hügel hinauf zu nehmen. »Mach dir wegen Moira keine Gedanken. Aber sie ist nicht verrückt, falls du das denkst. Mein Onkel kennt sie gut. Sie standen sich mal sehr nah, doch das ist lange her.«

Der Bulli holperte über die unebene Straße, die an den Seiten abbrach und deren Schlaglöcher bei Unwetter zu gefährlichen Fallen werden konnten.

»Tatsächlich? Wer hätte das gedacht.« Wieder eine Information, die es einzuordnen galt, dachte Ivy.

»Tja, wenn man sie heute sieht, kann man sich nicht vorstellen, wie hübsch sie früher war. Wenn du morgen ins Schloss kommst, suche ich alte Fotografien heraus. Ich bin mir sicher, dass sie irgendwo mit drauf ist.«

»Wie heißt sie eigentlich mit Nachnamen?«

»Hm, keine Ahnung. Da werden wir meinen Onkel fragen müssen.«

»Und was ist mit dem Mackintosh-Zimmer? Das ist wirklich ein kleines Vermögen wert!«

Calum konzentrierte sich auf die nächtliche Fahrbahn und erwiderte: »Lass uns das vorerst zurückstellen. Es gibt ja genügend andere Stücke. Er braucht Zeit – und die hast du ja, oder?«

Ivy räusperte sich. »Ja, sicher.«

7

Der Wind hatte zugenommen und rüttelte an den Fenstern von Ardmore Castle. Calum stellte sein Tablett auf eine Truhe und ging zu dem Fenster am Ende des Flures, das besonders laut klapperte. Er zog den Riegel fester, doch es half nichts. Das Scharnier war lose und die Metallfassung unter den vielen Schichten schwarzer Farbe nur noch zu erahnen. Besser, er ließ alles so, wie es war, immerhin trotzte dieses Fenster wie auch der Rest des Schlosses dem schottischen Wetter bereits über dreihundert Jahre. Ein Teil der Mauern war sogar noch älter, und Ross behauptete, der Grundstein sei im dreizehnten Jahrhundert gelegt worden. Ein MacKenzie habe an der Seite von Robert the Bruce gegen die Engländer gekämpft. So viele blutige Fehden der Clans untereinander – und der Kampf gegen die Engländer hatten die Schotten jedoch letztlich ihre Unabhängigkeit gekostet.

Calum liebte seine Heimat, hatte sich für die Familiengeschichte aber nie in dem Maße interessiert, wie sein Onkel es tat. Als er mit dem Frühstückstablett Ross' Zimmer im ersten Stock betrat, wäre er beinahe über Charly gestolpert, der von hinten angesprungen kam und sich vor ihm durch die Tür zwängte.

»Charly, nicht!« Er hob das Tablett an, damit der verfressene Spaniel nicht an den Speck gelangte.

»Guten Morgen, Onkel!«, rief Cal laut, doch den Weckdienst übernahm bereits Charly, indem er aufs Bett sprang und das Gesicht von Ross MacKenzie abschnupperte.

Ein Husten und Knurren war zu hören, das jedoch in ein unterdrücktes Lachen überging. »Du Verrückter, jetzt hör schon auf«, beschwerte sich Ross halbherzig und fuhr durch das weiche Hundefell.

Calum stellte das Tablett ab und öffnete die Vorhänge. »Stürmisch heute, aber am Mittag klart es auf.« Gute Surfbedingungen, dachte er.

»Wen interessiert das Wetter. Ich weiß gar nicht, warum die Leute immer über das Wetter reden. Ändern können sie es doch nicht. Und ich kann noch nicht einmal mehr zum Hafen hinunterlaufen!«, beschwerte sich Ross. Die weißen Haare standen ihm zerzaust vom Kopf ab, doch er wirkte ausgeruht und nicht so blass wie an manchen Tagen. »Warum bringst du mir das Frühstück? Ich bin doch kein Invalide!«

»Ich mache das gern, Onkel. Solange ich hier bin, kümmere ich mich um dich, dagegen kannst du nichts machen.«

Ross MacKenzie sah seinen Neffen mit einer Mischung aus Dankbarkeit und Verärgerung an. »Es musste mich erst der Schlag treffen, damit du mal länger hier bist. Traurig genug ist das.«

MacKenzie strich die Ärmel seines karierten Pyjamas glatt, setzte sich auf und schnupperte wie Charly. Der

Spaniel lief mit erhobener Nase um das Bett herum. »Was hast du da mitgebracht? Speck? Kross gebraten? Ich mag es nicht, wenn er so lappig ist. Brenda hat das nie verstanden. Nur die Engländer essen ihren Speck halbgar, widerlich. Das ist kein Essen, sondern eine Zumutung.«

Sein Redefluss war erstaunlich und seine Aussprache klar, was Calum freute. »Es scheint dir besser zu gehen. Der Arzt hat doch gesagt, dass du Geduld haben musst, und bald kannst du auch wieder weitere Spaziergänge machen. Der Rollstuhl soll dir ja nur helfen, dich sicher zu fühlen und dich nicht zu überanstrengen.«

Cal reichte seinem Onkel das Tablett, das sich mit zwei ausklappbaren Füßen aufs Bett stellen ließ.

»Geduld? Ich bin zu alt, um noch viel Geduld aufbringen zu können. Mir läuft die Zeit davon. Der alte Quacksalber soll sich mal an die eigene Nase fassen. Ist auch nicht mehr der Jüngste. Hat er gesagt, wann er wieder kommt? Die Schachpartie ist noch nicht beendet. Er hat sich gedrückt, ha, ja, das hat er!«

Doktor James Newbery hatte eine Landarztpraxis in Roskhill betrieben und war bereits in Rente. Doch einige langjährige Patienten betreute er noch immer.

»Ende der Woche. Soll ich ihn anrufen? Wenn du ihm einen guten Whisky ausgibst, kommt er sicher zeitiger.«

»Was? Er müsste mir eine Flasche mitbringen, so viel, wie er trinkt, wenn er hier ist«, meinte Ross und stippte ein Stück Toast in seinen Tee.

Dabei trank Newbery noch nicht einmal viel, doch die beiden alten Männer waren auf ihre Art geizig, und vor allem waren sie schlechte Verlierer. Newbery hatte gesehen, dass er die Partie verlieren würde, und sich mit einer fadenscheinigen Entschuldigung vorzeitig verabschiedet. Das ärgerte MacKenzie, denn er hätte den Triumph einer gewonnenen Schachpartie nur zu gern ausgekostet.

Calum lehnte sich ans Fenster, das er einen Spaltbreit öffnete, um etwas frische Luft hereinzulassen. Das Schlafzimmer seines Onkels war nicht groß, aber mit stilvollen Möbeln aus massivem Holz eingerichtet. Jedes Stück eine Antiquität, angefangen bei dem Vierpfostenbett mit gedrehten Holzsäulen über einen reich verzierten Kleiderschrank bis hin zu einem kleinen Sekretär aus verschiedenen Hölzern. Er musste Ivy diese Stücke zeigen.

»Was ist denn eigentlich mit dem Mackintosh-Zimmer, Onkel? Erklär's mir, ich verstehe nämlich nicht, warum du nicht verkaufen willst, was offensichtlich viel Geld einbringen würde.«

Lautstark ließ Ross MacKenzie seinen Teelöffel auf die Untertasse fallen. »Du hast keine Ahnung von diesem Geschäft, mein Junge. Überlass das mal einem alten Fuchs wie mir. Ich weiß schon, was ich tue. Der Schlag hat zwar meine Glieder lahmgelegt, aber nicht mein Gehirn.«

Wenn Calum erwartet hatte, dass ein Nachsatz folgen würde, sah er sich getäuscht. Sein Onkel aß weiter und gab Charly ein Stück Speck.

»Nicht einmal mir vertraust du? Du hast aber schon verstanden, dass sich unbezahlte Rechnungen türmen und irgendwann der Gerichtsvollzieher vor der Tür steht?«

Ross MacKenzie warf die Serviette aufs Tablett. »Jetzt hast du mir den Appetit verdorben. Ich stehe auf, aber deine Hilfe brauche ich nicht. Gibt es noch warmes Wasser? Früher hat mir die Kälte nichts ausgemacht, doch im Alter wird man zimperlich.« Er schob das Tablett zur Seite und setzte sich an die Bettkante. »Ich sehe wirklich keinen Vorteil am Altwerden. Gar keinen.«

»Na schön, ich bin unten, wenn du mich brauchst. Ivy kommt gleich.« Calum verließ das Schlafzimmer und wäre vor der Tür beinahe mit Brenda MacKinney zusammengestoßen. Hatte sie gelauscht?

Hastig bückte sich die Haushälterin und wischte die Türleiste ab. »Oh, Calum, habe ich mich erschreckt!«

Brenda schüttelte ihr Staubtuch aus und sah Calum direkt an. Sie hatte die unerschrockene Ausstrahlung einer Bulldogge und ein ähnlich zerknautschtes Gesicht, das von kurzen, schwarz gefärbten Haaren mit roten Akzenten umrahmt wurde. Die geblümte Schürze, die sie zur Arbeit trug, spannte über ihrer fülligen Leibesmitte.

»Das war nicht meine Absicht«, sagte Calum, obwohl er keinen Grund hatte, sich zu entschuldigen, ganz im Gegenteil. »Brenda, was ich dich schon lange fragen wollte, was ist eigentlich mit dem alten Ostflügel? Ich war kürzlich in der Werkstatt meines Onkels und hab eine verschlossene Tür vorgefunden. Hast du den Schlüssel?«

»Nein, davon weiß ich nichts. Ich putze nur die bewohnten Zimmer. Wie geht es denn jetzt mit der Neuen aus London voran? Das ist doch eine Ferguson, oder nicht?«

»Ivy Ferguson, richtig. Wir arbeiten uns langsam durch die Bestände.«

»Na, das ist schön, dann bekomme ich vielleicht bald mal mein Geld. Dein Onkel ist ziemlich im Rückstand. Ich beschwere mich nicht, ganz und gar nicht, aber Miete muss ich auch zahlen.«

»Verstehe ich doch, Brenda. Nur noch ein klein wenig Geduld, und bald sind wir flüssig, versprochen!« Er versuchte, alle Zuversicht, derer er fähig war, in seine Stimme zu legen.

Brenda fuhr über die Türklinke und schnappte sich ihren Eimer, als unten im Haus eine Tür zuschlug. »Ich will euch nicht aufhalten. Sie ist wohl gerade gekommen.«

»Kannst du bitte noch die Wäsche machen? Da liegt ein großer Haufen in der Waschküche. Und ein paar Hemden bügeln? Vielen Dank, Brenda.«

Schnell ging er davon, denn er konnte den Unmut in ihrer Miene sehen. Und sie hatte ja recht, ohne Lohn sank die Motivation gegen null. Heute musste etwas geschehen. Irgendein Stück würde er mit Ivy aussuchen und auf den Markt bringen. Er fand sie im Büro, wo sie gerade ihre Jacke aufgehängt hatte und sich über einen Stapel Akten beugte.

Die rotbraunen Haare hatte sie lose zusammengesteckt. Ihre Nase war von Sommersprossen übersät, die ihr ausgesprochen gut standen, genau wie das hellgrüne T-Shirt und die zerschlissene Jeans.

»Hi, alles in Ordnung?«, fragte sie und riss ihn aus seinen Betrachtungen.

»Sicher, sicher, na ja, nicht ganz.« Er grinste. »Wir müssen heute ein Stück für den Verkauf auswählen, Ivy. Es ist schlicht und ergreifend kein Geld mehr vorhanden.«

Sie sog scharf die Luft ein. »Okay, im Grunde ist das ja auch kein Problem. Zeig mir doch die anderen Räume, dann kann ich mir ein besseres Bild von unseren Möglichkeiten machen. Steht das Schloss eigentlich schon zum Verkauf?«

Er machte eine vage Handbewegung. »Es sollte, aber mein Onkel hat noch nicht zugestimmt. Ich kann es ja verstehen. Einerseits. Andererseits …«

»Andererseits verschlingt so ein Gemäuer Unsummen. Habt ihr schon an andere Nutzungsmöglichkeiten gedacht? Tourismus?«

»Uh, erwähne das ja nicht vor meinem Onkel. Er hasst neugierige Touristen, die hier hereinstolpern und sich umschauen, ohne zu fragen. So, heute gehen wir in den ersten Stock.«

Während er sie die Treppe hinaufführte, begutachtete sie die verschiedenen Baustile, die sich im Laufe der Jahrhunderte gemischt hatten. Sie sprach von Tudor und georgianischem Stil, bezeichnete die architektonischen Eigenheiten des Schlosses, das einmal eine Burg gewesen war, mit Fachausdrücken und deutete hier und dort auf einen Gegenstand, den sie für besonders wertvoll hielt. Wenn er ehrlich war, hörte er ihr einfach gern zu. Sie hatte eine ruhige, unaufgeregte Art zu sprechen und stellte ihre kunsthistorischen Kenntnisse nicht in den Vordergrund. Es war ihr Job zu begutachten, und sie verhielt sich professionell. Vielleicht war es nicht ganz so professionell von seiner Seite, dass er sich mehr für ihre Stimme und ihr Aussehen interessierte, aber so war es nun einmal. Er konnte sich nicht erinnern, wann er zuletzt eine Frau so sympathisch und attraktiv gefunden hatte wie Ivy. Auf dem Rückweg gestern Abend hatten sie sich über ihre Kindheit auf Skye unterhalten und was sie bewogen hatte fortzugehen. Sie macht es einem leicht, sich zu öffnen, dachte er.

»Ich habe keinen Drawing Room unten gesehen. Warum nicht?«

»Braucht es den denn?«

Sie lachte. »Na ja, zu einem anständigen Schloss oder Herrenhaus gehört ein Drawing Room. Dort hat man sich vor dem Dinner versammelt, und die Damen haben sich nach dem Essen dorthin zurückgezogen, während die Herren ins Billardzimmer gegangen sind.«

»Das Billardzimmer ist unten, neben der Bibliothek. Ach, ich schätze, mein Onkel hat die Räume nach seinem Geschmack umfunktioniert. Er hat früher viele Partys gegeben. Leider habe ich die wilden Zeiten nicht miterlebt.« Er öffnete eine Tür. »Der kleine Salon. Auf beiden Seiten befinden sich Schlafräume.«

Der Raum roch nach Mottenkugeln und abgestandener Luft. Dicke Spinnweben hingen von den Gemälden und über den Gardinen. Er würde mit Brenda sprechen, zumindest, solange sie noch für MacKenzie arbeitete.

Ivy machte mit ihrem Handy verschiedene Aufnahmen. »Der Kerzenleuchter ist aus Silber.« Sie holte eine kleine Lupe hervor und sah sich die Punze an. »Bridge & Rundell, erste Hälfte achtzehntes Jahrhundert.«

Calum nahm den schweren dreiarmigen Silberleuchter in die Hand. »Bridge & Rundell?«

»John Bridge war der älteste Sohn von Thomas Bridge aus Dorset. Wir sprechen hier über die Jahre zwischen siebzehn fünfzig bis achtzehn dreißig. Die Familie war sehr geschäftstüchtig und hat die besten Kunsthandwerker und Silberschmiede beschäftigt. Sie haben an das Königshaus verkauft. Uhren, Juwelen, Silber, später hatten sie Geschäfte in Wien, Sankt Petersburg, London und Paris.«

Er pfiff durch die Zähne. »Und was bringt so was?«

»Mit diesen Girandolen könnte man auf einer Auktion bei fünfundzwanzigtausend Pfund starten und durchaus mehr erzielen, wenn es gut läuft.«

»Nein!«

»Aber ja doch. Ich verstehe nicht, warum dein Onkel nicht schon längst etwas veräußert hat.«

»Ich auch nicht, und jetzt schon gar nicht. Gut, der Leuchter kommt auf die Liste. Was ist mit der Uhr dort?«

Auf dem Kaminsims stand eine vergoldete Uhr mit römischen Ziffern und verspielten Engeln, die sich darum tummelten.

»Die scheint mir französischen Ursprungs zu sein«, sagte Ivy, während sie das Stück untersuchte. »Louis XV., vergoldet. Olin a Paris steht hier. Hervorragend. Mindestens dreißigtausend Pfund.«

Calum schnalzte begeistert mit der Zunge. »Ivy, du bist großartig!«

Sie lachte herzlich. »Danke! So hat sich bisher noch niemand über meine Einschätzungen gefreut.«

Bei einigen Möbelstücken äußerte sich Ivy zurückhaltender und schien Zweifel an deren Authentizität zu haben. Ohne entsprechende Unterlagen über die Herkunft wollte sie keine genaue Schätzung abgeben. Sie war direkt und ihr Fachwissen beeindruckend. Als sie das letzte Zimmer auf dem Flur betreten wollten, kam ihnen Brenda entgegen und steckte hastig etwas in ihre Tasche.

Calum konnte die Frau noch nicht recht einschätzen, wollte ihr aber auch nicht zu nahe treten, denn sie war die Einzige, die sich um seinen Onkel kümmerte, wenn er nicht vor Ort war.

»Ich gehe jetzt nach unten und mache die Wäsche«, sagte Brenda, warf Ivy einen skeptischen Blick zu und ging zur Treppe.

Er stieß die Tür auf und ließ Ivy den Vortritt. »Uh, hier wurde aber lange nicht gelüftet. Und das ist eure Haushaltshilfe? Was hat sie hier gemacht?«

Ob es sich um ein Schlafzimmer oder einen Salon handelte, war schwer zu sagen. Ein Bett, ein Konsoltisch, Stühle, ein Spiegel und ein Wandschirm waren vorhanden, und die Tapeten leuchteten safrangelb. Ein fein geknüpfter Teppich bedeckte den Holzfußboden, und Calum betrachtete die verblichene Chaiselongue vor dem Fenster. »Da hat sie gelegen«, sagte er.

Schockiert griff Ivy nach seinem Arm, ließ ihn jedoch sofort wieder los. »Du meinst, in diesem Zimmer wurde deine Tante ermordet?«

Er nickte. »Es war viele Jahre verschlossen, doch ich habe meinen Onkel gebeten, es zu öffnen, damit es gereinigt und von den alten Geistern befreit werden kann. Immerhin haben wir so einen Anfang gemacht.«

»Kirstys Geist meinst du? Eine schreckliche Vorstellung«, erwiderte Ivy leise und ging zum Fenster.

»Er hat nie mit mir darüber gesprochen, nicht richtig. Im Grunde weiß ich nur, was in den Zeitungen stand. Es hat ihn gebrochen.«

»Wie soll man auch mit so einem Ereignis fertigwerden? Er muss mit dem Makel leben. Ein Freispruch ist nicht gleichbedeutend mit einem Unschuldsbeweis. Und nur er kennt die Wahrheit.«

»Und der Mörder«, meinte Calum und ging zu dem Konsoltisch, der neben einer versteckten Tür stand. Das Muster der Tapete war geschickt genutzt worden, um die Umrisse der Tür zu verbergen.

»Ein Geheimgang?«, fragte Ivy und strich über die Konturen der schmalen Tür. »Ein Drama und Geister haben wir, fehlt nur noch der geheime Gang, durch den treue Clanmitglieder oder hinterhältige Meuchelmörder entkommen konnten.«

»Leider ist diese Tür nur ein mit Tapete beklebter Durchgang in ein Nebenzimmer.« Er war selten hier gewesen und verspürte auch heute keine große Lust, sich länger als notwendig in den verstaubten Räumen aufzuhalten.

Ivy lugte neugierig an ihm vorbei. »Eine Werkstatt? Oder ein Atelier? Hat deine Tante gemalt? War der Raum, in dem sie starb, denn überhaupt ihr Zimmer?«

Er zog die Tapetentür weiter auf, so dass sie hindurchgehen konnten. Dieser Raum wirkte noch vernachlässigter als das gelbe Zimmer. Hier blätterte eine Tapete mit Arts-and-Crafts-Dekor von den Wänden, ein großer Tisch mit verschiedenen Werkzeugen, Farben und Pinseln stand in einer Ecke, umgeben von zahlreichen defekten Möbelstücken. Eine zerlegte Kommode wartete vergeblich darauf, wieder zusammengesetzt zu werden, Stühle standen mit kaputten Sitzen und ohne Bezüge herum, und auf einer Staffelei befand sich eine leere Leinwand.

Ivy hob die Werkzeuge an und las die Etiketten einiger Dosen und Tuben. »Öl, Kleber, Terpentin, Lack, Ammoniak. Was man zum Restaurieren von Möbeln so benötigt, würde ich sagen. Ist das hier die Werkstatt deines Onkels gewesen? Ein ungewöhnlicher Ort, wenn du mich fragst. Hätte ich eher im Erdgeschoss vermutet, wo man besser anliefern kann. Immerhin mussten die Stücke ja heraufgeschafft werden.«

»Ich kann mich nicht erinnern, dass er jemals hier gearbeitet hat. Bis vor Kurzem waren diese beiden Räume verschlossen. Vielleicht hat Kirsty hier gewerkelt. Ich weiß gar nicht, was sie überhaupt so getrieben hat, außer auf Partys und Vernissagen zu gehen und sich in Nizza oder Paris herumzutreiben.«

»Du wolltest mir noch ein Foto von Moira und deinem Onkel heraussuchen«, sagte Ivy. »Was hier an Möbeln steht, hat keinen Wert, und außerdem ist es zu feucht. Die Sachen wären ohnehin verdorben.«

»Dann lass uns in die Bibliothek gehen.«

Auf dem Weg hinunter wies Ivy ihn auf einzelne Objekte hin, die von Wert für eine Auktion sein konnten.

»Spiegel sind überhaupt sehr begehrt. Vor allem, wenn sie komplett erhalten sind. Bei den Gemälden müssten wir genau schauen. Familienporträts, nun ja, das ergibt sich aus dem Umstand, dass sie in erster Linie für die Familie von Wert sind und für potenzielle Käufer erst, wenn das Motiv besonders ansprechend oder der Künstler herausragend ist.«

Tatsächlich hatte ein bekannter Künstler aus dem Kreis der Präraffaeliten Davina MacKenzie, die Frau von Colin MacKenzie, Ende des neunzehnten Jahrhunderts porträtiert. Sie standen in der Bibliothek vor dem Bildnis einer Frau mit kastanienbraunem Haar, das ihr kaskadenartig über die Schultern fiel. Die Frau stand auf einer Klippe, blickte über die Bucht aufs Meer, und im Hintergrund waren die Umrisse von Ardmore Castle zu sehen.

Ivy trat dichter vor das Gemälde und nickte anerkennend. »James McNeill Whistler. Eine hervorragende Arbeit, die in der Zeit vor oder während seines großen Streits mit John Ruskin entstanden sein dürfte. Ruskin war der Kritikergott, der in den Himmel lobte oder Karrieren vernichtete. Whistler hat zwar den Gerichtsprozess gewonnen, danach aber Insolvenz anmelden müssen.«

Sie hielt inne und sah Calum nachdenklich an. »So ein Skandal kann verheerende Auswirkungen auf ein Geschäft haben.«

»Hm, das muss eine furchtbare Zeit für meinen Onkel gewesen sein. Er hat alles mit einem Schlag verloren – seine Frau, seinen guten Ruf, seine Kunden, seine

Kontakte.« Calum betrachtete das Gemälde aus einem völlig neuen Blickwinkel. »Aber er hat nicht gekämpft.«

»Vielleicht fühlte er sich aus einem unbekannten Grund mitschuldig? Das würde sein Verhalten zumindest ein wenig erklären«, schlug Ivy vor.

»Möglich.« Calum ging zu einem Regal, auf dem vor den Büchern einige gerahmte Fotografien standen. Auf einem Foto posierte Ross MacKenzie mit zwei Männern vor einer Jacht am Hafen von Nizza, auf einem anderen Bild stand er am Ende einer Kaimauer Arm in Arm mit einer Frau, deren lange dunkle Haare vom Wind aufgewirbelt wurden. Sie lachte und wirkte gelöst und glücklich.

»Das ist es. Moira und mein Onkel.« Er reichte Ivy das Bild.

»Sie war wirklich sehr schön – und wie dein Onkel sie ansieht. Weißt du, wann das aufgenommen wurde?«

Er schüttelte den Kopf. »Nein, keine Ahnung. In den Siebzigern?«

Ivy lachte. »Aber ja, die Schlaghosen! Die Häuser am Hafen, hm, das ist Portree, oder?«

»Genau. Passt auch, weil Moira dort eine Weile gelebt hat. Ihr Sohn betreibt dort ein Restaurant, *Harold's Tavern*.«

»Ihr Sohn? Wer ist das?«

»Gordon Buchanan.«

»Dann heißt sie Buchanan mit Nachnamen?« Ivy stellte das Bild wieder zurück.

»Kann sein. Wir könnten dort essen gehen, und du fragst ihn, wenn es dich so interessiert. Das Essen dort ist richtig gut.«

»Du lädst mich zum Essen ein?« Überrascht wandte sie sich ihm zu, und er konnte die Lichtreflexe in ihren grünen Augen sehen.

»Ein Arbeitsessen, wir könnten in Ruhe eine Zwischenbilanz ziehen, und ich wollte sowieso mit Gordon sprechen. Er hat Kontakte zu Investoren, die an Objekten auf Skye interessiert sind. Die Lage des Schlosses ist nicht zu überbieten, aber jemand mit dem nötigen Kleingeld für grundlegende Renovierungsarbeiten muss gefunden werden.«

»Gern. *Harold's Tavern* – ich glaube, ich habe in einem Magazin über das Restaurant gelesen. A ja, mein Ex hat davon gesprochen. Er hat eine Weinhandlung und ist ein Gourmet.«

»Tatsächlich? Dann kann ich mich ja ganz auf deine Empfehlungen verlassen«, meinte er.

Doch Ivy verzog das Gesicht. »Lieber nicht, denn ich bin eher der Typ für Salat und Tiefkühlpizza. Einer der Gründe, warum es mit uns nicht geklappt hat.«

»Tut mir leid.«

»Mir nicht.«

Sie sahen einander an und schwiegen für einen Moment.

»Hier bist du!« Die Tür wurde laut aufgestoßen, und MacKenzie kam mit seinem Rollstuhl hindurchgefahren. Charly schoss an ihm vorbei und sprang an Ivy hoch. Als der Laird sah, dass sie vor den alten Fotografien standen, sagte er ungehalten: »Was gibt es da zu sehen?«

»Äh, guten Morgen, Sir. Es ist nur, dass ich Moira

gestern getroffen habe, oben in Annait. Und hier stehen Sie neben ihr.«

MacKenzie kniff die Augen zusammen. »Warum auch nicht! Jeder hier kennt Moira. Und früher waren noch weniger Leute auf Skye. Bessere Zeiten waren das, ja ...«

»Es geht mich ja auch nichts an«, meinte Ivy.

»Richtig.« Der Alte sah sich in der Bibliothek um. »Und lassen Sie die Finger von meinem Burns-Brief, verstanden?«

»Aber noch mal zu den Mackintosh-Möbeln: Ich habe ein wenig recherchiert und konnte keine Hinweise auf deren Entstehungsdatum finden. Sie sind nirgendwo verzeichnet, keine Entwürfe, jedenfalls nicht die exakten Vorlagen, ähnliche ...«

MacKenzie unterbrach sie. »Die Entwürfe sind verloren gegangen, aber Mackintosh hat diese Möbel in einem Brief an seine Frau erwähnt, als er in Spanien war.«

»Wirklich? Das wäre ja sensationell!«, rief Ivy aus.

»Cal, komm mit, ich muss mit dir sprechen«, sagte Ross MacKenzie.

»Entschuldige mich, Ivy. Und nimm dir für heute Abend nichts vor.«

Ivy tätschelte den Hunderücken und lächelte.

Als Calum mit seinem Onkel in der großen Halle angelangt war, sagte dieser: »Ihr wart oben in Kirstys Zimmer. Brenda hat es mir gesagt. Warum hast du die Ferguson da mit hineingenommen?«

»Nur, um ihr zu zeigen, was vorhanden ist. Der Kerzenleuchter zum Beispiel, sie sagt, dass ...«

»Ja, ja, aber was hat sie gesagt, als sie das Zimmer

gesehen hat?« MacKenzie sah seinen Neffen beinahe ängstlich an.

»Sie war nicht beeindruckt, wenn du das meinst. An Geister glaubt sie nicht, und ansonsten war da nichts zu holen, nur kaputte Möbel und ein paar Werkzeuge. Deine Werkstatt ist doch unten. Was hast du da gemacht? Oder war das Kirstys Atelier?«

»Atelier?«, wiederholte MacKenzie irritiert. »Was sollte sie …« Er atmete aus und sackte in sich zusammen. »Ich bin heute so müde. Wann kommt Doktor Newbery?«

Besorgt legte Calum seinem Onkel eine Hand auf die Schulter. »Ich rufe ihn gleich an. Soll ich uns noch einen Kaffee machen?«

»Sie mochte keinen Kaffee, aber sie tanzte wie eine Göttin«, murmelte Ross MacKenzie.

»Wen meinst du, Onkel?«

Doch der Laird antwortete nicht, sondern starrte abwesend auf den Knauf seines Gehstocks.

8

Ardmore 1879

Today in many a clachan in The Isle of Mists and rain
They tell at winter ceilidh this story o'er again;
And many a timid cailleach, when the evening shadows fall,
Avoids the place that bears the name Destruction of the Wall.

Heute erzählt man sich auf der Insel des Nebels und
des Regens
An manchen Wintertagen bei einem Ceilidh
diese Geschichte;
Und manche ängstliche Hexe meidet den Ort mit Namen
Zerstörte Mauern, wenn die Schatten fallen.

F. T. MacLeod: The Burning of Trumpan Church,
in »The Songs of Skye«

Sie kamen zu spät. Angus Fergusons Haus stand in
Flammen und war nicht mehr zu retten. Immerhin hatten sie die Tiere aus dem Stall getrieben. Das fetteste
Schwein war verschwunden und die Ziegen in die Hügel gelaufen. Erschöpft vom Laufen, dem Torfstechen,
einem langen Arbeitstag und den Entbehrungen der

jüngsten Zeit standen die Männer im Hof und fluchten.

»Wo sind die Frauen und die Kinder?« Angus sah sich angstvoll um. »Peigi! Eilidth, Eve, Liosa!«

Die Knechte des Lairds waren weitergezogen und verrichteten ihr brutales Werk an anderer Stelle.

Iain Swan sprang vom Karren und schulterte seinen Spaten. »Ich muss nach meiner Familie sehen, Angus. Wenn mein Haus auch zerstört wurde, gehen wir runter zur Kirche von Trumpan. In den Ruinen finden wir zumindest vorübergehend Unterschlupf. Eine andere Lösung sehe ich jetzt nicht.«

»Ob das so eine gute Idee ist? Sie werden uns dort nicht in Ruhe lassen, fürchte ich«, gab Angus zu bedenken.

»Weißt du eine bessere Lösung?«

Angus gab nach. »Nein. Na schön, wir werden sehen.«

»Ist gut, Iain. So machen wir es.« Die Männer nickten einander zu, bevor sie sich auf die Suche nach ihren Angehörigen machten.

Die Häuser der anderen Crofter lagen weiter unten, waren kleiner, und das zugehörige Land war für MacKenzie nicht von Nutzen. Der Laird wollte die guten saftigen Weiden oben in den Hügeln für seine Schafe und die der Engländer.

Henry war zu einer Baumgruppe gelaufen und rief: »Hier sind sie! Alle wohlauf, *Athair*!«

»Gott, ich danke dir, dass du meine Familie beschützt hast!«, murmelte Angus.

Die Hälfte der Männer hatte Iain begleitet, die anderen waren bei Angus geblieben. »Wir hätten euch bei uns aufgenommen, Angus, aber du weißt ja selbst, wie beengt es in unserer Hütte ist«, sagte Mark Mavor. Er lebte mit seiner Frau, seiner blinden Mutter und sechs Kindern auf engstem Raum und schaffte es gerade, seine Familie vor dem Hungertod zu retten. Der freundliche Mann, dessen Augen tief in den Höhlen lagen, hatte sein Leben damit zugebracht, gerade so viel zu erwirtschaften, dass er die Pacht zahlen und von dem mageren Überschuss leben konnte. Dabei hatte er nie seinen Glauben und seine Zuversicht verloren. Highlander waren gottesfürchtige, loyale Menschen, und das machten sich die Lairds nun auf schändliche Weise zunutze.

»Das weiß ich doch, Mark. Wenn es Iain genauso ergangen ist, gehen wir nach Trumpan. Von dort können sie uns nicht vertreiben. Immerhin ist das heiliger Boden.«

Nur wenige Wolken verdeckten in dieser Nacht den vollen Mond, so dass die Gruppe aus Menschen und Tieren, die auf dem Pfad die Küste entlangzog, wie ein silbriger Lindwurm wirkte. Eine Ziege sprang meckernd aus der Reihe, wurde jedoch sofort von einem der Hunde wieder in den Tross gedrängt. Als ein Baby zu schreien begann, versuchte die Mutter alles, es zu beruhigen.

»Schsch, mein Kleines, nicht weinen, du darfst jetzt nicht weinen, hörst du …«, flüsterte Iains Frau und wiegte das Kind in den Armen.

Peigi, die ihre beiden Jüngsten an den Händen hielt, schloss zu ihrer Nachbarin auf. »Willst du einen Moment anhalten und sie füttern, Greer?«

Die junge Mutter wandte sich mit tränenüberströmtem Gesicht um und nickte. »Eilidth, nimm deine Schwestern an die Hand, ich setze mich kurz mit Greer hier ins Gras.«

Ihre älteste Tochter tat, wie ihr geheißen, sie war ein liebes Mädchen und würde eine gute Ehefrau sein. Angus, der hinter ihnen ging, stieß einen Pfiff aus, und der gesamte Tross kam zum Halten. »Die Frauen brauchen eine Pause.«

Er setzte den Sack ab, den er über der Schulter trug. Sein Sohn lenkte einen Karren, der von einem struppigen Pony gezogen wurde. Nach diesem zweiten Überfall war ihnen nicht viel geblieben. Das wenige, was sie über die Jahre hatten erwirtschaften können, war nun ganz verloren. Sie hatten nicht mehr als die Kleider, die sie auf dem Leibe trugen, ein wenig Geschirr, Töpfe und Werkzeuge. Tücher, Decken und Bettzeug war zur Hälfte verbrannt, und auch der Webstuhl seiner Frau war unbrauchbar geworden. Warum tat ihr Herr ihnen das an? Womit hatten sie diese Grausamkeit verdient? Angus war genauso zum Weinen zumute wie den Frauen, doch er konnte seiner Furcht nicht nachgeben, musste stark sein für seine Familie. Die Fergusons hatten noch nie aufgegeben, und er würde nicht der Erste sein, der diese Familientradition brach.

Noch war es Sommer, und wenn es nicht allzu viel regnete, konnten sie sich in den Ruinen von Trumpan einrichten und sich ein Dach bauen. Bis zum Oktober hatten sie dann genügend Zeit, eine Hütte zu errichten. An ein Haus war nicht zu denken, dachte Angus bitter und starrte hinüber zur Küste, wo sich die Silhouette von Ardmore Castle als massiger Schatten über den Klippen erhob.

»Warum müssen wir so leise sein, Vater?«, wollte die kleine Eve wissen und zog an seiner Hose.

Angus ging in die Hocke und drückte das Mädchen an sich. »Damit uns niemand hört. Nur, wenn wir ganz leise bis zu unserem neuen Haus gehen, dürfen wir dort bleiben.«

»Das verstehe ich nicht. Warum haben sie uns denn das alte Haus kaputt gemacht?« Die großen Kinderaugen hingen an seinen Lippen und erwarteten eine Antwort.

Angus gab seiner Tochter einen Kuss auf die Stirn. »Niemand versteht das, Eve. Aber es geschehen Dinge, auf die haben wir keinen Einfluss. Wir müssen jetzt einfach das Beste daraus machen. Und du musst schlafen und essen und darfst dir keine Sorgen machen. Dafür sind wir da, hörst du?«

Eve runzelte die Stirn und holte ihre zerfranste Puppe hervor. Ihre Mutter hatte ihr das Püppchen aus Stoffresten genäht, und es begleitete Eve überallhin, weshalb es ganz zerschlissen und kaum noch als Puppe erkennbar war.

»Angus!«, rief Iain von vorn, und dieser schob seine Tochter zu den Geschwistern und drängte sich zwischen den Leuten hindurch zur Spitze des Zuges.

Iain trug seinen Kilt und in seinem Gürtel zwei Dolche. Der große, kräftige Mann wirkte heute Nacht wie ein Krieger, und sein Freund wusste, dass er nicht nur mit

Worten zu fechten verstand. Mit ausgestrecktem Arm zeigte Iain Swan hinunter zur Küste, wo sich die Ruine von Trumpan befand. Dunkel und einsam wölbten sich die Steinhaufen und Mauerreste der Kirche gegen den Nachthimmel. Ein großes keltisches Kreuz auf dem angrenzenden Friedhof wurde vom Mondlicht erfasst und zeigte das Grab von Lady Grange an. Hier draußen gab es keine Häuser mehr, nur das Leuchtfeuer von Ardmore Point, das den Schiffen den Weg in die Bucht weisen sollte.

Solange sie denken konnten, war die Kirche eine Ruine, und selbst die tragische Lady Grange, deren trauriges Schicksal jeden bewegte, der ihre Geschichte hörte, war hier zur letzten Ruhe gebettet worden, als der Friedhof nicht mehr offiziell genutzt wurde und der Regen schon lange in das Kirchenschiff ohne Dach fiel. Ausgerechnet an diesen Ort zu flüchten bedurfte verzweifelter und auch mutiger Menschen. Der heilige Boden war mit Blut getränkt, und unter dem sogenannten Deich ruhten die Gebeine heimtückisch ermordeter Highlander. Wie alle Crofter hatte auch Angus bislang diesen Ort gemieden, der an grausame Kämpfe zwischen den MacLeods und den MacDonalds erinnerte. Im Jahre 1577 des Herrn hatten die MacLeods in Eigg ein Massaker an den MacDonalds verübt, indem sie den Eingang zu einer Höhle verbarrikadierten und ein Feuer legten. Aus Rache kamen MacDonalds Männer im Jahr darauf an einem nebligen Sonntag von Uist nach Waternish. Es war die Zeit des Gottesdienstes, zu der alle MacLeods in der Kirche von Trumpan versammelt waren. Für die Rache suchenden Angreifer war es ein Leichtes, das mit Schilf gedeckte Kirchendach in Brand zu setzen. Viele starben, doch ein heftiger Kampf entbrannte, und schließlich gelang es einigen MacDonalds, in einem Boot zu fliehen. Was blieb, waren die Toten. Es hieß, dass die Überlebenden die Leichen unterhalb der Kirche mit den Steinen der niedergebrannten Mauern und einem Torfdeich bedeckt hätten. Bis heute betrat niemand den Boden zwischen Ruine und Strand.

»Was sagst du, Angus? Sollen wir uns tatsächlich dort niederlassen?«

»Heute Nacht bleibt uns keine Wahl, und wenn die Geister der Toten uns nicht vertreiben, dann tun es höchstens die Lebenden, aber nicht heute Nacht.« Er legte seinem Freund die Hand auf die Schulter und drehte sich zu den anderen um: »Es geht weiter!«

Ein Murmeln und Flüstern ging durch die verängstigten Menschen, und die Frauen hielten ihre Kinder noch fester an den Händen.

Der Weg hinunter war steinig, und sie mussten Henry helfen, den Wagen unbeschadet hinunterzumanövrieren. Im Schutz der höchsten noch vorhandenen Mauer, welche sie gegen den Wind von der Seeseite abschirmte, richteten sie die Schlafplätze für ihre Familien ein. Frauen und Kinder erhielten die besten auf weichem Gras, während die Männer sich in ihre Umhänge wickelten und halb sitzend gegen die Mauer gelehnt ein wenig Schlaf suchten. Iains Sohn David hatte sich freiwillig für die erste Wache gemeldet. Er war so groß wie sein Vater, kräftig und konnte mit Pistole und Dolch umgehen.

Sein Anblick versetzte Angus einen Stich, denn David und Duff waren zusammen aufgewachsen und enge Freunde gewesen. Nur hatte sein Duff durch die Hand von Murdoch ein viel zu frühes Ende gefunden. Angus schloss die Augen, hörte im Hintergrund das Meer grollen und döste. In seinem Wachtraum sah er die brennende Kirche, hörte die Schreie der Sterbenden, die sich mit dem Schluchzen einer Frau mischten. War es Lady Grange, die anklagend die Hände ausstreckte und barfuß durchs Gras lief? Erschöpft öffnete Angus die Augen. Das Schluchzen dauerte an und kam aus der Ecke, in der die Frauen schliefen.

Angus erhob sich und suchte David auf, der auf einem Mauerrest hockte und auf die See hinausstarrte.

»Aye, Junge, leg dich hin, ich löse dich ab.«

David hatte ein ausgeprägtes Kinn und eine gerade, lange Nase wie sein Vater. Die Haare wurden von einer Tweedmütze gebändigt. »Ich bin nicht müde, Angus. Die ganze Zeit muss ich an unsere Leute denken. Wir dürfen uns das nicht gefallen lassen. Vater hat so viele Berichte an die Zeitung geschickt. Die müssen uns endlich Hilfe schicken!«

»Warum sollten sie das tun? Und wer? Wir interessieren niemanden außerhalb der Highlands. Was sind wir schon, David, arme Pächter, die weniger einbringen als die Schafe, für die sie ihr Land verlassen müssen.« Angus hatte Iain und dessen Arbeit für den *Highlander* immer unterstützt, doch nun war er am Ende seiner Kräfte. Zweimal aus dem eigenen Haus vertrieben zu werden war mehr, als er ertragen konnte. Vor allem sorgte er sich um seine Familie. Wie sollten sie ohne ein festes Dach über dem Kopf durch den Winter kommen?

»Das ist das Problem, Angus. Kaum jemand weiß von uns und unseren Problemen. Das müssen wir ändern! Die Iren haben es auch geschafft.« Der Junge sprach voller Leidenschaft und mit dem Enthusiasmus der Jugend.

Die Highland Land League war nach dem Vorbild der Irish Land League gegründet worden, doch Angus sah noch keine wirklichen Erfolge, nur die Nachteile, die in Form von Repressalien diejenigen zu spüren bekamen, die sich ihr anschlossen. MacKenzie hatte deutlich genug gemacht, was er von den aufrührerischen Aktionen der Land League hielt.

»Der springende Punkt ist, dass wir kein Recht auf dieses Land haben. Die Gesetze müssen geändert werden, aber bis das geschieht, wird noch viel Wasser an Skye vorbeifließen.«

David überragte Angus um einen halben Kopf, als er neben ihm stand. Der Stoff seiner Hose war alt und vielfach geflickt, seine Schuhe ausgetreten und die Ärmel seiner Jacke ein wenig zu kurz. Teure Kleidungsstücke wie Jacken oder Stiefel wurden von einem Kind zum anderen weitergegeben, ob sie passten oder nicht. Doch David strahlte einen Stolz aus, den ihm niemand je nehmen würde.

»Und sie werden nicht geändert werden, solange wir uns leise wegducken unter der Knute der Lairds, die sich zu unseren Herren aufgeschwungen haben.«

»Du hast noch keine Familie, David. Dann würdest du anders reden.«

»Was kann denn noch geschehen, Angus? Duff ist tot! Er wollte doch nur euer Haus verteidigen! Was ist daran falsch? Willst du ihn nicht rächen?« Mit geballten Fäusten stand David vor ihm, ein zorniger junger Mann, der seine Zukunft mitbestimmen wollte.

Über der Bucht zeigte sich das erste goldene Licht der Morgensonne. Der Wind frischte etwas auf, und die Wellen schlugen höher gegen die Felsen. Unten im Hafen bereiteten die Fischer ihre Netze vor, um den ersten Fang einzuholen.

»Nein«, erwiderte Angus leise und beobachtete, wie Mungo eine Ziege zurücktrieb, die sich aus der Ruine entfernt hatte. »Duff ist tot. Wenn ich Murdoch töte, bringt es mir meinen Sohn nicht zurück, aber mich vielleicht ins Gefängnis, und wer kümmert sich dann um Peigi und die Kinder?«

»Das habe ich nicht bedacht.« David straffte die Schultern. »Doch so kann es nicht auf ewig weitergehen, Angus, das meint auch mein Vater.«

»Hm«, murmelte Angus und fragte sich, wie er seine Familie durch die kommenden Monate bringen sollte.

Der Juli war warm und trocken, was den Flüchtigen in Trumpan sehr zugutekam. Sie hatten Holz gesammelt und ein Dach auf den Mauerresten errichtet, das sie vor Wind und Wetter schützte. Die Tiere fanden ebenfalls Platz in der provisorischen Behausung, die nun das neue Zuhause für zwei Familien war. Bislang hatten die MacKenzies sie nicht behelligt, doch sie schickten ihre Späher, um sie zu beobachten.

Angus, Henry und David kamen aus dem Wasser und schüttelten die Haare. Die beiden jungen Burschen lachten, während das kalte Wasser an ihnen herunterlief.

»Ah, das war herrlich!«, rief Henry und griff nach seinem Hemd, das auf den Steinen am Strand lag.

Mungo sprang um sie herum und bellte aufgeregt.

»Was ist los, Mungo?« Angus kannte seinen Hund lange genug, um zu wissen, wann er ihm etwas mitteilen wollte. Und dieses Bellen war mehr als ein Ausdruck von Freude.

Angus streifte sich sein Hemd über den feuchten Körper und schlüpfte in seine Hose. Als Mungo noch immer nicht aufhörte zu bellen, folgte er dem Blick des Hundes und entdeckte oben auf dem Hügel eine einsame Gestalt auf einem Pferd. Regungslos verharrte der Mann, schien zu warten, dass Angus ihn sah, wendete dann sein Pferd und ritt davon.

»Wer war das?«, fragte David, der seinen Dolch am Gürtel befestigte.

»MacPhail, wenn ich mich nicht täusche. Das gibt Ärger.« Angus zog seine Schuhe an. »Ist dein Vater schon fort, David? Ich hoffe, er schadet uns nicht, indem er zu viel Staub aufwirbelt.«

Iain Swan wollte sich auf den Weg nach Inverness machen, um dort mit dem Chefredakteur des *Highlander* zu sprechen.

»Die Leute sollen wissen, was sie uns hier antun, Angus. Kannst du das denn nicht einsehen?«

»O ja, sicher verstehe ich das, und ich heiße es gut. Aber, mein lieber David, wir sind ihnen hier ausgeliefert.

Wohin sollen wir? Wir haben weder Geld noch Land! Hast du dir deine Mutter mal angesehen? Sie ist viel zu dünn für eine Frau, die gerade ein Kind geboren hat und es stillen muss.«

Der junge Mann senkte den Blick. »Ich weiß. Das tut mir weh.«

»Es tut dir weh?« Angus wurde ärgerlich. Auch wenn er das Aufbegehren von David und seinem Vater verstehen konnte, machte es ihre Situation jetzt nur noch schlimmer, weil sie den Chief damit noch mehr gegen sich aufbrachten. Andererseits, was konnte man ihnen noch antun? Doch Angus wollte keine weiteren Verluste riskieren. »Wir alle leiden Hunger und Entbehrungen, aber für die Frauen ist es am ärgsten, und so darf es einfach nicht sein! Wer ist heute mit dem Melken der Kuh an der Reihe? Einer von euch geht fischen und wir schlachten die alte Ziege. Wir brauchen das Fleisch.«

Insgeheim dachte Angus, dass es besser war, die Ziege jetzt zu schlachten, bevor die Männer von MacKenzie kamen und sie ihnen nahmen. Denn dass etwas passieren würde, dessen war er sicher.

Doch nicht die Männer MacKenzies kamen, sondern ihre eigenen Leute. Zwei Tage nachdem Angus Tavish MacPhail gesehen hatte, kam Mark Mavor mit seiner Familie den Hügel herunter. Sein Wagen war mit Hausrat und sogar einigen Möbeln beladen und wurde von seinen Hochlandrindern gezogen, auf die er immer besonders stolz gewesen war. Die zotteligen braunen Tiere mit ihren langen Hörnern trotteten geduldig vor dem

Wagen her, während die Kinder drei Schweine mit Stöcken hinterhertrieben.

Iain war noch nicht aus Inverness zurück, so dass Angus und Peigi die Neuankömmlinge begrüßten. Greers Baby hatte seit einigen Tagen Fieber, weshalb sie sich mit ihm an die Feuerstelle zurückgezogen hatte. Peigi nahm die Hand ihres Mannes. »Jetzt auch noch Mark mit seiner Familie ... Welches Elend bringen die MacKenzies über uns! Haben sie denn gar kein Herz? Und Greers Kind braucht dringend Medizin. Aber woher sollen wir die nehmen? Wir haben keinen Penny mehr!«

Er drückte ihre Hand und erwiderte leise: »Lass uns nachher darüber sprechen. Jetzt brauchen Mark und seine Familie unsere Hilfe.«

Peigis Hand zitterte, und es zerriss ihn, dass er ihr keinen Trost geben konnte, ihr keine Hoffnung auf eine baldige Verbesserung ihrer Lebensumstände machen konnte. »Ich gehe morgen zu MacKenzie. Er kann mich nicht abweisen. Zumindest anhören muss er mich.«

Ängstlich sah Peigi ihren Mann an, doch da hielt auch schon der Wagen ihrer Freunde vor der Ruine. Mark sah müde und abgekämpft aus, und seine Frau konnte sich kaum noch auf dem Wagen halten.

»Angus, Peigi, wie geht es euch? Wir wollen euch nicht zur Last fallen, aber wir wussten nicht, wohin. Bruce ist mit den Seinen auf ein Boot gebracht worden. Sie sollen nach Kanada auswandern.«

Peigi schlug sich die Hand vor den Mund und schüttelte den Kopf. Dann ging sie zu Marks Frau und half ihr mit den kleinen Kindern. »Kommt, wir haben einen Topf auf dem Feuer. Etwas Suppe ist für jeden da.«

Henry und David und auch die Mädchen waren hinzugekommen, um den Besuchern beim Abladen zu helfen.

»Mark, ist das wirklich wahr? Sie müssen auswandern?«

»Ja, daran besteht kein Zweifel. Ich weiß es von Tavish MacPhail. Er hat sich bei allem doch anständig verhalten. Murdoch war nicht dabei, als sie zu uns kamen«, sagte Mark und strich über das dicke Fell seines Rinds. »Ohne Tavishs Fürsprache hätten wir die Tiere abgeben müssen. Ich glaube, das Boot war zu voll, sonst hätten wir wohl auch mit fortgemusst.«

Angus hatte von Croftern gehört, die gegen ihren Willen nach Übersee verschifft worden waren, jedoch nie für möglich gehalten, dass sie auf Waternish dasselbe Schicksal ereilen könnte. »Für heute seid ihr hier sicher, und morgen gehen wir gemeinsam zu MacKenzie, Mark. Irgendetwas müssen wir tun! Iain ist in Inverness und versucht dort, Unterstützer für unsere Sache zu gewinnen.«

»Ist gut. Ich komme mit, aber was, wenn er uns gar nicht anhört?«

»Das sehen wir dann. Komm, mein Freund, ruht euch aus und erzählt genau, was geschehen ist. Steht dein Haus noch?«

Die Heimat verlassen zu müssen war für Angus unvorstellbar. Er war ein Highlander, genau wie sein Vater und sein Großvater und unzählige Generationen vor ihnen. Er legte Mark den Arm um die Schultern und führte ihn durch das Gatter, hinter dem die Tiere in der Ruine gehalten wurden, in seine notdürftige Unterkunft. Aber alles war besser, als auf einem Schiff in die Fremde zu müssen.

9

Harold's Tavern, Portree

Das schottische Wetter bewies wieder einmal, dass es zu überraschen verstand. Trotz einzelner grauer Wolken ging die Sonne in malerischer Pracht über Loch Portree unter. Cal hatte seinen Bus oben an der kleinen Kirche nicht weit vom Krankenhaus geparkt, und sie waren zum Hafen hinuntergegangen. Auf der ruhigen Wasseroberfläche, die wie ein lang gezogenes Hufeisen von hohen Klippen bis weit hinaus in den Sound of Raasay eingefasst wurde, schaukelten Ruderboote, Jachten und Fischkutter. Die Werft der Fischereigenossenschaft war noch in Betrieb, und die zahlreichen Kutter und Netze zeugten vom einträglichen Geschäft der Fischer.

Die Stadt selbst war mit zweieinhalbtausend Einwohnern eher ein großes Dorf geblieben, was zu ihrem Charme beitrug. Ivy hatte Portree immer gemocht. Die bunten Häuser, die sich wie eine Schnur oberhalb des Hafens entlangzogen, das viele Grün auf den Klippen und die verschlungenen Gassen mit ihren Pubs, Restaurants und kleinen Läden machten den Ort zu einem Treffpunkt für Einheimische und Touristen. Eine Gruppe junger Leute schlenderte an ihnen vorbei, und

Cal grüßte freundlich zurück, als einer der Männer ihm zunickte.

»Mick, ein Surfer. Hast du noch Bekannte hier oben?«

Ivy wedelte mit der Hand einen Schwarm Mücken fort, denn die Plagegeister hatten noch immer Saison. »Eigentlich nicht. Ich bin schon zu lange weg. Meine Freunde leben in und um London, und das ist auch gut so.«

»Ich habe auch noch Freunde in London, aber Edinburgh ist mir näher. Und am liebsten bin ich auf Skye. Das war schon immer so. Verrückt, oder? Meine Eltern sind mehr Kosmopoliten, als ich es je sein werde.«

Er schaute auf die Bucht hinaus, wo in der Ferne die Umrisse von Raasay zu sehen waren. »Auf Raasay gibt es wieder mehr Adler. Ich war mal für ein paar Tage drüben, als ich absolute Ruhe brauchte. Nur ein Zelt, minimale Ausrüstung, Surfbrett und kein Kontakt zur Außenwelt. Erholsam und heilsam zugleich.«

Sie sah ihn an und war erstaunt, dass er ihr gegenüber so offen war. Es gab eine Anziehung zwischen ihnen, und sie hätte ihm gern alles über sich erzählt. Doch das muss warten, dachte sie bedauernd.

»Ist Waternish dir nicht ruhig genug?«

Cal schüttelte den Kopf. »Nicht mehr, nein. Du siehst ja selbst, wie viele Touristen noch auf der Insel sind. Erst im Oktober ändert sich das spürbar, dann gehört Skye wieder uns.«

»Du sagst uns, und dabei sollst du das Schloss für deinen Onkel verkaufen. Eigentlich hängst du genauso daran wie er, oder nicht?«

Er berührte ihre Schulter. »Lass uns zurückgehen. Ich habe einen Tisch für uns reserviert. Das stimmt, ja. Aber ich sehe keine andere Lösung für meinen Onkel. Selbst wenn er das gesamte Mobiliar und die Kunstgegenstände gewinnbringend verkauft, kann er nicht allein in dem alten Kasten leben. Ich hätte ihn lieber in Edinburgh in meiner Nähe, da könnte ich ihn öfter besuchen. Aber das wäre wohl sein Ende.«

Ivy kam der Verdacht, dass der Laird den Verkauf vielleicht absichtlich erschwerte, damit er so lange wie nur möglich in seinem Schloss bleiben konnte. Bevor sie die Treppe hinaufstiegen, blieb Ivy stehen und sah zu den Klippen hinauf. »Da oben auf *The Lump* haben sie einst die Leute gehängt. Schwer vorzustellen, dass das mal ein Highlight der Unterhaltung war.«

»Tja, wenn du außer dem Kirchgang nur das Hängen am Dienstag hast und weißt, dass es dazu Musik und Gaukler gibt, dann freust du dich wahrscheinlich drauf.« Er legte den Kopf schief, und sie konnte nicht sehen, ob er grinste.

Doch als er sie dann ansah, lachten seine Augen, und sie gab ihm einen kameradschaftlichen Schubs. »MacKenziescher Humor, eh? Na, komm, ich habe Hunger.«

Ursprünglich hatte Portree Kiltaraglen geheißen. Seinen heutigen Namen hatte es wohl dem Besuch König James' V. zu verdanken, der 1540 nach Portree gekommen war, um seinen Herrschaftsanspruch gegenüber den Clanchiefs anzumelden. Seither hieß die kleine Hafenstadt Port Rìgh, was Hafen des Königs bedeutete. Land bedeutete Macht, das war immer so gewesen, und Ivy fragte sich, ob sich das jemals ändern würde.

Harold's Tavern befand sich in einem der traditionsreichen weißen Häuser an der Straße, die parallel oberhalb zum Hafen verlief. Schwarze Fensterrahmen und eine schwarze Tür waren typisch für die Orte auf Skye. Man sah dem Haus an, dass es von Grund auf renoviert worden war. Das handbemalte Schild, Blumenschmuck und Buchsbäume in stilvollen Kübeln schürten die Erwartung auf ein gehobenes Restaurant.

»Habe ich erwähnt, dass das Haus meinen Eltern gehört? Sie haben es Gordon verpachtet, weil sie doch so gut wie nie hier sind. Und wenn sie mal zu Besuch kommen, stellt er ihnen eins seiner Gästezimmer zur Verfügung. Er hat etwas aus dem Haus gemacht, es aus seinem Dornröschenschlaf geweckt.« Calum hielt ihr die Tür auf und ließ sie eintreten.

Ivy war von dem gediegenen, modernen und doch gemütlichen Ambiente angenehm überrascht. Dunkles Holz, helle Stoffe und Bilder von heimischen Künstlern fielen ihr ins Auge. Es gab einen Empfang, an dem eine junge Mitarbeiterin sie begrüßte. Sie kam jedoch nicht weit, denn ein Mann um die vierzig trat aus dem Gastraum und lächelte, als er Calum entdeckte.

»Hallo, mein Lieber! Was für eine Freude, dich mal wieder bei uns zu haben.« Er schüttelte Calum die Hand und wandte sich Ivy zu.

»Ivy Ferguson, darf ich dir Gordon Buchanan vorstellen? Bester Chef und Gastgeber.«

Gordon war groß und schlank, trug ein dunkles Sakko

zu einem weißen Hemd und Jeans. Sein kurzes, dunkelblondes Haar und aufmerksame blaue Augen hinter einer modischen Brille machten ihn im Zusammenspiel mit einem offenen, energischen Gesicht zu einem gut aussehenden Mann, der sich seiner Ausstrahlung bewusst war.

»Herzlich willkommen, Ivy. Was darf ich Ihnen anbieten? Ein Glas Champagner oder lieber einen Rotwein? Wir haben einen Murrieta Castillo Ygay, den wir gerade auf unsere Karte genommen haben.«

»Ein exzellenter Rioja ist immer eine gute Wahl«, erwiderte Ivy und erntete ein anerkennendes Nicken.

»Ich bin beeindruckt, Cal, deine Begleitung hat Weinverstand. Bitte, ich zeige euch euren Tisch.«

Als sie in einer Ecke vor dem Fenster saßen und zwei Gläser Rotwein vor ihnen standen, sagte Calum: »Dank dir bin ich enorm in Gordons Ansehen gestiegen. Er hält mich für einen Kulturbanausen, und er hat recht. Cheers!«

Ivy lachte. »Na ja, du weißt, woher meine begrenzten Kenntnisse stammen. Aber ausgerechnet der Wein wurde prämiert, und mein Ex hat mir Vorträge über die Geschmacksnoten im Abgang und Aufgang und wie auch immer gehalten. Cheers!«

Serviert wurde ihnen ein dreigängiges Menü, das Ivy und Calum begeisterte. Es gab eine Variante für Veganer sowie Fisch und Fleisch. Calum entschied sich für das Steak, Ivy für Salat und Fisch aus dem Loch. Nachdem sie den letzten Löffel ihres Schokoladenküchleins mit hausgemachtem Lavendeleis verzehrt hatte, lehnte sie sich mit einem zufriedenen Lächeln zurück.

»Das war himmlisch!«

»Da kann ich nur zustimmen. Gordon versteht seinen Job, und meine Eltern können froh sein, ihn als Pächter gefunden zu haben.«

Gordon Buchanan trat an ihren Tisch. »Seid ihr zufrieden? Darf ich euch noch etwas bringen?«

Ivy winkte ab. »Danke, es war alles hervorragend. Ein Kompliment an den Chef!«

»Wenn Sie das sagen, Ivy, wiegt es doppelt«, sagte Gordon. »Ich würde gern noch einen Whisky ausgeben. Wir haben einen Abhainn Dearg von Lewis, einen Knockando und natürlich einen Talisker.«

Sie entschieden sich für den Whisky von der Insel Lewis. Während sie warteten, fiel Ivys Blick auf einen Tisch schräg gegenüber, an dem ein älteres Paar saß. Der Mann schaute des Öfteren zu ihnen hin.

»Cal, kennst du die beiden dort? Der Mann sucht anscheinend deine Aufmerksamkeit«, sagte Ivy leise.

Bis auf einen Tisch war das Restaurant voll besetzt und die Stimmung gelöst. Alt und Jung mischten sich genau wie Einheimische und Touristen. Neben ihnen saß ein italienisches Paar, und vorn hörten sie deutsche und französische Sprachfetzen.

Calum sah kurz hinüber. »Könnte ein Lehrer aus Broadford sein. Aber ja, jetzt erinnere ich mich. Das ist Michael Osborne. Bei dem hatte ich in den Ferien hier auf Skye mal Nachhilfe in englischer Literatur und Geschichte.« Er grinste. »Ich war kein Musterschüler, und das Surfen hatte immer Priorität. Meine Eltern haben aber nichts unversucht gelassen, um aus mir doch noch was Anständiges zu machen.«

»Und es ist ihnen gelungen, würde ich mal sagen«, meinte Ivy. Sein Blick auf diese Bemerkung hin traf sie bis in die Magengegend. Das konnte natürlich auch am guten Essen und dem Whisky liegen, doch ihr Impuls, die Hand nach ihm auszustrecken, sagte das Gegenteil.

Osborne schien die Aufmerksamkeit, die er erwirkt hatte, als Aufforderung zu deuten, denn er kam zu ihnen an den Tisch. Ein hagerer Mann mit vollem weißem Haar. »Calum MacKenzie? Wir sind die ganze Zeit am Überlegen, ob du, äh, Sie es sind?«

»Mr Osborne?«

Der ehemalige Lehrer strahlte und reichte Calum die Hand. »Freut mich sehr. Es ist schön, ehemalige Schüler wiederzusehen. Wie geht es Ihnen? Was machen Sie? Leben Sie hier auf Skye? Verzeihen Sie mir, aber ich erinnere mich gut an unsere Feriennachhilfe auf Ardmore Castle. Wie geht es Ihrem Onkel?« Er sah zu Ivy. »Bitte verzeihen Sie mir. Ich will nicht unhöflich sein.«

»Nein, nein, ist schon in Ordnung«, sagte Ivy.

»Tja, Mr Osborne, ich lebe jetzt in Edinburgh, bin im Marketingbereich tätig und besuche gerade meinen Onkel. Und wie geht es Ihnen und Ihrer Frau?«

Osborne zögerte kurz, bevor er antwortete. »Danke, bestens. Wir genießen den Ruhestand. Sie wissen ja, wie klein eine Insel im Grunde ist, und man hört so viele Gerüchte. Wie steht es um Ihren Onkel? Er soll ja sehr krank sein?«

Das ist unhöflich, dachte Ivy und konnte an Calums Miene ablesen, dass er ebenfalls leicht verärgert war. »Auf Gerüchte sollte man nichts geben, Mr Osborne.

Mein Onkel ist wohlauf, und wenn es Ihnen nichts ausmacht, würden meine Freundin und ich gern unser Mahl beenden. Vielleicht sehen wir uns wieder. Portree ist schließlich der Nabel unserer kleinen Welt hier auf Skye, nicht wahr?«

Indigniert neigte Osborne den Kopf. »Verzeihung, aber sicher. Es tut mir leid. Einen schönen Abend noch.«

Als Osborne außer Hörweite war, sagte Ivy: »Der gehörte nicht zu deinen Lieblingslehrern, oder?«

»Er war in Ordnung, aber immer sehr neugierig, hat mich schon damals über unser Haus und die Familie ausgefragt, und das mag ich nicht.« Er hob sein Whiskyglas. »Danke für diesen schönen Abend, Ivy. Ich wollte dich nicht in Verlegenheit bringen.«

»Hast du nicht. Ich …« Eine Frauengestalt erregte ihre Aufmerksamkeit. »Ist das nicht Moira?«

Gemeinsam sahen sie zum Eingangsbereich, wo Moira mit einem Korb voller Pflanzen stand. Es dauerte nicht lange, und Gordon kam dazu. Ein rascher Wortwechsel folgte, Gordon sah zu ihnen herüber, und Moira, die dunkle Jeans und eine lange graue Strickjacke trug, drückte ihm den Korb in die Arme und machte sich auf den Weg zu ihnen.

»Was sie von uns will …« Calum richtete sich in seinem Stuhl auf.

Als Moira vor ihrem Tisch stand, spürte Ivy erneut die geheimnisvolle Aura der älteren Frau.

»Calum MacKenzie, ich kann einfach nicht glauben, was ich gehört habe.« Wie eine der griechischen Erinnyen stand sie hoch aufgerichtet vor ihnen und maß sie mit ihren unergründlichen dunklen Augen. »Du verkaufst das Schloss deines Onkels?«

»Äh, aber, Moira, woher weißt du das? Ich meine, wir sind in der Planungsphase, und Ivy nimmt die Schätzungen des Inventars vor, aber ...«, stammelte Calum unglücklich.

»Du solltest dich schämen, Calum! Ich kenne dich, seitdem du laufen kannst. Warum lässt du dich auf solch eine teuflische Tat ein? Dein Onkel wird sterben, wenn er die Mauern von Ardmore Castle verlassen muss. Das weißt du doch wohl?«

»Er wird sterben, wenn er ...? Nein, das weiß ich nicht. Es geht ihm viel besser, und wenn wir erst die Finanzen geordnet haben, kann er in einer hübschen Wohnung ...«

»Was redest du für einen Unfug? Ein MacKenzie gibt seine Burg nicht auf. Niemals!« Sie starrte ihn sekundenlang an, warf auch Ivy einen durchdringenden Blick zu und fügte hinzu: »Willst du dem Totengräber zur Hand gehen, Calum?«

Ivy fröstelte, als wehte ihr ein eisiger Schauer entgegen.

»Moira, so hör doch, nein, so ist es nicht. Aber wir müssen eine Lösung finden«, versuchte Calum, sich zu verteidigen, doch Moira drehte sich mit einem letzten vernichtenden Blick um und ging davon.

Ivy beobachtete, wie Gordon seine Mutter aufhalten wollte, doch die ging einfach an ihm vorbei und verließ das Restaurant. Die Osbornes beobachteten das Schauspiel neugierig und wandten die Blicke erst ab, als Ivy sie scharf ansah.

»Hast du etwas dagegen, wenn wir jetzt gehen? Hier ist es plötzlich so eng geworden«, flüsterte Calum.

Wenige Minuten später standen sie auf der Straße vor *Harold's Tavern*, und Calum stieß hörbar die Luft aus. »Puh, tut mir leid, dass sich der Abend so entwickelt hat.«

»Dafür konnte keiner etwas. Zumindest war es nicht langweilig.« Ivy lächelte verschmitzt.

Calum nahm ihre Hand und zog sie mit sich zu den Bäumen vor der Treppe, die zum Hafen hinunterführte. Als sie vom Restaurant aus nicht mehr gesehen werden konnten, drückte er ihr einen Kuss auf die Wange und hielt sie an den Schultern. »Du bist großartig, Ivy.«

Sie errötete im Halbdunkel und murmelte: »Danke, aber du kennst mich nicht, Cal, dann würdest du anders denken.«

Er hob eine Augenbraue. »Das glaube ich nicht. Oder warst du schon mal im Gefängnis? Hast du deinen Ex vielleicht mit einer vergifteten Weinflasche entsorgt? Gar mit einem Château Lafite?«

Sie lachte. »Das würdest du mir zutrauen? Na herzlichen Dank!«

»Wusste ich's doch. Lass mich nur kurz meinen Onkel anrufen, um zu hören, ob es ihm gut geht. Dann können wir noch einen kleinen Spaziergang machen, wenn du magst.«

Während Calum telefonierte, ging Ivy langsam an der Mauer entlang, von der aus man einen wunderbaren Blick über die Bucht hatte. Inzwischen war es dunkel, und die Lichter der Häuser und einiger Boote schimmerten auf dem Wasser. Noch hörte man die Menschen lachend und plaudernd durch die Straßen laufen, aus einem Pub tönte Folkmusik, und Autos fuhren an ihr vorbei. Bei aller Betriebsamkeit gingen die Uhren in Portree langsamer als in London. Das Leben hier folgte einem eigenen Rhythmus, der Altes und Neues miteinander verband und dem Menschen mehr Raum gab.

Ein klappriger Kleinwagen fuhr neben ihr im Schritttempo, und eine Frau steckte den Kopf zum Fenster hinaus. »Ivy Ferguson!«

Erschrocken drehte Ivy sich um. »Moira! Meine Güte, du hast aber auch ein Talent, jemanden zu erschrecken.«

Die Frau reichte ihr ein Stoffsäckchen. »Trag das bei dir und gib auf dich acht. Nichts ist, wie es scheint, vergiss das nicht.«

Ratlos hielt Ivy das nach Kräutern duftende Säckchen in der Hand. »Ich, aber …«

Doch das Auto fuhr davon, und Ivy blieb sprachlos zurück.

»War das Moira?« Calum kam zu ihr. »Was ist denn nur in sie gefahren? Sie ist schon eine seltsame Person, aber so wütend habe ich sie noch nie erlebt. Vor allem hat sie sich sonst auch nicht darum geschert, wie es um meinen Onkel steht. Ihm geht es übrigens gut.«

Erleichtert steckte Ivy das Säckchen in ihre Tasche. »Oh, dann bin ich auch beruhigt. Vielleicht fahren wir besser zurück. Es war ein langer Tag – und ein ereignisreicher dazu.«

Ihr Telefon klingelte. »Hallo Ivy«, sagte Sienna.

»Kannst du sprechen? Ich habe ein paar Dinge über Ross MacKenzie herausgefunden, die dich interessieren werden.«

»Äh, das ist ja schön, danke dir, aber lass uns morgen darüber reden.«

»Verstehe, du bist nicht allein was? Es ist spät, mit wem bist du unterwegs? Ah, mit dem Neffen? Ich komme dich besuchen, das lasse ich mir nicht entgehen.«

»Nein! Sienna, ich habe überhaupt keine Zeit, ich mache hier keinen Urlaub.«

Doch ihre Freundin lachte nur. »Ja, ja, bis bald meine Süße!«

»So ähnlich geht es mir auch immer, wenn Freunde hören, dass ich auf Skye bin. Alle wollen sie dann spontan kommen«, meinte Calum und ging mit ihr zu dem Parkplatz vor der Kirche, wo sein Bus stand.

»Das fehlt mir noch. Wir müssen langsam mal zu Ergebnissen kommen, Cal. Schließlich koste ich Geld, und genau das wollt ihr ja durch meine Arbeit verdienen.«

Er öffnete die Beifahrertür für sie und stand dicht vor ihr, so dass sie versucht war, das Grübchen an seinem Kinn mit dem Finger zu berühren. »Ich kann auch nicht dauerhaft hierbleiben. Lass uns morgen mit meinem Onkel darüber sprechen. Er kann sich nicht weiter gegen alles sperren.«

Seine Reaktion enttäuschte sie, auch wenn es keinen Grund dafür gab, schließlich war es nur ein Job.

10

Ihre Eltern waren noch nicht zurück, als Ivy aus Portree zurückkam. Molly kam ihr entgegengesprungen, und Ivy nahm die Hündin mit ins Haus, wohl wissend, dass ihr Vater das nicht duldete. Auf dem Küchentisch lag ein Zettel mit dem Hinweis, dass ihre Eltern bei den Swans waren. Ihre Mutter hatte eine Auflaufform mit Shepherd's Pie in den Kühlschrank gestellt, die Ivy sich bei Bedarf aufwärmen könne. Ivy stellte den Wasserkocher an, gab Molly einen Hundekeks und setzte sich auf die Küchenbank.

Es war spät, aber nicht zu spät. Sie tippte auf den Rückruf und musste nicht lange warten, bis Sienna sich meldete. »Du bist schon wieder zurück? War der Abend nicht besonders ... nett?«

»Ach, Sienna, wirklich! Ich mag Calum, wenn du das meinst, aber ich bin hier undercover unterwegs, und wenn er das herausfindet, bin ich eh für ihn gestorben.« Ihr entfuhr ein Seufzer. »Vielleicht rede ich mit ihm, mal sehen, wie es sich hier entwickelt.«

»Na schön, darüber können wir immer noch sprechen. Pass auf, du weißt ja, dass ich gerne Familienskandale und dergleichen recherchiere. Irgendwann habe ich die richtige Idee für meinen Roman.«

»Bitte nicht über die MacKenzies!«

Ihre Freundin lachte. »Keine Sorge, das würde ich dir nicht antun. Aber der Name hat mir keine Ruhe gelassen. Das war tatsächlich eine Riesengeschichte damals.«

»Ich weiß. Aber man konnte weder Ross MacKenzie überführen, noch hat man den Täter gefunden.«

Molly hatte ihren Keks aufgefressen und hypnotisierte abwechselnd Ivy und die Keksdose. Lächelnd stand Ivy auf und goss Wasser in einen Teebecher, in den sie einen Beutel Pfefferminztee warf.

»Ich erspare dir jetzt meine Quellen, Klatschblätter, die du nicht liest, sind auch darunter, aber manchmal sind sie durchaus interessant. Im Verlaufe der Monate bis zum endgültigen Gerichtsurteil wurde alles breitgetreten, was man über Ross MacKenzie und seine Frau fand. Unter anderem gab es Berichte über eine Affäre von Kirsty mit, halte dich fest – Ross' Bruder!«

»Was? Ach, das kann doch nicht sein. Davon habe ich noch nie gehört.« Schockiert setzt sich Ivy wieder auf die Bank und streichelte Molly, die ihr den Kopf aufs Bein legte. »Das wäre ja der Vater von Calum, nein, Sienna, das kann nicht wahr sein.«

»Tja, ich gebe nur wieder, was in dieser Zeitschrift steht. Der Artikel musste widerrufen werden, denn Alistair MacKenzie hat wohl schweres Geschütz aufgefahren und hatte gute Anwälte. Aber hier steht es.«

»Ob Calum davon überhaupt weiß? Er hat so ein gutes Verhältnis zu seinem Onkel. Das wäre doch kaum möglich, wenn ...« Sie hielt inne. »Andererseits kann es ihm egal sein, und wer weiß, wie er zu seinen Eltern steht. Okay, danke, Sienna, da muss ich erst mal drüber nachdenken.«

Auf dem Hof fuhr ein Wagen vor, und Molly spitzte die Ohren.

»Und wenn du etwas herausfindest, will ich es sofort wissen!«

»Aber klar. Meine Eltern kommen zurück, und ich habe den Hund ins Haus gelassen.« Die Tür wurde aufgesperrt. »Ups, zu spät.«

»Hallo, Ivy!«, begrüßte ihre Mutter sie, entdeckte den Hund und wollte sich zu ihrem Mann umdrehen, doch der war schon an ihr vorbei in die Küche getreten und machte ein verärgertes Gesicht.

»Was soll das, Ivy? Du weißt genau, dass der Hund nicht ins Haus gehört. Er ist ein Arbeitstier und ist bei den Schafen am besten aufgehoben.«

»Nein, das finde ich nicht!«, widersprach Ivy. »Ich melde mich, Sienna.«

»Dicke Luft, du Arme, bis bald!«

Ivy legte das Telefon ab und streichelte Molly, die sich an sie drückte. »Molly ist ein Familienmitglied, zumindest sollte sie das sein. Wenn ich hier bin, darf sie mit mir kommen. Das hast du mir früher schon immer verboten. Warum musst du so hart mit den Tieren sein? Sie fühlen genau wie wir!«

Und schon wieder war es passiert. Sie fühlte sich wie eine Zwölfjährige, wenn sie mit ihrem Vater stritt. Verhielt sie sich so, oder ließ sie es einfach zu, dass er sie noch immer wie ein Kind behandelte?

»Bitte, es hat doch keinen Sinn, sich deswegen zu

streiten. Es ist spät, und wir sollten zu Bett gehen«, versuchte ihre Mutter einzulenken.

»Ja, das sollten wir«, sagte ihr Vater mit düsterer Miene, gab Molly einen leisen Befehl, und der Hund lief aus der Küche. Ihr Vater ging ebenfalls, und kurz darauf hörten sie die Haustür laut ins Schloss fallen.

»Warum musst du dich nur immer mit ihm streiten. Er wird sich nicht ändern, Ivy.«

»Das soll er ja auch gar nicht, aber er könnte ein wenig toleranter sein. Es muss immer nach seiner Nase gehen! Du würdest Molly doch auch gern im Haus haben, das weiß ich.«

»Wir haben beide Kompromisse gemacht, Ivy, das kannst du mir glauben. Und im Winter schläft Molly im Flur. Da hat sie es warm.« Ihre Mutter stellte das Wasser an.

»Oh, im Flur darf der Hund schlafen, das ist aber großzügig von ihm. Ach, was soll's! Ich bin eh bald wieder weg. Es tut mir nur deinetwegen leid.«

»Muss es nicht, Ivy. Ich kann für mich selbst sprechen, auch wenn du mir das anscheinend nicht zutraust.« Edith Ferguson goss Milch in einen Becher mit Teebeutel und gab heißes Wasser dazu.

»Lass uns nicht auch noch streiten, Mum.« Sie ging zu ihrer Mutter und nahm sie in den Arm.

»Meine Kleine.« Ihre Mutter strich ihr liebevoll die Haare aus dem Gesicht. »Morgen ziehen die Gäste aus der Lodge aus, dann kannst du dort einziehen. Ist vielleicht gut, dann hast du etwas mehr Ruhe. Und Molly kannst du dorthin mitnehmen, ohne dass dein Vater es bemerkt.«

»Danke, Mum.«

»Wie kommst du eigentlich voran mit den Möbeln im Schloss?«

»Geht so. MacKenzie ist schwierig, aber Cal kann ganz gut mit ihm umgehen.«

»Cal? Ihr versteht euch gut? Er war immer ein netter Bursche.« Edith sah ihre Tochter aufmerksam an.

»Er hat mich heute Abend zum Essen nach Portree eingeladen. Wir waren in *Harold's Tavern*.«

Ihre Mutter hob die Augenbrauen. »Oh, eine feine Adresse! War es gut?«

»Sehr sogar. Gordon Buchanan ist ein toller Gastgeber, und das Essen war köstlich. Nur der Auftritt von Moira, seiner Mutter, war etwas daneben. Ich wusste gar nicht, dass sie einen Sohn hat.«

»Moira?« Nachdenklich nahm Edith ihren Teebecher in die Hände und lehnte sich an die Spüle. »Eine ungewöhnliche Frau. Ich mag sie, auch wenn sie seltsam ist. Sie weiß eine Menge über Kräuter und deren Heilwirkung. Sie hat uns schon manches Mal mit den Tieren geholfen. Selbst dein Vater hat sich überzeugen lassen, und du weißt, wie stur er ist.«

»Wundert mich, dass er sie an seine Tiere lässt, wo sie doch eng mit MacKenzie befreundet war. Ich habe ein Foto von ihr mit Cals Onkel gesehen. Da war sie jung und sehr schön.«

»Schau mal an, na ja, Ross MacKenzie war immer ein Frauentyp. Und sein Neffe ist ebenfalls sehr gut aussehend.«

»Hm«, murmelte Ivy, nahm den Teebeutel aus ihrem Becher und goss Wasser nach. »Ich gehe jetzt zu Bett, Mum. Gute Nacht.«

Sie küsste ihre Mutter auf die Wange und ging nach oben.

Calum kam am nächsten Morgen mit nassen Haaren vom Surfen zurück, als sie sich in der Küche einen Becher Tee aufbrühte.

»Hi, gut geschlafen? Ich muss mich für den Zwischenfall mit Moira entschuldigen. Sie ist sonst eigentlich ganz zahm.« Er zog eine Grimasse und stürzte ein Glas Leitungswasser hinunter.

»Sie hat mir ein Stoffsäckchen mit Kräutern gegeben, das nach Lavendel duftet. Dagegen ist nichts zu sagen. Was hältst du von ihrer Meinung in Bezug auf das Schloss und deinen Onkel?«

»Ich bitte dich, was soll ich dazu sagen? Ja, sicher ist es schwer, aber eine andere Lösung gibt es nicht. Ich kann kein Geld drucken.«

»Calum!«, hörten sie die herrische Stimme von Ross MacKenzie durch das Gemäuer schallen.

»Er auch nicht, aber ich werde besser mal nach ihm sehen. Ist Brenda noch nicht da?«

Calum hatte ihr gezeigt, wo er einen Ersatzschlüssel für die Hintertür versteckt hatte, so dass sie auch ins Schloss konnte, wenn er nicht da war.

»Ich habe sie heute noch nicht gesehen, aber ich bin gleich ins Büro gegangen.«

Er sah wirklich gut aus, wie er in seinem Sweater und

der Jeans in der Tür lehnte, dachte Ivy und musste an die Worte ihrer Mutter denken, die sie besser kannte, als sie es sich eingestehen wollte.

»Okay, bis später.«

Ivy nahm ihren Tee mit in die Bibliothek, wo sie alle Möbel fotografisch festgehalten hatte und nun die Unterlagen nach Belegen zur Herkunft durchforstete. Die Bücherschränke erwiesen sich als vielversprechend, denn sie stammten aus einem prominenten Londoner Stadthaus. Dafür ließen sich auf einer Auktion mindestens fünfzigtausend Pfund erzielen. Was sie bisher nicht gefunden hatte, waren Hinweise auf Manipulationen an MacKenzies Stücken. Selbst die kleine Werkstatt oben hatte keine Schlüsse auf die Herstellung von Fälschungen zugelassen.

Ivy ging zur kleinen Glasvitrine mit dem Burns-Brief, schaute kurz zur Tür und öffnete die Vitrine, um rasch ein Foto zu machen. Sie hatte immer ein Paar dünne Stoffhandschuhe in ihrer Handtasche, die auch hier zum Einsatz kamen, denn historische Dokumente waren empfindlich. Sorgsam nahm sie den Brief aus der Vitrine und legte ihn auf den Bibliothekstisch. Ehrfurchtsvoll betrachtete sie die mit Tinte geschriebenen Zeilen, die der berühmte schottische Dichter 1785 verfasst hatte. Sie war keine Burns-Expertin, doch die Handschrift schien ihr vertraut von den Originalen. Im Writer's Museum in Edinburgh gab es eine große Auswahl.

An den Rändern war der Briefbogen teils eingerissen und vom Falten mit tiefen Linien versehen. Es gab einen großen Wasserfleck, was sehr schade war, denn dadurch war die untere Hälfte des Textes stark in Mitleidenschaft gezogen worden. Papier zu restaurieren und zu erhalten war eine komplizierte Sache. Die Fasern konnten brüchig werden, und bei falscher Lagerung alterte Papier schneller, auch die Raumtemperatur spielte eine Rolle. Ivy hatte keine Luftentfeuchter gesehen, und sie befürchtete, dass die Heizung nicht ausreichte, die Feuchtigkeit im Winter aus dem alten Gemäuer zu halten. Wahrscheinlich waren viele Bücher von Schimmel befallen, das musste sie noch untersuchen. Außerdem konnten Mäuse große Schäden anrichten, genau wie Silberfischchen.

Ivy hatte eine Lupe zu Hilfe genommen, um die Schrift genauer zu betrachten. Die Tinte war stellenweise verblasst, was auf eine mögliche Verwendung von Eisengallustinte hindeuten konnte. Das Gleichgewicht von Säure und Eisen wurde im Laufe der Jahre gestört und die Fasern beschädigt, wodurch die Schrift verblasste oder ganz verschwand. Ivy fotografierte den Brief und schickte ihn an Sienna, die sich für alle Arten rätselhafter historischer Artefakte interessierte. Das Wissen ihrer Freundin war so umfassend, dass Ivy sich manchmal fragte, wann Sienna schlief, denn sie schien alle Informationen aufzusaugen, derer sie habhaft werden konnte.

Sie war so in das Entziffern der alten Schrift vertieft, dass sie Calum nicht kommen hörte. Erst als er sich räusperte, schreckte sie auf und ließ die Lupe sinken.

»Faszinierend! Es gibt genügend Sammler und Museen, die sich darum reißen werden, Cal. Das Papier sieht nicht mehr ganz so gut aus, man müsste es professionell restaurieren lassen, aber die Kosten würden bei einem Verkauf nicht ins Gewicht fallen.«

Calum trat zu ihr. Sein Haar war noch feucht, und seine Haut roch frisch. Er übte eine Anziehung auf sie aus, die sie bei Louis nie gespürt hatte, und Ivy rückte automatisch etwas von ihm ab.

»Wie viel, schätzt du, könnte der Brief bringen?«

»Ich erinnere mich an einen Brief von Burns an Captain Francis Grose, geschrieben im Dezember 1790, der bei einer Auktion etwa zwölftausend Pfund erbrachte. Dieser Brief hier ist weitaus höher anzusetzen, weil sein Inhalt interessanter ist. Liebesbriefe sind immer begehrt – und noch dazu von Schottlands berühmtestem Poeten.«

»Was finden die Menschen nur an Liebesbriefen ...«, meinte Calum.

Als sie ihn ansah, grinste er.

»Hast du noch nie einen geschrieben?«, wollte Ivy wissen.

»Davor hat mich das hier bewahrt!« Er zog sein Handy aus der Hosentasche.

»Wie traurig. Emoticons und Zweizeiler auf WhatsApp sind kein Ersatz für Poesie und echte Gefühle.« Die letzten Worte waren ihr unbedacht herausgerutscht, aber einmal gesagt, war es zu spät.

»Du bist wohl eine Romantikerin. Okay, aber wer sagt, dass das Schreiben von langen schwülstigen Briefen ehrlicher ist als ein klares »Ich vermisse dich« oder dergleichen?« Es war schwer zu sagen, ob er scherzte oder es doch ein wenig ernst meinte.

»Natürlich nicht, da geht wohl mein Faible für Geschichte mit mir durch.«

»Du musst dich nicht entschuldigen, Ivy«, sagte er sanft. »Seine Gefühle so ausdrücken zu können, wie Burns es tat, ist eine Kunst. Und so ein Talent ist nicht jedem gegeben. Aber wenn es von Herzen kommt, ist es gleichgültig, ob es ein zweiseitiger Brief in Metaphern oder ein Zweizeiler mit einem Smiley ist, finde ich.«

Sie spürte, wie sie errötete, und senkte den Kopf über den Brief. »Hm, sicher, ja. Ich lege den Brief zurück, bevor dein Onkel kommt und mich umbringt.«

Sorgfältig legte sie das kostbare Stück zurück in die Vitrine. »Sag mal, das habe ich irgendwo gelesen, blöder Tratsch, aber ist da was dran, dass deine Tante eine Affäre mit einem Freund deines Onkels hatte? Mich lässt dieser ungelöste Todesfall einfach nicht los. Geht es dir nicht genauso?«

Calums Lippen wurden schmal. »Nein, tut es nicht. Es geht mich nichts an. Für meinen Onkel ist das alles schwer genug gewesen. Sie waren beide jung und haben ihr Leben gelebt.«

Wenn sie sein Vertrauen nicht verlieren wollte, durfte sie nicht weiter auf dem Thema beharren, das zeigte seine Reaktion. »Na schön. Es gibt verschiedene Möglichkeiten, einen Verkauf durchzuführen. In der Vergangenheit hat sich eine Möglichkeit als sehr erfolgreich herausgestellt – der Verkauf einer gesamten Sammlung oder das vollständige Inventar. Eine solche Auktion wird dann mit dem prominenten Eigentümer beworben, was viele

Interessenten anzieht, die vielleicht sonst nicht kaufen würden. Aber weil das Stück eben aus dem Besitz von soundso stammt, kommen sie doch und sind bereit, mehr auszugeben, weil sie dann eine Art Trophäe ergattert haben.«

Calum schüttelte den Kopf. »Mein Onkel ist doch keine Berühmtheit, und das würde ihm ganz sicher nicht gefallen. Vor allem, wenn dadurch seine Vergangenheit aufgewirbelt und alles wieder in den Schmutz gezogen würde. Die andere Möglichkeit?«

»Einzeln und anonym verkaufen, wobei das Fehlen eines Herkunftsnachweises den Preis stark drückt. Es sei denn, ein Stück ist so außergewöhnlich, dass eine Lücke in der Legende nicht ins Gewicht fällt.« Sie seufzte und verschränkte die Arme vor der Brust. »Ich bin langsam etwas ratlos, Cal. Wie soll ich euch helfen, wenn ich all die Instrumente, die Erfolg versprechen, nicht anwenden darf?«

»Verstehe, wir müssen noch einmal mit meinem Onkel sprechen, aber nicht heute. Es geht ihm nicht gut. Kann ich dich allein lassen? Ich fahre kurz nach Portree, und wenn ich da in der Apotheke nicht alles bekomme, weiter nach Broadford. Brenda weiß Bescheid. Sie sieht nach ihm.«

Sie hatte das Schloss für sich allein, dachte Ivy später und überlegte, wo sie noch nach Hinweisen auf die Herkunft von Kermacks Stück suchen konnte. Deswegen war sie schließlich hier. Zuerst ging sie durch alle Räume des Erdgeschosses und fand auf der anderen Seite des Innenhofs die Werkstatt von Ross MacKenzie. Beinahe jeder Antiquitätenhändler hatte eine Werkstatt, in der er kleinere Restaurierungen oder Reparaturen selbst vornahm. Für spezielle Arbeiten gab es Spezialisten, denn man wollte ein Stück nicht überrestaurieren oder verfälschen. In vielen Fällen waren Altersspuren sogar gewünscht, und Gebrauchsspuren machten ein Möbel erst authentisch. Solche Effekte ließen sich allerdings auch künstlich erzeugen, und im schlimmsten Fall wurden unbedeutende echte antike Stücke zerlegt und ein neues, vermeintlich interessantes Stück daraus geschaffen. Ivy sah sich in dem ehemaligen Stall um. Es gab eine Werkbank, einen Werkzeugschrank, eine Vielzahl an Kommoden mit zerbrochenen Füßen, fehlenden Schubladen oder zerkratzen Oberflächen, Stühle, Bilderrahmen, Spiegel, ein Kronleuchter mit zerbrochenem Arm und Schachteln mit Ersatzteilen. Messingbeschläge, Rollen für Sessel oder Tische, ein Paar Löwenfüße, ein Messinggitter, das einmal einen Schreibtisch geziert haben mochte, ein Sattel aus der Mitte des neunzehnten Jahrhunderts. Feuchtigkeit zog durch das stellenweise undichte Dach, und was hier lag, war wertlos. In einer Ecke stand ein Töpfertisch, und es gab auch einen Brennofen. Ob Kirsty getöpfert hatte?

Ihren Gedanken nachhängend kehrte sie zurück ins Schloss. Es war äußerst schwierig, ein gut gefälschtes antikes Möbelstück als Fake zu entlarven, wenn der Kunsttischler sein Handwerk verstand. Sie ging den langen Flur entlang, durchquerte die Halle und stieg die Treppe hinauf. Von draußen drangen kaum Geräusche durch die dicken Mauern, und nur aus dem Schlafzimmer von

Ross MacKenzie war das Fernsehgerät zu hören. Sie versuchte, sich MacKenzie als geschickten Fälscher vorzustellen, und hatte damit ihre Schwierigkeiten. Er schien ihr nicht der Typ, der sich tagelang in seine Werkstatt zurückzog und dort heimlich Möbel auseinanderbaute, um neue Stücke zu entwerfen. Vielleicht hatte Fulbrooks Kunde sich doch getäuscht. Schließlich hatte die Untersuchung keinen schlüssigen Hinweis auf eine Fälschung ergeben. Technisch war das Stück gearbeitet, wie es im achtzehnten Jahrhundert üblich war, und die verwendeten Hölzer waren authentisch.

Ivy hatte sich eingehend über Adam Kermack erkundigt. Der Mann war ein neureicher Bauunternehmer, der sich mit seiner Kunstsammlung einen Namen machen wollte. Das war ihm insoweit geglückt, als ihn Auktionshäuser bevorzugt zu exklusiven Auktionen einluden und er auf den Gästelisten renommierter Londoner Galerien stand. Persönlich hatte sie Kermack nicht kennengelernt, nur seine Fotografien in den Klatschspalten und Magazinen gesehen. Gern posierte er neben schillernden Gestalten der Kunstszene, attraktiven Modells und einflussreichen Mäzenen. Als solcher wollte er vielleicht selbst einmal gesehen werden, doch der vierschrötige Mann mit dem gewaltigen Leibesumfang hatte wohl einsehen müssen, dass man mit viel Geld zwar Kunst kaufen konnte, doch das Wissen musste man sich erarbeiten, und da reichte es nicht aus, einmal im Monat die neuesten Auktionsergebnisse zu lesen.

Ivy ging an MacKenzies Zimmer vorbei und steuerte unbewusst auf die Räume der verstorbenen Kirsty zu. Als sie die Hand an den Türknauf legte, zögerte sie kurz. Sie war nicht abergläubisch, doch das Zimmer der Ermordeten zu betreten verursachte ihr ein beklemmendes Gefühl. Langsam und darauf bedacht, kein Geräusch zu verursachen, öffnete sie die Tür. Reiß dich zusammen!, dachte sie. Die Geister Verstorbener ließen sich nicht erschrecken. Das Nachmittagslicht fiel diffus durch die zerschlissenen Gardinen, und im Lichtstrahl tanzten die Staubpartikel. Ivy blieb unschlüssig stehen, gebannt von der morbiden Atmosphäre des Raumes. Sie konnte sich nur schwer vorstellen, was Ross gefühlt haben musste, als er seine Frau tot aufgefunden hatte, und dann war er in den Strudel aus Verdächtigungen, Prozess und Hetzpresse gestürzt. Indem er das Zimmer nicht verändert hatte, war die Zeit womöglich für ihn stehen geblieben. Zumindest in seiner Erinnerung. Die Möbel, rief sie sich zur Ordnung.

Ein lauter Knall im Nebenraum erschreckte sie so, dass sie rückwärts gegen einen Bettpfosten stolperte und sich festhielt, während sie auf die Tapetentür starrte, die mit Schwung aufgestoßen wurde. Ein Mann stürzte heraus, der genauso entsetzt schien, sie zu sehen, wie sie ihn.

»Wer sind Sie?«, krächzte Ivy.

Der Mann fasste sich rasch, stellte sich breitbeinig vor ihr auf, während er einen Gegenstand in seiner Jackentasche verschwinden ließ, und blaffte zurück: »Und wer sind Sie?«

»Ich habe zuerst gefragt!«, sagte sie mit fester Stimme und gewann ihren Mut zurück.

Der Mann war stämmig, hatte ein breites Gesicht, das von einem grauen Bart gerahmt wurde, und seine Hände, die eine Zigarettenschachtel hervorholten, sahen verarbeitet aus. Seelenruhig steckte er sich eine Zigarette in den Mundwinkel und zündete sie sich an.

»Ich glaube nicht, dass Sie hier rauchen dürfen«, meinte Ivy spitz.

»Glauben Sie oder wissen Sie?« Provozierend stieß er den Rauch aus, warf ihr einen abschätzenden Blick zu und ging einfach hinaus.

»Hey!«, rief Ivy und folgte dem Fremden. »Das können Sie doch nicht einfach …«

Im Flur stand der Mann jetzt Brenda gegenüber. Die Haushälterin zischte etwas, bevor sie sich an Ivy wandte. »Haben Sie meinen Mann kennengelernt, Ms Ferguson?«

»Äh, nein, Ihr Gatte zog es vor, sich mir nicht vorzustellen.« Ivy ging zu den beiden und sah den Eindringling vorwurfsvoll an.

Der rauchte ungerührt weiter. »Seth MacKinney, Ms Ferguson, aye? Was wollen Sie denn hier? Die Fergusons und die MacKenzies würden doch den letzten Brotkrumen nicht miteinander teilen, wenn's nichts mehr gäbe.«

»Was meinen Sie? Spielen Sie etwa auf die alten Geschichten an?«

Brenda musterte sie mit gerunzelter Stirn und nahm ein Tablett mit Medikamentenpackungen und Teegeschirr von einem Tisch auf.

»Geht Sie nichts an, meinen Sie? Das haben schon viele gedacht. Schönen Tag noch!« Er steckte sich die Zigarette in den Mundwinkel und ging davon.

»Also ehrlich, Brenda, was hat Ihr Mann denn hier verloren?«

»Mein Mann hat früher für Seine Lordschaft gearbeitet«, sagte Brenda stolz. »Jetzt arbeitet er für Tommy Mulloy, aber ich weiß nicht, was Sie das angeht.«

Schwungvoll drehte sich Brenda mitsamt dem Tablett und ging zur Treppe.

11

Auf dem kleinen Parkplatz oberhalb des Hafens war noch ein freier Platz, auf dem Calum seinen Bus abstellte. Er ignorierte eine wild gestikulierende Frau in einem schwarzen SUV und schlenderte zur Kirche, von der aus man einen weiten Blick über die Bucht hatte. Vom Meer konnte er nie genug bekommen. Der Wind frischte gerade auf, was am auflaufenden Wasser liegen mochte, und brachte den Duft von Algen und Fisch mit herauf. Wobei der Fischgeruch eher von den Kuttern stammen durfte, die früh eingelaufen waren und ihren Fang abluden und transportfähig machten. Cal winkte den Männern zu, unter denen Duncan MacFee war.

»Aye, Duncan!«, rief er von oben hinunter.

»Cal, willst du was mitnehmen? Ich habe Makrelen und Seelachs!«

»Gerne, Duncan, da freut sich mein Onkel. Ich muss nur erst zur Apotheke. Wie lange bist du da?«

Duncan stapelte die Kisten. »Eine Stunde bestimmt noch.«

Calum winkte und wandte sich der Stadt zu. Vor dem *Café Arriba* wurde auf einer Tafel das Lunchmenü angeboten. Die Gerichte waren schmackhaft und mit biologischen Zutaten aus der Region zubereitet. Irgendwann würde er Ivy zum Frühstück dorthin einladen, denn das war besonders gut. Er steckte die Hände in die Jackentaschen, als der Wind vom Hügel die Bosville Terrace herunter um die Ecke pfiff. Ivy ging ihm nur schwer aus dem Kopf, und er war versucht gewesen, sie nach dem gemeinsamen Abendessen gestern zu küssen. Es hatte einen Moment gegeben, in dem er gespürt hatte, dass sie ebenfalls etwas für ihn empfand, aber dann war Moira aufgetaucht, und die Osbornes hatten auch nicht gerade zum Gelingen des Abends beigetragen.

Er lief die Bank Street entlang und bog in die Wentworth Street. Kleine Kunsthandwerksläden, Souvenirshops, Pubs und Cafés reihten sich aneinander und zogen die Touristen an, die überall stehen blieben und die obligatorischen Selfies machten. Cal wich einem jungen Paar aus, das versuchte, sich vor der Fassade eines Shops mit Dudelsäcken zu fotografieren. In der Apotheke legte er die Liste mit Medikamenten vor, die Dr. Newbery verordnet hatte. Ein Rezept hatte der Arzt bereits gefaxt, was Calum einen Weg ersparte.

Als er mit seinem Einkauf auf die Straße trat, wäre er fast mit Osborne zusammengestoßen.

»Oh, Calum, tut mir leid. So ein Zufall!«

»Mr Osborne, na ja, so groß ist Portree ja nicht. Leben Sie hier? Ich dachte, Sie haben unten in Broadford ein Haus?«

Der ehemalige Lehrer nickte. »Ja, das stimmt. Aber meine Frau kauft gern hier ein, und wir haben ja viel Zeit. Was sollen wir den ganzen Tag zu Hause herumsitzen? Unsere Insel ist so schön, nun schauen wir uns alles an und wandern auch viel.«

»Dann will ich Sie auch gar nicht aufhalten«, sagte Calum, doch so leicht gab Osborne nicht auf.

»Mir ist zu Ohren gekommen, dass Ihr Onkel sein Schloss verkaufen will? Er hat doch sicher noch viele Antiquitäten bei sich? Schon damals habe ich seine Karriere verfolgt. Zumindest anschauen konnte ich mir die Stücke. Mit einem Lehrergehalt kann man sich leider keine Extravaganzen leisten.« Erwartungsvoll sah Osborne ihn an.

Was wollte er? Hoffte er darauf, dass Calum ihm anbot, sich eins der kostbaren Möbel auszusuchen und für einen Schnäppchenpreis zu erwerben? Zuzutrauen wäre es dem Mann, den er als berechnend in Erinnerung hatte. Sein Vater hatte einmal fünf Stunden zu viel überwiesen, die Calum später erhalten sollte. Dazu war es nie gekommen und zu einer Rücküberweisung auch nicht.

»Wir sind dabei, das Inventar zu katalogisieren, um einen Überblick zu gewinnen. Über die Jahre sammelt sich einiges an.« Calum schwenkte die Papiertüte mit den Medikamenten. »Ich werde erwartet.«

»Sicher, aber ja doch, nur eine Frage noch: Dann wird das Inventar nicht verkauft?«, wollte Osborne wissen.

»Warum interessiert Sie das so brennend? Haben Sie ein bestimmtes Stück im Auge?«

»Äh, ja, wissen Sie, damals hatte ich mich in einen Stuhl verliebt. So ein dreibeiniger Stuhl aus dunklem Holz mit Löwenfüßen. Der stand in der großen Halle. Vielleicht kann ich ihn mir jetzt leisten. Den Brief von

Robert Burns sollte Ihr Onkel einem Museum übergeben, dann könnten ihn viele Menschen würdigen.«

»Wir werden sehen, was passiert. Aber ich spreche mit meinem Onkel. Wenn es den Stuhl noch gibt, melden wir uns bei Ihnen.« Er wollte gehen, doch Osborne zog eine Visitenkarte aus der Tasche und hielt sie ihm hin. »Bitte, ich freue mich auf Ihren Anruf!«

Calum steckte die Karte ein und ging rasch davon, um weiteren Fragen zu entgehen. Es war doch erstaunlich, wie genau sich Osborne an das Schloss erinnerte, obwohl sein letzter Besuch anlässlich einer Nachhilfestunde schon Jahre zurücklag. Mit der Tüte unter dem Arm ging Calum zum Parkplatz, verstaute die Medikamente und machte sich auf den Weg hinunter zum Hafen. Wenn Duncan ihm schon so großzügig frischen Fisch anbot, wäre es ein Frevel, das Angebot nicht anzunehmen.

Es war noch immer so mild, dass Calum seine Jacke im Wagen gelassen hatte und in T-Shirt, Jeans und Sneakers die Treppen hinunterlief. Die Fischer entluden ihre Kutter, und einige Touristen standen auf dem Kai und sahen zu. Calum nahm die malerische Szenerie mit den bunten Häusern und den dramatischen bewaldeten Klippen noch immer bewusst wahr. Hier auf Skye fühlte er sich mit sich im Reinen wie an sonst keinem Ort, den er bereist hatte.

»Duncan, mein Lieber, die sehen aber gut aus!«, begrüßte er den Fischer, der eine Kiste mit Eis füllte, um Makrelen hineinzulegen. In einer anderen lagen bereits Dorsche und ein Seelachs.

»Aye, mein Freund, wir hatten Glück heute. Das füllt die Kasse«, erwiderte der Fischer zufrieden. Er trug ein kariertes Hemd mit aufgerollten Ärmeln. Sein Vater stand an Deck des Kutters und paffte an einer Pfeife. Die Fischerei war ein hartes Geschäft und hatte nichts mit Romantik zu tun, wie viele Touristen dachten.

»Die habe ich für dich herausgesucht.« Duncan nahm eine Makrele in die Hand und hielt sie Calum hin. »In die Pfanne, etwas Butter und Kartoffeln. Mehr braucht man nicht.«

»Danke, fantastisch! Der Abend ist gerettet. Hast du auch Heringe gefangen? Da würde ich dir auch zwei abnehmen.«

Duncan packte die Fische mit Eis in eine Tüte und gab sie Calum. Als dieser zahlen wollte, winkte Duncan ab. »Nein, mein Freund, lass sie dir schmecken. Ruf mich an, wenn du wieder surfen gehst, und danach trinken wir ein Bier. Das würde mich freuen!«

»Alles klar!« Calum umarmte Duncan, winkte Hamish zu und verließ den Hafen.

Die Fische legte er in eine Kühlbox, die immer für derlei Gelegenheiten bereitstand. Ein Bus hatte seine Vorteile. Noch im Wagen rief er Ivy an.

»Ja?«

»Nimm dir für heute Abend nichts vor, Duncan hat uns frischen Fisch geschenkt, den wir braten müssen. Mein Onkel liebt Makrele. Ich hoffe, du auch?«

»Hm, ja, mag ich sehr. Soll ich etwas vorbereiten?«

»Nein, wir haben alles da, denke ich. Wie läuft es?«

Er hörte sie seufzen. »Tja, ich weiß nicht. Brendas

Mann war heute hier. Ich habe ihn oben aus Kirstys Zimmer kommen sehen, und er schien etwas mitgenommen zu haben. Cal, den Kerl finde ich nicht angenehm, aber er hat wohl viel mit deinem Onkel gearbeitet. Was weißt du darüber?«

»Nicht viel, um ehrlich zu sein. Es gab eine Werkstatt, unten im Hof.«

»Ja, die habe ich gesehen, aber da wurde schon lange nicht mehr drin gearbeitet, alles, was dort steht, ist feucht und nicht mehr von Wert.«

Calum steuerte durch eine enge Kurve. »Was hat er denn gesagt?«

»Er war unfreundlich, feindselig geradezu. Als hätte ich ihn bei irgendetwas ertappt. Vielleicht täusche ich mich auch, dann kam Brenda und hat ihn rausgelotst.«

»Ist sie noch da?«

»Nein, sie ist vor zehn Minuten gegangen.«

»Es ist jetzt beinahe fünf. Ich fahre noch mal bei Tommy vorbei, und dann komme ich mit dem Fisch. Bis gleich!«

Er konnte Ivy verstehen, denn Brenda und Seth hatten eine gewöhnungsbedürftige Art. Auch er hatte seine Schwierigkeiten mit der mürrischen Brenda. Nun ja, sie mussten ihr dringend den ausstehenden Lohn auszahlen. Der Tag ging zur Neige, und das Licht veränderte sich. Als er von der A850 rechts auf die Landstraße nach Waternish bog, kam er an der Fairy Bridge vorbei und fuhr – wie jedes Mal an dieser Stelle – langsamer. Es war ein Moment des Innehaltens, des Durchatmens und Nachdenkens. Die uralte Landschaft erstreckte sich über die schroffen Hügel bis hinunter zur Küste. Er hörte das Meer und das Plätschern des Baches unter der Brücke, ein Flüstern und Seufzen.

Der Augenblick war genauso schnell vorbei, wie er begonnen hatte, und Cal fuhr weiter, kam durch Lusta und Stein, vorbei an Ardmore Castle, weiter durch Hallin, wo die Überreste eines Broch, einer runden Festungsanlage aus vorchristlichen Zeiten, standen. Dùn Hallin war aus den Steinen der Region erbaut und der massige runde Bau noch gut erkennbar. Die Archäologen waren sich uneins über die Entstehungszeit dieser für Schottland typischen Festungsanlage, genau wie über deren Funktion. Calum und seine Freunde hatten als Kinder in der Ruine gespielt und sich in den zellenartigen Räumen versteckt. Vielleicht waren dort Gefangene festgehalten worden, oder man hatte sich gegen die marodierenden Wikinger verteidigt.

In Stein herrschte vor dem Pub Betrieb, doch je weiter man nach Norden fuhr, desto ruhiger wurde es. Als Calum die Werkstatt von Tommy Mulloy erreichte, die unterhalb der Ruine von Trumpan lag, begegneten ihm nur noch zwei Rucksacktouristen. Tommy spielte mit seinem Sohn im Hof Fußball, was Charly großen Spaß gemacht hätte. Er hätte den Hund mitnehmen sollen.

»Hallo, Tommy!«

»Cal, was bringt dich her?« Tommy sah ihn aufmerksam an, gab seinem Sohn den Ball und sagte: »Toby, bring den Ball deiner Mum, ja?«

Der Kleine nahm den Ball in die Arme und lief quietschend davon.

»Ach, nichts weiter eigentlich«, begann er und sah sich um. »Ist Seth hier?«

Erstaunt runzelte Tommy die Stirn. »Nein. Hat er etwas angestellt?«

»Es ist nur, dass er heute im Schloss war, während ich in Portree Medikamente eingekauft habe. Weißt du, er und Brenda sind ja schon lange bei meinem Onkel. Hat Seth mal erzählt, ob er noch immer Stücke für meinen Onkel restauriert?«

Tommy sammelte ein Spielzeugauto ein und stellte es an die Seite. »Darüber hat er nie gesprochen.«

»Wie lange arbeitet er schon für dich?«

»Zwei Jahre, das erste nur aushilfsweise. Aber da die Auftragslage mittlerweile so gut ist, konnte ich ihn fest einstellen.«

Es war Tommy sichtlich unangenehm, über seinen Mitarbeiter Auskunft zu geben. »Ich werde selbst mit ihm sprechen. Vergiss es einfach, Tommy.«

»Ich kann wirklich nichts Nachteiliges über ihn sagen, Cal ...« Tommy Mulloy drehte die Handflächen nach oben.

»Verstehe ich. Aber ich vertraue Ivy. Wenn sie ein ungutes Gefühl bei der Begegnung hatte, wird da was dran sein. Mein Onkel ist krank, und wenn er eventuell übervorteilt wird, ihm etwas gestohlen wird – ich würd's halt gern genau wissen.«

»Nur mal so, Cal, Ivy ist eine hübsche Person, und du magst sie, aber ihr kennt euch doch kaum, oder? Was weißt du über sie? Und wie lange kennst du Brenda und Seth?«

»Ach komm, das ist nicht dein Ernst. Ivy ist aufmerksam, und es kam ihr merkwürdig vor, dass Seth da herumgeschnüffelt hat. Ist doch okay, wenn sie sich Gedanken macht.« Der Argwohn seines Freundes gegenüber Ivy ärgerte ihn.

»Wie du meinst, aber genauso wenig wüsste ich, was Seth zu verbergen hat. Denk einfach mal drüber nach.«

»Okay. Belassen wir es dabei. Wir sehen uns, Tommy. In Portree hat mir Duncan frischen Fisch mitgegeben, der muss jetzt in die Pfanne.«

»Na dann, bis bald!«

Es war später geworden als geplant. Calum parkte seinen Bus vor dem Tor des Schlosses und nahm seine Einkäufe mit ins Haus.

»Hallo!« Er ging zuerst in die Küche und legte den Fisch in die Spüle.

Als niemand antwortete, nahm er die Papiertüte mit den Medikamenten und betrat die Halle. »Ivy? Onkel Ross?«

Es blieb still. Nur aus dem ersten Stock war leise Musik zu hören. Rasch nahm Calum die Treppenstufen und betrat das Zimmer seines Onkels, nachdem er kurz geklopft hatte. Ross MacKenzie lag angekleidet auf seinem Bett und schlief, während im Fernseher eine TV-Show lief. Calum stellte das Gerät aus, es dauerte nicht lange, und sein Onkel öffnete verschlafen die Augen.

»Wie spät ist es? Warum warst du so lange fort? Hast du meine Medikamente mitgebracht?«

Der alte Mann fuhr sich durch die strubbeligen Haare und strich sein Hemd glatt. Auch wenn er das Jetset-

Leben schon lange hinter sich gelassen hatte, achtete er dennoch auf sein Äußeres. Die Wangen wirkten frischer und seine Aussprache flüssiger und deutlicher.

»Es geht dir besser, nicht wahr, Onkel?« Calum packte die Medikamentenschachteln auf die Kommode gegenüber dem Bett.

»Hm, na ja, doch.« Ächzend schob Ross die Beine über die Bettkante und griff nach seinem Stock. Dann richtete er sich mit einem triumphierenden Grinsen auf und kam allein auf seinen Neffen zu.

»Das ist ja großartig! Aber übernimm dich nicht gleich wieder.« Calum wollte ihm den Arm reichen, doch Ross MacKenzie ignorierte die Hilfe und ging langsam bis zur Kommode, wo er die Schachteln inspizierte.

»Ich habe Fisch von Duncan mitgebracht, den wollte ich uns heute Abend braten. Makrele und Heringe.«

»Duncan MacFee?«

»Ja, er ist immer sehr freundlich. Ich wollte den Fisch natürlich bezahlen, aber davon wollte er nichts wissen. Na, ich lade ihn demnächst im Pub ein.«

»Er ist wie sein Vater, der alte Hamish, nett, aber zu gutmütig. Wann gibt es Essen?«

Cal klopfte seinem Onkel auf die Schulter. »In einer Stunde, denke ich. Du weißt nicht, wo Ivy ist, oder?«

»Woher denn? Ich habe geschlafen.« Ross MacKenzie öffnete eine Schachtel und drückte eine Tablette aus dem Blister. »Newbery hätte nie in Rente gehen dürfen. Was mache ich denn nur, wenn er gar nicht mehr praktiziert?« Er spülte die Pille mit einem Schluck Wasser hinunter.

Doktor Newbery hatte sich den Ruhestand wahrlich

verdient, doch auch Calum war dankbar, dass der Mediziner noch für einige Patienten da war. »Ich gehe in die Küche. Soll ich dich nachher holen?«

»Du siehst doch, dass ich wieder laufe. Nein, nein, geh nur. Ich komme nach.«

Calum blieb an der Tür stehen. »Sag mal, Onkel, arbeitet Seth eigentlich noch für dich? Er kam heute aus der alten Werkstatt neben Kirstys Zimmer. Ivy hat es mir erzählt.«

Sein Onkel richtete sich auf, so gut er konnte. »Was schnüffelt die Ferguson überhaupt hier herum? Sag ihr, sie soll ihre Nase aus Dingen heraushalten, die sie nichts angehen!«

»Was ist das nur mit dir und den Fergusons … Abgesehen davon war das keine Antwort auf meine Frage.«

»Ach!« Ross wischte die Bemerkung fort und konzentrierte sich auf die Medikamentenschachteln.

»Na schön, dann sprechen wir später darüber.«

Bevor er sich an die Zubereitung des Abendessens machte, suchte er nach Ivy, die jedoch nirgends zu finden war. Ihre Tasche samt Handy lag im Büro, nur ihre Jacke und das Fahrrad waren verschwunden, so dass er davon ausging, dass sie noch etwas Bewegung brauchte. In der Küche stellte er das Radio an, öffnete einen italienischen Weißwein, band sich ein Tuch um und säuberte den Fisch. Er kochte gern und am liebsten für andere, und heute gab er sich besonders viel Mühe. Die Butter schmolz in der Pfanne, er stellte frischen Pfeffer und Salz bereit und wusch den Salat, während die Kartoffeln kochten. Es sollte Rosmarinkartoffeln als Beilage geben.

Als er Geräusche im Treppenhaus hörte, drehte er sich erwartungsvoll um, doch es war sein Onkel, der mithilfe seines Stocks die Stufen herunter und zu ihm in die Küche kam.

»Du wirkst enttäuscht. Hast du jemand anderen erwartet?«

»Setz dich.« Er goss Ross ein Glas Weißwein ein und stellte ihm einen Teller mit Oliven und Brot hin. »Bitte.«

Ross kostete den Wein und aß eine Olive. »So viel Aufwand für einen alten Mann?«

Calum wischte sich die Hände ab und legte das Tuch auf den Küchentisch. »Heute ist ein Festtag, du bist allein die Treppe heruntergekommen. Das verlangt nach einem besonderen Essen. Aber du hast recht, wir warten noch auf Ivy. Und langsam mache ich mir Sorgen. Sie hat keine Nachricht hinterlassen, ihr Telefon ist hier, und sie weiß, dass wir gemeinsam essen wollen.«

»Sie ist sicher spazieren gegangen und hat jemanden getroffen. Verlaufen wird sie sich wohl kaum«, meinte Ross und riss ein Stück Brot ab, das er in die kleine Schale mit Olivenöl stippte, die neben dem Teller stand.

»Kann sein, doch das passt nicht zu ihr. Sie ist zuverlässig. Ich werde Brenda anrufen, die wird sie zuletzt gesehen haben. Vielleicht hat Ivy etwas zu ihr gesagt.«

»Fisch soll man nicht so lange stehen lassen«, murrte Ross.

Cal wählte Brendas Nummer und musste nicht lange warten.

»MacKinney?«

»Brenda, hallo, entschuldige, dass ich dich noch so spät

störe. Ich mache mir Sorgen um Ivy. Wir warten hier mit dem Essen auf sie, aber sie ist einfach verschwunden. Du weißt nicht zufällig, ob sie etwas vorhatte?«

»O nein, nicht direkt. Also ich bin nach vier Uhr nach Hause, und da haben wir nur kurz miteinander gesprochen. Warte, sie sagte, dass sie noch mit dem Rad fahren wollte.«

»Weißt du, wohin?«

»Raus zum Leuchtturm, meine ich. Jedenfalls nach oben, hat sie gesagt.«

»Danke dir, Brenda. Wahrscheinlich mache ich mir unnötige Sorgen, aber bei den vielen Touristen, die das Linksfahren nicht gewohnt sind, kann man nie wissen.« Es passierten genügend Unfälle, durch Unachtsamkeit verursacht, und nicht selten wurden Radfahrer von den engen Straßen gedrängt.

Als Ivy dreißig Minuten später noch immer nicht da war, füllte Calum seinem Onkel den Fisch auf einen Teller, stellte den Salat auf den Tisch und sagte: »Tut mir leid, aber da stimmt was nicht. Es ist fast dunkel, da wäre sie doch längst zurück.«

»Wie du meinst, Junge. Ich wünschte, ich wäre jünger und noch rüstig, dann würde ich jetzt mit dir fahren.«

Calum legte seinem Onkel die Hand auf die Schulter. »Ich weiß. Lass es dir schmecken, bis später.«

Nur ungern ließ er seinen Onkel allein, doch sein Instinkt ließ ihn selten im Stich. Sein Bus sprang röhrend an und rollte über die steinige Auffahrt hinunter auf die Landstraße. Er schaltete das Fernlicht ein, um die Straßenränder besser auszuleuchten. Wenn Ivy nach Norden geradelt war, hatte sie die Route zu Tommy und Rachel genommen. Vor deren Haus verlangsamte Calum das Tempo, sah kein Fahrrad und fuhr langsam weiter. Jetzt am Abend war die Straße menschenleer. Auch am kleinen Leuchtturm war niemand. Er drehte um und fuhr nach Trumpan. Dort gab es einen Pfad, der um die Ruine führte und einen weiten Ausblick über die Bucht bot.

Er parkte den Bus oberhalb der Kirchenruine und stieg aus. Die Scheinwerfer erhellten das abschüssige Gelände mit dem Friedhof und den Mauerresten der Kirche. Der Mond warf sein fahles Licht auf die archaische Landschaft und ließ bizarre Schattenspiele entstehen.

»Ivy!«, rief er und wartete.

Wenn sie ihn hier sah, und es war nichts geschehen, musste sie ihn für verrückt halten, doch plötzlich hielt er inne. Eine Bewegung an der Ruine erregte seine Aufmerksamkeit. »Ivy, bist du das?«

Er lief den Hügel hinunter, bemüht, nicht über die Felsbrocken zu stolpern, die in der Dunkelheit mit dem Gras zu einer Masse verschwammen.

»Hilfe!«, kam es schwach von der Ruine, und er lief schneller.

Ein Fahrrad lag neben einem Grabstein, und Calums Herzschlag beschleunigte sich. Und dann sah er sie, ein schmaler Körper, kaum sichtbar im Dunkel des Mauerschattens.

»Ivy! Um Himmels willen, was ist denn passiert?«

Ivy Ferguson saß an einen Stein gelehnt. Er nahm sie

in die Arme und zog sie auf die Beine. Zitternd klammerte sie sich an ihn. Dann sah er die Wunde an ihrem Kopf.

»Bist du gestürzt?« Er hielt sie fest und ging mit ihr zu einer niedrigen Mauer, auf die er sie setzte, um sie in Augenschein nehmen zu können.

Ivy war so bleich wie ein Laken, und das Blut aus der Platzwunde an ihrem Kopf klebte an Wange und Ohr.

»Darf ich?« Er tastete vorsichtig ihre Haare ab und fand die Stelle, aus der das Blut gelaufen war. Die Wunde war nicht groß, musste aber auf jeden Fall von einem Arzt angesehen werden.

Ihre Augen hatten Mühe, ihn zu fokussieren. »Mir ist kalt«, murmelte sie und sank gegen ihn.

Er legte den Arm um sie und sagte: »Es wird alles gut, Ivy, mach dir keine Sorgen.«

Mit der freien Hand zog er sein Handy hervor und wählte die Nummer von Doktor Newbery.

»Doktor?« Er schilderte kurz Ivys Zustand.

»Kommen Sie in meine Praxis, Cal. Schaffen Sie das? Sonst schicke ich Ihnen die Ambulanz raus, aber das kann dauern.«

»Nein, wir schaffen das. Bis gleich.« Danach wählte er die Nummer seines Onkels und teilte ihm mit, dass es später werden würde, weil Ivy einen kleinen Unfall erlitten hatte.

»Mach dir keine Sorgen, Onkel, es ist nichts Schlimmes!«

»Ich warte unten auf euch«, sagte Ross MacKenzie.

Erleichtert, dass sein Onkel gerade heute etwas stabiler war, steckte Calum das Telefon ein und nahm Ivys

Hände, die eiskalt waren. »Mein Bus steht oben. Gemeinsam schaffen wir das. Halt dich an mir fest, okay?«

Sie nickte. »Tut mir leid, Cal, ich weiß nicht, wie das passieren konnte.«

Langsam bewegten sie sich den Hügel hinauf, wobei er sie fest im Arm hielt, was das einzig Positive an der Situation war.

12

Ihr Kopf dröhnte und pochte, als würden die Glocken von Big Ben zur Mittagsstunde läuten. Calum hatte sie gefunden, und jetzt saß sie neben ihm in seinem Bus, und er wollte sie zu einem Arzt bringen. Sie tastete sich den Kopf ab.

»Autsch!«, entfuhr es ihr, als sie eine feuchte Stelle am Haaransatz oberhalb der Stirn spürte.

»Nicht, Ivy. Der Doc sieht sich das an. Wie sieht es mit einer Tetanusimpfung aus?«

Sie hielt sich am Griff fest, weil ihr unwohl war, und versuchte, sich auf die Straße zu konzentrieren, damit ihr nicht noch übler wurde. »Tetanus, ja, doch, die lasse ich regelmäßig auffrischen. Ich bin viel draußen unterwegs.«

Wie hatte ihr das nur passieren können? Sie war oft allein im Gelände, mit dem Rad und auch zu Fuß. Angst kannte sie nicht, aber heute Abend war etwas geschehen, das sie nicht hatte kontrollieren können, und das war beunruhigend.

»Bist du mit dem Rad gestürzt, Ivy?«

»Ich, nein!« Es fiel ihr schwer, ihre Gedanken zu sortieren. Langsam wurde das Dröhnen schwächer, und die Zwinge, die ihren Schädel zu umklammern schien, weitete sich. »Nein, es war alles sehr merkwürdig. Hast du einen Schluck Wasser für mich?«

Calum griff zwischen den Sitzen nach hinten und holte eine Wasserflasche hervor. »Bitte!«

Gierig trank sie einen großen Schluck und atmete tief durch. »Danke! Ich wollte nur eine Runde mit dem Rad drehen. Zur Ruine und zurück, das habe ich früher immer gern getan. Der Weg ist mir vertraut, und ich weiß einfach nicht ... Also, ich habe das Rad vor der Ruine abgelegt und bin zu Fuß runter, um mir den Sonnenuntergang anzuschauen.«

Calum hupte, als ein Schaf mitten auf der Straße stehen blieb und nicht zu wissen schien, für welche Seite es sich entscheiden sollte.

»Moira war plötzlich da. Du weißt ja, sie hat diese Angewohnheit, immer dann aufzutauchen, wenn man niemanden erwartet. Sie hat irgendwelche Kräuter gesammelt, die man genau um diese Uhrzeit pflücken muss. Und dann hat sie mir von dem Kampf erzählt, der Fehde zwischen den Clans, und dem Grab, das sich unterhalb der Kirche befindet. Es ist nicht so, dass ich das nicht weiß, wir alle haben das schon in der Grundschule gelernt, aber sie hat so eine Art und Weise, Dinge zu erzählen, dass einem der Schreck in die Glieder fährt und man meint, die Toten müssten gleich aus den Gräbern springen.«

Calum lachte trocken. »Die liebe Moira, ja, das kann sie gut, und es macht ihr Freude, Leute zu erschrecken.«

Ivy schloss die Augen. »Genauso plötzlich, wie sie aufgetaucht ist, war sie auch wieder verschwunden. Ich bin durch das Fenster gestiegen, um auf der Seite zum Meer hin bessere Sicht zu haben, und da muss ich dann gestolpert sein, aber ich hatte gleichzeitig das Gefühl, dass mich etwas oder jemand am Rücken berührt hat. Jedenfalls habe ich das Gleichgewicht verloren und bin so dämlich gestürzt, dass ich mir den Kopf an einem Felsen gestoßen habe.« Sie seufzte.

»Hey, das kann passieren, mach dir keine Gedanken deswegen. Wir sind gleich da.« Er legte seine Hand auf ihre und drückte sie kurz.

»Mag sein. Aber ich verstehe das einfach nicht. Hinter mir gab es keinen Baum, an dessen Ästen ich mich hätte verfangen können. Nur die Mauer und die Öffnung. Aber Moira war da auch schon ein paar Minuten gegangen. Es war niemand sonst dort. Na ja, vielleicht war es doch ein Geist.«

Calum bog in eine Einfahrt und parkte den Wagen vor einem weißen Haus. »Wir sind da. Na komm, der Doc hat sicher eine handfeste Erklärung für deinen Sturz.«

Er half ihr aus dem Wagen, und Ivy ließ es zu, dass er ihre Hand nahm.

Der Arzt ließ sie in sein Behandlungszimmer treten, das erstaunlich gut ausgestattet war. Cal hatte erzählt, dass Doc Newbery eigentlich pensioniert war.

Vorsichtig untersuchte der Mediziner den Kopf, schaute ihr in die Augen, kontrollierte die Reaktion der Pupille, drückte hier und dort, stellte Fragen zu ihrem Befinden und holte Desinfektionsmittel und Verbandsmaterial. »Sie haben Glück, Ms Ferguson. Ein wenig tiefer, und das hätte genäht werden müssen. Aber so können wir mit drei von diesen wunderbaren Pflastern«, er hielt winzige Streifen in die Höhe, »die Wunde zusammenziehen, und in ein paar Tagen sollte sich der Riss geschlossen haben. Dann kommen Sie noch einmal zur Kontrolle vorbei. Und wenn sich etwas verändert, melden Sie sich bitte sofort.«

»Hat sie keine Gehirnerschütterung? Ivy, dir ist doch schwindelig gewesen, oder?«

Sie saß auf der Behandlungsliege des Doktors und fühlte sich viel besser als kurz zuvor im Wagen. »Ach, das war nur ein Schauer, weil ich da so blöd auf dem Boden gelegen habe. Ich weiß gar nicht, wie lange, muss wohl weggetreten gewesen sein. Es geht mir gut.«

»Trotzdem sollten Sie sich schonen, Ms Ferguson. Keine körperliche Anstrengung in den nächsten Tagen, und am besten bleiben Sie morgen liegen. Wenn Sie dann noch immer Schwindel verspüren, rufen Sie mich an.« Er gab ihr seine Karte. »Ich bin morgen sowieso in Ardmore, um nach Ihrem Onkel zu sehen, Calum. Da kann ich auch bei Ihnen vorbeischauen, Ms Ferguson.«

Bevor Ivy ablehnen konnte, sagte Calum: »Das ist sehr nett. Ich bringe Sie dann rüber. Ms Ferguson arbeitet derzeit für uns, da können wir noch das eine oder andere besprechen.«

Ah ja, dachte Ivy, so viel zum fürsorglichen Arbeitgeber. Doch sie wusste, dass er sich tatsächlich große Sorgen um sie machte, immerhin war er ohne triftigen Grund losgefahren, um sie zu suchen. Jeder andere hätte sich keine Gedanken gemacht, und sie läge noch immer dort.

Zurück im Wagen sagte sie: »Danke, Cal, ich weiß nicht, was ich ohne deine Hilfe gemacht hätte.«

»Dir noch eine Erkältung dazu eingefangen. Nachts ist es schon ziemlich kalt. Ich werde mit Moira sprechen, so viel ist sicher. Was fällt ihr ein, dich so zu erschrecken! Und ihr Verhalten in Portree war genauso daneben. Was ist nur in sie gefahren?«

»Ach, Cal, lass gut sein. Ich will keinen Ärger machen.«

Er fuhr sie zurück und hielt im Hof vor ihrem Elternhaus an. »Jammerschade, dass du meinen Fisch nicht essen konntest, der war nämlich richtig gut.«

»Tut mir leid, dass ich dir den Abend verdorben habe, Cal. Irgendwie war das heute nicht mein Tag.« Die Müdigkeit nach der Anstrengung ließ ihre Lider schwer werden. »Für heute bin ich fertig mit der Welt, und das kommt selten genug vor.«

An der Haustür ging das Licht an, und ihre Mutter kam heraus. »O nein, jetzt muss ich alles erklären. Bitte, Cal, ich bin mit dem Rad gestürzt und das war's, okay?«

Er nickte, kletterte aus dem Wagen und half ihr beim Aussteigen. Ihre Mutter kam dazu und riss entsetzt die Augen auf. »Ach du meine Güte, Ivy! Was ist denn passiert?«

»Machen Sie sich bitte keine Sorgen, Mrs Ferguson, Ihre Tochter wurde bereits ärztlich versorgt. Nur ein kleiner Fahrradunfall.«

Molly kam um die Ecke gelaufen und sprang aufgeregt an Ivy hoch, die den Hund tätschelte. »Ist ja gut, Süße.«

»Du bist ja ganz blass, Kind!« Edith Ferguson nahm die Hand ihrer Tochter und strich ihr übers Gesicht. »Was fährst du auch im Dunkeln umher. Du kennst doch die schlechten Straßen.«

Auch ihr Vater kam an die Tür und stutzte, als er Calum sah.

»Dad, das ist Calum MacKenzie, er hat mich gefunden und zum Arzt gebracht«, sagte Ivy.

»Ich kenne Calum. Was ist denn los? Was heißt denn gefunden?«

»Sie ist bei der Ruine von Trumpan mit dem Rad gestürzt. Ich kam vorbei und konnte ihr helfen. Aber jetzt bist du in den besten Händen, Ivy. Ich komme morgen mit Doktor Newbery rüber. Einen schönen Abend noch!« Calum wollte gehen, doch Ivy drehte sich zu ihm und gab ihm einen Kuss auf die Wange.

»Danke für alles«, flüsterte sie. »Bis morgen!«

Einen Moment lang sahen sie einander an, und sie spürte eine tiefe Verbundenheit mit diesem Mann, der sie aufgenommen und ihr sein Vertrauen geschenkt hatte. Er öffnete den Mund, nickte jedoch stumm und ging zu seinem Bus. Edith Ferguson nahm sie mit ins Haus, und ihr Vater protestierte nicht, als Molly ihnen folgte.

»Hast du Hunger?«, wollte ihre Mutter wissen.

»Ein wenig«, erwiderte Ivy, die seit dem Mittag nichts gegessen hatte. Die Übelkeit war verflogen, und sie fühlte sich bereits kräftiger als noch vor wenigen Minuten.

»Gut, dann setzen wir uns in die Küche. Ich mache dir Suppe und Pie warm. Salat?«

Ivy nickte. »Gern.«

»Und etwas Applecrumble mit Vanillesoße ist auch noch da.«

Ihr Vater holte eine Whiskyflasche aus dem Regal. Es war der zwanzig Jahre alte Single Malt. Ohne zu fragen, goss er in drei Distelgläser je einen Schluck des edlen Whiskys. Ivy ließ sich auf der Küchenbank nieder, nahm das Glas und schnupperte.

»Auf deine Gesundheit, Ivy!« Alfred trank einen Schluck und lehnte sich in seinem Stuhl zurück. »Und jetzt sag mir, warum dich der junge MacKenzie zufällig gefunden hat und warum du ihm einen Kuss gibst?«

»Alfred, lass sie doch erst mal zur Ruhe kommen. Du siehst doch, wie fertig sie ist!«, mahnte Edith und schob eine weitere Schüssel in den Backofen. Dann stellte sie einen Teller mit Käse, Butter und etwas Brot auf den Tisch.

»Schon gut, Mum.« Ivy nippte am Whisky. »Das waren immer meine Lieblingsgläser, weil ich die Disteln so mag. Wisst ihr noch, ihr musstet mir immer einen Schluck Milch hineingeben, wenn ihr die Gläser benutzt habt.«

Edith lächelte. »Wie könnte ich das vergessen! Einmal hast du alle acht Gläser mit in den Ziegenstall genommen, um dort mit deinen Freundinnen zu spielen.«

»Sind sie eigentlich ganz geblieben?«

»Erstaunlicherweise ja. Nimm doch etwas Käse, Ivy«, sagte ihre Mutter. »Das Essen braucht noch ein paar Minuten.«

Gehorsam aß sie von dem würzigen Schafskäse, der

auf der Insel hergestellt wurde. Das Essen tat ihr gut, und ihre Hände zitterten nicht mehr. »Calum hatte mich heute Abend zum Essen eingeladen. Er wollte Fisch braten, den er von Duncan aus Portree mitgebracht hat. Und als ich nicht pünktlich war, hat er nach mir gesucht«, erklärte sie ihrem Vater.

»Schon wieder ein Abendessen mit MacKenzie? Wird das zur Gewohnheit?«

Es war so anstrengend und mühsam, immer gegen ihn zu kämpfen. »Ich muss mich dafür nicht rechtfertigen. Calum ist ein netter Mann, und über seinen Onkel kann ich auch nichts Negatives sagen. Er ist alt und krank, sitzt im Rollstuhl. Lass doch endlich die alten Geschichten, Dad! Das ist albern.«

Es duftete nach Kräutern und überbackenem Käse. Ihre Mutter gab etwas Suppe in eine Schüssel und stellte sie Ivy mit einem Löffel hin.

»Danke, Mum.«

»Albern?«, fuhr ihr Vater auf, wurde jedoch von einem strengen Blick seiner Frau zur Räson gebracht. »Jedenfalls hat Calum sich um dich gesorgt, das rechne ich ihm hoch an.« Er trank seinen Whisky aus und erhob sich. »Gute Nacht, ich muss morgen früh aufs Festland fahren. Aber deine Mutter ist hier.«

Alfred Ferguson strich seiner Tochter über die Schulter, eine seltene zärtliche Geste, die sie überraschte. »Gute Nacht, Dad.«

Sie löffelte ihre Suppe hungrig aus und sprach auch der Pie und dem Crumble noch zu. Ihre Mutter kochte Tee und setzte sich zu ihr.

»Ich habe dir die Lodge hergerichtet, Ivy. Aber wenn du dich mit der Verletzung im Haus bei uns besser fühlst, bleib doch hier.«

»Mum, danke, aber etwas Abstand ist gut für uns alle. Und es geht mir nicht schlecht. Ich bleibe morgen Vormittag liegen, das hat der Arzt empfohlen, und dann gehe ich zur Arbeit.« Sie stöhnte. »Mein Fahrrad liegt noch bei der Ruine. So ein Ärger.«

»Ich fahre dich zum Schloss, Ivy, und vielleicht hilft Calum dir mit seinem Bus. In meinen Mini bekommen wir das Rad nicht rein.« Ihre Mutter gab einen Löffel Honig in ihren Tee. »Er mag dich, Ivy.«

»Hm.« Sie leckte den letzten Rest Vanillesoße von ihrem Löffel. »Was ist das mit den MacKenzies? Ist es wegen der alten Landsache?«

Ihre Mutter stand auf und räumte den Tisch ab. »Der Stachel sitzt tief. Wenn man einmal alles verloren hat wie die Fergusons, verzeiht man nicht so einfach.«

»Aber ihr habt euer Land doch zurückbekommen!«

»Der Preis war hoch, Ivy, viel zu hoch. Aber lassen wir das. Du solltest jetzt schlafen. Und wenn etwas ist, ruf mich an oder mach das Fenster auf und schrei laut. Du weißt, ich habe einen leichten Schlaf.«

Die Lodge lag oberhalb des Wohnhauses in Sichtweite.

»Ich nehme Molly mit, dann bin ich nicht allein.«

Am nächsten Morgen erwachte Ivy, weil eine feuchte Hundenase sie stupste. Sie ließ Molly aus der Lodge und legte sich wieder hin. Die Gäste haben es wirklich gut hier, dachte sie und genoss die Aussicht über die

Wiesen und zur Bucht. Auch der Turm des Schlosses war von hier noch zu sehen. Ihr Kopf schmerzte ein wenig, doch ein Blick in den Spiegel zeigte eine Wunde, die nicht entzündet war. Abgesehen von der hässlichen Beule und den verklebten Haaren sah sie nicht so mitgenommen aus wie befürchtet. Sie trank etwas Wasser und nahm ihren Laptop mit ins Bett, von dem aus sie durch ein großes Fenster die Schafe, das satte Grün und das dunkle Blau des Meeres sehen konnte. Wenn sie in London etwas vermisste, dann die raue Natur ihrer Heimat.

Nun, sie öffnete ihren Computer, man konnte nicht alles haben. In ihrem Postfach warteten über zwanzig Mails auf sie. Eine war von Nicole, Oscar Fulbrooks Sekretärin. Ihr Arbeitgeber erwartete einen Bericht von ihr und wollte mehr über die Mackintosh-Möbel wissen, zu denen Nicoles Recherche keine Ergebnisse erbracht hatte. Die Möbel waren weder in Auktionen aufgetaucht, noch wurden sie in privaten Sammlungen gelistet. Ivy seufzte. Sie konnte ihm noch nichts liefern, denn alles, was sie hatte, waren Vermutungen aufgrund stilistischer Auffälligkeiten und keine Beweise, dass Ross eventuell Manipulationen an seinen Stücken vorgenommen hatte. Ivy antwortete Nicole, dass sie wegen eines Unfalls für einige Tage ausfiel und sich mit konkreten Neuigkeiten sobald als möglich melden würde.

Einige Nachrichten kamen von Kunstexperten, die sie in anderen Fällen um Mitarbeit gebeten hatte. Zumindest zwei offene Fälle konnte sie für Fulbrook zufriedenstellend abschließen. Die Versicherung würde nicht die

von den Kunden geforderte Summe für deren Kunst-
objekte veranschlagen, da diese derzeit einen deutlich
geringeren Marktwert hatten. Ivy recherchierte gern,
aber sie hatte auch die Arbeit im Geschäft von Sebastian
Russell geliebt.

Russel war ein versierter Kunstexperte und ein liebenswerter Mensch gewesen. Von ihm hatte sie das Geschäft mit all seinen Tricks von Grund auf gelernt. Mit
der vagen Vorstellung, sich auf einem Gebiet spezialisie-
ren zu können, um sich als Expertin einen Ruf zu machen, war sie von der Uni in sein Geschäft gestolpert.
Der freundliche ältere Herr hatte sie rasch geerdet und
ihr offen gesagt, dass sie in seinem Laden nur arbeiten
würde, wenn sie über ein breites Allgemeinwissen und
den richtigen Instinkt verfüge. Da bei ihr und auch bei
Russel die gegenseitige Sympathie eine große Rolle
spielte, hatte Ivy sich der Herausforderung gestellt. Alles,
was er ihr über die Stücke in seinem Geschäft erzählte,
saugte sie auf, hinterfragte und bildete sich weiter. Als
Kunsthistorikerin verfügte sie über das Wissen, um Epo-
chen und Stilrichtungen sofort einordnen zu können.
Doch im Handel ging es nicht nur um das reine Fachwissen, sondern auch ums Taktieren, Verhandeln und
nicht zuletzt um das Erkennen von Fälschungen.

Vor allem Möbel fand Ivy faszinierend, denn sie hatte
Kunsthandwerker schon immer bewundert. In ihren
Augen konnte ein Möbelstück Kunst sein, wenn auch
angewandte und alltagstaugliche Kunst. Russell wies sie
auf die Zeichen von Nachbearbeitung hin, die Eigenheiten der verschiedenen Hölzer und deren typische

Verwendung, echte und künstliche Wurmstiche, Gebrauchsspuren an Stuhl- und Tischbeinen, die Beschaffenheit der Kanten, denn bei antiken Möbeln fanden sich keine scharfen Kanten und Ecken, glatte Sägeflächen, die erst mit der Einführung der Kreissäge nach 1840 möglich wurden, und unzählige andere Dinge. Heute achtete sie auf das Vorhandensein oder Fehlen der Originalausstattung, beispielsweise bei Beschlägen, Auskleidungen aus Leder, Papier oder Stoff, und natürlich schaute sie sich die Verzapfungen an, an denen sich leicht feststellen ließ, ob sie maschinell oder von Hand gefertigt waren.

Russell hatte die von ihm erworbenen Stücke nie selbst restauriert, sondern sie zu einem erfahrenen Restaurator gegeben, dessen Werkstatt einen guten Ruf genoss. In der Kunstwelt vertraute man Russell, und dieses Vertrauen hatte er sich hart erarbeitet und war zu Recht stolz darauf gewesen. Sammler kamen zu ihm, um sich von ihm beraten zu lassen, und wenn sie bei ihm kauften, konnten sie sich darauf verlassen, ein authentisches Stück erster Güte erworben zu haben. Sebastian Russell war eine der großen Ausnahmen im weiten Feld der dubiosen Händler gewesen. Sein Ruf und seine Integrität bedeuteten ihm mehr als der Profit, weshalb ihm einige gute Deals entgangen waren. Andererseits hatte er durch seinen Sinn für außergewöhnliche Stücke, seine Risikobereitschaft im Hinblick auf Raritäten, die erst später nachgefragt wurden, manch profitables Geschäft abschließen können.

Ivy betrachtete die Liste, die sie in ihrem Computer zu

Ross MacKenzies Stücken angelegt hatte. In vielerlei Hinsicht erinnerte Ross sie an Sebastian Russell, und doch verbarg MacKenzie etwas vor ihr. Der alte Mann wurde von einem traurigen Geheimnis umgeben, das nicht allein mit dem gewaltsamen und mysteriösen Tod seiner Ehefrau zusammenzuhängen schien. Aber vielleicht täuschte sie sich auch.

Wenn sie die Liste betrachtete, konnte sie keinen Fehler finden. MacKenzies Stücke befanden sich heute in den großen Museen der Welt, darunter das Metropolitan Museum of Art, der Louvre, das Rijksmuseum und anerkannte Privatsammlungen. Kein Museum, das etwas auf sich hielt, kaufte Werke mit zweifelhafter Provenienz ein, denn das würde dem Ruf des ganzen Hauses schaden. Was also hatte es mit dem Schreibmöbel von Kermack auf sich? Technisch war das Stück sauber, das Material aus der Zeit, in der es entstanden sein sollte. Diese Basisdaten hatten sie sofort überprüft.

Ivy schaute sich wieder die Detailaufnahmen des Möbels an und kam zu dem Schluss, dass es die Gestaltung war, die ihr aufstieß. Zu perfekt und zu glatt das Design. Nicht die verschiedenen Hölzer waren es, dachte Ivy, nein, es lag am Entwurf. Der Gesamtentwurf war in sich nicht stimmig, jedenfalls nicht in dem Maße, wie man es von einem Meister seines Faches wie Pierre-Harry Mewesen gewohnt war. Ivy starrte auf die oktogonalen Einlegearbeiten. Wo nur hatte sie dieses achteckige Muster gesehen? Und zwar genau so!

Bei Martin Carlin, einem Meister aus der Zeit von Mewesen. Sie durchforstete ihr Online-Archiv an Möbeln und fand ein ähnlich gearbeitetes Stück von Carlin, der 1766 seinen Meistertitel erworben hatte. Sie schob die Detailaufnahmen der Tischoberfläche und der Seiten mit den architektonischen Holzeinlegearbeiten auf dem Bildschirm nebeneinander. Absolut identisch! Entweder Mewesen hatte bei Carlin geklaut oder umgekehrt. Oder ... sie hielt den Atem an. Es gab noch ein Stück, das genau dieses Design aufwies. Aber es befand sich nicht in einem Museum, sondern in Kirsty MacKenzies Schlafzimmer.

Sie klappte den Computer zu und wollte aus dem Bett springen, musste jedoch einsehen, dass das keine gute Idee war. Leicht schwankend hielt sie sich an einem Stuhl fest, wartete einen Moment und atmete tief ein und aus. Fluchend sah sie aus dem Fenster, wo Molly ein Schaf zum Hof trieb. Sie hätte gestern Abend besser aufpassen müssen. Wenn Calum nicht gekommen wäre, nicht auszudenken!

Sie tappte über den Holzfußboden zum Bad und stellte die Dusche an. Während das warme Wasser über ihren Körper lief, wobei sie den Kopf aus dem Strahl heraushielt, dachte sie an Calum und Moira und fragte sich, ob der Zufall nicht ein allzu stark strapaziertes Phänomen war.

13

Ardmore, Trumpan Church, 1879

Der warme Sommerregen durchnässte ihre Umhänge nur leicht, während die beiden Männer Seite an Seite über das nasse Gras der Weiden schritten. Das Land war gut, die Weiden saftig, und die Tiere gediehen. Es war doch genug für alle da!

»Angus, danke, dass ihr uns aufgenommen habt. Aber so kann es nicht weitergehen. Laird MacKenzie muss uns anhören! Er muss einfach!«

»Aye, mein Freund, das muss er. Und er ist kein Unmensch. Ich verstehe genauso wenig wie du, was in ihn gefahren ist. All die Jahre, nein, Jahrzehnte, die wir für die MacKenzies arbeiten, sollen plötzlich nichts mehr bedeuten?« Angus Ferguson pfiff nach seinem Hund, der hinter einer Möwe herlief.

Vor ihnen ragte die dunkle Silhouette von Ardmore Castle auf. Abweisend stellte sich das massige Gemäuer gegen das Meer, über das früher die Feinde in Booten herübergerudert waren. Doch diese Zeiten waren vorüber. Die Menschen brauchten keine Burgen mehr, keine Kriegsherren und keine Krieger. Sie benötigten verständige Herren, die sich um das Land und dessen Bewohner sorgten.

Eine Meute Jagdhunde preschte über die Wiese hinter dem Schloss. Angus erkannte etwas weiter vorn Murdoch, der ein Hasenfell hinter seinem Pferd herzog und die Hunde die Fährte aufnehmen ließ. »Irgendwann erwische ich ihn«, knurrte Angus und ballte die Hand zur Faust. Mit der anderen hielt er seinen Stock, den er aus einem Stück Wurzelnussbaum geschnitzt hatte.

»Tu das nicht, Angus. Dann hat deine Familie niemanden mehr«, ermahnte Mark ihn mitfühlend. »Ich glaube ja auch nicht, dass Murdoch deinen Sohn töten wollte. Es war ein Unglück, ein tragisches Unglück.«

»Und wenn schon. Es ändert nichts daran, dass mein Duff tot ist und dieser Dreckskerl lebt.«

Sie hatten das Tor erreicht und wurden von einem Mann in den Clanfarben der MacKenzies aufgehalten. »Was wollt ihr hier? Der Laird empfängt niemanden. Macht beim Pförtner einen Termin, und kommt dann wieder.«

»Ich habe keine Zeit, auf einen Termin zu warten. Unser Laird hat uns von unserem Land verjagt, uns vertrieben wie räudiges Gesindel, meinen Sohn getötet, und jetzt verhungern wir, wenn er nicht hilft! Es ist seine Pflicht, sich um seine Leute zu kümmern!« Mit jedem Wort war Angus' Stimme lauter geworden, bis man ihn im gesamten Schloss hören konnte.

Hinter dem Wachtposten ging eine Tür auf, und Tavish MacPhail kam heraus. »Lass sie durch, Ranald.«

Der Mann, der verunsichert wirkte, trat zur Seite, um Angus und seinen Begleiter vorbeizulassen.

»Angus, was können wir für dich tun?«, begrüßte Tavish ihn, als wäre er ein alter Bekannter.

Angus hatte durch die Strapazen der vergangenen Wochen an Gewicht verloren, das Leid hatte sein Gesicht gezeichnet und die Entbehrungen ihm alles abverlangt. Dennoch straffte er die Schultern und hob entschlossen das Kinn. »Ich verlange, mit dem Laird zu sprechen! Du weißt genau, warum wir hier sind. Oder hast du uns nicht beobachtet? Hast dich nicht an unserem Leid geweidet?«

Aus dem Hausinneren waren fröhliche Stimmen zu hören, und plötzlich rannten zwei junge Mädchen aus der Tür in den Hof, in dem ein Garten angelegt worden war. Rosen rankten an den Mauern empor, in einem Beet wuchsen Kräuter, und Lavendel verströmte seinen Duft. Das kleine Gartenidyll stand in seltsamem Widerspruch zur abweisenden Strenge der Festungsarchitektur.

»Shona, hier, diese Rosen sind schön!«, rief das dunkelhaarige Mädchen, während die ältere Shona den Männern einen Blick zuwarf, sich jedoch nicht weiter um sie kümmerte.

»Nicht hier, Mann. Kommt mit herein, in Teufels Namen, und gebt Ruhe. Der Laird wird wütend, wenn seine Tochter mit diesen Dingen belastet wird.« Tavish drängte die beiden in den Küchentrakt.

»Pah«, schnaufte Angus. »Mein Duff ist tot, Tavish. Den bringt mir niemand zurück!«

Sie standen in einem niedrigen Durchgang des Wirtschaftstraktes. Aus der Küche waren Stimmen und Geräusche zu hören, in den Gängen liefen Dienstboten hin und her, und es roch nach Braten und Kartoffeln. Mit einem Mal wurde Angus bewusst, wie lange es her war, seit er in seinem Haus eine Mahlzeit mit der ganzen Familie zu sich genommen hatte. Es schien ihm in einem fernen Leben gewesen zu sein.

»Kommt, setzt euch hier hinein, und ich lasse euch einen Teller Fleisch bringen«, schlug Tavish vor und schob die ungebetenen Besucher in den Gesinderaum neben der Küche.

Hier stand ein großer Tisch, an dem sonst die Dienstboten aßen, doch jetzt waren sie allein in dem kargen Raum. Die Wände waren gekalkt, das winzige Fenster oben in der Wand ließ nur wenig Licht herein. Obwohl es draußen warm war, herrschte hier ein kühles, feuchtes Klima, doch Angus und Mark setzten sich wie befohlen an den Tisch. Angus hatte ein schlechtes Gewissen, dass er sich den Bauch vollschlagen würde, während seine Familie hungern musste, doch vielleicht war es gut, etwas Stärkendes zu essen, bevor er dem Laird gegenübertrat.

Er konnte Tavish ansehen, dass dieser dachte, er hätte die beiden beschwichtigt, als eine Dienstmagd mit einem Tablett hereinkam und es auf den Tisch stellte. Zwei Krüge Ale standen darauf und ein Topf mit Fleischragout sowie ein halber Laib Brot. Gierig brach Mark das Brot auf, schöpfte sich von dem Fleisch in der fettigen Brühe auf seinen Teller und begann hastig zu essen. Angus folgte seinem Beispiel, denn er musste sabbern wie ein Hund und konnte nichts dagegen tun. Während er aß, schämte er sich für seine Schwäche und warf Tavish, der mit vor der Brust verschränkten Armen in der Tür stand, finstere Blicke zu. Das Fleisch war saftig und weich gekocht, die Brühe salzig und schmackhaft, so dass er mit seinem Brot den Teller sauber wischte, bis er blank war.

Er trank einen Becher Ale und spürte, wie die Wärme sich von seinem Magen in den gesamten Körper ausbreitete. Ein gutes Gefühl, eines, das er seiner Familie wünschte.

»Wo ist der Laird?«

»In der Halle. Willst du ihn wirklich sprechen, Angus?« Tavish war seit Jahren die rechte Hand des Lairds. Er tat, was man von ihm verlangte, hatte jedoch auch manches Mal für die Crofter gesprochen.

»Sicher will ich das. Er soll mich ansehen, wenn ich ihm sage, dass er meinen Sohn auf dem Gewissen hat, mir mein Haus und mein Land genommen hat, und ich will seine Gründe hören!«

Der Verwalter der MacKenzies sah die beiden an, schien zu überlegen und sagte dann: »Wartet hier.«

Mark flüsterte: »Sie werden uns rauswerfen, Angus. Aber wenigstens haben wir gegessen.«

In diesem Augenblick hörten sie die Mädchen wieder hereinkommen. Shona schaute in das Gesindezimmer und blieb mit einem Korb voller Rosen stehen. Ihr langes blondes Haar fiel ihr offen über den Rücken. Sie trug ein hellblaues Kleid mit weißer Spitze, und die nackten Füße steckten in flachen Riemenschuhen. Eine unbändige Lebensfreude und eine natürliche Freundlichkeit gingen von ihr aus, die so gar nicht in die feuchten Mauern des Schlosses zu passen schienen. »Sie sind der Vater von Henry und Duff Ferguson, nicht wahr?«

Angus erhob sich, genau wie Mark, und neigte den Kopf. »Ja, Mylady.«

»Es tut mir sehr leid, dass Ihr Sohn tot ist. Das hätte nicht passieren dürfen!« Sie nahm eine weiße Rose aus dem Korb und gab sie Angus.

Das andere Mädchen sah kurz zu ihnen, zog Shona am Rock, und sie verschwanden.

Hilflos starrte Angus auf die Blume in der Hand, drückte den Stiel zu fest und reagierte erst, als die Dornen seine Haut durchdrangen und das Blut auf den Tisch tropfte. Wie war es möglich, dass der unbarmherzige Laird eine solche Tochter hatte?

»Ihr könnt mitkommen. Stellt dem Laird eine Frage. Nur eine, habt ihr das verstanden?« Tavish sah die Rose und runzelte die Stirn.

Die große Halle von Ardmore Castle wurde von einer Tafel im vorderen Bereich dominiert. Im hinteren Teil stand auf einem Podest ein großer Armlehnstuhl, der einem Thron glich. Neben dem Stuhl befand sich eine Art Schreibpult, auf dem Papiere und Schreibgerät lagen. Gekrönt wurde der Sessel des Clanchiefs von einem riesigen Hirschgeweih, das an der Wand hing und sich wie die Schwingen eines Adlers über dem Laird ausbreitete.

Mark raunte seinem Freund zu: »Lass uns lieber gehen, Angus.«

»Warum? Was soll er uns noch antun?« Mit dem Zorn des Trauernden ging Angus mit geballten Fäusten auf den Mann zu, der für sein Unglück verantwortlich war.

Colin MacKenzie war eine beeindruckende Erscheinung und stand in der zur Schau getragenen Arroganz und Würde einem englischen Aristokraten in nichts nach. Das dichte rotbraune Haar wurde von grauen Strähnen durchzogen, genau wie der Schnauz- und Kinnbart. Gepflegte Hände mit dem Siegelring der MacKenzies ruhten auf den Armlehnen seines Lehnstuhls. Er trug Reithosen und -stiefel und eine Jacke, die mit dem Tartan seines Clans gefüttert war. Im Hintergrund saßen an einem Tisch gut gekleidete Männer, die Angus als Geschäftsleute einordnete. Er konnte hören, dass sie keinen schottischen Dialekt sprachen. So war das also, sein Herr verhandelte bereits mit den Engländern, obwohl seine Leute noch nicht einmal neues Land erhalten hatten.

MacKenzie neigte den Kopf seitlich, während Tavish ihm etwas zuflüsterte. Währenddessen musterte er Angus und Mark, und seine Miene wurde düster. Schließlich unterbrach er Tavish und sagte: »Was willst du hier, Angus Ferguson?«

»Was ich hier will? Mein Sohn ist tot!«

MacKenzie räusperte sich und scharrte mit den Füßen. »Ein schlimmes Unglück. Es hätte verhindert werden können, wenn du meinem Befehl Folge geleistet und dein Haus sofort verlassen hättest.«

»Sie haben kein Recht dazu, uns von unserem Land zu verjagen wie räudige Köter!«, rief Angus, der nicht mehr an sich halten konnte. »Was sind wir denn für Sie, Sir? Nur Gewürm auf dem Land, das wir seit Generationen bestellen? Wir sind Menschen! Wir haben Familie, genau wie Sie!«

Es wurde plötzlich still in der großen Halle von Ardmore Castle. Die Männer am Tisch drehten die

Köpfe, Tavish legte eine Hand an seinen Gürtel, in dem eine Pistole und sein Dolch steckten, und aus den Augenwinkeln bemerkte Angus, wie sich eine Gruppe Frauen in eine Ecke der Halle bewegte. Darunter meinte er Davina, die Frau des Lairds, und ihre Tochter zu erkennen.

»Nicht, Angus, was tust du denn!«, warnte Mark und packte seinen Arm, doch Angus riss sich los und machte einen Schritt auf den Laird zu.

»Alles haben Sie uns genommen! Alles! Haus, Tiere, Hof, unsere Existenz, die weiß Gott schwer genug erkämpft war. Aber jetzt haben wir nichts mehr! Meine Frau und meine Kinder lagern in einer Kirchenruine. Sie leiden Hunger und Kälte, und wenn sie nicht daran verrecken, dann an Krankheit.«

»Hör auf, Mann! Was fällt dir ein, so mit deinem Herrn zu sprechen!«, befahl Tavish, der nicht zu wissen schien, wie er mit dem rebellischen Pächter umgehen sollte.

»Ja, lassen Sie uns rauswerfen, schicken Sie uns fort, dann sind Sie uns los. Dann ist der Weg frei für Ihre feinen Herren aus England! Nehmen Sie sich das Land, das mit unserem Blut getränkt ist. Aber eines Tages werden Sie sich umsehen, und dann ist Ihnen das Glück vielleicht nicht mehr hold!«

MacKenzie gab zwei Männern, die sich im Hintergrund gehalten hatten, einen Wink mit dem Kopf. Wie Kettenhunde schossen die kräftigen Männer vor und packten Angus an den Armen. Es waren Männer, die mit Murdoch durch die Höfe zogen und die Leute vertrieben, Männer, die ebenfalls Familien hatten und Befehle ausführten, ohne diese zu hinterfragen.

»Drohst du mir, Angus?«, fragte MacKenzie kalt.

Die Hände der Knechte hielten Angus mit stählerner Kraft fest.

»Das würde ich mir nicht erlauben. Nein, ich hoffe nur, dass es eine Art von göttlicher Gerechtigkeit gibt, wenigstens das.«

»Lasst ihn los!«, befahl MacKenzie. »Was willst du? Es gibt noch genügend Land, das ihr bearbeiten könnt. Es findet nur eine Umverteilung statt. Ihr geht jetzt an die Küste. Fische gibt es genug.«

Die Engländer lachten, und einer grinste. »So ist es. Was beklagt ihr euch immer? Egal, wie viel man euresgleichen gibt, ihr seid nie zufrieden.«

»Nicht, Shona!«, rief Davina MacKenzie, doch ihre Tochter lief bereits los und stellte sich zwischen Angus und ihren Vater.

Unerschrocken stand das zierliche Mädchen inmitten der Halle, in der Kriege beschlossen, Feste gefeiert und über die Zukunft von Menschen entschieden worden war.

»Warum tust du ihnen das an, Vater? Wir haben doch genug! Gib ihnen ihr Land zurück!« Shona hob in betender Geste die Hände.

Ihre Mutter war ihr hinterhergeeilt und zog sie mit sich. »Nicht, Shona, komm mit.«

»Weiber verstehen nichts von Politik. Jetzt ist es aber genug. Tavish, kümmere dich um diese Angelegenheit. Jeder bekommt, was ihm zusteht«, entschied MacKenzie, gab seinen Leuten einen Wink, und Angus und Mark wurden erneut gepackt, aber diesmal aus der Halle geschleppt.

Vor dem Tor stieß man sie grob auf den Weg. »Lasst euch hier nie wieder blicken, verstanden? Ihr hattet Glück, dass die Engländer da waren, sonst hätte es anders für euch ausgehen können.«

Angus wollte etwas erwidern, wurde jedoch von Mark am Arm gegriffen und mitgezerrt. »Komm, Angus, lass uns gehen.«

Dunkle Wolken ballten sich am Himmel zusammen, und in der Ferne grollte der Donner. Ein Sommergewitter zog auf, und schon prasselten die ersten dicken Regentropfen auf sie nieder. »Schnell, wir müssen zu den anderen. Die Frauen und Kinder fürchten sich bei dem Unwetter.«

So schnell es ihnen möglich war, liefen die Freunde querfeldein. Die Schafe standen in kleinen Gruppen schutzsuchend an größeren Felsen, während das Wasser in großen Mengen herniederging. Ein erster Blitz zerriss den Himmel und schien direkt über Trumpan zu stehen.

»Nicht die Kirche, nicht auch das noch!«, stöhnte Angus und rannte weiter, wobei seine Lunge zu bersten drohte. Außer Atem erreichten sie das Hügelplateau und konnten ihre Familien unten bei der Ruine sehen. Die Hunde kläfften aufgeregt, die Kühe gaben Angstlaute von sich, und je näher sie kamen, desto deutlicher hörten sie das Weinen der Kinder.

Ein weiterer Blitz, dicht gefolgt von lautem Donner, schlug über dem Wasser ein. Die Bucht von Ardmore brodelte im aufkommenden Sturm, und der Regen wurde nun vom Meer herübergepeitscht.

Mark blickte nach oben zur provisorischen Dachkonstruktion. »Das wird nicht halten!«

Angus sah, wie sich einer der Balken aus der Halterung zu lösen begann und Teile des Schilfs bereits durch die Luft flogen. »Wir müssen alle da rausbringen, bevor uns das zusammenkracht!«, brüllte Angus gegen das Unwetter an.

»Ich gehe nach oben. Wenn ich den Balken mit einem Seil festziehe, können wir das Dach retten.« Mark holte sich ein Seil von einem der Kistenstapel, die neben dem Wagen lagerten.

»Peigi, Greer!«, rief Angus und rannte nach drinnen, wo sich Frauen und Kinder um die Feuerstelle versammelt hatten.

Die Kleinsten wimmerten ängstlich, während die Größeren halfen, die Sachen zusammenzuräumen. Der Wind heulte und pfiff durch alle Ritzen, und es regnete durch mehrere Löcher.

»Angus! Du bist zurück, o Gott, ich hatte solche Angst!« Seine Frau kam zu ihm und strich ihm über die Wange. »Hast du etwas erreicht?«

Grimmig schüttelte er den Kopf. »MacKenzie ist ohne Nachsicht, von ihm haben wir nichts zu erwarten. Die Engländer waren schon da und haben sich um das beste Land gestritten. Wir sollen jetzt fischen!«

»Was? Aber das geht doch nicht! Die Fischer unten sehen es schon jetzt nicht gern, wenn wir ihnen in die Quere kommen. Oh!« Sie stieß einen Schrei aus, als ein Balken zerbarst und ein Teil neben ihnen auf den Boden krachte.

»Alle raus hier! Henry!« Angus sah sich um, konnte seinen Sohn jedoch nicht entdecken.

»Er wollte nach den Tieren sehen«, sagte Peigi und griff nach den Decken und ihrer jüngsten Tochter.

Iains Frau saß blass in einer Ecke und hielt ihr Baby an sich gedrückt. Angus ging zu ihr. »Komm, Greer, das Dach kann jeden Moment einstürzen.«

Weinend erwiderte Greer: »Ich habe keine Kraft mehr, Angus. Wo ist Iain? Warum kommt er nicht zurück?« Schluchzend wiegte sie das Kind. »Es ist ganz heiß. Das Fieber will nicht runtergehen.«

Wie soll das Kind in dieser zugigen Behausung auch genesen können?, dachte Angus. »Na komm, ich helfe dir.« Er nahm ihren Arm, stützte sie und brachte sie in den vorderen Teil der Ruine. Das Dach bedeckte nur einen kleinen Teil, Tiere, Kisten und der Wagen standen unter Decken und gewachsten Tüchern.

»Wir kriechen alle hier zusammen und nehmen die Wachstücher als Schutz. Das Unwetter wird bald vorüber sein.« Angus schaute sich in dem Durcheinander um.

Marks Frau kam zu ihm. »Wo ist mein Mann?«

Angus sah nach oben und entdeckte, wie Mark mit dem Seil auf der Schulter über die Mauerruine balancierte und sich niederkniete, um das Seil an dem ersten Balken, der gespalten war, festzumachen. Allerdings war schon in der Mitte ein Stützbalken herausgebrochen, und Angus fürchtete, dass die Konstruktion in Kürze einbrechen würde. »Mark, lass! Gleich bricht alles!«, brüllte er nach oben, doch Mark mühte sich weiter ab.

Plötzlich blitzte es erneut, Mark schreckte auf, verlor

den Halt und stürzte durch das Loch in die Tiefe. Seine Frau schrie, und Angus rannte nach drinnen, wo Mark zwischen den Trümmern des zuvor geborstenen Balkens lag. Sein linkes Bein blutete, und der seltsam verdrehte Fuß verhieß nichts Gutes.

»Es ist gebrochen, Angus, verflucht noch mal tut das weh. Hilf mir raus.« Er streckte Angus die Hand hin und biss die Zähne zusammen, als der in die Hocke ging, den Arm um ihn legte und ihn hochhievte.

Kaum waren sie zwei Schritte gegangen, ging ein bedrohliches Ächzen und Stöhnen durch das Dach, eine Sturmbö wirbelte das Schilf auf, das zum Teil auf sie niederfiel. Bevor alles über ihnen zusammenbrechen konnte, riss Angus seinen Freund mit sich und warf sich mit ihm zu Boden. Ein Tisch schützte sie vor den großen Trümmern und verhinderte Schlimmeres.

»Wir holen euch da raus!«, hörte Angus seinen Sohn Henry rufen.

Während helfende Hände damit begannen, die Trümmer fortzuräumen, verzog sich das Gewitter, und der Regen hörte auf. Die Sonne schien durch die aufbrechenden Wolken, und das Weinen der Kinder wurde schwächer.

Peigi und ihre älteste Tochter hockten neben Mark und halfen Angus, die Hose des verletzten Beins aufzutrennen.

»Angus, wir brauchen Sorcha«, flüsterte Peigi ihrem Mann zu. »Ohne ihre Heilkunst wird er sein Bein verlieren – oder schlimmer.«

Mark war so unglücklich gestürzt, dass das Wadenbein gebrochen war. Ein Knochensplitter ragte aus dem blutigen Fleisch hervor. Angus hatte solche Verletzungen schon einige Male gesehen, und gut ausgegangen war es nur in den seltensten Fällen. Meist hatte der Wundbrand eingesetzt und das Bein amputiert werden müssen.

»Henry, du weißt doch, wo Sorcha wohnt?«

Sein Sohn stellte einen Eimer Wasser neben ihnen ab und gab seiner Mutter ein Betttuch, um das sie ihn gebeten hatte. Ohne zu zögern, zerriss Peigi das Tuch, das zu dem spärlichen Besitz gehörte, den sie hatten retten können.

»Was macht ihr denn?«, keuchte Mark und versuchte, sich aufzustützen, was ihm jedoch nicht gelingen wollte. »Ah!«

Seine Hände waren aufgerissen, die Wunden nicht tief, doch schmerzhaft und mussten gesäubert werden. Marks Frau Dolina kam mit einer Flasche Whisky und gab sie Angus, bevor sie sich mit ihrem Kleinkind im Arm neben ihren Mann setzte.

»Dolina, wir kümmern uns um deinen Mann, hilf du lieber mit den Kindern. Greer schafft das nicht. Und vielleicht könnt ihr etwas zu essen machen«, schlug Peigi vor, denn Dolina war jung und in der Heilkunde unerfahren. Sie war liebenswert, doch nicht belastbar und neigte zu nervösen Weinkrämpfen.

»Ja, geh zu den Kindern, Dolina, Schatz«, bat Mark unter Schmerzen. »O Gott, ich halte das nicht aus!«

Angus reichte ihm die Whiskyflasche und half seinen zitternden Händen, sie an den Mund zu führen. Nach mehreren Schlucken wurde Mark ruhiger, zuckte jedoch zusammen, als Peigi den Schmutz mit Wasser von seinem Bein wusch. Dann nahm sie die Flasche und goss den Whisky über das aufgerissene Wadenbein.

»Nimm das Pferd, Henry, und lass dich nicht von Sorcha einschüchtern. Sie muss sofort kommen, mach ihr das klar. Sonst holt sie nicht der Teufel, sondern ich persönlich!«, sagte Angus zu seinem Sohn.

»Ist gut!«

Die Hütte von Sorcha, der Heilerin, lag in der Nähe von Annait, einer mystischen Tempelanlage an der Flussmündung des Bay. Wenn sie Glück hatten, war Sorcha hier in der Nähe zu finden, denn sie war oft in Stein und den wenigen verbliebenen Crofter-Dörfern unterwegs. Die Cheviot-Schafe der Farmer aus dem Süden machten sich überall breit, denn die Wolle wurde in den Border Mills verkauft und brachte den Landbesitzern gute Gewinne ein.

Henry Ferguson eilte davon, und Angus sah stolz seinem Sohn hinterher, der sich zu einem tatkräftigen, klugen Mann entwickelte. Doch welche Zukunft gab es noch für ihn auf Skye? Wütend über die erbärmliche Lage, in die sie das rücksichtslose Gebaren Colin Mac-Kenzies gebracht hatte, packte Angus mit an und schleppte Holz und Schilf auf einen Haufen. Iains Sohn David trat verschwitzt zu ihm.

»Außer Mark ist niemand verletzt. Was machen wir, Angus? Wir müssen einen regensicheren Unterschlupf für die Nacht finden. Die eine Ecke bei der Feuerstelle ist noch ganz in Ordnung. Wenn wir die langen Balken nehmen und darüber das Schilf schichten, könnte es reichen.«

Mungo bellte, und die Ziegen protestierten meckernd. Der Hund trieb die Tiere wieder zurück, die bei dem Gewitter ausgebrochen und in die Hügel gelaufen waren. Angus begutachtete den Schaden und stimmte David schließlich zu. »So machen wir es, aber vorher bringen wir Mark zum Feuer. Mit der Verletzung wird er Fieber bekommen und frieren.«

Als sie einen Teil des Daches provisorisch wieder gerichtet und die drei Familien darunter dicht gedrängt Platz gefunden hatten, war es kurz vor Mitternacht. Über der Feuerstelle hing ein Topf, in dem Fleisch und Gemüse schmorten. Heute hatten sie genug, um alle satt zu bekommen, aber ihre Vorräte waren begrenzt, und ohne ihr Land und die Vorratskammern gab es keinen Nachschub. Dolina saß auf dem Boden neben ihrem Mann und tupfte ihm die Stirn mit einem feuchten Lappen ab. Mark fieberte, und seine Gesichtshaut wies rote Flecken auf.

»Wo bleiben Henry und Sorcha denn nur? Ich fürchte um Mark. Wenn der Wundbrand einsetzt, wird er das Bein verlieren«, sagte Peigi leise zu ihrem Mann.

»Das darf nicht passieren«, erwiderte Angus und seufzte erleichtert, als er Henry zwischen den Tieren entdeckte, die vor dem Überdach standen. »Gott sei's gedankt, da sind sie!«

Hinter Henry schälte sich ein dunkler Schatten aus den Ruinen. Sorcha war klein, hatte die Kapuze ihres Umhangs über den Kopf gezogen und bewegte sich geschmeidig zwischen Tieren, Trümmern und Menschen hindurch. Als sie das Überdach erreichte, schlug sie die Kapuze zurück, und eine Flut langen schwarzen Haares ergoss sich über Schultern und Rücken. Angus kannte die Heilerin von früheren Begegnungen, doch sie überwältigte ihn immer wieder. Die Männer hielten inne und starrten die zierliche Person an, die wie eine Königin durch den Raum schritt. Nein, korrigierte Angus sich, sie hatte die Aura einer Herrscherin, aber es war schwer zu sagen, ob sie über ein diesseitiges Reich oder eines aus der Anderwelt herrschte. Niemand vermochte zu sagen, ob sie nicht halb Fee halb Mensch war. Und niemand wagte es, sie danach zu fragen.

Dunkle, undurchdringliche Augen hefteten sich kurz auf Angus, um dann zu dem am Boden liegenden Mark zu gleiten. Erst jetzt veränderte sich die ernste Miene der Heilerin, und ein weicher Zug umspielte die Lippen. Das schmale Gesicht wurde von einer geraden Nase und großen Augen bestimmt, die wie dunkle Teiche schimmerten, in denen ihr Gegenüber zu versinken meinte. Ihr olivfarbener Teint war das Erbe ihrer Vorfahren, die mit den ersten Mönchen aus Italien auf die Britische Insel und von dort nach Schottland gekommen waren.

Zwei Lederbeutel hingen über Kreuz an ihrem Körper und wirkten schwer, doch sie ging so gerade und federnd, als wären die Taschen leer. Angus wusste, dass sie alle möglichen Fläschchen, Tiegel und Säckchen mit Kräutern, Salben und Heiltränken sowie medizinisches Gerät bei sich trug. Selbst die Kinder hatten aufgehört zu weinen, seit die Heilerin gekommen war. Ohne zu fragen, legte sie ihre Taschen ab, schlug den Umhang auf, unter dem sie ein einfaches dunkles Kleid trug, und kniete neben dem Verletzten nieder.

Dolina rückte schluchzend zur Seite, wurde jedoch von Sorcha ignoriert. Mit wenigen Handgriffen hatte sie den notdürftigen Verband geöffnet und roch an der Wunde. Schließlich drückte sie an den Wundrändern und betrachtete den Knochensplitter. »Ich kann sein Bein retten, aber ihr müsst ihn festhalten, während ich schneide.«

Ihre dunkle und heisere Stimme jagte Angus einen Schauer über den Rücken. Vielleicht war sie auch eine der drei Hexen von Annait, Grund genug, diese Frau niemals zu erzürnen.

»Wir halten ihn, Sorcha. Sag uns nur, was du benötigst«, erbot sich Angus. Henry winkte David herbei, der die Heilerin mit einer gewissen Skepsis betrachtete.

David kam ganz nach seinem Vater, der alles hinterfragte und nichts ungeklärt stehen ließ. Wohin das führen konnte, hatten sie nun zu spüren bekommen, andererseits wollte auch Angus das Unrecht nicht kampflos hinnehmen.

»Du willst das Bein aufschneiden? Wird er nicht viel Blut verlieren?« David hatte den muskulösen Körper eines Mannes, der alle Landarbeiten ausführte, und verstand sich auszudrücken, manches Mädchen machte sich Hoffnungen auf den jungen Swan.

Sorcha ließ sich nicht aus der Ruhe bringen, wickelte eine Ledermappe auf, in der Messer und andere chirurgische Geräte lagen, und stellte einen Tiegel und einen Beutel mit Kräutern daneben. »Ich brauche eine Schale und heißes Wasser. Habt ihr noch Tücher zum Verbinden?«

Peigi nickte und machte sich daran, das Gewünschte zu holen.

»Ich halte seine Beine und ihr Jungs Arme und Oberkörper«, entschied Angus.

»Und wenn er verblutet?«, beharrte David.

»Er wird nicht verbluten, aber er wird am Wundbrand sterben, wenn ich den Knochensplitter nicht entferne und das Bein richte«, sagte Sorcha und legte sich weitere Utensilien zurecht.

Als Peigi Schale und Wasser brachte, goss Sorcha etwas Tinktur in die Schale und tauchte ihr Messer hinein. Sie träufelte ebenfalls Tinktur auf die Wunde und sah Mark an, der im Fieber delirierte. »Wirst du stark sein, wenn ich dein Bein schneide? Wir müssen den Knochen richten.«

Sie legte ihm eine Hand auf die Stirn, woraufhin er merklich ruhiger wurde und sie mit beinahe klarem Blick ansah. »Nicht, nehmt mir nicht mein Bein!«, flehte er heiser.

»Ich will es dir erhalten, aber du musst uns helfen.« Dabei schaute sie ihm in die Augen und murmelte einige Worte, alte Reime, die nur der Verletzte verstehen konnte. Zum Schluss folgte eine Art Singsang:

»*Our Lord to hunting red,*
His sool soot sled;
Doun he lighted,
His sool sot righted;
Blod to blod,
Shenew to shenew.
To the other sent in God's name.
In the name of the Father, Son, and Holy Ghost«

»Gut, es ist gut«, flüsterte Mark und sackte zurück. Sein Körper entspannte sich, und seine Freunde hielten ihn fest.

»Willst du auf ein Stück Holz beißen, mein Freund?« Angus hielt ihm ein schmales Holzstück hin, um das er ein Tuch wickelte.

Als Mark mit ängstlichem Blick nickte und den Mund öffnete, schob Angus es ihm zwischen die Zähne. Peigi rief ihre Töchter und hielt sie dazu an, sich um die Kinder zu kümmern, während sie ein wachsames Auge auf die hysterisch schluchzende Dolina hielt.

Sorcha setzte den ersten Schnitt, und Dolina schrie auf, woraufhin Peigi ihr eine Ohrfeige versetzte und sie am Arm zur Seite zog. »Reiß dich zusammen, dein Mann braucht jetzt eine starke Frau. Hast du das verstanden?« Sie hielt Dolina so lange fest, bis diese nickte und sich mit zitternden Händen an der alten Kirchenmauer festklammerte.

Peigi legte ihr den Arm um die Schultern. »Ist ja gut, es wird schon werden.«

»Wir brauchen mehr Licht!«, rief Angus.

Es war weit nach Mitternacht, als Sorcha den letzten Stich setzte, die Wundränder mit Beinwellsalbe bestrich und den Verband anlegte. Schweißperlen standen ihr auf der Stirn, doch falls sie erschöpft war, ließ sie es sich nicht anmerken. »Jetzt müssen wir abwarten. Ich lasse euch diese Kräuter hier. Die werden abgekocht, und den Tee muss er trinken, alle Stunde eine Tasse. Ich komme morgen Abend zurück und sehe nach der Wunde, die ihr bis dahin nicht anrührt.«

»Wohin willst du denn zu dieser Stunde, Sorcha? Du kannst hier bei uns schlafen, und Henry bringt dich morgen zu deinem Haus.« Angus taten die Glieder vom langen Verharren in gebückter Haltung weh, und er streckte sich ausgiebig.

Die Heilerin schüttelte kaum merklich den Kopf. »Ich gehe. Hier kann ich nicht bleiben. Ich kann sie hören.«

Sie meint die Toten, dachte Angus und fröstelte. »Aber ich kann dich nicht allein gehen lassen. Welches Gesindel sich herumtreibt, weiß man nicht.«

Sorcha warf sich den Umhang über, hängte ihre Taschen um und zog sich die Kapuze über die Haare. »Mach dir um mich keine Sorge, Angus Ferguson. Kümmere dich um die Deinen. Sie haben deine Hilfe nötiger als ich.«

Damit ging sie davon, eine kleine Gestalt, die mit der Dunkelheit zu verschmelzen schien.

14

Sie hatte gerade ihre Haare getrocknet und saß wieder vor ihrem Computer, als Calums Bus in den Hof fuhr. Er schien allein gekommen zu sein, der Doktor war nirgends zu sehen. Ivy ging auf die Terrasse. »Hi, Cal!«

Er schaute zu ihr hinauf, und als sie sein breites Lächeln sah, schlug ihr Herz ein wenig schneller. Ein frischer Wind wehte vom Meer herauf, und sie schlang sich die Arme um den Oberkörper.

»Hallo, Ivy!« Er nahm die letzten Meter und die Stufen mit wenigen Sätzen und setzte eine Papiertüte auf einem Terrassenstuhl ab. »Wie geht es dir?«

Es tat so gut, ihn zu sehen. »Ist okay«, log sie, denn ihr Kopf schmerzte noch, und wenn sie nicht aufpasste, kehrte der Schwindel zurück.

»Okay?« Er musterte sie kritisch, bevor er sie in die Arme nahm, an sich drückte und ihr über den Rücken strich. »Es tut mir so leid, Ivy. Nächstes Mal sagst du mir, wohin du fährst, oder – noch besser – wir fahren gemeinsam. Ich habe dein Rad eingesammelt.«

Sie drückte die Nase in seine Halsbeuge und schlang die Arme um seinen Körper. Nur einen Moment, dachte sie und löste sich von ihm. »Es geht schon, wirklich.«

Doch er ließ sie nicht los, sondern hielt sie weiter sanft

an der Hüfte. »Das muss es nicht, Ivy. Ich habe das Gefühl, dass du immer verdammt stark sein willst. Aber manchmal darf man auch schwach sein und sich helfen lassen.«

Was wusste er schon von ihr? Sie konnte sich Schwäche nicht leisten, sie war es gewohnt, für alles zu kämpfen, was sie daran erinnerte, warum sie hier war. »Cal, ich mag dich, sehr sogar, aber ich arbeite für dich und deinen Onkel, und wenn der Job beendet ist, gehe ich zurück nach London.«

Er ließ sie los. »Du arbeitest für meinen Onkel, nicht für mich, und ich habe überhaupt kein Problem damit. London ist nicht aus der Welt. Das sind keine Gründe. Ich denke, da ist noch etwas anderes.«

»Ach, Cal, es ist nur im Moment nicht der richtige Zeitpunkt«, sagte sie ohne Überzeugung.

Er bückte sich nach der Papiertüte. »Ich war heute früh in Portree und habe uns Lunch mitgebracht. Doktor Newbery lässt sich entschuldigen. Er wurde in seiner Praxis aufgehalten, aber wenn du willst, fahre ich nach dem Essen mit dir hin.«

»Bist du immer so nett?«, seufzte sie, als er auspackte. »Hm, das sieht großartig aus.«

Ein großes Stück Quiche, eine Schale Salat, Coleslaw, Käse und Brot schienen ihr das perfekte Mittagessen.

Seine blauen Augen blitzten verschmitzt auf. »Nicht immer, nein, aber bei Menschen, die mir am Herzen liegen, schon. Und irgendwie fühle ich mich für deinen Unfall mitverantwortlich. Hast du hier einen Backofen?«

Sie nickte und ging durch die Terrassentür in den

Wohn- und Schlafraum, in dem es eine kleine Küchenzeile gab. Die Lodge hatten ihre Eltern schlicht gehalten, aber mit allem Komfort ausgestattet.

Calum sah sich um. »Sehr hübsch. Ich mag diesen neuen, cleanen Stil. Lass uns die Quiche kurz aufwärmen, dann schmeckt sie besser.«

Ivy stellte den Wasserkocher an und nahm zwei Becher aus dem Regal. »Tee?«

»Schwarz und mit Milch.« Er schnitt die Quiche in zwei große Stücke, legte sie aufs Backblech und schob sie in den Ofen.

Ivy zog rasch das Bett glatt und warf die Tagesdecke über, damit es nicht gar so unordentlich aussah.

Calum kam mit zwei Teebechern zu ihr und stellte sie auf den Tisch, wobei sein Blick auf den Bildschirm ihres aufgeklappten Laptops fiel. Die Fenster mit den Antiquitäten von MacKenzie waren noch geöffnet.

»Du hast gearbeitet? Irgendetwas Hilfreiches?« Er schaute genauer hin und stutzte. »Das sind sehr schöne Stücke, und irgendwie kommen sie mir bekannt vor. Kann das sein? Zumindest das Muster.«

Sie hatte die Aufnahmen der oktogonalen Einlegearbeiten von Kermacks Stück und dem Carlin nebeneinandergestellt. »Tja, also das eine ist ein Schreibtisch, den dein Onkel vor Jahren verkauft hat, und das andere ein ähnliches Stück von einem berühmten Meister aus dem achtzehnten Jahrhundert. Ich wollte deinen Onkel fragen, woher er den Schreibtisch hatte, der ist sehr besonders.«

Calum wandte den Blick vom Bildschirm ab und sah sie an. »Warum?«

»Nun, weil der kleine Schreibtisch aus besonderen Hölzern und mit großer Kunstfertigkeit von einem anderen Meister geschaffen wurde, Mewesen hieß der, und ...«

»Das meine ich nicht. Warum willst du das wissen? Was bringt es dir für die Arbeit im Schloss?« Er runzelte die Stirn.

»Da dein Onkel nicht sehr kooperativ ist, wie du weißt, muss ich mir alles selbst zusammensuchen.« Sie griff nach einem der Teebecher. »Ist der für mich?«

»Ja, Verzeihung.« Er nahm den anderen Becher und trank einen Schluck. »Ich bin nicht gut, was das Wiedererkennen von Kunstwerken angeht. Warum kommen mir die Sachen dort bekannt vor?«

Sie musste es ihm sagen, und es war ja auch nichts dabei. »Im Zimmer deiner Tante steht ein ähnlicher Tisch. Das wird es sein.«

Seine Miene hellte sich auf. »Jetzt, wo du es sagst! Ja, das stimmt! Meine Güte, wäre mir nicht aufgefallen. Es stehen einfach zu viele Stücke im Schloss.«

Es begann, leicht nach der Quiche zu duften, und Ivy merkte, wie hungrig sie war. »Ich wollte deinen Onkel danach fragen, aber gerade das Zimmer deiner verstorbenen Tante scheint mir heikel.«

Calum ging zum Ofen und nahm die Quiche heraus. »Leicht warm ist in Ordnung?«

»Aber ja!« Ivy ging zu einem der Schränke und nahm zwei Teller heraus. »Besteck müsste hier sein ...« Sie zog die Schubladen auf. »Ich bin auch zum ersten Mal in dieser Lodge.«

»Deine Eltern halten das alles hier gut in Schuss. Sie haben was aus dem alten Haus gemacht.« Calum schob auf jeden Teller ein Stück Quiche und nahm die Schalen mit den übrigen Zutaten mit zum Tisch. »Hier oder draußen?«

»Ist mir zu frisch.« Ivy zog einen Stuhl herbei, so dass sie über Eck am Tisch Platz nehmen konnten. Den Computer klappte sie zu und legte ihn aufs Bett. »Danke, dass du vorbeigekommen bist und mich mit Nahrung versorgst. Guten Appetit!«

»Ich muss doch unsere einzige Hoffnung auf die Sanierung unserer Finanzen bei Laune und Gesundheit halten.« Er probierte die Quiche.

»Verstehe. Und eben deshalb würde ich mir eine bessere Zusammenarbeit wünschen. Ich weiß nicht, wie lange ich bleiben kann, Cal.« Das Essen schmeckte so gut, dass Ivy ihre Portion mit Begeisterung aß.

»Hast du einen neuen Job in London gefunden? Oder liegt es daran, dass du nicht gern hier bist?«

»Ich habe da was in Aussicht und vielleicht ein Vorstellungsgespräch in ein bis zwei Wochen«, log sie und hätte sich am liebsten auf die Zunge gebissen. Aber so war es nun einmal. Fulbrook wollte Ergebnisse, und viel länger würde er sie nicht auf eigene Faust arbeiten lassen, vor allem, wenn sie keine Beweise für oder gegen die Echtheit von Kermacks Stück fand.

»Tatsächlich? Das ist großartig! Und wo?« Er füllte sich den Rest Coleslaw auf, den sie nicht wollte.

»Äh, bei einer Kunst, äh, Agentur für Events im Kunstbereich.« Versicherung schien ihr zu verfänglich.

»Ist noch nicht fest, und so lange möchte ich lieber nicht darüber sprechen.«

»Du möchtest also unbedingt wieder zurück nach London?«

Sie legte ihr Besteck auf den Teller und schaute durch die offene Tür. Vom Meer waren die Schreie der Möwen zu hören, und Molly bellte ganz in der Nähe. »Es ist schön hier, Cal, aber wovon soll ich denn leben? In Portree eine Galerie für Touristen aufmachen? Kunstexperten sind hier auch ganz schwer nachgefragt.«

Er lachte. »Man muss natürlich offen für Neues sein. Flexibilität ist gefragt. Ich denke da an Tommy und Rachel, die haben sich was zusammen aufgebaut.«

»Die sind beide hier verwurzelt. Sie töpfert, und er ist Tischler. Womit wir bei Seth MacKinney und Brenda sind. Was hältst du von den beiden? Gab es noch andere Kunsttischler, mit denen dein Onkel gearbeitet hat? Ich meine, er hat auf hohem Niveau verkauft, da wird er sicher eine anerkannte Werkstatt mit Restaurierungen beauftragt haben.«

»Das haben wir doch schon durchgekaut. Ich weiß es nicht. Wir müssen meinen Onkel fragen, dem es übrigens besser geht. Er ist schon wieder nur mithilfe seines Stocks gegangen. Darüber bin ich sehr glücklich.« Er stellte die Teller aufeinander. »Möchtest du noch was? An Kuchen habe ich nicht gedacht.«

»Danke, das war wunderbar, und ich bin satt.«

»Ivy!«, rief ihre Mutter draußen und kam, gefolgt von Molly, über die Terrasse zur Tür.

»Hi, Mum, wir haben gerade zu Mittag gegessen.«

Molly kam schwanzwedelnd herein und ließ sich von Calum streicheln.

Edith Ferguson lächelte. »Es ist wirklich nett von Ihnen, Calum, dass Sie sich um meine Tochter sorgen. Wie geht es deiner Wunde, Ivy? Deshalb bin ich hier. Der Doktor ist ja offenbar nicht mitgekommen. Soll ich dich hinfahren?«

»Das brauchen Sie nicht, Mrs Ferguson«, sagte Calum. »Ich nehme Ivy nachher mit in die Praxis.«

»Lass mich mal sehen, Schatz.« Ihre Mutter trat zu ihr und sah sich vorsichtig die Wunde an Ivys Kopf an. »Tut es noch sehr weh? Ist dir schwindelig?«

»Nein, gar nicht. Ich habe Glück gehabt. Macht doch nicht solch ein Aufhebens wegen der kleinen Sache.«

»Ich finde nicht, dass das eine Kleinigkeit ist, und als Mutter darf ich mir Sorgen machen, auch wenn du erwachsen bist«, sagte Edith und drückte ihr einen Kuss auf die Stirn.

Ivy war so viel Aufmerksamkeit unangenehm. »Wir wollten eigentlich jetzt losfahren.«

»Ich bringe sie heil zurück, Mrs Ferguson«, versprach Calum und kraulte Molly, die sich zwischen sie gedrängt hatte.

Kurz darauf waren Ivy und Calum in seinem Bus unterwegs zu Dr. Newbery.

»Ich mag deine Mutter. Dein Vater hat wohl ein Problem mit den MacKenzies, was sehr schade ist.«

Die Wolken waren dichter geworden, doch es regnete nicht, und die Luft war warm, so dass Ivy aus dem offenen

Fenster schaute. Die grauen Felsen durchbrachen hier und dort das satte Grün der Hügel, auf denen die Schafe friedlich grasten. Cal verlangsamte das Tempo, als zwei Schafe die Straße überquerten.

»Es liegt an den Schafen«, sagte sie mehr zu sich.

»Wie meinst du das?«

»Oh, entschuldige. Ich habe nur laut gedacht. Die Schafe waren doch der Grund für die Highland Clearances in der Vergangenheit. Damals wurden meine Vorfahren von deinen von ihrem Land vertrieben.«

»Das war eine schlimme Sache, aber es ist lange her, und wir können nichts für die Taten unserer Vorväter.« Er lenkte den Bus gerade noch an einem Schlagloch vorbei. »Mist!«, fluchte er, als das Gestänge des alten Wagens knackte und ächzte.

»Ist mir bewusst, und mir ist das auch egal, aber meinem Vater eben nicht.«

»Er wird einen triftigen Grund haben müssen, warum er meine Familie noch immer ablehnt, den wüsste ich gern. Vielleicht können wir dann endlich normal miteinander umgehen.«

Sie sah ihn an, während er sich auf die marode Straße konzentrierte. Seine dunklen Haare wirbelten sich im Nacken, und sie hätte gern ihre Hand darin vergraben und ihn direkt auf den Mund geküsst. Früher wäre das wahrscheinlich unter Verrat an der Familienehre gefallen, und man hätte sie entführt und weggesperrt – wie die arme Lady Grange, deren Grab sich bei der Kirchenruine von Trumpan befand.

»Warum ist dir das so wichtig? Ich kann dir nur davon

abraten, mit meinem Vater ist eine sachliche Diskussion nicht möglich, glaub mir, ich hab's oft genug versucht und bin damit durch.«

Sie waren kurz vor der Fairy Bridge, und er bog von der Hauptstraße ab und parkte im Gras neben dem Fluss. Nachdem er den Motor ausgestellt hatte, wandte er sich ihr zu, und ihr Magen zog sich zusammen, als er sie ansah.

»Du bist mir wichtig, Ivy. Vielleicht ist es ein Wink des Schicksals, dass ausgerechnet du dich auf unsere Anzeige gemeldet hast. Genauso gut hättest du anderweitig involviert sein können. Dann wären wir uns nicht begegnet, zumindest nicht so. Irgendwann hätte ich dich vielleicht auf Skye gesehen, im Vorbeigehen, und wir wären einfach unserer Wege gegangen.«

Sie schluckte. »Cal, ich bin hier, weil ich ohne Job bin, weil ich hier umsonst bei meinen Eltern wohnen kann, aber meine Kosten in London laufen weiter, und ich muss wieder zurück.«

»Das Leben passiert einfach, Ivy. Man kann es nicht planen. So viel habe ich zumindest gelernt, und seit ich das akzeptiert habe, lebt es sich leichter.«

Ein Lächeln umspielte seine Lippen, und seine Augen schienen die unendliche Tiefe des Meeres zu spiegeln. Es war schwer, sich nicht in ihnen zu verlieren, dachte Ivy und öffnete die Lippen. Eigentlich hatte sie etwas sagen wollen, doch er schien es für eine Aufforderung zu halten, sie zu küssen. Und im Grunde war dagegen ja auch nichts einzuwenden. Es musste nichts bedeuten. Ach, Ivy, mach dir doch nichts vor.

Cal beugte sich vor und legte ihr die Hand um den Nacken. Ganz leicht nur berührte er sie, doch sie fühlte seine Wärme bis in die Zehenspitzen. Zärtlich streiften seine Lippen ihren Mund, kosteten sanft und schließlich ein wenig fordernder, und sie konnte nicht anders, als nach ihm zu greifen und ihn an sich zu ziehen. Nach einer Weile ließ er sie sacht los, hielt jedoch ihre Hand in seiner.

»Und was machen wir jetzt, Ivy Ferguson?«

»Wir fahren zu Dr. Newbery.« Sie musste sich wappnen, so einfach ließ sie sich nicht um den Finger wickeln.

Der Mediziner versorgte ihre Wunde, mit deren Zustand er zufrieden war, gab ihr eine Salbe mit und wollte sie in einer Woche wiedersehen. Als sie die Praxis verließen, klingelte Calums Telefon.

»Dad? Na, das ist ja eine Überraschung!« Er öffnete die Beifahrertür für Ivy.

Sie schaute derweil auf ihr eigenes Handy und fand Nachrichten von Fulbrook und Sienna. Ihr Arbeitgeber setzte ihr eine Frist von zehn Tagen. Wenn sie bis dahin nichts herausfand, sollte sie umgehend nach London zurückkehren. Fulbrook hatte schon viel Vertrauen in sie gesetzt, und sie durfte ihn nicht enttäuschen. Sienna wollte wissen, was es Neues gab, und berichtete von ihrem Projekt zum Thema gesellschaftlichen Wandels im achtzehnten Jahrhundert, bei dem sie mit der National Portrait Gallery und der Royal Society zusammenarbeitete.

Sie hatte gerade eine Antwort abgeschickt, als Calum einstieg und den Motor anließ. Er wirkte nachdenklich.

»Das war mein Vater. Er und meine Mutter kommen morgen herauf. Sie sind schon unterwegs.«

»Das kommt überraschend für dich?«

In der Ausfahrt wartete er. »Milde ausgedrückt. Wohin fahren wir? Soll ich dich zu deinen Eltern bringen?«

»Nein, ich möchte noch arbeiten. Es geht mir gut!«

»Okay, aber du übernimmst dich nicht, versprochen? Sonst muss ich mich womöglich mit deinem Vater duellieren.«

Mit Schwung ließ er den Bus über die Schwelle zur Straße fahren und gab Gas. Das Gespräch mit seinem Vater schien ihn aufgewühlt zu haben.

»Gibt es einen bestimmten Grund für diesen Besuch?«

»Ja! Nicht zu fassen, all die Jahre hat mein Vater sich nicht für das Schloss interessiert, und jetzt will er verhindern, dass es verkauft wird. Das fällt ihm reichlich spät ein. Das Kind ist sozusagen schon in den Brunnen gefallen.«

»Ist es das? Wenn dein Vater genügend Geld investiert, könnte er den Familienbesitz doch retten, oder nicht? Ich finde das nicht ungewöhnlich, immerhin ist es auch sein Zuhause.«

»Ach Unsinn, es war ihm nie wichtig. Es ärgert ihn nur, dass mein Onkel alles verschleudern will, so hat er sich ausgedrückt. Es wäre eine Schande für die MacKenzies, wenn das Schloss an Amerikaner oder Chinesen verkauft würde. Dabei hat mein Vater sein Leben lang mit Leuten aus aller Welt Geschäfte gemacht.«

»Aber hier geht es um die Familie, um Tradition und die Geschichte der MacKenzies. Vielleicht ist ihm erst jetzt im Alter bewusst geworden, wie sehr er Teil der Familiengeschichte ist, und er will sie bewahren.«

»Für wen? Für mich? Das fällt ihm reichlich spät ein.« Der alte Bus ratterte über lose Steine, die vom Hügel auf die Straße gerollt waren. »Du kennst meine Eltern nicht. Sie sind, wie soll ich es sagen, anstrengend! Meine Mutter wohnt nicht einfach irgendwo. Aber immerhin können sie bei Gordon im Hotel wohnen. Das entspricht ihrem Standard.«

Ivy schüttelte lachend den Kopf. »Und du als unkomplizierter Surfer, das passt gar nicht so recht.«

»Vielleicht war das meine Art von Protest gegen das anspruchsvolle Leben, das meinen Eltern so wichtig ist. Weißt du, im Grunde sind mein Vater und mein Onkel nicht so verschieden. Beide haben jahrelang in der ersten Liga mitgespielt und Statussymbole gesammelt. Nur dass mein Onkel durch das Drama um Kirsty aus der Bahn geworfen wurde.«

Immer wieder Kirsty. Zwei Brüder und eine schöne Frau. Es wäre nicht das erste Mal, dass sich Brüder wegen einer Frau entzweiten oder es deshalb gar zu einem Mord kam.

Die Silhouette von Ardmore Castle tauchte vor ihnen auf. »Schon beeindruckend, euer Schloss.«

»Genauso beeindruckend wie der Haufen an unbezahlten Rechnungen, der dort wartet.«

»Womit wir wieder beim Grund meines Hierseins wären. Ich finde, wir sollten endlich konkret werden und einige Stücke zum Verkauf anbieten.« Bevor sie ging, wollte sie wenigstens etwas geleistet haben. Selbstverständlich würde sie keine Bezahlung von den Mac-Kenzies annehmen. Und eigentlich wollte sie noch gar nicht an den Tag denken, an dem sie gehen musste.

15

»Gordon, haben meine Eltern dich schon angerufen?«
Calum stand in der Halle des Schlosses und sprach mit
dem Direktor von *Harold's Tavern* in Portree. Er hatte es
gerade noch rechtzeitig vom Wasser zurückgeschafft.
Die Surfbedingungen waren zu verlockend gewesen.

»Gestern, mein Lieber. Ich musste etwas umplanen,
damit deine Eltern ihre Lieblingssuite beziehen können.
Aber nun kann deine Mutter sich auf neue Matratzen
und Bettwäsche aus ägyptischer Baumwolle freuen.«
Buchanan sprach leise mit einer Restaurantmitarbeite-
rin.

Calum konnte sich lebhaft vorstellen, wie seine Mutter alle mit ihren Wünschen terrorisiert hatte, bis sie
erreicht hatte, was sie wollte. Lorna MacKenzie ent-
stammte einer bedeutenden Whiskydynastie in Speyside.
Der Single Malt der Gainsons von Clachmor war selbst
kritischen Kennern ein Begriff, und ältere Jahrgänge
wurden auf Auktionen im fünfstelligen Bereich gehandelt. Die Brennerei war durch Höhen und Tiefen gegangen, und es hatte einige Momente in der Geschichte der
Familie Gainson gegeben, in der die Zukunft des Betriebs
an einem seidenen Faden gehangen hatte. Kurz vor dem
Ersten Weltkrieg war durch Fehlspekulationen von

Lornas Urgroßvater die Hälfte der Brennerei an die Caledonian Bank verpfändet gewesen. Doch die Familie hatte einen Weg aus der Krise gefunden und das Unternehmen für die Nachkommen retten können. Heute wurde es von Lornas Bruder und dessen Sohn geleitet. Calum liebte seine Mutter, doch zu ihrer Familie hatte er nie viel Kontakt gehabt, was daran liegen mochte, dass die Gainsons das Geschäft, stetige Optimierung der Gewinne und die Zurschaustellung von Statussymbolen für essenziell erachteten. Eine Haltung, die Calum nie hatte teilen können. Sehr zum Leidwesen seiner Mutter, die seine Laissez-faire-Einstellung immer missbilligt hatte.

»Seid ihr ausgebucht?«

»Bis auf ein Zimmer. Am Wochenende sind wir wieder komplett voll. Ich weiß gar nicht, was letztens in meine Mutter gefahren ist. Tut mir leid. Ivy Ferguson ist eine nette Person und sollte nicht so erschreckt werden.«

»Was soll ich dann sagen? Ich bewundere dich dafür, dass du mit meiner Mutter auskommst. Sie kann sehr anstrengend sein, wenn nicht alles so ist, wie sie es gern hätte.«

Gordon lachte. »Mach dir deswegen keine Gedanken. Anspruchsvolle Gäste sind eine Herausforderung, die zu meinem Job gehört. Außerdem bin ich der Pächter ihres Hauses. Wir haben uns über die Jahre zusammengerauft. Sie weiß inzwischen, was sie an mir hat.«

»Das sollte sie auch! Einen zuverlässigeren Pächter wird sie wohl kaum finden.« Gordon hatte aus dem heruntergekommenen Kasten eine Institution in Portree gemacht, deren Ruf weit über die Insel hinausging.

»Es hat eine Menge Arbeit gekostet, aber wir haben etwas auf die Beine gestellt. Meine Mutter ist schon sehr speziell. Vielleicht kann ich deshalb so gut mit Menschen umgehen. Ich bin durch eine harte Schule gegangen.«

Dem konnte Calum kaum widersprechen, denn Moira war die wohl schwierigste und geheimnisvollste Person, die er kannte. Gordons Vater hatte sie nie preisgegeben, was diesen in jüngeren Jahren sehr verärgert hatte, doch mittlerweile hatte er sich damit abgefunden. »Hm, ich fürchte, Ivy Ferguson hat es mit ihrer Familie auch nicht leicht. Ihr Vater hasst meine Familie für das, was meine Vorfahren den Croftern angetan haben. Was soll ich dazu sagen? Ich kann nichts dafür.«

»Warum ist es dir wichtig? Es sei denn …« Gordon machte eine bedeutsame Pause. »Es sei denn, Ivy bedeutet dir etwas.«

»Ich mag sie sehr. Und dann muss ihr so was passieren …«

Gordon wartete, und als Calum keine weiteren Erklärungen abgab, sagte er: »Ich sehe stürmische Wolken über Ardmore aufziehen.«

»Was? Ach wegen der Familiensache, nein, das meinte ich nicht. Sie hatte einen Unfall. Gestern Abend ist sie mit dem Fahrrad zur Ruine von Trumpan gefahren, abgestiegen und dann auf ziemlich merkwürdige Weise gestürzt.«

»Ist sie verletzt? Und was meinst du mit merkwürdig?«, wollte Gordon wissen.

Calum konnte hören, dass Buchanan gerufen wurde.

»Ich halte dich auf. Ein anderes Mal. Es hat sie am Kopf erwischt, aber nichts Gravierendes. Mach's gut, und viel Erfolg mit deinen anspruchsvollen Gästen ...«, sagte er mit bedeutungsvoller Betonung.

Ross MacKenzie kam mit Gehstock aus der Bibliothek. Charly tappte hinter ihm her. »Mein Junge! Du warst lange weg.«

Calum steckte das Telefon in die Hosentasche und begrüßte seinen Onkel mit einer Umarmung und streichelte den Hund. »Du siehst gut aus! Ist das nicht zu anstrengend? Ab und an solltest du den Rollstuhl schon noch benutzen.«

Der alte Laird schnaufte unwillig. »Jemand war an meinem Burns-Brief! Ich habe doch gesagt, dass ich das nicht möchte.«

»Ivy will dir helfen. Da ist es doch nur sinnvoll, sich mit den wertvollen Dingen zu beschäftigen.«

MacKenzie, der ein hellblaues Hemd unter seinem Tweedsakko trug, das ihm ein wenig zu groß geworden war, stieß mit dem Stock auf den Hallenboden. »Keine Ahnung! Ihr habt ja keine Ahnung! Wenn einer von euch den Brief noch einmal anfasst, verbrenne ich ihn! Wie geht es der Ferguson?«

Ivy musste die letzten Worte gehört haben, denn sie kam von der anderen Seite in die Halle und sagte: »Danke, sehr gut. Nur ein Kratzer. Die Fergusons sind hart im Nehmen.«

Überrascht musterte Ross MacKenzie sie. »Bitte glauben Sie mir, dass es mir leidtut, was Ihnen zugestoßen ist.« Seine Hand zitterte, als er sich schwer auf den Stock stützte, und Calum wollte ihm unter den Arm greifen, doch Ross schüttelte energisch den Kopf. »Lass mich. Ms Ferguson, wie genau ist das passiert?«

Calum unterbrach ihn: »Setzen wir uns doch in die Küche, und ich mache uns einen Tee.«

Niemand widersprach, und sie setzten sich langsam in Bewegung. »Sie waren in Trumpan, nicht wahr?«, fragte MacKenzie nach.

»Ja, ich stand hinter der Ruine und muss gestolpert sein.« Ihre Finger tasteten nach der Wunde am Oberkopf.

»Sie hätten da nicht hingehen sollen. Nicht allein. Kein guter Ort, ist es niemals gewesen«, meinte MacKenzie düster.

»Nein, sicher nicht. Die Gebeine vieler unschuldiger Opfer einer sinnlosen Clanfehde liegen dort begraben«, antwortete Ivy. »Auf diesem Land wurde so viel Blut vergossen, dass die Steine eigentlich weinen müssten.«

»Sinnlos?«, ereiferte sich der Laird. »Wer sagt, dass der Kampf sinnlos war? Es ging um Ehre und Rache.«

»Ich bitte Sie! Ehre und Rache! Wer Rache übt, um seine Ehre mit dem Blut Unschuldiger wiederherzustellen, ist genauso schlecht wie derjenige, der ehrenrührig geworden ist.«

Calum wollte schlichtend eingreifen, doch sein Onkel schoss sofort zurück. »So kann nur jemand reden, dessen Familie keine Ehre hatte.«

Ivy blieb stehen und holte tief Luft. »Das muss ich mir nicht anhören, Mr MacKenzie. Ich sollte besser gehen. Cal, tut mir leid, heute ist mir das einfach zu viel.«

Er sah, dass sie mit den Tränen kämpfte, bevor sie davoneilte. Zu seinem Onkel sagte er: »Musste das sein?«

»Ach, was war denn schon? Gar nichts, alte Geschichten ...« Ross MacKenzie ging schwerfällig weiter in die Küche und setzte sich dort in die Bank. »Machst du mir einen Tee? Und haben wir noch von dem Früchtekuchen? Brenda hat mir ein Stück mitgebracht.«

Manchmal fiel es ihm schwer, seinen Onkel zu verstehen, ohne wütend über dessen unsensibles Verhalten zu sein. »Dir geht es ja anscheinend schon wieder ziemlich gut. Du weißt, wo alles ist. Ich sehe nach Ivy und bringe sie nach Hause. Warte nicht auf mich.«

»Woher denn ... ich bin ja nur ein alter Mann, der lästig ist ...«

Cal zählte bis fünf, bevor er antwortete: »Du weißt ganz genau, was du sagst, und du verletzt andere Menschen, weil du es willst. Aber lass Ivy in Ruhe. Sie hat dir nichts getan. Rein zufällig ist sie eine Ferguson, aber sie ist hier, weil sie diesen Job braucht! Nutz das nicht aus, sonst hast du mich auch bald zum letzten Mal gesehen!«

MacKenzie hob ironisch eine Augenbraue. Seine Augen funkelten angriffslustig, und als er die Hand mit dem Siegelring der MacKenzies auf den Tisch legte, ähnelte er in seiner Haltung dem Laird, der zu Gericht saß. »So, so, sie hat dich also schon um den Finger gewickelt. Es sind immer die Frauen, die uns zu Fall bringen, nicht wahr? Immer die Frauen ...« Sein Blick wurde weich und schien in eine Vergangenheit zu wandern, die nur ihm bekannt war. Charly, der sich neben dem Tisch niedergelassen hatte, hob müde den Kopf und gähnte.

Calum ging um ihn herum und legte seinem Onkel den Arm um die Schulter. »Ich muss los, aber wenn etwas ist, ruf mich an, ja?«

MacKenzie nickte und tätschelte die Hand seines Neffen. »Schon gut. Wie hältst du es nur aus mit einem alten Knochen wie mir ...«

»Das frage ich mich auch manchmal!« Calum lachte und wandte sich im Gehen noch mal um. »Das hätte ich fast vergessen. Meine Eltern kommen. Sie wohnen in Portree bei Gordon und wollen dich morgen sehen, wenn ich das richtig verstanden habe.«

»Was? Und das sagst du mir erst jetzt? Was will er hier? Doch nur Ärger machen, mir reinreden, mich bevormunden, wie er das schon immer am liebsten getan hat. Ach ...« Wutentbrannt erhob sich Ross MacKenzie und stieß dabei gegen den Tisch.

»Wohin willst du? Soll ich dir helfen?«

»Nein! Geh schon und kümmere dich um die Ferguson. Ich habe noch Dinge zu erledigen, bevor Alistair kommt. Na los, verschwinde!«

Nur ungern ließ Calum seinen Onkel in diesem aufgewühlten Zustand allein, aber Ivy brauchte ihn jetzt mehr.

»Soll ich Brenda anrufen und sie herbitten?«

»Zum Teufel, geh schon! Halt, schließ hinter dir ab, dann muss ich mich darum nicht sorgen.«

Sie benutzten nur den hinteren Eingang im Wirtschaftstrakt, denn so musste man sich nicht ständig Gedanken darum machen, ob das weitläufige Gebäude Sicherheitslücken aufwies. Natürlich gab es die, denn nichts in dem Schloss entsprach den heutigen Standards, doch eiserne Gitter vor den Fenstern und verrostete Schlösser, die seit Jahren nicht mehr geöffnet worden waren, boten hinreichenden Schutz gegen ungebetene Gäste. Nur zweimal war es vorgekommen, dass Einbrecher sich an einem der Fenster im Erdgeschoss zu schaffen gemacht hatten. Sie waren kläglich gescheitert.

Ivy stand im Hof und putzte sich die Nase. Calum steckte den Haustürschlüssel ein, ging zu ihr und nahm sie in die Arme. »Hey, tut mir leid.«

»Schon gut. Ich habe überreagiert, aber das liegt an gestern Abend. Morgen bin ich wieder ganz die Alte, versprochen.« Sie hob den Kopf und machte sich sanft von ihm los. »Ich kann auch meine Mutter anrufen, wenn du lieber bei deinem Onkel bleiben willst. Aber laufen will ich die Strecke heute lieber noch nicht.«

»Na hör mal, das wäre ja noch schöner. Ich fahre dich!«

Auf dem Weg vom Schloss hinunter begegneten sie mehreren Wanderern. Die Dämmerung setzte ein, und die Sonne tauchte die Bucht in ein Meer aus Orange und Violett. »Wie fühlst du dich, Ivy? Kann ich dich zu einem frühen Abendessen im Pub einladen? Als kleine Entschädigung für meinen unausstehlichen Onkel?«

Ivy klappte den Sonnenschutz herunter und sah kritisch in den Spiegel. »Ich sehe etwas ramponiert aus, aber wen interessiert's. Wir könnten uns etwas holen und uns draußen ans Wasser setzen. Ich muss das ausnutzen, bevor ich wieder nach London fahre.«

Er mochte es nicht, wenn sie von ihrer Abreise sprach, und dabei musste er selbst irgendwann nach Edinburgh zurück. Noch konnte er seine Aufträge von hier aus erledigen, aber irgendwann würden Kunden ihn zu einem Meeting bitten, um weitere Projekte zu besprechen. Und er brauchte neue Aufträge, denn sein Bus machte seit einigen Wochen ungesunde Geräusche, ein Husten im Getriebe, das sich zu einem chronischen Leiden auswachsen konnte.

Vor dem *Stein Inn* war kein Parkplatz mehr zu bekommen. Drei Fischerboote lagen in dem kleinen Hafen, wo ein Mann mit dem Sortieren von Hummerkörben beschäftigt war. Auf einem Stapel Kisten hockte die blonde Fiona und rauchte. Calum war bis zur Anlegestelle hinuntergefahren und fuhr langsam wieder zurück.

Duncan MacFee winkte und kam ihnen entgegen. »Hey, Cal, seid ihr zum Essen hier?«

»Ja, aber ich muss oben einen Parkplatz suchen.«

»Stell dich einfach hier vor meinen Trailer. Das stört keinen. Gib mir gleich ein Bier aus. Sehen wir uns im Pub?« Duncan nickte Ivy zu.

»Äh.« Cal sah kurz zu Ivy, die zustimmend lächelte. »Okay, bis gleich.«

Nachdem Duncan wieder zu seinen Hummerkörben gegangen war und Cal den Bus in die schmale Lücke hinter den Bootstrailer rangiert hatte, sagte er: »Macht es dir wirklich nichts aus? Wir müssen nicht lange bleiben.«

Ivy prüfte die Wunde in ihrem Haaransatz im Spiegel. »Kein Problem. Kannst du sehen, ob da noch was nässt?«

Sacht berührte er ihre Wange und prüfte die von Newbery versorgte Wunde. »Alles bestens.« Er beugte sich vor und küsste sie flüchtig auf die Lippen.

»Du nutzt meinen Zustand aus«, beschwerte sie sich scherzhaft und strich über seine Hand.

»Ich muss nehmen, was ich kriegen kann, bevor du wieder weg bist.«

Ihre Augen flackerten, und sie seufzte leise. »Du machst es mir nicht leicht.«

»Gut so, das höre ich gern. Na komm, oh, da kommt Fiona.«

»Die fehlte mir noch zu meinem Glück«, stöhnte Ivy.

»Ich weiß, wie wir sie loswerden«, sagte Calum leise.

»Ich nicht, sieh doch, wie sie geht, das ist ihr Angriffsgang, und sie hat es auf dich abgesehen.«

»Hm, genau deshalb wird meine Taktik funktionieren.« Er beugte sich vor und küsste Ivy erneut, nur diesmal zog er sie an sich und stellte mit Genugtuung fest, dass sie sich an ihn schmiegte und ihre Lippen sich öffneten.

Ein Klopfen an der Fahrerseite riss sie aus ihrem Kuss. »Hey, Cal!«

Ivy sah ihn mit einem seltsamen Ausdruck an, sagte aber nichts. Ihre Lippen waren feucht und gerötet, und er hätte seine Erkundung ihres Munds gern fortgesetzt, doch Fiona stand direkt neben dem offenen Wagenfenster.

»Fiona, wie geht's?«

»Wie soll's schon gehen.« Sie schaute neugierig in den Bus. »Hey, Ivy!« Dann entdeckte sie Ivys Verletzung. »Was ist denn mit dir passiert?«

Ihr Blick ging zu Calum, der abwehrend sagte: »Meine Schuld war's nicht.«

Fiona schürzte die Lippen, die sie mit einem pinkfarbenen Lippenstift in Szene gesetzt hatte. »Wohl kaum, so wie du Ivy eben angeknabbert hast.«

Ivy nahm ihre Jacke und stieg aus. Cal folgte ihr. »Wir gehen jetzt was essen, Fiona, war nett, dich zu sehen.«

Fiona zündete sich eine frische Zigarette an. »Na, dann wünsche ich guten Appetit. Ich warte noch auf Duncan.«

Er ging mit Ivy zum *Stein Inn* und ließ sie vor ihm eintreten. Die übliche Folkmusik schallte aus den Lautsprechern, und es war schon einiges los. Sie hatten Glück und konnten einen Tisch von einer Familie übernehmen, die gerade ihr Mahl beendet hatte. Ivy nahm Platz, und er ging zum Tresen, um Getränke zu holen und das Essen zu bestellen. Während er wartete, sah er zu ihr hinüber. Konzentriert schaute sie auf ihr Telefon und tippte etwas ein. Was faszinierte ihn nur so an ihr? Sie war attraktiv mit ihren rotbraunen Haaren, den grünen Augen und einer sportlichen Figur, aber ihn zog vor allem ihre Vielschichtigkeit an. Sie hatte Humor und war warmherzig, professionell in ihrem Beruf und konnte eine natürliche Distanziertheit an den Tag legen, die er respektierte. Er hatte nicht das Gefühl, dass sie ihm etwas vormachte. Ihr Kuss vorhin hatte sie verraten.

Er ging mit zwei Gläsern Ale zum Tisch zurück. »Ich habe den Fisch in Bierteig bestellt, der ist immer frisch. Okay?«

»Danke!« Sie griff nach dem Pintglas. »Cheers, was für ein Tag!«

»Du sagst es.«

Hamish MacFee betrat den Pub, entdeckte ihn und kam zu ihnen. »Aye, Cal, wie geht's?« Der ältere Fischer legte eine schwielige Pranke auf Calums Schulter und musterte Ivy neugierig.

»Ivy, kennt ihr euch? Hamish MacFee, Duncans Vater.«

Hamish reichte ihr über den Tisch die Hand. »Die kleine Ferguson, wirst dich vielleicht nicht an mich erinnern.«

»Natürlich erinnere ich mich an dich, Hamish. Du hast mich manchmal auf deinem Kutter mit rausgenommen. Ich bin dafür morgens früh um vier aus dem Fenster geklettert und habe mir Hausarrest eingehandelt, aber das war's wert.« Ivy lächelte.

Verlegen strich Hamish sich über das Kinn. Seine kräftigen Arme schauten aus einem aufgekrempelten karierten Hemd hervor. »Du warst so glücklich, wenn du mit mir auf dem Schiff warst. Wenn du dabei warst, hatte ich mehr Fische im Netz. Als wärest du ein Selkie-Kind.«

Wenn Calum ihre meergrünen Augen und die wilden braunen Locken sah, konnte er glauben, dass Ivy ein feenhaftes Wasserwesen war.

»Meinem Vater hat das überhaupt nicht gefallen. Er hat mir gedroht, mir meine Bücher wegzunehmen, wenn ich noch einmal heimlich mit dir rausfahre.«

»Deshalb bist du nicht mehr gekommen?« Die Stimme des alten Fischers war voller Bedauern. »Und ich dachte, du hattest genug von meinem stinkenden Kutter.«

Von der Bar ertönte ein Klingeln, und jemand rief: »Cal, dein Fisch!«

Calum erhob sich, und Hamish sagte: »Bis bald, Ivy. Und wenn du wieder mal Sehnsucht nach dem Meer hast, sag Duncan Bescheid, er ist jetzt der Kapitän.«

»Das mache ich vielleicht, danke, Hamish!«

Calum und Hamish gingen einige Schritte gemeinsam.

»Was macht Ivy hier? Ich habe sie lange nicht gesehen.«

»Sie inventarisiert die Sachen im Schloss. War Zeit, da mal Ordnung reinzubringen«, beschönigte Calum die Aufgabe, die Ivy zu bewältigen hatte.

»Ah, na ja, nettes Mädchen, war sie schon immer. Wir sehen uns, Cal.«

»Aye, mach's gut, Hamish.«

Man reichte ihm die Teller über den Tresen. Der Bierteig war knusprig goldbraun, das Erbsenpüree frisch gemacht. Ein einfaches, aber schmackhaftes Essen.

Ivy strahlte, als er ihr den Teller vorsetzte. »Hm, duftet gut. Wenn du mich weiter so fütterst, werde ich fett und faul und komme den Hügel zum Schloss mit dem Fahrrad nicht mehr hoch.«

Sie lachten und begannen zu essen. Es dauerte nicht lange, und Duncan gesellte sich mit seinem Pint Bitter zu ihnen. »Der Fisch sollte gut sein, hat er bei mir gekauft.«

»Hm!« Ivy hob den Daumen, während sie die letzten Bissen ihrer Portion aß.

»Sag mal, kennst du dich mit der Clangeschichte aus, Duncan?«, fragte Ivy den überraschten Fischer.

Cal freute sich, dass ihr das Essen schmeckte und sie sich so ungezwungen mit den anderen unterhielt.

Duncan wischte sich den Mund mit dem Handrücken. »Äh, na ja?«

»Ich höre dauernd, dass die Fergusons mit den MacKenzies zerstritten sind, aber ich weiß nicht warum. Außer dass sie ihr Land während der Highland Clearances verloren haben. Es wurde ihnen gestohlen. Hey, für mich ist das nicht wichtig, das ist Geschichte, aber für andere scheint es noch eine große Sache zu sein.«

»Tja, da bin ich der Falsche. Mit den alten Geschichten habe ich nichts am Hut. Hier gibt es doch sicher einen Ortschronisten oder so jemanden. Die sammeln alles, Fotos und so weiter. Da würde ich mal fragen.«

»Ist nicht so wichtig, war nur so eine Idee.«

Calums Telefon klingelte. »Morgen, Dad, okay?«, sagte Calum. »Heute ist es zu spät dafür. Kommt gegen elf ins Schloss, dann können wir alles in Ruhe bereden.« Er beendete das Gespräch. »Das war mein Vater. Was soll ich sagen, morgen kommen meine Eltern ins Schloss. Ein Familientreffen der besonderen Art.«

Duncan grinste. »Dein Vater und dein Onkel können nicht so gut miteinander, was?«

»Sagen wir mal so, die Karte zu Weihnachten war das Gefühlvollste, was sie seit Jahren an Kommunikation hatten.«

»Kenne ich. Ich habe eine Ex-Frau. Mehr muss ich nicht sagen.« Duncan schaute zum Fenster. »Wen schleppt Fiona denn da an? Kennst du den, Cal?«

Calum folgte dem Blick seines Freundes. »Der hat mir noch gefehlt. Das ist Osborne, ein ehemaliger Lehrer. Ivy, sollen wir aufbrechen?«

Dankbar nickte sie.

Geschickt lotste Calum sie unbemerkt von Fiona und Osborne durch den vollen Gastraum. Im Bus lehnte Ivy sich erschöpft in ihren Sitz. »Ich habe mich überschätzt. Jetzt brauche ich nur noch ein weiches Bett.«

Als sie auf den Hof der Fergusons fuhren, war niemand zu sehen, nur Molly kam ihnen entgegen und begleitete sie zur Lodge hinauf. An der Tür blieb Calum stehen. »Schlaf dich aus, Ivy, und erhol dich von diesem Tag mit den MacKenzies. Wahrscheinlich hast du genug von uns, und ich kann es dir nicht verdenken.«

Sie legte ihm die Hände auf die Brust und sagte leise: »Nicht von allen MacKenzies, und für dich würde ich sogar noch eine Tasse Tee machen.«

Er hob die Augenbrauen. »Da sage ich nicht Nein.«

Molly hatte sich schon an ihnen vorbei in die Lodge gedrängelt und machte es sich auf dem Teppich bequem, während Ivy ihre Jacke auszog und über einen Stuhl warf. Calum folgte ihr. »Du siehst müde aus, Ivy, ich sollte jetzt gehen.«

»Ich möchte jetzt nicht allein sein. Das klingt dämlich, oder? Aber seit Trumpan fühle ich mich so verletzlich, weil ich nicht verstehe, wie mir das verdammt noch mal passieren konnte!« Sie sank auf das Bett hinter ihr und barg das Gesicht in den Händen.

Er setzte sich zu ihr und legte ihr den Arm um die Schultern. »Das ist ganz normal, Ivy. Du hast einen Schock erlitten, auch wenn das übertrieben klingt. Aber so ein Sturz ist schon heftig.«

Sie lehnte sich an ihn und murmelte: »Ich fühle mich

sicherer, wenn du hier bist. Bleibst du einfach ein bisschen?«

Irgendwann in dieser Nacht wachte Calum auf und musste kurz nachdenken, um sich zu erinnern, wo er war. Dann hörte er Molly schnarchen und sah den Mond durch das Fenster über der Silhouette von Ardmore Castle hinter den Wolken verschwinden. Er dachte an seinen Onkel und hatte ein schlechtes Gewissen, weil er sich nicht gemeldet hatte.

Angekleidet lag er neben Ivy, die sich gerade noch ihre Schuhe ausgezogen hatte, bevor sie eingeschlafen war. Ihr rotbraunes Haar ergoss sich über die Kissen, und sie lag auf seinem Arm, doch er machte keine Anstalten, ihn wegzuziehen, denn es gab etwas, an das er sich gewöhnen könnte, ihre Nähe.

16

Ivy schlich sich aus dem Bett, ohne den noch schlafenden Calum zu wecken. Im Badezimmer spritzte sie sich kaltes Wasser ins Gesicht und untersuchte die Wunde, die gut zu verheilen schien. Sie war neben ihm aufgewacht. Was dachte er von ihr? Das hätte sie nicht zulassen dürfen, denn er verdiente die Wahrheit, die sie ihm jetzt noch nicht sagen konnte. Sie würde Cal und Ross enttäuschen, weil sie sich unter falschem Vorwand eingeschlichen hatte. Nun, immerhin gab sie sich mit dem Schätzen und Einordnen der Stücke im Schloss große Mühe. Ihre eigentliche Aufgabe war es jedoch, Beweise für MacKenzies Verstrickung in den Handel mit gefälschten Antiquitäten zu finden. Damit konnte sie sich bei Fulbrook einen guten Stand in der Firma verschaffen. Nur hatte sie nicht bedacht, in welchen Gewissenskonflikt sie durch ihre heimliche Recherche gekommen war.

»Oh, Ivy, du dumme Gans«, murmelte sie. »Da hast du dir einen schönen Schlamassel eingebrockt.«

Was für ein Tag das gestern gewesen war! Alles schien etwas verschwommen, ihr Kopf schmerzte noch ein wenig, doch langsam klärten sich ihre Erinnerungen. Cal hatte sie abgeholt, sie zu Dr. Newbery gebracht, und anschließend waren sie ins Schloss gefahren, wo sie mit

Ross MacKenzie aneinandergeraten war. Nein, nein, er hatte sie beleidigt, das war es gewesen. Irgendetwas warf er ihrer Familie vor. Dabei waren es doch die Fergusons, die einen Groll gegen die MacKenzies hegten. So hatte sie es als Kind gelernt. So erzählte es ihr Vater. Wahrheit und Lüge lagen so dicht beieinander. Ivy putzte sich die Zähne und kämmte sich die Haare. Sie musste es ja wissen, schließlich war sie zu einer Expertin im Lügen geworden.

Danach waren sie nach Stein gefahren. Sie hielt inne. Hamish MacFee war dort gewesen und hatte sie ein Selkie-Kind genannt. Verträumt lächelnd legte Ivy den Kamm weg. Was für eine schöne Vorstellung. Das würde erklären, warum sie ihrem Vater nie die Tochter gewesen war, die er sich gewünscht hatte. Robben, die an Land ihre Haut abstreiften und menschliche Gestalt annahmen, gehörten zu den märchenhaften Fabelwesen, die sie immer besonders gemocht hatte.

»Ivy?«, hörte sie Calum fragen.

Rasch öffnete sie die Badezimmertür. »Hier. Entschuldige, was war nur mit mir los gestern? Hattest du Unannehmlichkeiten meinetwegen?«

Calum rollte sich über das Bett und kam schwungvoll vor ihr zum Stehen. Seine Haare waren zerzaust.

»Wie kommst du darauf? Du warst erschöpft, was ja kein Wunder ist nach dem, was du erlebt hast. Und du hast mich gebeten zu bleiben.«

»Oh, habe ich das?« Verlegen sah sie an sich herunter.

Er grinste und legte ihr die Hände auf die Schultern. »Du hast, und ich bin gern geblieben.«

»Oh.«

»Du schnarchst. Nur ganz leise, aber sehr süß.«

»Was? Nein!«

Er lachte. »Nein, stimmt nicht. Du hast nur im Schlaf gesprochen.«

Entsetzt riss sie die Augen auf. »Habe ich?«

»Vielleicht, ich weiß es nicht, denn ich habe ebenfalls geschlafen. Aber wenn wir das nächste Mal zusammen in einem Bett landen, lasse ich dich nicht schlafen …«

Sie sah ihn an und fand in seinem Blick eine Mischung aus Verlangen, Ernsthaftigkeit und Amüsiertheit, die ihr gefiel. Er gefiel ihr, aber sie würde Skye verlassen, und wenn er herausfand, dass sie gelogen hatte, wäre alles vorbei.

Ihr Telefon klingelte und befreite sie aus der Verlegenheit, ihm antworten zu müssen, indem sie ihm über die Wange strich und zum Stuhl ging, auf dem ihre Jacke lag. Sie fischte das Telefon heraus. »Ja?«

»Sie sind ja noch nicht lange bei uns, Ivy, aber ich mag Sie. Lieber als Giles, diesen schleimigen Wichtigtuer«, sagte Nicole so leise, dass sie kaum zu verstehen war.

»Nicole? Ich kann Sie ganz schwer verstehen!« Ivy öffnete die Terrassentür und trat in die frische Morgenluft hinaus. Es war noch früh. Nebel hing über der Bucht und versprach einen trüben Tag.

»Ich bin im Büro. Also, um es kurz zu machen. Sie sollten mal etwas Konkretes bringen, sonst sind Ihre Tage hier gezählt. Giles sägt an Ihrem Stuhl, was George sehr entgegenkommt, denn er will die Schmach seines Fehlers natürlich nicht so einfach hinnehmen. Giles zapft alle Quellen an, um etwas über MacKenzie herauszufinden. Bisher erfolglos, weshalb es an Ihnen ist, mit einer sensationellen Entdeckung aufzutrumpfen. Moment.« Warteschleifenmusik erklang, und Ivy hatte Zeit, die friedlich grasenden Schafe zu beobachten. Molly kam ebenfalls zu ihr heraus, stupste sie an und lief die Treppen hinunter auf das Haus und den Stall zu.

»Hier bin ich wieder. Das war Fulbrook. Er ist gerade mit einem Großauftrag beschäftigt. Eine komplette bedeutende Sammlung soll geschätzt und versichert werden. Aber Giles will Teilhaber werden. Der wird nichts unversucht lassen, Sie auszubooten, denn er kann es einfach nicht leiden, wenn Fulbrook einen neuen Liebling hat.«

»Mich?«

»Sie erinnern ihn an seine Tochter, und er war gut mit Sebastian Russel bekannt. Aber Sie müssen sich seine Anerkennung verdienen, so ist er. Wer seine Prüfungen nicht besteht, fliegt wieder raus. Ich muss jetzt Schluss machen.«

»Danke, Nicole …«

Das Gespräch war beendet, und Ivy seufzte.

»Schlechte Nachrichten?« Calum kam nach draußen. Er hielt sein Hemd in den Händen, und sie sah seine gebräunten Arme und einen helleren, durchtrainierten Oberkörper. Der Surfanzug hatte die Bräunungsgrenzen vorgegeben.

»Nein, nein, alles in Ordnung.«

»Ah, ich dusche kurz, wenn das okay ist?«

»Ja, natürlich, und ich koche uns einen Kaffee.«

Der Nebel hing noch immer dick und feucht über der Bucht und ließ kaum Licht in die Räume von Ardmore Castle. Ivy hatte das Licht eingeschaltet. Eigentlich hätte sie nicht hier oben sein dürfen, doch die MacKenzies waren unten beschäftigt. Sie konnte das Stimmengemurmel aus der Halle hören. Calums Vater Alistair und seine Frau Lorna waren gekommen, um mit Ross MacKenzie zu sprechen. Dem angespannten Ton und der lauter werdenden Stimmlage der Männer entnahm Ivy, dass sich das Wiedersehen nicht gerade liebevoll gestaltete. Ohne Calums diplomatische Vermittlerrolle wäre ein Gespräch der Brüder wohl kaum möglich gewesen. Nun, kein Grund, über die zerrütteten Familienverhältnisse der MacKenzies zu philosophieren, dachte Ivy und konzentrierte sich in Kirstys Zimmer auf den kleinen Schreibtisch vor ihr.

Sie nahm ihr Maßband zu Hilfe und notierte sich eine Höhe von dreiundsiebzig Zentimetern, eine Breite von zweiundfünfzig Zentimetern und eine Tiefe von sechsunddreißig Zentimetern. Dann fotografierte sie das Stück von allen Seiten, bevor sie sich an die Schubladen machte. Derer gab es zwei, die abschließbar waren. In einer steckte der Schlüssel, so dass sie beide öffnen konnte. Es war immer ein spannender Moment, ein Möbelstück zu untersuchen, das lange nicht in Benutzung gewesen war. Hier jedoch war Ivy davon überzeugt, dass der Laird alles, was von Bedeutung, kompromittierend oder zu privat war, bereits entfernt hatte. Sie fand Haarschmuck, einen edlen Füller und zwei Muscheln. In der unteren Schublade lagen ein Brillenetui mit einer in den

Achtzigerjahren modernen Sonnenbrille und zwei Seidenschals von Hermès. Ivy legte die Gegenstände vorsichtig beiseite und zog die Schublade ganz heraus, um sich die Verarbeitung des Holzes anzusehen. Auf den ersten Blick entsprach alles den handwerklichen Gepflogenheiten des achtzehnten Jahrhunderts. Das Holz war echt, daran bestand kein Zweifel, und auch die kunstvoll geschmiedeten Messingbeschläge, die noch dazu vergoldet waren, wiesen keine Auffälligkeiten auf.

Interessanter schien ihr die Tischplatte, die sich nach hinten schieben ließ, um eine mit rotem Leder beschichtete Schreibauflage freizugeben. Letztere ließ sich vorziehen, so dass sich jemand auf einem Stuhl davorsetzen und einen Brief hätte schreiben können. Entzückend, dachte Ivy und suchte nach Tintenflecken und anderen Gebrauchsspuren. Die Intarsien rund um die Lederfläche waren an zwei Stellen gesplisst, das Leder wies Druckstellen und die Umrisse von Wasserflecken auf. Die Aussparungen auf der rechten Seite beinhalteten noch immer zwei Messingbehälter, in denen sich Tinte und Federkiele befunden haben mussten.

Der Tisch von Kermack war nahezu identisch aufgebaut und unterschied sich nur in der Art der Messingbeschläge und den Beinen, die eine andere Form aufwiesen. In den allermeisten Schreibtischen gab es Geheimfächer, so auch in dem Stück von Kermack. Es war eine Herausforderung für jeden Meister, ein Geheimfach derart zu bauen, dass es nicht oder zumindest nur sehr schwer zu finden war.

»Wollen doch mal sehen …«, murmelte Ivy und zog die Schreibplatte so weit wie möglich heraus, drückte vorn an einer Ecke der Messingverzierung und an der Seite gegen eine dunkle Einkerbung, die sich tatsächlich ein Stück verschieben ließ. Und sieh da – es klickte leise!

»Na, hier müsste doch ...«, flüsterte sie und glitt mit den Fingern unter der Schreibplatte entlang, bis sie die Unebenheit ertastete. Eine perfekt gearbeitete Platte ließ sich zur Seite schieben, und ein Umschlag fiel auf den Boden.

Unten im Haus wurden die Stimmen lauter und schienen näher zu kommen. Hastig steckte Ivy den Umschlag in ihre Handtasche, verschloss das Geheimfach und verließ Kirstys Zimmer. Bevor die MacKenzies die Treppe heraufkamen, stellte sich Ivy vor ein Gemälde, das einen prachtvollen Hirsch zeigte. Wenn es sich um Edwin Landseers »Monarch of the Glen« gehandelt hätte, wäre MacKenzie seine Sorgen los gewesen.

»Ach, hier stecken Sie! Wir haben Sie vermisst, Ms Ferguson«, ertönte die heisere Stimme des Lairds.

Sie schloss ihr Notizbuch und lächelte alle freundlich an. »Leider kein Landseer, sonst hätte ich sofort einen Auktionstermin für Sie festmachen können.«

»Am liebsten würden Sie den Familiensitz wohl komplett unter den Hammer bringen, nicht wahr?«, meinte Alistair bissig.

Er war einen Kopf kleiner als sein älterer Bruder und sein Sohn, trug sein volles weißes Haar sehr kurz und machte mehr den Eindruck eines asketischen denn eines Genussmenschen. Die scharfen Gesichtszüge waren etwas verkniffen, und über der Nasenwurzel hatte sich eine tiefe Falte eingegraben. Eigentlich waren sich Ross und Calum ähnlicher als Vater und Sohn, fand Ivy. Das gute Aussehen hatte Calum in jedem Fall von seiner Mutter geerbt, die noch immer attraktiv war, der man jedoch die Bemühungen um den Erhalt der Jugend allzu sehr anmerkte. Als anstrengend vermerkte Ivy sie in Gedanken.

»Unter den Hammer bringen klingt so negativ. Gewinnbringend verkaufen wäre wohl eher angebracht und auch erwünscht, sonst wäre ich nicht hier«, erwiderte Ivy sachlich.

Alistair warf seinem Bruder einen wütenden Blick zu. »Ich wäre nur gern ins Bild gesetzt worden, wenn unser Familiensitz verkauft werden soll. Schließlich ist das auch mein Zuhause«, beschwerte sich Alistair.

»Auf einmal? Das ist ja zum Totlachen!«, schnaubte Ross und stieß seinen Gehstock auf den Boden. »Sie müssen wissen, liebe Ivy, dass mein Bruder sich niemals um das Schloss gekümmert hat. Niemals! Ich allein habe den alten Kasten am Laufen gehalten, die Rechnungen für Strom, Wasser und die Renovierungen gezahlt. Weißt du überhaupt, was so eine Burg verschlingt? Dafür hättest du dir drei Villen an der Côte d'Azur und ein Chalet in Gstaad kaufen können!«, ereiferte sich der Laird.

»Du hast dich nie beschwert, sondern unseren Stammsitz meistbietend vermarktet, wenn ich mich da richtig erinnere. Also jammere jetzt nicht!«, schoss Alistair zurück.

»Wir wollen doch unsere Familienangelegenheiten nicht vor einer Fremden ausbreiten«, ermahnte Lorna die streitenden Brüder und warf Ivy einen vorwurfsvollen Blick zu.

Als wäre es ihre Schuld, dass die Brüder uneins waren.

»Ich werde dann mal nach unten gehen, wo ich in der Bibliothek noch einiges sichten möchte.«

»Nach Erstausgaben werden Sie vergeblich suchen, die hat Ross schon vor Jahren verscherbelt. Darunter war eine von Thomas Hardy, die ich dir zu Weihnachten geschenkt hatte«, sagte Alistair grimmig.

»Das wirfst du mir wohl noch bis ans Ende meiner Tage vor«, schnaufte Ross. »Was nicht allzu lange sein wird. Ach, lass mich doch in Ruhe!«

Der Laird schob sich an seinem Bruder und dessen Frau vorbei, schlurfte humpelnd in sein Schlafzimmer und warf die Tür krachend hinter sich ins Schloss.

»Oh, das ist typisch für ihn! Wenn es schwierig wird, verkriecht er sich!«, rief Lorna. Die Ringe an ihren manikürten Fingern waren mit hochkarätigen Steinen besetzt, und ihre Uhr gehörte zur klassischen Linie eines französischen Designers, bei dessen rot-goldenen Schmuckkästchen die Frauen noch heute in Verzückung gerieten.

»Ich sehe kurz nach ihm, bin gleich zurück«, sagte Calum und folgte seinem Onkel.

Lorna MacKenzie runzelte die Stirn. »Das war schon immer so mit ihm und Ross, und ich verstehe es einfach nicht.«

»Ross hat immer bekommen, was er wollte.« Alistair wandte sich an Ivy, die etwas unsicher stehen geblieben war. »Mein Bruder ist der Ältere, sah besser aus, hatte mehr Schlag bei den Frauen und ein Gespür für alten Krempel, der sich in Gold verwandeln ließ.«

»Glücklicher ist er deswegen nicht geworden, oder sehe ich das falsch?«, bemerkte Ivy trocken.

Lorna musterte sie mit neu erwachtem Interesse. »Keineswegs, Ms …?«

»Ivy, Ivy Ferguson.«

»Sie stammen von hier?«, wollte Alistair wissen.

»Meine Eltern bewohnen eins der alten Crofter-Häuser nicht weit von hier.« Sie verzichtete auf weitere Erklärungen.

»Diese reizenden schwarz-weißen Häuser sind ja immens im Preis gestiegen«, sagte Lorna. »Wir hätten doch das eine in Lusta kaufen sollen, das Gordon uns empfohlen hat. Das hätte sich gut vermieten lassen.«

»Und wer soll sich darum kümmern? Ich will mich nicht mehr belasten. Wenn ich Geld investiere, dann nur noch in Dinge, die mir gefallen«, erwiderte Alistair.

Lorna rümpfte die Nase und sah sich bedeutungsvoll um. »Wie in diesen verrottenden alten Kasten, ja?«

»Mein Elternhaus. Ein wenig mehr Sinn für Tradition deinerseits wäre wünschenswert, zumindest davon hat unser Sohn eine gehörige Portion. Und Sie?« Alistair sah Ivy fragend an.

»Ob ich einen Sinn für Tradition habe? Nun ja, für Geschichte ganz sicher, immerhin habe ich Kunstgeschichte studiert, und mein Beruf verlangt die Recherche von alten Stücken mit interessanter Herkunftsgeschichte«, erklärte Ivy.

Dabei versuchte sie sich vorzustellen, wie Alistair in jungen Jahren gewesen sein mochte. Immerhin hatte er angeblich eine Affäre mit Kirsty gehabt. Ob er damals bereits mit Lorna verheiratet gewesen war? Lorna schien ihr keine Frau, die man ungestraft betrog. Glücklicherweise kam Calum zurück, trat zu Ivy und berührte sie leicht am Arm, was seine Mutter mit dem Anheben einer Augenbraue quittierte.

»Bevor ich es vergesse, Cal, wir essen heute Abend in Gordons Restaurant. Das ist ja recht gut. Wir erwarten dich um sieben.« Lorna MacKenzie kramte in ihrer Designerhandtasche und sah kurz auf ihr Telefon.

»Ich werde mich bemühen, es bis sieben Uhr zu schaffen«, antwortete Calum. »Und jetzt entschuldigt uns bitte. Wir haben noch etwas zu besprechen.«

»Aber …«, setzte Lorna an, wurde jedoch von ihrem Mann mit einem Kopfschütteln zurückgehalten und verstummte.

Cal nahm Ivys Hand und führte sie die Treppe hinunter. In der Küche blieb er stehen und sah sie an. »Wie geht es dir? Die MacKenzies können etwas überwältigend sein.«

Sie strich sich die Haare aus der Stirn, berührte dabei die Wunde und zuckte zusammen. »Das ist schon in Ordnung. Deine Mutter hat wohl nicht damit gerechnet, dass du dich für deinen Onkel so engagierst und dann auch noch die Kunstexpertin persönlich betreust.«

»Persönliche Betreuung nennst du das?« Er grinste.

Sie räusperte sich und horchte ins Haus, doch die Stimmen von Calums Eltern klangen sehr gedämpft und wurden leiser. »Ob sie zu deinem Onkel gegangen sind? Was hat er gesagt? Kann dein Vater den Verkauf des Schlosses verhindern?«

»Nein, verhindern kann mein Vater das nicht, aber er sträubt sich gegen den Gedanken, und je länger ich darüber nachdenke, desto mehr stimme ich ihm zu. Es wäre traurig, das Schloss zu verlieren. Andererseits weiß ich auch keinen Ausweg. Mein Onkel kann so nicht weitermachen, auch wenn es ihm jetzt etwas besser geht. Man weiß nicht, was morgen ist.«

»Tja, da kann ich euch nicht helfen. Aber ich kann helfen, die Antiquitäten zu verkaufen. Lass uns ins Büro gehen, dann zeige ich dir, was ich zusammengestellt habe. Meine Preisvorstellungen habe ich moderat angesetzt, damit wir schnell Interessenten finden. Das war doch im Sinne deines Onkels, nicht wahr?«

Ivy wollte die Küche verlassen, als Brenda mit einem Eimer voller Putzutensilien hereinkam. »Wie schön, dass ich dich hier treffe, Calum. Es gibt da einige Dinge, die wir klären müssen.« Brenda MacKinney setzte den Eimer ab und ging zur Spüle, um sich die Hände zu waschen. »So kann es nicht weitergehen.«

»Entschuldige, was meinst du denn?« Calum wirkte irritiert. »Dein Lohn wird im nächsten Monat ausgezahlt. Darauf kannst du dich verlassen.«

»Hm, ja, gut, aber das allein ist es nicht.« Brenda bedachte Ivy mit einem vielsagenden Seitenblick. »Das geht nur dich und mich an.«

Ivy machte eine Handbewegung, die signalisieren sollte, dass sie aus der Sache raus war. »Im Büro wartet Arbeit auf mich.«

Im Grunde war sie froh, eine Weile allein sein zu können. Die gesamte Sache drohte ihr über den Kopf zu wachsen. Sie schloss die Bürotür hinter sich und legte ihr Telefon auf den Schreibtisch. Sienna hatte ihr mehrere Nachrichten geschickt. Als sie auf »Öffnen« drückte, sprang ihr die letzte Zeile ins Auge – »wir sehen uns morgen«. Morgen? Sie kam her? Ivy sank in den Stuhl, ein gut erhaltenes Hepplewhite-Modell. Warum eigentlich nicht? Es würde ihr guttun, mit der vertrauten Freundin zu sprechen.

In den folgenden zwei Stunden vertiefte Ivy sich in die Recherche verschiedener Stücke, telefonierte mit einem Auktionshaus und zwei Sammlern und notierte sich den nächstmöglichen Termin für das Einreichen. Dann glich sie die Daten von Kirstys Schreibmöbel mit denen von Kermack ab und fand die Übereinstimmungen bemerkenswert. Wenn sie das Möbel nur zur Begutachtung nach London senden könnte. Sie schickte die Fotos und ihre Überlegungen dazu an Fulbrook.

Es war bereits nach zwei Uhr, und der Umschlag, den sie in dem Geheimfach gefunden hatte, wog schwer in ihrer Tasche. Aber es schien Ivy zu riskant, sich hier damit zu befassen, wo sie jeden Moment überrascht werden konnte. Ihr Magen knurrte und erinnerte sie daran, dass sie noch nichts gegessen hatte. Und ihr Fahrrad war auch nicht hier. Es blieb ihr nichts anderes übrig, als Calum zu fragen.

Sie fand ihn in der Halle mit seiner Mutter. »Verzeihung, ich möchte nicht stören ...«

Seine Augen leuchteten auf, als er sie sah. »Du störst nicht, Ivy. Wir überlegen gerade, was wir zum Lunch essen oder, besser, wohin wir fahren.«

»Daran dachte ich auch gerade und wollte kurz nach Hause, wenn das in Ordnung ist? Ich arbeite heute Abend etwas länger.«

»Okay. Mum, ich bringe Ivy kurz zu ihrem Haus, und du rufst mich an, was ihr machen wollt.«

Seine Mutter schaute etwas pikiert. »Das ist dann wohl entschieden.«

»Cal, mach dir keine Umstände. Ich frage meine Mutter, ob sie mich abholt. Das ist überhaupt kein Problem«, versicherte Ivy.

»Na, siehst du, gehen wir zu deinem Vater und Ross.« Lorna MacKenzie tippte ungeduldig mit den Fingerspitzen auf ihre Handtasche.

Calum schien unentschlossen.

»Bis später!« Ivy ging zurück ins Büro, nahm Tasche und Jacke und rief ihre Mutter an.

»Alles in Ordnung, Ivy? Wir haben uns Sorgen gemacht, aber da du und Calum, nun ja, da dachten wir …«, meinte ihre Mutter nicht ohne einen leicht vorwurfsvollen Unterton.

»Dafür gibt es keinen Grund, weder für das eine noch für das andere. Ich stecke hier fest, würde es dir was ausmachen, mich abzuholen? Zurück komme ich mit dem Rad, aber gerade ist es hier …«

»Aber natürlich. Bin gleich da.«

Ivy ging ihrer Mutter entgegen und traf sie am Fuß des Hügels, so dass Edith Ferguson dort wenden konnte. Der rote Mini ließ nicht lange auf sich warten, und Ivy war erleichtert, weil sie keinesfalls mit den MacKenzies zum Lunch hatte gehen wollen.

»Danke, dass du gekommen bist!«

»Schatz, das mache ich gern. Wie geht es deinem Kopf?« Ohne eine Antwort abzuwarten, streckte Edith Ferguson sich, um ihre Tochter zu untersuchen. »Hm, scheint sich zu schließen und eitert nicht.«

»Wegen Calum ...«

»Ach, ich freue mich für dich, Ivy. Was deinen Vater angeht, überhör einfach seine Bemerkungen. Wollen wir nach Hause, oder kann ich dich in den Pub nach Stein einladen? Ich weiß ja nicht, wie viel Zeit du hast. Alles andere dauert wohl zu lange.«

Wenig später saßen sie bei hausgemachter Brokkoli-Cremesuppe und Brot im Pub.

»Die ist richtig gut!«, sagte ihre Mutter überrascht. »Ich war viel zu lange nicht hier. Dein Vater und ich bleiben meist zu Hause.«

»Komm mich doch mal wieder in London besuchen. Ein Gästebett ist immer für dich frei.«

Um die Mittagszeit war der Pub nicht ganz so voll wie abends, und da es noch immer neblig und trüb war, blieben auch die Touristenströme weg. Das Meer war aufgewühlter als gestern, und Ivy sah durch das Fenster, wie die Gischt gegen den Bootsanleger spritzte. Ein Ausflugsboot lag im Hafen, denn heute war die Sicht so eingeschränkt, dass sich das Rausfahren nicht lohnte.

»Ach, du weißt doch, wie das ist. Die lange Fahrt, und jetzt haben wir so viel mit den Tieren zu tun. Vor Weihnachten vielleicht.«

Das hatte Ivy schon zu oft gehört, um darauf einzugehen. »Die Eltern von Calum sind heute gekommen.

Sehr anstrengend, vor allem seine Mutter. Sie wohnen in Portree bei Gordon Buchanan. Das Haus gehört ihnen.«

»Oh, ein schönes, großes Gebäude ist das. Schau an. Dann haben sie Geld, nehme ich an. Was ist mit dem Schloss? Es sind ja immerhin Brüder. Wie steht Calums Vater zu einem Verkauf?«

Ivy legte den Löffel in ihre Schale. »Er ist dagegen, und deswegen ist er wohl gekommen. Sie haben sich gleich gestritten. Alistair ist ganz anders als Ross.« Sie erzählte ihrer Mutter von den Brüdern und den tragischen Umständen von Kirstys Tod.

»Es war mir wohl bewusst, dass MacKenzie darunter gelitten hat, aber nicht, wie tief es ihn tatsächlich getroffen hat. Du hast anscheinend einen Zugang zu diesem Mann gefunden«, sagte ihre Mutter mit einem mitfühlenden Lächeln.

»Und nun versuche ich mir die ganze Zeit vorzustellen, ob Alistair tatsächlich ein Verhältnis mit Kirsty gehabt haben könnte. Der Umschlag!« Ivy zog den Umschlag aus ihrer Tasche, schob das Geschirr zur Seite und legte ihn auf den Tisch.

»Den habe ich heute Morgen in einem Geheimfach im Schreibtisch der verstorbenen Kirsty MacKenzie gefunden«, sagte Ivy leise zu ihrer Mutter.

»Das geht doch aber nicht, Ivy. Den kannst du nicht einfach mitnehmen. Das ist Diebstahl!« Edith sah sich um, als würden sie beobachtet.

»Ich will ihn ja nicht behalten, nur lesen. Außerdem weiß niemand davon, schließlich habe ich das Fach entdeckt.«

»Das ist die billigste Entschuldigung, die ich mir vorstellen kann.« Doch Edith betrachtete den unbeschrifte-
ten Umschlag mit wachsender Neugier. »Und?«

Der dicke Umschlag war vergilbt und nicht zugeklebt.
Kurz entschlossen öffnete Ivy den Brief. Drei hand-
beschriebene Briefbogen kamen zum Vorschein. Die
Handschrift war männlich. Ivy überflog die wenigen
Zeilen, die jeweils auf einem Bogen standen. Es waren
Gedichte, erotische Gedichte mit äußerst pikantem In-
halt.

»Ivy! Was steht denn da?«, wollte ihre Mutter wissen.

Ivy reichte ihr die Blätter. Das Papier war von guter
Qualität und mit einem Wasserzeichen versehen. Hier
hatte sich jemand große Mühe gegeben, um die Geliebte
zu beeindrucken, doch Ivy fragte sich, ob das gelungen
war.

»Schmierig, oder?«

Ihre Mutter verzog das Gesicht. »Wenn mir ein Mann
so was schreiben würde, würde ich ihn gleich in die
Wüste schicken. Kein Stil, einfach nur plump und, wie
soll ich sagen, zielgerichtet.«

»Pornografische Lyrik«, stellte Ivy sachlich fest und
steckte die Blätter wieder in den Umschlag. »Warum
hebt man das auf?«

Ihre Mutter zupfte an dem Rest ihres Brötchens herum. »Entweder hatte die Frau keinen Geschmack, auch
das gibt es, oder sie war verheiratet und musste die Liebesbriefe ihres Lovers verstecken und hat sie vielleicht
vergessen.«

»Wenn es tatsächlich Kirstys Briefe waren – immerhin

habe ich sie in ihrem Schreibtischchen gefunden –, könnte sie die Gedichte auch als Absicherung aufgehoben haben. Vielleicht wollte der Mann sie erpressen.«

»Oh!«, flüsterte ihre Mutter. »Kirsty ist doch ermordet worden. Und wenn der Liebhaber die Gedichte zurückwollte? Er kann ja auch Gründe dafür gehabt haben.«

Ivy nickte nachdenklich. »Es steht aber kein Name darunter.«

»Eine Handschrift ist wie eine Signatur«, sagte Edith Ferguson.

»Wenn diese lyrischen Ergüsse tatsächlich von Kirstys Mörder stammen?«

»Dann ist Ross MacKenzie tatsächlich unschuldig. Aber das hilft ihm jetzt auch nicht mehr. Ivy, du musst ihm den Umschlag geben!«

»Und wenn er sich furchtbar aufregt und erneut einen Schlaganfall erleidet?«

Ihre Mutter überlegte.

»Ich spreche zuerst mit Calum.« Ivy steckte den Umschlag mit einem Gefühl der Enttäuschung wieder in ihre Tasche. Sie hatte alles Mögliche erwartet, nur das hier nicht.

17

Trumpan, Ardmore Bay, 1879

»*Oh, gie me my supper, my ain true love; Remember the promise that you and I made, Down i' the meadow, where we two met.*« Peigi saß im Kreise der Kinder, die gebannt an ihren Lippen hingen.

»Und dann? Was hat das Mädchen dann gemacht?«, rief die kleine Liosa.

»Oh, die Witwe wollte nicht, dass ihre Tochter den hässlichen Frosch ins Haus ließ, aber sie sollte ihm schon etwas zu essen geben, so wie sie es ihm versprochen hatte«, erklärte Peigi.

»Aber wie hat der Frosch es gemacht, dass wieder Wasser in der Quelle war?«, fragte ein anderes Kind.

Die Geschichte wollte es, dass ein junges Mädchen Wasser für seine arme verwitwete Mutter holen sollte, damit sie Haferkuchen backen konnte. Die Quelle aber war ausgetrocknet, und ein hässlicher braungrüner Frosch verlangte von dem Mädchen, es solle seine Frau werden, dann würde er das Wasser bringen. »*The Well o'the World's End*, die Quelle am Ende der Welt, da muss schon ein Zauber im Spiel sein, meint ihr nicht auch?«

»Ja!«, riefen die Kinder, die das Märchen natürlich kannten, es jedoch liebten, wenn Peigi erzählte.

»Nun, also, das Mädchen füttert den Frosch und geht zurück in die Hütte. Doch der Frosch folgt ihr, und er sagt: *now chap off my head, my hinnie, my heart, my ain true love.*«

Die Mädchen schrien auf. »Nein! Sie soll ihm den Kopf abschlagen! Uhhh!«

»Schsch, es geht ja weiter«, sagte Peigi und fing den liebevollen Blick ihres Mannes auf, der neben der Feuerstelle stand.

Angus hielt es für das größte Glück, dass diese mutige und starke Frau ihn zum Mann genommen hatte. Und jetzt konnte er ihr nicht einmal mehr ein Haus bieten. Die Sorgen zermürbten ihn.

»Und dann kam das Mädchen mit einer Axt aus dem Haus und wollte dem Frosch den Kopf abschlagen, wie er es befohlen hatte. Doch ihre Mutter wollte das nicht und mahnte ihre Tochter, die arme Kreatur nicht zu töten.«

Die Kinder starrten mit offenen Mündern auf Peigi, die ein ernstes Gesicht machte. »Bang, fuhr die Axt nieder – und der Kopf war ab!«

»Oh!«, kreischten die Kinder.

»Aber er war gar nicht tot! Er lebte ja noch!«, rief Liosa.

»Und wie er lebte! Ein stattlicher junger Mann in schönen Kleidern, die einem Prinz gebührten, stand plötzlich vor dem Mädchen, das aus dem Staunen gar nicht mehr herauskam.«

»Er war ein richtiger Prinz, nicht wahr? Und er hat sie mitgenommen in sein Königreich ans Ende der Welt, und da waren sie dann reich und glücklich.« Eve nahm ihre kleine Schwester in die Arme und drehte sich mit ihr im Kreis. »Glücklich bis ans Ende ihrer Tage.«

»Juhuu!«, rief das kleine Mädchen.

Für einen kostbaren Augenblick vergaßen sie ihr Leid und die tägliche Not, und Angus lächelte seine Frau dankbar an.

»Mark, wie geht es dir?« Er ging in die Ecke neben dem Feuer, in der sie dem Verletzten eine Bettstatt eingerichtet hatten, damit er zumindest vor dem Wind geschützt war.

Das Dach war notdürftig geflickt, doch es zog und pfiff an allen Ecken, und wenn es regnete, mussten sie unter dem halbwegs dichten Teil zusammenrücken. Vier Tage waren seit dem Gewitter vergangen. Ohne Sorchas unermüdliche Sorge um den Verletzten hätte dieser sein Bein verloren. Doch sie hatte es geschafft. Mit ihren Kräutern und Tinkturen hatte sie dafür gesorgt, dass das Wundfieber verschwunden war. Es würde zwar lange dauern, bis das Bein geheilt war, doch es würde heilen, und das war alles, was zählte.

Angus kniete neben seinem Freund nieder und legte ihm die Hand auf den Arm. Die Gesichtshaut war blass und mit roten Flecken übersät, doch Mark lächelte tapfer. Nur zuckte er bei jeder Bewegung schmerzvoll zusammen.

»Danke, Angus. Du hast mir das Leben gerettet.«

»Nein, das hat Sorcha getan. Ohne ihre Heilkunst läge

dein Bein jetzt bei den Knochen der Toten.« Angus holte eine Whiskyflasche aus seinem Beutel und entkorkte sie. »Hier, das wärmt dich.«

Es war früher Nachmittag, und die Sonne schien durch die Wolken und wärmte die Menschen, die sich auf feuchtem Boden und innerhalb der Kirchenruine zu schützen suchten. Seit dem Einsturz des Dachs durch das Gewitter hatte sich die Lage für die Familien dramatisch verschlechtert.

Mungo bellte und ließ Angus aufhorchen. »Warte, da kommt wer!«

Er stand auf und ging nach draußen, wo ein großer Mann mit weit ausholenden Schritten den Pfad herunterkam.

»Angus!«, rief Iain Swan und achtete nicht auf die Hühner, die vor seinen Füßen davonstoben.

Mungo sprang um ihn herum und lief zurück zu Angus, der ihn zu den Ziegen schickte. Für ihre beiden Schweine hatten sie eine kleine Einfriedung errichtet, in der sich die Tiere suhlen und wühlen konnten.

Iain wirkte abgekämpft und hager, als er seinen Lederbeutel von der Schulter nahm und auf die Erde setzte. »Was ist passiert?« Besorgt schaute er zum eingestürzten Dach.

»Ein Gewitter. Mark ist verletzt, aber bereits auf dem Weg der Besserung. Alle anderen sind wohlauf.«

»Gut.« Erleichtert seufzte Swan und stützte sich schwer auf seinen knotigen Wanderstock.

Angus gab ihm eine kurze Zusammenfassung der Ereignisse und schloss mit dem erfolglosen Besuch bei

Laird MacKenzie. »Wie räudige Hunde haben sie uns vors Tor gesetzt. Verfluchtes Pack! Sitzen da drinnen bei Wildbret und Wein mit den Engländern und lassen ihre eigenen Leute verhungern. Eine Schande ist das!« Er schüttelte den Kopf. »Und du, Iain, hast wenigstens du etwas erreicht?«

Den Tartanumhang von der Schulter nehmend erwiderte Iain: »Noch nicht sehr viel, aber es bewegt sich etwas. Ich erzähl's allen gemeinsam. Und ich sterbe vor Hunger.«

»Und Durst, nehme ich an.« Die Männer lachten und gingen Seite an Seite zu ihren Familien in die Kirchenruine.

Greer war überglücklich, ihren Mann nach der langen Zeit wiederzusehen, und die Kinder hüpften freudig um den Vater herum. Als Iain schließlich mit einem Teller Eintopf und einem Stück Brot an der Feuerstelle saß, hockten sich alle dazu, und er begann zu erzählen, was er in Inverness erlebt hatte.

»Genächtigt habe ich wie immer bei Alexander McGregor, ein feiner Mann, der sich sehr für unsere Sache einsetzt. Wir trafen uns täglich in der Redaktion des *Highlander*. Reverend MacLauchlan und Mr Jolly, ein Schulinspektor, waren an einigen Tagen auch dabei. Greer, das schmeckt sehr gut. Danke.« Er wischte mit seinem Brotstück den Teller leer und trank einen Schluck Wasser.

»Was ist mit einem Minister für Schottland? Haben sie schon zugestimmt?«, wollte Mark mit heiserer Stimme von seinem Lager aus wissen.

Iain fuhr sich über den stoppeligen Bart, und auch seine Haare bedurften der Schere. »Im vergangenen Monat haben sie diese Frage in London im House of Lords diskutiert, sind aber wie immer zu keinem Ergebnis gekommen. Mit der Irish Land Bill sind sie da weiter. Gladstone war immerhin einen Monat in Irland, um die Gesetze zum Landbesitz neu zu gestalten.«

»Ach, die sind doch alle gleich, verdammte Engländer, unterdrücken unsere Rechte, seitdem sie hier einmarschiert sind«, fluchte Mark.

Henry und David kamen mit einem Korb voller Fische herein. »Seht, was wir gefangen haben!«

David ging zu seinem Vater und umarmte ihn. »Nächstes Mal begleite ich dich, Vater. Wie ist es dir ergangen?«

»Wascht euch, und dann setzt euch zu uns, Jungs«, sagte Greer. »Und die Fische stellt ihr draußen ab!«

Als auch die Jungen bei ihnen saßen, fuhr Iain fort: »Es wird ein Department für die Fischerei und die Landwirtschaft in Schottland geben. Aber alles ist noch im Gespräch. Wir müssen weiter aktiv und wachsam sein. Vor allem müssen wir die Öffentlichkeit auf unsere Misere aufmerksam machen. Dafür ist die Zeitung ein gutes Werkzeug. Es wird darauf gedrängt, dass es ein neues Rechtssystem in Schottland gibt.«

David ballte die Faust und schlug sich aufs Knie. »Rechtssystem! Für wen wird das gut sein? Doch wieder für die Engländer und die Lairds! Zuerst brauchen wir eine Landreform!«

Iain holte eine Ausgabe der Zeitung hervor und gab

sie Angus. Zu seinem Sohn sagte er: »Ja, du hast recht, wir brauchen eine Landreform, aber Gladstone hat öffentlich verkündet, dass er sich vorrangig um die Irish Land Bill kümmert. Was bedeutet, dass wir weiter warten müssen. Aber wir werden nicht untätig sein, glaub mir.«

»Warten, warten! Worauf sollen wir denn noch warten? Hast du dir Mark angesehen? Uns? Wir hocken hier im Elend zusammen und schwingen Reden! Wir sollten uns wehren. Mit Waffen!« David war voller Zorn, und Angus verstand ihn nur zu gut.

Doch er hatte einen Sohn verloren und wollte nicht, dass Iain dasselbe Schicksal erlitt. »Dein Vater tut das Richtige, David. Das Wort ist ein scharfes Schwert, und es wird nachhaltiger sein als jede Waffe.«

»Danke, Angus. Ich weiß, was es gerade für dich bedeutet, nicht von Rache zu sprechen. Das Blut deines Sohnes hat dein Land getränkt, und du hättest jedes Recht, Genugtuung von einem Laird zu fordern, der seine Stellung als Beschützer und Wohltäter seiner Leute missbraucht hat. Aber unser Clansystem hat eine lange Tradition, und wir wollen nicht alles zerstören, was uns über Jahrhunderte genützt hat.«

»Wir sind doch keine Lämmer, die nur darauf warten, zur Schlachtbank geführt zu werden!«, rief David. Er war ein stattlicher junger Mann, und die Ereignisse und das harte Leben der vergangenen Wochen hatten ihn verändert. War er früher eher wie sein Vater auf überlegte Worte und Ausgleich bedacht gewesen, so brach sich nun sein aufbrausendes junges Blut Bahn.

Seine Mutter, die ein Kind auf dem Arm trug, sagte: »Junge, so hör doch auf deinen Vater. Wir sind nur kleine Leute, Crofter, die kein Gehör bei den Regierenden finden. Damit müssen wir uns abfinden. Mach es nicht schlimmer, indem du die MacKenzies noch mehr gegen uns aufbringst.«

»Ja, was sollen sie uns denn noch antun?« Anklagend sah David von einem zum anderen. »Wir haben doch schon alles verloren! Seht uns an! Wie zerlumpte Vagabunden kampieren wir in einer Kirchenruine. Wenn ihr nichts tut, ich werde mich wehren. Und als Erstes werde ich Murdoch zur Rechenschaft ziehen.«

Henry war zu seinem Freund getreten und nickte nun. »Murdoch hat meinen Bruder getötet, und niemand bringt ihn vor Gericht. Warum nicht? Weil er ein Scherge des Lairds ist. Das ist nicht gerecht. So kann es nicht bleiben!«

»Natürlich kann es so nicht bleiben.« Iain beschwor die jungen Männer. »Das wollen wir doch genauso wenig. Aber wir, damit meine ich die Männer, mit denen ich in Inverness gesprochen habe, Chisholm, Hartrich, McGregor, sie treiben unsere Sache voran, bringen sie an die Öffentlichkeit. Nur so finden wir Unterstützung. Wenn wir selbst unsere Hände mit Blut beflecken, sind wir nicht besser als die Landbesitzer.«

»Und wenn schon. Wenn wir die Köpfe einziehen und hier verrecken, sind wir nichts. Feiglinge sind wir, und niemand hat Respekt vor Feiglingen«, schleuderte Henry Iain entgegen.

»Nein, Henry. Wir sind nicht feige. Wir kämpfen auf

unsere Weise. Vernunft bestimmt unser Tun, nicht Feigheit«, sagte Iain voller Überzeugung. »Es gehört mehr Mut dazu, deinen Verstand einzusetzen, als das Schwert zu ziehen.«

»Henry, David, wenn ich Duffs Tod hinnehmen kann, dann könnt ihr es auch. Wir müssen alle zusammenhalten und uns gegenseitig helfen, um diese schreckliche Zeit durchzustehen. Wir brauchen euch, jetzt mehr denn je. Ihr seid die Zukunft unserer Familien ...«

Weiter kam Iain nicht, denn draußen näherten sich laute Stimmen, Pferde und Hunde. Mungo kläffte, jaulte auf und knurrte wütend. Angus gefror das Blut in den Adern. Das konnte nur bedeuten, dass MacKenzie seine Männer geschickt hatte.

»Ihr bleibt hier!«, sagte er zu seiner Frau und den Kindern.

»Wir klären das!«, sagte Iain, zog eine Pistole aus seinem Beutel und steckte sie in seinen Gürtel. Grimmig sah er zu, wie die jungen Männer sich Äxte und Knüppel griffen.

Die Frauen riefen die Kinder zu sich und scharten sich um Marks Bettstatt. Ein Ring aus hilflosen Leibern sollte den Verletzten schützen.

»David, Henry – ihr erhebt eure Waffen erst, wenn ich schieße!«, befahl Iain.

Die jungen Männer nickten und rannten vor ihren Vätern nach draußen.

Tavish MacPhail preschte auf seinem Pferd durch die kleine Ziegenherde und schlug mit seiner Peitsche nach Mungo, der sich ihm bellend in den Weg stellte. Der

Hund jaulte auf, sprang jedoch immer wieder auf das Pferd zu.

»Mungo! Hierher!«, rief Angus, und der Hund ließ ab.

Tavish war mit fünf Männern gekommen, die alle zu Pferd waren. Am Himmel sammelten sich graue Wolken, und der Wind frischte auf. Die See schlug aufgewühlt gegen die Klippen, und Angus hielt nach Murdoch Ausschau, doch der Mörder seines Sohnes war nicht unter den Männern.

»Aye, Angus, Iain.« Tavish brachte sein Pferd vor ihnen zum Stehen.

Iain stellte sich breitbeinig auf und legte die Hand an seinen Gürtel. »Was willst du hier, MacPhail? Wir sind auf heiligem Boden. Niemand darf uns hier vertreiben.«

Man konnte der Miene von MacKenzies Verwalter den inneren Kampf ansehen. »So ist das ungeschriebene Gesetz. Aber ihr müsst einsehen, dass ihr hier nicht bleiben könnt. Ihr lagert auf heiligem Boden, wie du selbst sagst, und stört die Ruhe der Toten.«

»Zu denen wir uns bald daselbst gesellen können, wenn dein Herr uns weiterhin verfolgt!«, warf Angus ihm an den Kopf.

Tavish sah zu Boden, schien nach den richtigen Worten zu suchen. »Ich bin nur Mittelsmann, Überbringer der Botschaft, Angus. Der Laird wünscht keine Besiedlung seiner Kirche. Hier sind Gräber, deren Ruhe nicht gestört werden darf. Das ist Gesetz.«

»Gesetze gibt es viele«, ätzte Iain. »Und alle sind sie aufseiten der Landbesitzer. Und was sind wir? Das Volk, das Gewürm, das die Steuern zahlt, den Zehnten opfert, obwohl es selbst kaum genug zum Überleben hat. Sklaven der Herren sind wir, ohne die sie nicht existieren könnten. Soll doch der Laird selbst die Felder bestellen und die Tiere hegen!«

Die Männer MacKenzies ritten umher und scheuchten die Ziegen zwischen die Felsen, so dass einige panisch zu schreien begannen. Henry und David rannten zu den verängstigten Tieren und versuchten, sie zusammenzuhalten.

»Verfluchtes Dreckspack, was seid ihr nur für Menschen ...«, schimpfte Henry und wurde prompt mit einem Peitschenhieb bedacht.

»Henry!«, brüllte Angus. »Lass ab.«

»Ja, ruf deinen bissigen Terrier zurück, Ferguson. Der hat wenigstens noch Zähne. Wau, wau ...«, machte sich der Mann über Henry und seinen Vater lustig.

Angus konnte die lodernde Wut in den Augen seines Sohnes sehen und betete, dass dieser keine unbedachte Handlung beging, die ihn das Leben kosten konnte. Doch Henry nahm sich zurück. »Mich kannst du nicht beleidigen. Ich habe wenigstens noch Stolz, ich bin kein Sklave, sondern du!«

Der Mann holte erneut mit der Peitsche aus, wurde jedoch von Tavish zur Räson gerufen. »Genug jetzt! Alle!«

Sein Pferd tänzelte. »Ihr müsst den Kirchengrund bis morgen um die Mittagszeit verlassen haben. An den Ufern von Ardmore Bay findet ihr Land und Raum für eure Tiere. Außerdem könnt ihr vom Fischfang leben.«

»Vom Fischfang? Seid ihr alle von Sinnen? Wir sind

keine Fischer, wir sind Bauern! Was glaubt ihr wohl, werden die Fischer sagen, wenn wir uns in ihr Revier drängen?«, brachte Angus wütend hervor.

»Sie werden sich damit abfinden müssen, Ferguson, genau wie ihr. So hat es der Laird beschlossen, und so wird es sein!« Er pfiff seine Männer zusammen und gab ihnen einen Wink, sich zurückzuziehen.

»Tavish!«, rief Iain. »Du bist ein verständiger Mann! Kannst du nicht ein Wort für uns einlegen bei deinem Herrn? Er muss doch sehen, wie es steht. Und genauso muss er begreifen, dass die Tage seiner Herrschaft gezählt sind, wenn er seine Leute weiterhin behandelt wie dummes Vieh.«

»Drohst du Seiner Lordschaft?«, wollte Tavish wissen.

»Das muss ich gar nicht. Er wird schon wissen, wann ihm seine Stunde schlägt. Aber er sollte öfter die Zeitungen lesen. Dann wüsste er auch, dass sich einiges im Umbruch befindet.«

»Das mag sein, Iain, aber jetzt, gerade jetzt gibt es kein Gesetz, das ihm verbietet, euch von hier zu vertreiben. Und solange das so ist, kann ihn niemand daran hindern, sich zu nehmen, was sein ist.« Tavish sah von Iain zu Angus, und es lag eine Bitte in seinem Blick. Die Bitte, sich dem Befehl des Mächtigen zu fügen, damit es nicht zu Schlimmerem kam.

»Aye, Tavish, wir haben dich verstanden und sind morgen von hier verschwunden«, sagte Angus, ohne auf die erbosten Blicke seiner Leute zu achten.

18

Es war beinahe vier Uhr, als Ivy nach dem Lunch mit ihrer Mutter das Büro von Ardmore Castle betrat. Es war sehr still im Schloss, und sie stellte ihre Notizen zusammen. Eine Liste, die sich sehen lassen konnte, fand Ivy, als sie eine Stunde später auf den Bildschirm ihres Laptops sah. Wenn es ihr gelang, all diese Antiquitäten zu verkaufen – und sei es nur zum Mindestpreis –, dann war Ross MacKenzie eventuell aus dem Schneider. Große Sprünge ließen sich von dem Erlös nicht machen, aber daran war dem alten Herrn sicher nicht gelegen. Er wäre zufrieden, wenn sie ihm den Status quo erhalten könnte.

Die Herzstücke ihres Plans waren das Mackintosh-Zimmer und der kleine Schreibtisch in Kirstys Zimmer. Für das Ensemble von Mackintosh würde sich eine hohe fünfstellige und mit etwas Glück sogar eine sechsstellige Summe erzielen lassen. Eine solche Versteigerung würde eine Sensation werden. Sie tippte mit ihrem Stift auf ihren Unterlagen. Auktionen waren immer ein Erlebnis und ein Nervenkitzel, den sie liebte. Man konnte noch so gut planen, der Faktor Mensch war nicht berechenbar, und wenn plötzlich ein Sammler auftauchte, der es auf ein bestimmtes Stück abgesehen hatte, konnten die

Preise durch die Decke gehen. Andererseits war es auch möglich, dass noch nicht einmal der Mindestpreis geboten wurde und man unverrichteter Dinge wieder nach Hause fahren musste. Aber davon war nicht auszugehen.

»Ivy?« Calum schaute um die Ecke und kam herein, als er sie am Schreibtisch entdeckte. »Tut mir leid, dass heute alles etwas durcheinander ist. Aber wenn meine Eltern hier sind, ist das normal.«

»Mach dir meinetwegen keine Gedanken. Schau mal, so sieht mein Schlachtplan aus.« Sie schob den Computer so, dass er lesen konnte, als er neben sie trat.

Calum überflog die Aufstellungen und stieß einen Pfiff aus. »Großartig! Das ist ja viel besser, als ich gehofft hatte. Lass uns das meinem Onkel erzählen. Vielleicht muntert ihn das etwas auf.«

»Hat er sich mit deinem Vater ausgesprochen?« Sie streckte die Arme und sah zu Calum auf.

Dieser hockte sich vor ihr auf die Schreibtischkante. »Dazu wird es wohl nie kommen. Sie haben miteinander gesprochen, lass es mich so sagen. Und sie haben sich wieder einmal gestritten. Aber wenn ich diese Zahlen sehe, dann besteht ja die berechtigte Hoffnung, dass mein Onkel mit etwas Unterstützung in Ardmore Castle bleiben kann, so wie er es eigentlich möchte. Und mein Vater bekommt ebenfalls seinen Willen. Der Familiensitz wird nicht verscherbelt.« Calum fuhr sich durch die Haare und grinste. »Weißt du, eigentlich gefällt mir der Gedanke, dass das Schloss weiterhin den MacKenzies gehört, obwohl es nur eine Frage der Zeit ist, bis wir erneut überlegen müssen, was wir machen.«

Diese Grübchen, wenn er lachte, und seine strahlenden Augen machten es ihr nicht leicht, ihre Gefühle zu verleugnen. Aber sie steckte in einer Zwickmühle. Die Gedichte fielen ihr wieder ein. »Cal, als ich in Kirstys Zimmer war, habe ich doch den kleinen Schreibtisch untersucht.«

Er nickte. »Ja, das Teil scheint ein Vermögen wert zu sein. Hätte ich nie für möglich gehalten. Oh, da fällt mir ein, dass ich dich heute Abend zum Essen einladen möchte. Wir gehen zwar wieder zu Gordon, aber da ist es ja auch sehr nett.« Cal stand auf, ergriff ihre Hände und zog sie hoch, so dass sie dicht vor ihm stand. Als er sie küssen wollte, wich sie zurück, denn sie hörte Schritte im Gang.

»Deine Eltern«, murmelte sie.

»Die sind auch dabei, aber sie können auch sehr unterhaltsam sein, glaub mir.«

»Cal, Lieber, wo steckst du denn schon wieder? Wir wollen los!« Lorna MacKenzie kam ins Büro. »Ach, das hätte ich mir ja denken können.«

»Was? Dass ich hier im Büro arbeite. Ja, das ist nicht abwegig«, sagte Ivy schnippisch, denn ihr passte der herablassende Ton von Calums Mutter ganz und gar nicht.

»Wir sind gleich so weit, Mum. Fahrt doch schon vor, wir kommen nach.«

»Wie du meinst.« Die Absätze ihrer italienischen Pumps klapperten auf dem Steinfußboden davon.

»Cal, das ist lieb gemeint, aber heute Abend kann ich nicht. Ich muss das alles hier noch fertig machen, einige Telefonate führen, Fotos bearbeiten.«

»Du hast doch Zeit. Niemand drängt dich. Ich würde mich freuen, wenn du mitkommst.«

»Ich, nein, es geht wirklich nicht. Fährt dein Onkel denn mit?«

Calum verdrehte die Augen. »Wo denkst du hin?«

»Na siehst du, dann bleibe ich auch hier, arbeite etwas länger und sehe nach ihm. Vielleicht erzählt er mir doch noch das eine oder andere über seine Stücke.« Sie legte ihm eine Hand auf die Brust. »Ein andermal, Cal.«

Er strich ihr über die Wange. »Sicher. Bis morgen, Ivy.«

Aber es schwang ein Zweifel in seinen Worten mit, der sie betrübte.

Gerade hatte sie ein Gespräch mit einem Kontakt im Auktionshaus Bonhams beendet und sah auf die Uhr. Es war bereits nach sieben, und ihr Magen knurrte. Zufrieden mit den Ergebnissen ihrer Arbeit ging sie in die Küche, um sich einen Tee zu kochen. Während sie darauf wartete, dass das Wasser sprudelte, nahm sie sich einen Apfel aus einem Korb und biss hinein.

»Sie sind noch hier? So gut bezahlen wir doch gar nicht.« Ross MacKenzie kam mit seinem Gehstock in die Küche gehumpelt.

Ivy lächelte. Egal, wie übellaunig der alte MacKenzie sich auch gab, sie mochte ihn. Und sie konnte sich gut vorstellen, dass er in jüngeren Jahren ein echter Charmeur gewesen sein musste.

»Ich habe mir die Freiheit genommen und eine ausgedehnte Lunchpause gemacht.« Sie nahm den sprudelnden Wasserkocher und goss ihren Tee auf. »Möchten Sie auch?«

Ross nickte und ließ sich auf der Küchenbank nieder. »Wenn es keine Umstände macht, könnten Sie mir wohl den Käse und etwas Brot und Butter aus dem Kühlschrank reichen? Und da Sie ebenfalls hungrig zu sein scheinen, können Sie mir auch Gesellschaft leisten.«

»Gern. Mögen Sie Rührei?«

»Mit einer gebratenen Tomate, bitte.«

Ivy holte sich die Zutaten aus dem Kühlschrank, bereitete den Tee für MacKenzie zu und machte sich ans Braten. »Ich freue mich, Sie wieder so mobil zu sehen.«

»Der verdammte Rollstuhl war eine Plage. Da fühlt man sich ja wie ein Invalide, und so weit ist es noch lange nicht.« MacKenzie rührte einen Löffel Zucker in seinen Tee.

»Und Ihre Sprache hat sich ebenfalls verbessert, wenn Sie mir erlauben«, sagte Ivy und goss die aufgerührten Eier in die Pfanne. Sie schob das Ei ein wenig hin und her, um es locker zu halten, und drehte sich um.

Der alte Mann hielt den Teebecher in den Händen und musterte sie nachdenklich. »Es muss wohl über hundert Jahre her sein, dass eine Ferguson einem MacKenzie gegenüber etwas Wohlwollendes aussprach.«

»Ach, hören Sie doch auf mit den alten Geschichten. Wer zieht sich denn noch an so was hoch?«

»Sie ganz offensichtlich nicht. Damit sind Sie klar im Vorteil.«

»Wissen Sie was? Ich habe dieses Aufwiegen und Abwägen von Schuld und Sühne satt. Erzählen Sie mir, was damals mit Ihrer Frau passiert ist. Und wenn Sie das tun, habe ich etwas für Sie, das Sie interessieren dürfte.«

Irgendwie musste er doch aus der Reserve zu locken sein. Ivy schob die Pfanne mit dem Ei hin und her und wendete die Tomaten in der anderen.

»Ms Ferguson«, sagte Ross MacKenzie.

»Ja?«

»Wenn ich darüber sprechen soll, brauche ich etwas Stärkeres als einen Tee.«

Sie drehte sich um. »Das kann ich verstehen.«

»Der Whisky steht in dem Schrank dort.«

Sie fand ein gut bestücktes Fach im Küchenschrank. »Welcher darf es denn sein?«

»Den Lagavulin. Ein denkwürdiger Moment verdient einen besonderen Tropfen.« Ross MacKenzie lehnte sich zurück und sah zu, wie Ivy zwei Gläser und die Flasche holte und auf den Tisch stellte.

»Wasser?« Sie füllte eine kleine Karaffe mit Wasser und stellte sie dazu. »Wollen wir erst essen?«

Ivy verteilte das Rührei und die Tomaten auf zwei Teller, stellte Butter, Käse und Brot auf den Tisch und setzte sich Ross gegenüber. Der alte Laird aß schweigend, und erst als er den letzten Bissen Käse verspeist und das Besteck auf den Teller gelegt hatte, griff er nach der Whiskyflasche und schenkte ihnen ein.

»Slàinte!«

»Slàinte!« Ivy kostete den sechzehn Jahre alten Whisky und spürte dem torfigen Aroma nach.

Ross schloss die Augen und murmelte: »Dieser Duft von Rauch und Teer und dennoch weich wie Meersalz.«

Ivy mochte Whisky in Maßen, und dieser war trotz seines rauchigen Geschmacks weich und von einer fruchtigen Schärfe. »Wenn ich in London bin und solch einen Whisky trinke, erinnert mich das an meine Heimat.«

»Irgendwann kommen Sie ganz nach Skye zurück, glauben Sie mir. Hier schlägt das Herz von uns Highlandern. Ich wollte auch in die Welt, dachte, dass dort das wahre Leben wartet, und musste feststellen, dass hinter all dem Glanz meist nichts steckt. Vieles ist nur Fassade, die Gesellschaft eine heikle Blase, wird sie verletzt, spuckt sie dich aus, und es gibt keinen Weg zurück.« Der Laird trug ein hellblaues Hemd unter seinem Tweedsakko und ein passendes Halstuch. Heute sah er gepflegter aus als an den Tagen zuvor, was an dem Besuch seines Bruders liegen mochte.

»Sie wollen mir nicht erzählen, dass es kein aufregendes Leben war, das Sie damals geführt haben. Was die Klatschpresse hergibt, klingt spannend. Wer möchte nicht an den Hotspots mit den Reichen und Schönen feiern und auf Segeljachten durchs Mittelmeer cruisen?«

MacKenzie lächelte schmal. »Tja, wer möchte das nicht … Meine Frau hat es geliebt. Für mich war es ein Teil des Geschäfts. Denn diese Reichen und Schönen, wie Sie sagen, waren meine Kunden.«

Der Whisky schimmerte golden im Glas, als die letzten Strahlen der Abendsonne durch das Küchenfenster fielen. Ivy beschloss zuzuhören, ohne ihn zu unterbrechen, bevor er es sich anders überlegte.

»Sie war sehr schön. Kirsty Clark. K.C. ließ sie sich gern nennen, das klänge geheimnisvoller und interessanter. Sie kam aus Manchester. Über ihre Familie sprach sie nie. Soweit ich weiß, war ihr Vater Maurer, und ihre Mutter arbeitete in einem Imbiss. Nach ihrem Tod hatte ich das erste Mal Kontakt mit ihnen. Und die Umstände waren höchst unangenehm, wie Sie sich vorstellen können. Aber der Reihe nach. Es muss 1967 gewesen sein, als ich Kirsty in einem Club in London kennenlernte. Sie kellnerte und brauchte nicht viel zu tun, um den Männern den Kopf zu verdrehen. Ich glaube, allein vom Trinkgeld konnte sie ziemlich gut leben. Und darauf verstand sie sich, aufs Leben. Oh, ich war auch kein Kostverächter und habe nichts ausgelassen.« Ein Lächeln zog über das Gesicht des ehemaligen Antiquitätenhändlers, und Ivy stellte sich Kirsty und Ross in den wilden Sechzigerjahren vor.

»Drogen waren nie mein Ding. Ich habe einiges ausprobiert, aber mir bekam das Zeug einfach nicht. Kirsty war da anders, sie schmiss sich gern einen Trip und tanzte dann bis in die Morgenstunden. Auf die Dauer hält das niemand durch, und ich glaube, sie wusste, dass es sie irgendwann kaputtmachen würde. Wer weiß, vielleicht klammerte sie sich an mich, weil ich ein Anker im Rausch ihres exzessiven Lebens war. Vielleicht wollte sie auch einfach nur versorgt sein, und ich war ihre Eintrittskarte in die gehobene Gesellschaft. Jedenfalls fand sie es manchmal komisch, mit einem Laird verheiratet zu sein, und manchmal gab sie damit regelrecht an, je nachdem, in welcher Stimmung sie war. Ich habe sie geliebt. Sonst hätte ich sie nicht geheiratet, und ich glaube, dass sie mich auch geliebt hat. Jedenfalls am Anfang unserer Ehe. Ich tat, was verliebte Männer eben so tun, überschüttete sie mit Geschenken und Schmuck, wir waren eigentlich nur auf Reisen, weil ich immer auf der Suche nach besonderen Stücken war.«

Er nippte an seinem Whisky. »Für einen Kunsthändler waren das goldene Zeiten. Meine Herkunft öffnete mir viele Türen, und ich verstand mich darauf, mir Freunde zu machen. Kunstverstand ist eine Sache, Geschäftssinn die andere. Wenn ich einen Menschen sehe, mir sein Haus anschaue, mich mit ihm unterhalte, weiß ich sofort, welche Stücke ich ihm anbieten muss. Antiquitäten und Kunstwerke verkauft man nicht einfach so, man muss dem Käufer das Gefühl geben, etwas Außergewöhnliches erworben zu haben, dass er derjenige ist, der dieses Stück entdeckt hat und es nun besitzen darf. Der Preis spielt in den meisten Fällen keine Rolle, jedenfalls nicht ab einer gewissen Größenordnung. Ich erinnere mich an einen Sommer in Nizza. Wir kamen gerade von einer Segeltour zurück und aßen in einem Restaurant am Hafen, da kam Marson, ein amerikanischer Regisseur, mit seiner Entourage vorbei. Wir kannten uns aus Cannes und Monte Carlo. Er blieb stehen und hatte nur Augen für Kirsty. Sie sah aus wie eine Göttin mit ihrer gebräunten Haut, den wilden blonden Locken, römischem Goldschmuck und einem weißen Kleid.

Ross, mein Lieber, sagte er, warum hast du mir dieses Juwel vorenthalten? Ich stellte ihm meine Frau vor, die natürlich eine Chance witterte, in einem seiner Filme mitzuspielen. Nun, wir luden ihn in unsere Villa ein, die gleichzeitig als Galerie diente. In jedem meiner Häuser habe ich immer auch ausgestellt. Kirsty war sehr gut darin, ein Haus zu gestalten, und hat sich um Tapeten, Stoffe, Geschirr und dergleichen gekümmert. Das hat ihr Freude gemacht, und wir waren in vielerlei Hinsicht ein gutes Team. Ich hatte nichts dagegen, dass sie sich amüsierte, wenn sie darauf achtete, dass sie meinem Ruf als Geschäftsmann nicht schadete. Es gab gewisse Regeln, an die wir beide uns hielten.

Zu jener Zeit hatte ich eine ganze Reihe von klassizistischen Möbeln im Angebot, darunter einen Salon aus der napoleonischen Epoche, Vasen und Skulpturen, die Joséphine de Beauharnais gehört hatten. In unserem Badezimmer befand sich eine Badewanne, in der Napoleon selbst gebadet hatte. Ein Gegenstück dazu steht heute im Palazzo Pitti in Florenz. Marson hat Kirsty im Bad überrascht. Sie nahm gerade ein Schaumbad, und dann hat er die Wanne samt dem Salon gekauft, einfach so. Den Scheck stellte er noch am selben Abend aus, und ich ließ die Stücke nach Kalifornien verschiffen.

Kirsty hat nie in einem Film mitgespielt. Sie hatte kein Talent zum Schauspielern, um ehrlich zu sein. Dafür hat sie als Model gearbeitet. Das lag ihr, weil sie nicht nur sehr schön war, sondern sich auch zu bewegen wusste. Hat es sie glücklich gemacht?«

Ross MacKenzie trank einen Schluck Whisky und sah Ivy an. »Ich weiß es nicht. Im Grunde wusste ich nie, was sie eigentlich vom Leben wollte. Sie suchte Zerstreuung, wo immer es möglich war. Vielleicht war sie eine verlorene Seele. Vielleicht habe ich mich nicht genug um sie gekümmert. Erfolg verlangt Opfer. Nächtelang habe ich Auktionskataloge gewälzt, mit Bekannten, Sammlern und anderen Händlern telefoniert. Damals gab es das Internet noch nicht. Zumindest steckte es noch in den Kinderschuhen. Wir trafen uns auf Ausstellungen, Partys, und es ging darum, auf den richtigen Listen zu stehen. Und natürlich habe ich recherchiert, bin in Archive gegangen, habe nach Kaufbelegen und Familiengeschichten geforscht. Ich gebe zu, dass ich das mit Leidenschaft betrieben habe und oft wochenlang nicht in London oder auf Skye war. Hier im Schloss hat Moira oft nach dem Rechten gesehen.«

»Moira?«, entfuhr es Ivy.

»O ja, sie ist eine sehr belesene und intelligente Frau. Ich habe sie immer geschätzt. Außerdem war sie attraktiv und auf eine ungreifbare Art geheimnisvoll. Als ich einmal, es muss Ende der Siebziger gewesen sein, krank aus New York zurückkam, hat sie mich mit ihren Kräutern und Zaubersprüchen wieder auf die Beine gebracht.«

»Wirklich? Wie bemerkenswert!« Zwischen Moira und Ross gab es eine besondere Beziehung, das stand außer Frage.

»Sie ist eine bemerkenswerte Frau, und Kirsty war sicherlich eifersüchtig. Aber sie hatte Moira nichts entgegenzusetzen. Moira ist eine starke Persönlichkeit, ein unabhängiger Geist.«

Ivy hörte fasziniert zu. In ihr verdichtete sich ein Bild von der Zeit, in der Ross und seine Frau ein scheinbar beneidenswert sorgloses Leben geführt hatten. Doch wenn man hinter die glänzende Fassade schaute, offenbarten sich die Schattenseiten. So wie er über Moira sprach, war mehr zwischen ihm und der Heilerin gewesen, davon ging Ivy aus.

»Kirsty hatte verschiedene Liebhaber. Ich habe ihr das nicht übel genommen. Heute würde man sagen, dass wir eine offene Ehe geführt haben. Mir kam das entgegen, mein Leben war immer ausgefüllt, weil ich in der glücklichen Lage war, Hobby und Leidenschaft zu meinem Beruf gemacht zu haben. Wenn ich nur an den vergoldeten Kronleuchter denke, den ich auf einer ländlichen Auktion in einem amerikanischen Nest im Mittleren Westen erstanden habe. Die wussten gar nicht, was sie da vor sich hatten. Als Kitsch des Historismus haben sie den abgetan. Dank einer gründlichen Recherche konnte ich ihn einem bedeutenden französischen Kunsthandwerker zuordnen, der ihn Anfang des neunzehnten Jahrhunderts für einen reichen Kaufmann geschaffen hatte. Ach, ich könnte zahllose Beispiele aufzählen. Heute bin ich besonders stolz auf die Stücke, die es in die großen Museen geschafft haben. Dort erfreuen sie viele Menschen.«

Ivy hatte den Eindruck, dass Ross sich sammeln musste, bevor er zu der heiklen Zeit in seinem Leben kam, die alles verändert hatte. Sie stand auf, stellte einen Kerzenleuchter auf den Küchentisch und zündete die Kerze an. Draußen war es dunkel geworden. Charly kam zu ihnen in die Küche getappt, schnüffelte an der Tischkante, setzte sich neben Ivy und legte den Kopf auf ihr Bein.

»Na, mein Hübscher, hier finden wir bestimmt noch einen Hundekeks für dich.«

»Die Dose dort links«, sagte MacKenzie. »Sie mögen Hunde sehr, nicht wahr?«

Ivy lächelte, während sie einen Keks in Knochenform aus der Dose fischte und Charly gab. »O ja, ich liebe Hunde, hätte gern selbst einen, aber mein Beruf und mein Miniapartment in London erlauben das nicht.« Fast hätte sie sich verraten.

»Das ist der Vorteil des Landlebens, man hat mehr Zeit und mehr Raum.« Ross MacKenzie machte eine Pause. »Meine Frau hatte zu viel Zeit, aber sie hat das Schloss nie sonderlich gemocht. Es war ihr zu düster.« Ein bitteres Lachen entrang sich ihm. »Und dann musste sie hier sterben. Welche Ironie des Schicksals!«

Ivy bekam bei dem Gedanken an die einsame junge Frau, die hier auf ihren Mörder getroffen war, eine Gänsehaut. Je länger sie Ross MacKenzie zuhörte, desto mehr sah sie sich bestätigt in der Annahme, dass er nicht schuldig am Tod seiner Frau war.

MacKenzie trank einen weiteren Schluck Whisky, holte tief Luft und fuhr fort. »Ende September des Jahres 1983 war ich nach einem heftigen Streit abgereist. Ich nahm einen Termin in Paris und danach einen in London wahr. Aber ich war des Umherreisens müde geworden und sehnte mich nach einem Ruhepol, nach Skye. Ich hatte genug gesehen und erlebt und war an einem Punkt in meinem Leben angekommen, an dem ich mich verändern wollte. Und ich hatte beschlossen, unserer Ehe noch eine Chance zu geben. Vielleicht war es auch noch nicht zu spät für Kinder. All diese Gedanken gingen mir durch den Kopf, als ich im Oktober mit der Fähre nach

Skye übersetzte. Damals gab es die Brücke noch nicht. Es war kalt und stürmisch, und es regnete. Der Wind peitschte den Regen von Westen über die Insel, und ich stellte die Scheibenwischer auf die höchste Stufe, ohne dass die Sicht dadurch wesentlich besser wurde.

Zweimal geriet mein Wagen von der Straße ab und wäre beinahe abgerutscht. Die Schlaglöcher waren damals noch übler als heute und die Straße hinauf nach Ardmore kaum befestigt. Mit einem Geländewagen war man besser bedient, aber ich kam mit meinem Sportwagen aus London, dessen Verdeck flatterte und solch einen Lärm machte, dass schwer zu sagen war, ob der Sturm oder das Dach lauter waren. Nachdem ich mich in der Dunkelheit den Hügel zum Schloss hinaufgekämpft hatte, stellte ich meinen Wagen vor dem Tor ab, weil ich davon ausging, dass Kirstys Wagen drinnen stand. Nur wenige Fenster des Schlosses waren erleuchtet, was mich nicht wunderte, denn es war nach Mitternacht.

Die Tür unten war nicht abgeschlossen, was mich überraschte, denn Kirsty war nicht gern allein im Schloss und sperrte immer alle Türen sorgfältig ab. Ich hatte lediglich meine Reisetasche, in der ein paar Geschenke für Kirsty waren, aus dem Wagen genommen und betrat zuerst die Halle. Nur eine Wandleuchte brannte, und es war sehr still im Haus. Kirsty ließ gern das Radio oder den Fernseher laufen, auch nachts.«

MacKenzies Hände umfassten zitternd das Glas, und Ivy schenkte ihm noch einen Schluck Lagavulin ein. Nachdem er genippt hatte, starrte er eine Weile in die bernsteinfarbene Flüssigkeit.

»Ich rief mehrfach ihren Namen, um sie nicht zu erschrecken, wenn ich so plötzlich auftauchte. Sie erwartete mich nicht, und ich hatte mich nicht angekündigt. Niemand wusste, dass ich meine Pläne geändert und direkt von London nach Schottland gefahren war. Wir hatten damals keinen Hund, sie mochte Tiere nicht sehr, fand sie zu hilfsbedürftig, dabei war sie selbst es, die sich nach Zuwendung sehnte. Die Treppenstufen knarrten unter meinen Schritten und hallten laut durch die Nacht. Draußen rüttelte der Sturm an den Fenstern, und es zog durch die Ritzen des alten Mauerwerks. Ich dachte noch, dass eine Renovierung dringend vonnöten sei, wenn wir von nun an das ganze Jahr über hier leben wollten.

Ich stellte die Tasche in meinem Schlafzimmer ab und ging zu ihrem Zimmer. Zuerst dachte ich, sie schläft, doch ihre Haltung hatte etwas so Unnatürliches, dass mir das Blut in den Adern gefror. Sie lag in einem Sessel vor dem Fenster, ein Arm hing über der Lehne, der Kopf war zur Seite gesackt. Ihre langen Haare ergossen sich über den dunkelroten Stoff des Sessels, und ihr zarter Körper wurde kaum von einem goldschimmernden Nachthemd bedeckt. Ich weiß noch, dass es aus Seide war, denn es fühlte sich kühl an, als ich sie berührte. Dann sah ich die Male an ihrem Hals. Dunkel und tödlich.«

Ross MacKenzie barg das Gesicht in den Händen und schluchzte. »Ich war zu spät.«

Trost schien Ivy genauso wenig angebracht wie Spekulationen über die Tat. Also schwieg sie.

Nach einem Augenblick hatte sich MacKenzie wieder

gefasst und hob den Blick. »Neben der Frage nach dem Warum und ihrem Mörder hat mich das nie losgelassen. Ich war zu spät gekommen. Wir hatten uns im Streit getrennt, waren mit bösen Worten auseinandergegangen – und nun ihr gewaltsamer Tod.«

»Wie furchtbar«, flüsterte Ivy.

»Und ich weiß, dass er noch da draußen ist«, sagte Ross MacKenzie mit heiserer Stimme und leerte sein Glas in einem Zug.

19

In Schottland komme es nicht selten vor, dass man alle vier Jahreszeiten an einem Tag erlebe, hieß es. Eher zutreffend fand Calum den raschen Wechsel von Regen und Sonnenschein, was mit den ständig vorherrschenden Winden und den Gezeiten zusammenhing. Als sie Ardmore Castle verlassen hatten, war es windiger geworden, doch hier in Portree war davon nur noch wenig zu spüren. Dafür ging ein feiner Nieselregen nieder, der Cal jedoch nicht störte. Anders seine Mutter, die sich schlecht gelaunt ihren Schal um die Haare gewunden hatte und mit ihrem Mann schimpfte. »Ich habe dir doch gesagt, dass wir den Regenschirm brauchen. Und jetzt sieh dir das Wetter an!«

Alistair MacKenzie hatte ein Stück weiter oben den Wagen geparkt, denn am Restaurant und in der Innenstadt war kein Parkplatz zu finden gewesen. »Du übertreibst. Wie immer …«, murmelte er angespannt.

»Ich habe das genau gehört, Alistair! Von Übertreiben kann nicht die Rede sein. Es ist dir einfach egal, wie ich mich fühle. Das ist es! Sonst hättest du das Haus auch nicht an diesen Buchanan verpachtet. Ausgerechnet!«, keifte Lorna und griff sich theatralisch an die Stirn. »Migräne, das musste ja so kommen.«

»Oh, Mum, bitte«, versuchte Cal seine Mutter zu beruhigen. »Lass uns diesen Abend genießen.«

»Danke, Cal, aber wir wissen ja beide, wie deine Mutter ist ...«, meinte Alistair trocken.

»Das ist nicht hilfreich.« Calum bedauerte, dass Ivy nicht mitgekommen war, aber vielleicht hätte sie dieser Abend mit seinen Eltern eher verschreckt. Seine Mutter mochte anspruchsvoll sein, doch sie war auch sehr großzügig, und man konnte viel Spaß mit ihr haben. Dass sie heute so gereizt war, musste einen Grund haben. Und Calum vermutete, dass der Grund im Aufwühlen alter Erinnerungen mit seinem Onkel zu suchen war.

Das Restaurant war ausgebucht und ihr Tisch noch nicht frei, weshalb Gordon sie in die Bar lotste und ihnen dort ein Glas Wein ausgab. Der Schotte suchte den Rotwein selbst aus und wartete auf ihre Reaktion. »Ist der nach eurem Geschmack? Der stammt von einem kleinen kalabrischen Weingut, das ich auf meiner letzten Tour entdeckt habe.«

Calum schnupperte betont fachmännisch und kostete. »Hervorragend, aber bitte frag mich nicht nach den Duftnoten. Mir schmeckt er, wie mir überhaupt alles in deinem Restaurant schmeckt. Dein Koch ist große Klasse.«

»Danke, Cal, das freut mich!« Gordon Buchanan klopfte Cal auf die Schulter.

»Ach ja, wir haben immer recht angenehm bei dir gespeist«, ließ sich Lorna zu einem Lob herab.

»Du führst das Haus wirklich sehr gut, mein Lieber«, sagte Alistair. »Ich könnte mir keinen besseren Pächter wünschen.«

»Und hast du mal darüber nachgedacht, an mich zu verkaufen? Wir haben uns hier so gut etabliert, dass ich gern erweitern würde. Aber das können wir irgendwann einmal besprechen.« Gordons Aufmerksamkeit wurde am Eingang gefesselt. »Meine Mutter, entschuldigt mich.«

Doch Moira hatte ihren Sohn bereits entdeckt und bahnte sich zielstrebig ihren Weg durch die Gäste. Calum wappnete sich und stieß mit seiner Mutter an. »Cheers, Mum! Es ist wirklich schön, euch hier ...«

Weiter kam er nicht, denn Moira hatte sie erreicht und rief: »Was für eine Überraschung! Lorna und Alistair! Wir sehen euch viel zu selten hier oben.«

Moira Buchanan begrüßte Cals Eltern mit Wangenküssen, die Lorna über sich ergehen ließ, Alistair hingegen erwiderte die Küsse erfreut.

»Du veränderst dich gar nicht, Moira«, sagte Alistair. »Noch immer schön.«

Tatsächlich fand auch Calum, dass Moira eine beeindruckende Erscheinung war. Ihre langen dunklen Haare, von grauen Strähnen durchzogen, fielen ihr offen über den Rücken und rahmten ihr Gesicht, aus dem sie ausdrucksvolle dunkle Augen musterten.

»Wie geht es Ivy?«, wandte sich Moira an Calum, ohne auf das Kompliment einzugehen.

»Besser. Sie hat den Schock verwunden, ist noch ein wenig erschöpft, aber das ist alles.«

Moira griff in ihren Beutel, den sie wie immer schräg über der Schulter trug. »Gib ihr das hier. Dreimal täglich ein Löffel. Das stärkt ihre Nerven.« Sie drückte Calum eine kleine Flasche in die Hand, die er in seine Tasche steckte.

»Na, wer weiß, was da drin ist …«, meinte Lorna.

Moira sah sie durchdringend an. »Ich weiß, was drin ist, denn ich habe die Heilkräuter gesammelt und verarbeitet.« Sie legte die Fingerspitzen an Lornas Schläfen. »Du machst dir zu viele Gedanken um unnütze Dinge, Lorna. Das verursacht deine Kopfschmerzen.«

Erstaunt beobachtete Calum, wie sich das Gesicht seiner Mutter entspannte. Für einen Augenblick erschien sie weich und friedlich.

»Lass den Unsinn, Moira. Bei mir musst du deinen Hokuspokus nicht anwenden«, wehrte Lorna im nächsten Moment die ältere Frau ab.

Gelassen ließ Moira die Hände sinken. »Ganz, wie du meinst. Ich hoffe, wir sehen uns noch. Gordon, hast du einen Moment für mich?«

»Natürlich.«

Nachdem die beiden gegangen waren, dauerte es nicht mehr lange, und eine Mitarbeiterin führte sie zu ihrem Tisch. Cal und sein Vater entschieden sich für den Seehecht mit Krabben, Kohl und Crème fraîche, während Lorna den Mönchsfisch mit Roter Bete und Orange wählte. Als Gruß aus der Küche servierte man eine Auswahl an raffinierten Amuse-Gueules, die selbst Lorna in Verzückung versetzten.

»Ich sehe, es geht dir besser«, stellte Alistair fest. »Warum musst du immer so hässlich zu Moira sein? Sie hat dir doch nichts getan, und Gordon ist ein feiner, fleißiger junger Mann.«

»Ja, das ist er. Wissen wir eigentlich, wer sein Vater ist? Dann kämen wir der Frage, warum ich Moira nicht sonderlich gut leiden kann, etwas näher. Ich erinnere mich nämlich sehr gut daran, wie du Moira jedes Mal, wenn wir hier auf Skye waren, schöne Augen gemacht hast. Geradezu verschlungen hast du die Frau mit deinen Blicken!« Lorna sprach leise, doch mit scharfem Unterton.

»O bitte, das muss doch vierzig Jahre her sein!« Calum konnte nicht glauben, dass seine Mutter noch immer eifersüchtig war.

»Richtig«, zischte Lorna. »Das käme ungefähr hin oder nicht?«

Alistair konnte sich ein Grinsen nicht verkneifen. »Ich finde es sehr schmeichelhaft, dass du mir zutraust, Moira hätte eine Affäre mit mir gehabt. Leider war dem nicht so.«

»Wie schade«, meinte Calum mit einem Augenzwinkern. »Gordon hätte ich gern zum Halbbruder gehabt.«

»Ihr macht euch über mich lustig? Du denkst, ich hätte keinen Grund, mich über das Verhalten deines Vaters zu beschweren? Bitte, Alistair, vielleicht ist heute eine gute Gelegenheit, einmal reinen Tisch zu machen. Wo wir doch schon mit Ross gesprochen haben ...« Lorna legte ihr Besteck auf den Teller und sah ihren Mann herausfordernd an.

»Nein, das glaube ich jetzt nicht! Geht es um Kirsty? Lasst sie doch in Frieden ruhen. Was bringt das denn jetzt noch? Ihr Tod hat genug angerichtet.« Calum sprach so leise, dass man sie am Nebentisch nicht verstehen konnte.

»Deine Mutter hat ja recht, Cal. Es gab tatsächlich

einen Ausrutscher, den ich immer bereut habe«, sagte Alistair seufzend.

»Siehst du!«, triumphierte Lorna.

Alistair MacKenzie schloss kurz die Augen, bevor er fortfuhr: »Du warst erst ein paar Monate auf der Welt, Cal, deine Mutter war mit dir in unserem Ferienhaus in der Provence, und ich hatte geschäftlich in Edinburgh zu tun. Immer wenn ich in Edinburgh war, habe ich einen Abstecher nach Skye eingeplant, so auch damals. Kirsty war allein im Schloss. Ross verhandelte mit Kunden in London, soweit ich mich erinnere. Jedenfalls war Kirsty unglücklich und schüttete mir ihr Herz aus. Und so führte eines zum anderen.«

»Und dafür erwartest du jetzt Verständnis? Weil sie so unglücklich war, musstest du sie trösten? Die hat sich doch von jedem trösten lassen!«, fauchte Lorna.

So hatte Calum seine Eltern noch nie erlebt. Die Begegnung mit Ross vorhin im Schloss musste den alten Groll wieder aufgebracht haben.

»Ich will sie nicht in Schutz nehmen«, sagte Alistair. »Kirsty war keine Heilige, aber wer kann das schon von sich behaupten? Wir machen alle Fehler.«

»Das muss dann ja in dem Jahr gewesen sein, in dem sie starb«, überlegte Calum laut.

Ein Kellner räumte die Teller ab und reichte ihnen die Dessertkarte.

»Rhabarber und Baiser. Das nehme ich«, entschied Calum.

Seine Mutter lehnte ab, und sein Vater bestellte die Auswahl an schottischem Käse und drei Espresso.

»O ja, es war nicht lange vor ihrem Tod. Das machte es ja so brisant.« Alistair faltete seine Serviette und legte sie auf den Tisch. »Die Zeitungen waren voll von Gerüchten und Verleumdungen über Kirsty und ihre Liebhaber, und natürlich wollte ich meinen Namen da raushalten. Deine Mutter und ich haben eine Absprache getroffen. Es blieb bei den Gerüchten der Klatschpresse. Und es war ja auch nicht wichtig. So etwas passiert. Ich habe es Ross später erzählt, und er hat mir verziehen.«

»Ja, ja. Er hat dir also verziehen. Wie schön für dich. Nun, ich habe es toleriert, und ich möchte nicht mehr über diese Frau sprechen.«

»Mum, ich verstehe dich ja, aber ihr habt euch zusammengerauft und seid ein tolles Team. Das allein zählt.«

Alle Tische im Restaurant waren besetzt, und ein angenehmes Stimmengemurmel erfüllte den lang gestreckten Raum. Aus der Bar klang Musik herüber. Eine Folkband schien sich warmzuspielen. Calum dachte an Ivy und ihre Vorliebe für Folkmusik. Seine Mutter schwieg und drehte an ihrem Ehering, der mit einem prächtigen Diamanten besetzt war.

»Ich war gerade Mutter geworden. Was glaubst du denn, Cal? Meine Familie war alles für mich.«

Alistair nahm ihre Hand und küsste sie. »Ich wünschte, ich könnte es ungeschehen machen, Darling, aber es ist nun einmal passiert. Du bist meine große Liebe, Lorna. Und falls es dich tröstet, ich weiß, dass Kirsty damals einen Liebhaber hatte. Auf ihrem Schreibtisch lag ein Brief mit einem Liebesgedicht. Wer auch immer sich lyrisch ergießen musste, hätte es besser gelassen, denn die

Zeilen waren erbärmlich. Als ich sie darauf ansprach, tat sie es lachend ab. Das wäre nichts. Nur jemand, den sie ab und an träfe, wenn sie auf Skye sei. Sie beschwerte sich, dass Ross sie so oft allein ließ.«

Erleichtert sah Calum zu, wie seine Eltern einander anlächelten und Lorna seinem Vater die Wange tätschelte. Eine Ehe, die so lange gehalten hatte wie die seiner Eltern, hatte viele Stürme überstanden und war durch die bewältigten Krisen nur noch stabiler geworden.

»Dieser andere Liebhaber, Dad, kam er von Skye?«

»Ich weiß es nicht. Aber ich könnte mir vorstellen, dass er zumindest aus der Gegend war, denn sie traf ihn immer nur hier. Ich habe das damals auch der Polizei gesagt. Sie haben ja nach Kirstys Tod alle befragt. Ich glaube, meine Aussage war wichtig, damit Ross entlastet werden konnte. Denn ihm hätten sie nicht geglaubt. Er stand auf der Abschussliste der Polizei und war ein gefundenes Fressen für die Presse.«

Wenn nur sein Onkel von einem unbekannten Liebhaber gesprochen hätte, wäre das als Ablenkungsmanöver abgetan worden, da stimmte Calum seinem Vater zu. Ein unangenehmer Zweifel keimte in Calum. Was, wenn sein Vater den anderen Liebhaber erfunden hatte? Durfte er so etwas überhaupt denken?

Der Mond war wolkenverhangen, und es nieselte noch immer, als Calum eine Stunde später auf dem Weg nach Ardmore Castle war. Seine Eltern hatten sich zu Bett begeben, und sie hatten sich für den nächsten Tag zum Lunch in einem Restaurant bei Dunvegan verabredet. Er bog von der A850 nach rechts in die Landstraße auf die Waternish-Halbinsel, als sein Mobiltelefon klingelte.

Erstaunt las er Ivys Namen und nahm das Gespräch an. »Ivy, hallo, alles in Ordnung?«

»Tut mir leid, dass ich so spät störe. Bist du noch bei deinen Eltern?«

»Nein, gerade an der Fairy Bridge vorbei. Was gibt es?«

»Ich muss dir etwas erzählen. Für den Pub in Stein ist es zu spät. Magst du bei mir vorbeikommen? Nur kurz, aber es ist wichtig, und morgen im Schloss sind wir vielleicht nicht allein.«

»Sicher. Bin gleich bei dir.«

Gespannt setzte Calum seinen Weg fort. Der Hof der Fergusons lag bis auf die Leuchte am Tor im Dunkeln. Nur die Lodge etwas oberhalb des Wohnhauses war erleuchtet. Er ließ den Bus unten im Hof stehen und ging hinauf.

Ivy hatte die Terrassentür offen gelassen. Er klopfte trotzdem, um sie nicht zu erschrecken, und wurde zuerst von Molly begrüßt.

»Hey, ja, du bist ein feiner Hund.« Er ging in die Knie, um Molly zu streicheln.

»Cal?«, rief Ivy von hinten.

»Ja! Dein Hund war schneller.«

Sie kam zur Tür und lächelte. »Molly genießt die Aufmerksamkeit. Ich werde sie schrecklich vermissen.«

Er richtete sich auf. »Du willst uns verlassen?«

»Irgendwann muss ich fahren. Aber nicht morgen«, sagte sie.

So wie sie es sagte, versetzten ihre Worte ihm einen Stich. Es klang so endgültig, als gäbe es keine andere Möglichkeit – und die gab es immer, davon war Calum überzeugt. Molly tappte vor ihm in die Lodge und streckte sich vor dem Bett auf einem Läufer aus.

»Cal, schau mal hier. Ich wusste nicht, was ich damit machen sollte, aber nachdem ich mit deinem Onkel gesprochen habe, nun ja, ich finde, du sollst entscheiden, was damit passiert.« Sie hielt ihm ein paar lose Briefbogen hin.

Irritiert nahm er die Blätter und überflog die handschriftlichen Zeilen. »Gedichte? Sehr schlechte und ziemlich geschmacklos, wenn du mich fragst. Kein Datum, kein Verfasser, aber die Handschrift wirkt älter.«

»Setz dich doch.« Sie hockte sich mit überkreuzten Beinen aufs Bett. »Ich bin furchtbar, habe dir noch gar nichts zu trinken angeboten.«

»Danke, nein. Was ist das hier, Ivy?«

Sie strich sich die langen Haare aus dem Gesicht, das müde und gleichzeitig aufgekratzt wirkte. Ihre Augen funkelten, als sie sprach: »Ich habe diese Gedichte in einem Geheimfach des Schreibtischs in Kirstys Zimmer gefunden. Sie müssen dort seit ihrem Tod gelegen haben. Ist das nicht unglaublich? Weißt du, was das bedeutet?«

»Sie hatte einen Liebhaber.« Ihm wurde schlecht. Die Gedichte konnten doch unmöglich von seinem Vater stammen?

»Ja! Das stimmt also! Dein Onkel ist unschuldig. Er hat mir heute Abend seine Geschichte erzählt, Cal. Jetzt verstehe ich ihn und wie sein Verhältnis zu Kirsty war.

Ich denke, dass sie die Gedichte als Rückversicherung aufgehoben hat, falls der Liebhaber sie erpressen wollte oder so.« Sie erzählte Calum, was sein Onkel ihr anvertraut hatte.

Er sagte nichts, starrte aber auf die Handschrift. Kam sie ihm bekannt vor? Männlich war sie, und sein Vater schrieb sehr ähnlich. Aber genauso? »Wie hast du das überhaupt gefunden?«

»Ach weißt du, jeder anständige Schreibtisch hat ein Geheimfach, und ich kenne diese Art von Tisch. Es war nicht allzu schwer für mich, den Mechanismus zu finden. Ich finde, das ist doch eine aufregende Entdeckung! Du nicht?«

»Doch, doch, sicher ...« Er lehnte sich gegen den Tisch. »Wann hast du diese Gedichte gefunden? Heute?«

Sie nickte enthusiastisch. »Aber ich wollte deinen Onkel nicht damit überfallen. Wenn er sich aufregt, wäre das sicher nicht gut.«

»Tja, ich bin ein wenig ratlos, wie du siehst. Weißt du, Ivy, ich hatte auch eine Unterhaltung. Mit meinen Eltern, vielmehr hat meine Mutter aus Eifersucht auf Moira, die natürlich im Restaurant aufkreuzen musste, einen Streit vom Zaun gebrochen. Im Verlauf hat dann mein Vater seine Affäre mit Kirsty zugegeben.«

Ivy legte sich die Fingerspitzen an die Lippen. »Oh!«

»So ähnlich habe ich wohl auch ausgesehen, als er davon erzählte. Meine Mutter hat es all die Jahre toleriert. Er behauptet, dass es nur ein Ausrutscher gewesen wäre. Vermutlich war es das auch. Meine Eltern haben sich zusammengerauft und ihre Ehe gerettet.«

»Ihr hattet wohl einen entspannten Abend, was?« Sie zog eine Grimasse, ließ sich vom Bett gleiten und ging zu ihm.

Cal legte die Papiere zur Seite und nahm sie in die Arme. »Du rettest diesen verkorksten Abend.«

Sie schmiegte sich an ihn und küsste ihn. Er nahm ihre Einladung nur zu gern an und zog sie enger an sich, strich ihr über den Rücken und konnte dabei nicht genug von ihren Lippen bekommen. Außer Atem löste sie sich von ihm und sah ihn mit dunklen Augen an.

»Hm, Cal, das Verführen scheint bei euch in der Familie zu liegen.«

»Was hat mein Onkel dir alles erzählt?« Sie war so warm, und er mochte jede Rundung ihres Körpers.

Während sie den Kopf leicht nach hinten neigte, damit er ihren Hals küssen konnte, sagte sie: »Sie haben eine offene Ehe geführt, und Kirsty war wohl unglücklich. Außerdem mochte sie das Schloss nicht. Warum sie dann überhaupt allein auf Skye geblieben ist, weiß ich auch nicht. Sie besaßen doch Ferienhäuser in Frankreich und … hm, was machst du da?«

Er strich mit den Fingerspitzen von ihrem Hals über ihr Schlüsselbein und hinunter zu ihren festen, runden Brüsten. »Ich versuche, dem Ruf der MacKenzies gerecht zu werden, aber …« Er hielt sie nur noch leicht an der Hüfte fest.

»Aber?« Sie legte ihm die Hände auf die Schultern.

»Ich fürchte, ich bin da ziemlich altmodisch. Für offene Beziehungen bin ich nicht zu haben.«

»Ach nein? Ich auch nicht. Aber …«

Jetzt war er es, der sie fragend ansah. »Ja?«

»Wer sagt denn überhaupt, dass wir eine Beziehung haben könnten?«

»War nur so ein Gedanke.«

»Ich mag dich, Cal. Können wir es nicht einfach so lassen, wie es ist?« Sie wollte ihn küssen, doch er hielt inne.

»Wie ist es denn?«

»Unkompliziert.«

Er hob eine Augenbraue. »Wenn du meinst.«

Es war alles andere als unkompliziert, das wussten sie beide, aber er wollte sie nicht verschrecken und ließ das Thema fallen. Sie zu küssen war ohnehin weitaus spannender, als über Dinge zu diskutieren, die sich ergeben würden. Ihre Küsse wurden fordernder, und er nahm sie mit zum Bett. Sie zog sich ihr T-Shirt über den Kopf und streckte die Hände nach ihm aus, als sein Telefon klingelte.

»Ernsthaft?«, murmelte er und ignorierte das Klingeln, doch Ivy sagte: »Und wenn es dein Onkel ist?«

Cal ging zum Tisch, wo er das Handy abgelegt hatte, und schaute auf die Nummer. Überrascht nickte er Ivy zu. »Ja, Onkel, was gibt's?«

»Cal, komm her, schnell, hier ist jemand im Schloss!« Sein Onkel flüsterte aufgeregt, und die Angst in seiner Stimme war deutlich.

»Wo bist du?«

Ivy zog sich ihr Shirt wieder über und sah ihn aufmerksam an.

»Es ist jemand im Schloss!«

Sofort suchte sie ihre Jacke und nahm ihr Handy.

»Ich bin im Schlafzimmer, aber unten ist jemand. Es klappert, und Charly knurrt«, flüsterte Ross MacKenzie heiser.

»Rühr dich nicht aus deinem Zimmer, hörst du? Schließ die Tür ab, und lass Charly bellen. Ich rufe die Polizei und bin auf dem Weg!«

»Keine Polizei, Cal, bitte nicht! Komm einfach her!«

»Okay, aber schließ ab! Ich laufe jetzt zum Wagen und rufe dich gleich wieder an.«

Ivy stand in der Terrassentür. »Sollen wir die Gaspistole meines Vaters mitnehmen? Die ist mit Pfefferspray bestückt, für die Bullen.«

»Nein, keine Zeit!« Er sprintete die Treppe hinunter, hörte, wie sie die Tür schloss, und ihm mit Molly folgte.

»Du musst nicht mitkommen, Ivy. Ein Unfall hat gereicht, finde ich.«

Sie rannten den Hügel hinunter und hielten erst vor seinem Bus. »Ich lass dich doch jetzt nicht allein. Soll ich die Polizei anrufen, während du fährst?«

Molly blieb vor dem Haus stehen. Sie war darauf trainiert, das Grundstück nicht ohne Befehl zu verlassen, es sei denn, eins der Tiere machte sich selbstständig.

Cal hatte den Bus bereits geöffnet, so dass sie einsteigen konnten. Grimmig ließ er den Motor an. »Er will keine Polizei, und die wären sowieso viel später da als wir. Die nächste Station ist in Portree.«

»Okay, dann los!«

Es regnete jetzt stärker als zuvor, und Cal stellte die Scheibenwischer an. In der Dunkelheit waren die

Schlaglöcher viel zu spät zu sehen, so dass er mehrfach eins erwischte. Der alte Bus protestierte ächzend, fuhr jedoch weiter in halsbrecherischem Tempo die schmale Straße entlang.

»Siehst du ein Auto vor dem Schloss stehen?« Cal konnte durch den Regen nichts erkennen und konzentrierte sich auf die Fahrbahn.

Ivy stützte sich in einer scharfen Kurve an der Tür ab. »Nein. Ich sehe keine Scheinwerfer.«

Als sie die Abzweigung zum Schloss erreichten, hörten sie in der Nähe einen Motor aufheulen, doch zu sehen war nichts. Cal quälte den Bus den Weg hinauf. »Ich sehe zuerst nach. Du wartest, okay?«

Er parkte vor dem Tor, stellte den Motor ab und sprang aus dem Wagen. Die Tür zum Seiteneingang stand offen und schwang hin und her. Als er in die dunkle Küche kam, hörte er oben Charly wie von Sinnen bellen. Er ging durch den Flur in die Halle und horchte in das Gemäuer. Als plötzlich das Licht anging, fuhr er zusammen.

»Ich bin's nur«, sagte Ivy.

Er nahm ihre Hand und ging mit ihr zur Treppe, die in den ersten Stock führte. Auf den Holzstufen waren nasse Fußabdrücke zu sehen. Ivy hielt sich dicht neben ihm. Das Bellen erstarb, und es folgte ein lautes Poltern. Danach war es still.

20

»Onkel!«, rief Calum und sah nach oben.

»Ich sehe mich hier unten um«, schlug Ivy vor, doch Calum nahm ihre Hand und zog sie mit sich die Treppe hinauf.

»Nein, wer weiß, wer hier herumschleicht. Wir bleiben zusammen.«

Gemeinsam kamen sie außer Atem vor Ross Mac-Kenzies Schlafzimmertür an. Calum hämmerte dagegen. »Wir sind es, Onkel, Cal und Ivy!«

Charly begann laut zu bellen, und kurz darauf wurde die Tür geöffnet. Der Laird war kreidebleich und hielt sich zitternd am Türknauf fest. »Gut, dass du endlich da bist, Junge.«

»Geht es dir gut? Was war denn nur los? Bist du auch in deinem Zimmer geblieben?« Calum schaute in das erleuchtete Zimmer, und Charly fegte an ihnen vorbei die Treppe hinunter.

Ivy sah dem Hund nach, der laut bellend durchs Schloss preschte. »Wer auch immer hier war, wird jetzt das Weite gesucht haben«, meinte sie.

Cal führte seinen Onkel zu einem Sessel und strich ihm über die Schulter. »Die Tür unten war auf. Du vergisst doch nie abzuschließen.«

»Ich habe sie abgeschlossen, als ich gegangen bin«, sagte Ivy. »Da bin ich mir ganz sicher.«

Ross MacKenzie wirkte erschöpft in seinem Sessel. »Alles an einem Tag ... mein Bruder, die Erinnerungen und nun das ...«

»Die Erinnerungen?«, fragte Cal.

»Er meint sicher unser Gespräch, nicht wahr, Sir?« Ivy holte ein Glas Wasser und reichte es dem zitternden alten Mann, der Pyjama und einen Morgenmantel trug. Die Füße steckten in Filzpantoffeln.

»Ja, ja, wir haben uns unterhalten. Die Bilder, es war alles wieder da, als wäre es gestern gewesen. Ich lag im Bett und blätterte in einem Fotoalbum, als Charly zu knurren anfing.« Ross trank etwas Wasser.

»Was war denn eben los?«, fragte Cal. »Das Poltern?«

»Ach, das war nur mein Gehstock, der mir aus der Hand gefallen ist. Damit hätte ich dem Einbrecher eins übergezogen!«

»Sei froh, dass es nicht dazu gekommen ist.« Cal schaute in den Gang und pfiff. »Und dann?«

Der Laird stieß hörbar die Luft aus. »Ich habe Charly nicht rausgelassen, weil ich nicht wollte, dass sie oder wer auch immer ihm was antun. Aber er hat gebellt wie ein Verrückter, und ich habe mich aus dem Zimmer geschlichen und bin zur Treppe vor. Da habe ich gehört, dass jemand unten herumschlich. Er hat etwas gesucht, denn Schubladen und Schranktüren wurden geöffnet. Ich kenne jedes Geräusch in diesem Haus. Als sich die Schritte aus der Halle der Treppe näherten, bin ich schnell wieder ins Zimmer und habe dich angerufen.«

Charly kam hechelnd die Treppe heraufgelaufen und strich um ihre Beine.

»Guter Hund!« Cal tätschelte den wachsamen Vierbeiner.

»Ich gehe mal unten nachsehen. Das lässt mir einfach keine Ruhe«, sagte Ivy.

»Ich komme mit. Wir sind gleich zurück, Onkel.« In der Tür drehte er sich um. »Und nebenan? Hast du dort auch Geräusche gehört?«

Ross schüttelte den Kopf. »Nur unten.«

»Sollen wir trotzdem erst mal dort nachsehen?«, schlug Ivy vor.

Calum nickte, und sie gingen zu Kirstys Zimmer, das keinerlei Anzeichen eines ungebetenen Besuchers zeigte. Alle Möbel standen an ihrem Platz, und auch in der Werkstatt schien niemand gewesen zu sein. Ivy betrachtete den kleinen Schreibtisch. »Den hat niemand angefasst, denn ich habe die Schublade genau so gelassen. Schau. Der Füller und alles ist noch da.«

»Okay, dann gehen wir nach unten.«

Zuerst schalteten sie überall das Licht ein und gingen dann ins Büro.

»O nein!«, stöhnte Ivy, als sie das Chaos sah, das der Einbrecher angerichtet hatte. Aktenordner und ihre Unterlagen waren durcheinandergebracht und Bücher aus den Regalen gezogen und auf den Boden geworfen worden.

»Bin ich froh, dass ich meinen Laptop mitgenommen habe!«

»Meine Güte, ja, da hast du wirklich Glück gehabt!

Warum macht sich jemand die Mühe, die Sachen hier zu durchwühlen? Das will mir nicht in den Kopf«, meinte Calum und ging wieder in den Gang hinaus.

Systematisch sahen sie in allen Räumen nach, fanden jedoch keine weiteren Spuren, bis sie in die Bibliothek kamen. Unter Ivys Schuhsohle knirschte es. Sie sah nach unten.

»Glasscherben?«

»Die Vitrine!« Cal stapfte ebenfalls über Glassplitter, bis er die Vitrine erreichte. »Er ist noch da! Also jetzt verstehe ich gar nichts mehr.«

Ivy sah sich den Schaden an. Die Vitrine war eingeschlagen und der Burns-Brief nicht angerührt worden. »Dann sind wir wohl gerade noch rechtzeitig gekommen. Wir werden ihn überrascht haben, und da hat er die Flucht ergriffen.«

Calum sah sich skeptisch um. »Er hätte nur zuzugreifen brauchen. Was hat er nur gewollt? Hat er gedacht, hier liegen die Kronjuwelen herum, oder wie?«

Ivy lachte. »Vielleicht hat er eine Schatzkammer gesucht. Es soll ja die verrücktesten Leute geben.« War das hier das Werk eines professionellen Einbrechers oder eines Gelegenheitsdiebes? »Gibt es hier in der Gegend die üblichen Verdächtigen? Junkies, Teenager, die klauen, und dergleichen?«, äußerte Ivy ihre Überlegungen laut.

»Keine Ahnung. Ich bin zu selten hier, um das zu wissen, aber ich kann Tommy fragen«, antwortete Calum und überprüfte die Bücherregale. »Rachel und Tommy müssten das wissen. Und du hältst es für richtig, keine

Polizei hinzuzuziehen? Wenn wir die Versicherung informieren, müssen wir das ohnehin melden.«

Calum warf ihr einen vielsagenden Blick zu.

»Oh, keine Versicherung, hm?«

»Mein Onkel zahlt seit Jahren keine Beiträge mehr. Es ist ein Wunder, dass hier nicht schon früher eingebrochen wurde. Werte gibt es genug!«

»Vielleicht hat Kirstys ruheloser Geist den oder die Einbrecher verjagt …« Ivy nahm den Brief vorsichtig aus der Vitrine. »Wohin mit dem Burns-Brief?«

»Vielleicht sollte ich ihn in ein Bankschließfach bringen. Einen Tresor gibt es hier nicht.«

»Ein Geheimversteck? So eine winzige Kammer, in der man wichtige Leute vor dem Feind versteckt hat?« Sie wollte ihm den Brief geben, doch Calum winkte ab.

»Nimm du ihn mit, Ivy. Das scheint mir jetzt das Sicherste.«

»Calum!«, hörten sie MacKenzie von oben rufen.

Sie verließen die Bibliothek, in der weiter nichts zu fehlen schien, und gingen durch die Halle ins Treppenhaus, wo Calums Onkels oben auf sie wartete.

»Nichts weiter passiert, Onkel!«, beruhigte Calum ihn und stieg mit Ivy die Treppe hinauf.

Als sein Onkel den Brief in Ivys Hand sah, verdüsterte sich seine Miene. »Und das da? Ich habe doch verboten, den Brief anzurühren.«

»Die Vitrine wurde eingeschlagen, aber der Brief nicht gestohlen.« Ivy hielt ihm den Brief hin, den er ihr abnahm und in seinen Morgenrock steckte.

»Sollen wir dafür nicht mal ein Bankschließfach anmieten, Onkel?«

»Nein, ich nehme ihn mit in mein Zimmer. Wenn du alles abgeschlossen hast, können wir wieder schlafen gehen. Ich würde Ms Ferguson ein Gästezimmer anbieten, aber wir haben keins, das sauber ist.«

»Ich bringe sie nach Hause. Geht es dir gut, Onkel? Sollen wir deinen Blutdruck messen?«, bot Calum an.

»Ach was, alles bestens. Hauptsache, alle Fenster und Türen sind zu.« Charly lief schnüffelnd im Flur entlang, hatte sich jedoch beruhigt.

»Unten haben wir nachgesehen, kein eingeschlagenes Fenster und auch keine aufgehebelte Tür. Das muss ein Profi gewesen sein.«, vermutete Calum.

»Oder Ms Ferguson hat nicht abgeschlossen«, sagte MacKenzie vorwurfsvoll.

»Doch, habe ich, da bin ich mir hundertprozentig sicher«, betonte Ivy.

»Tja, nun, es ist ja nichts weiter geschehen. Gute Nacht!« Der Alte schlurfte in seinen Pantoffeln zurück zu seinem Schlafzimmer und rief seinen Hund, der ihm folgte.

Als sie allein waren, strich Calum ihr über die Wange. »Du siehst müde aus. Tut mir leid, dass ich dich noch mal hier herausgeschleppt habe. Und im Grunde für nichts.«

»Sag das nicht«, meinte Ivy. »Es gab einen Einbruch, und irgendetwas stimmt hier nicht. Warum will dein Onkel den Burns-Brief nicht zur Bank geben? Der ist ein Vermögen wert. Ich würde kein Auge zubekommen.«

»Ja, das frage ich mich auch, aber das kann bis morgen

warten.« Er nahm ihre Hand und wollte mit ihr hinuntergehen, doch Ivy blieb stehen.

»Wie spät ist es? Zwei oder drei Uhr? Du solltest deinen Onkel nicht wieder allein hierlassen, und ich kann doch auf einer Couch schlafen.«

Calum sah sie skeptisch an. »Auf einer Couch? Weißt du, was hier für alte Geschosse herumstehen? Da wirst du von den Spiralen gepiesackt, die sich durch den Stoff arbeiten. Wenn du mir vertraust, habe ich eine bessere, zumindest bequemere Alternative vorzuschlagen.«

Sie legte den Kopf schief und biss sich auf die Lippen. »Einem MacKenzie vertrauen?«

»Wir könnten die Geschichte neu schreiben ...«

Er stand so dicht vor ihr, dass sie die Ader an seinem Hals pochen sehen konnte. Seine Lippen interessierten sie jedoch weitaus mehr, und sie nickte.

Eine Bewegung ließ sie aufschrecken. Dann erinnerte sie sich, wo sie war – im Bett von Calum MacKenzie! Ihr Blick glitt zur Decke, wo sie eine bröckelnde Stuckatur entdeckte. Das Bett, das in dieser Nacht mehrfach gequietscht hatte, war ein Modell des vergangenen Jahrhunderts. Sie streckte vorsichtig die Beine aus, um Calum nicht zu wecken, dessen Arm über ihrem Bauch lag. Unter der Decke, auf ihrem nackten Bauch – und es fühlte sich gut an. Alles mit ihm hatte sich gut angefühlt, so als hätte ihr Körper endlich das passende Gegenstück gefunden. Sie musste ihm sagen, warum sie hier war.

Er lag auf dem Bauch neben ihr, das Gesicht halb im

Kissen vergraben, und sie konnte nicht widerstehen und strich ihm durch die Locken. Warum hatte sie ihn ausgerechnet unter diesen Umständen kennenlernen müssen? Andererseits hätten sie sich wahrscheinlich nie näher kennengelernt, wenn Fulbrook sie nicht hergeschickt hätte. Zu viel hätte und wenn.

Ihr Handy gab ein Pling von sich, der Ton für eine Nachricht von Fulbrook. Sie streckte den freien Arm aus, reichte jedoch nicht bis zu dem Schemel neben dem Bett, auf dem ihre Sachen lagen.

»Was könnte so wichtig sein, dass du jetzt nachsehen musst?« Calum war erwacht und zog sie zu sich.

»Gar nichts«, murmelte sie und ließ die Realität noch eine Weile warten.

Als sie das nächste Mal erwachte, schien die Sonne ins Zimmer, und das Bett neben ihr war leer. Sie ging zu ihren Sachen, die auf einem Schemel lagen, und holte ihr Handy hervor. Drei weitere Nachrichten von Fulbrook, mehrere von verschiedenen Kontakten in Auktionshäusern und Archiven und eine von Sienna. Ihre Freundin wollte doch heute kommen! Es war jetzt halb neun. Viel zu spät! Fulbrook tobte wahrscheinlich schon vor Wut, dass sie sich so viel Zeit mit ihrer Antwort ließ.

Im Bad nebenan drehte Calum die Dusche ab und kam kurz darauf mit einem um die Hüfte gewickelten Handtuch ins Zimmer. Erst jetzt wurde ihr bewusst, dass sie unbekleidet war, und sie griff nach ihrem Shirt, doch Calum lachte und zog sie in die Arme.

»Ich habe schon alles gesehen, und es gefällt mir.« Er küsste sie laut auf den Mund.

»Uh!« Kalte Wassertropfen aus seinen Haaren benetzten ihr Gesicht, doch sie schlang ihm die Arme um den Körper und erwiderte den Kuss. Dann ließ sie ihn los und sagte: »Jetzt springe ich schnell unter die Dusche. Was wird dein Onkel nur denken …«

»Da er selbst kein Kind von Traurigkeit war, wird er nichts sagen, warum auch.«

»Du vergisst, dass ich eine Ferguson bin. Feindliches Lager.« Sie betrat das kleine Badezimmer und fand ein großes Badehandtuch über der Badewanne.

»Ich mache jetzt Frühstück. Komm einfach runter, wenn du so weit bist!«, rief Calum aus dem Zimmer.

Es duftete nach gebratenen Eiern und Toast, als sie bald darauf in die Schlossküche trat.

»Schau an, unser Gast ist auch schon da«, wurde sie von einem anscheinend schlecht gelaunten Ross MacKenzie begrüßt.

»Onkel, wir haben eine Abmachung«, mahnte Calum und verteilte das Rührei auf drei Teller.

Der Laird saß auf der Bank am Tisch und rührte Zucker in seinen Kaffee. Seine weißen Haare standen ihm zerzaust vom Kopf ab, und rasiert hatte er sich ebenfalls nicht. Sein Hemdkragen saß schief, er war das zerknitterte Abbild des sonst so penibel gekleideten Lairds von Ardmore Castle.

Ivy ging zu Calum. »Kann ich dir helfen?«

»Da steht noch Kaffee auf dem Herd, und Butter und Käse könntest du aus dem Kühlschrank nehmen. Orangenmarmelade müsste auch noch da sein.« Er legte je eine Scheibe Toast dazu und trug die Teller zum Tisch.

»Wo ist der Speck?«, fragte Ross, ohne aufzusehen.

»Es ist keiner mehr da. Ich muss nachher einkaufen fahren. Aber vorher sollten wir einiges klären.« Cal wartete, bis Ivy sich ebenfalls setzte und den Kaffee einschenkte.

»Was war da gestern los, Onkel? Jemand zertrümmert die Vitrine, und du willst keine Polizei?«

»Ich habe keine Versicherung, die zahlen würde, also warum sollte ich Schnüffler in mein Haus lassen? Brauche ich nicht. Die haben sowieso keine Ahnung.« Ross zog sich die Butter heran, gab ein großes Stück auf seinen Toast und schaufelte das Ei darauf.

»Du darfst nicht so viel Butter essen. Hat der Arzt gesagt«, meinte Calum.

»Wenn ich auf den alten Quacksalber hören würde, dürfte ich gar nichts mehr essen.« Unbeeindruckt aß MacKenzie sein Ei.

Ivy trank zuerst den starken Kaffee. »Hm, gut, danke, Cal.«

Sie saßen nebeneinander, und ihre Beine berührten sich, was etwas Tröstliches hatte, denn er schien der Einzige der MacKenzies, der sich nicht um alte Geschichten scherte. Wie gern hätte sie sich mehr Zeit mit allem gelassen, aber Fulbrook wollte Ergebnisse sehen, wie er in seinen Mails betont hatte. Sie musste ihn bald zurückrufen, doch dafür brauchte sie einen ungestörten Ort.

»Verzeihen Sie meine Hartnäckigkeit, Sir, aber für meinen Beruf ist diese Eigenschaft unerlässlich.« Sie räusperte sich. »Wir haben über so viele Dinge gestern gesprochen, und ich glaube nun einiges besser zu verstehen, aber der Burns-Brief ist mir ein Rätsel. Wir sollten ihn verkaufen! Ich hätte sogar einen Sammler, der daran interessiert wäre. Ich müsste nur ein wenig telefonieren.«

MacKenzie legte sein Besteck lautstark auf den Teller und ließ ein Stück Toast für Charly fallen. »Und ich, meine liebe Ms Ferguson, verstehe Ihre Impertinenz nicht. Es ist mein Schloss, es sind meine Probleme, und ich werde sie auf meine Weise lösen.«

»Entschuldige, Onkel, aber dann hätten wir Ivy nicht zu engagieren brauchen«, warf Calum ein. »Sie will doch nur helfen. Und ich verstehe deine Sturheit ehrlich gesagt auch nicht. Lass doch einen Sammler eine exorbitante Summe für den Brief zahlen. Was hast du von dem Brief? Er modert seit Jahren in der Vitrine vor sich hin. Und Literatur war eigentlich nie dein Steckenpferd.«

Ross MacKenzie schnaufte verärgert. »Ich habe die Nase!« Er tippte sich an besagtes Organ. »Das ist das Geheimnis meines Erfolgs gewesen, mein Gespür für das Außergewöhnliche, für den Markt und den Kunden. Für den Burns-Brief hatte ich damals einen Kunden. Der ist nach Kirstys Tod abgesprungen, und deshalb bekommt den Brief niemand.«

Für Ivy ergab diese Erklärung keinen Sinn. »Gut, wenn Sie den einen Kunden ausschließen, kann ich das verstehen, aber doch nicht alle anderen. Sie brauchen das Geld! Und was ist mit dem kleinen Schreibtisch in Kirstys Zimmer? Den halte ich für sehr gut verkäuflich.«

Sie bemerkte eine Veränderung in seiner Haltung. Er

schien auf der Hut zu sein. »Aus dem Zimmer wird nichts angerührt!«

Den Einwand ignorierend sagte Ivy: »Ich meine mich an ein sehr ähnliches Stück zu erinnern. Ja, genau, Mewesen war der Meister, und es handelte sich um einen Louis XVI.-Schreibtisch, ein Damenformat.«

Wie eine Cobra lauerte MacKenzie hinter dem Tisch. »Wo haben Sie das gesehen?«

Der alte Antiquitätenhändler war erfahren und ließ sich kaum aus der Reserve locken, und nicht zum ersten Mal fragte Ivy sich, wer hier mit wem spielte. »Äh, in einem Katalog.«

»In einem Auktionskatalog des Hauses Telham. Sagen Sie es doch, Ms Ferguson, Sie wissen doch genau, dass ich es eingeliefert habe.« Seine Augen fixierten sie abwägend, und ihr war nicht wohl unter diesem prüfenden Blick.

»Du meinst den Schreibtisch mit dem Muster, das du mir gezeigt hast?«, fragte Cal.

»Ja, genau den. Die Einlegearbeiten sind einmalig in ihrer Komposition und handwerklichen Qualität. Deshalb ist mir das Stück sofort aufgefallen.« MacKenzie als Kenner und Experte musste doch ebenfalls um solche Geheimfächer wissen. Doch Ivy ging davon aus, dass er nach dem Tod seiner Frau alles in ihrem Zimmer unberührt gelassen hatte.

»Sie haben den Tisch angefasst?« Die Miene des Lairds versteinerte.

»Ich, nun ja …« Hilfesuchend sah sie zu Cal.

»Aber das muss sie doch! Verdammt, Onkel, was ist eigentlich los? Du verschweigst uns doch etwas!«

»Mir ist nicht gut. Das war alles zu viel für mich. Vielleicht unterhalten wir uns heute Abend weiter.« MacKenzie stand mühsam auf und humpelte, gefolgt von Charly, aus der Küche.

Ivy seufzte. »Ich sollte gehen, Cal. Es tut ihm nicht gut, wenn ich Fragen stelle, und das muss ich leider. Ihr müsst mich auch nicht bezahlen. Ich lasse dir alle meine Unterlagen hier, und du kannst damit machen, was du willst. Wenn du Hilfe brauchst, gebe ich dir die Kontakte zu den Auktionshäusern. Das ist alles kein Problem und ...«

»Nein! Jetzt hör mir mal zu, Ivy! Ich kenne meinen Onkel. Er ist dabei, sich zu öffnen. Wart's ab, heute oder morgen wird er uns mehr sagen. So viel wie in der Zeit, in der du hier bist, hat er noch nie über sich und die Vergangenheit gesprochen. Und was hast du zu verlieren? Oder gibt es schon einen Job in London?«

Alles, dachte Ivy, ich habe alles zu verlieren, weil ich dich belogen habe. »Nein, nur das Vorstellungsgespräch. Nächste Woche.«

»Oh, so bald schon?« Cal sog scharf die Luft ein. »Dann müssen wir die Zeit nutzen.«

»Cal, warum hast du ihm nichts von den Gedichten gesagt?«

Er stand auf, und sie half ihm, das Geschirr abzuräumen.

»Eins nach dem anderen. Er war heute so aufgewühlt, und der Einbruch gestern Nacht steckt ihm in den Knochen. Vielleicht ergibt sich bald eine Gelegenheit.«

»Es ist wirklich ein Jammer, dass wir die Polizei nicht holen dürfen. Man hätte Spuren sichern können, Fingerabdrücke.«

Cal lachte. »Ehrlich, Ivy, das bringt doch heutzutage kaum noch was. Weißt du, wie hoch die Aufklärungsquote bei Einbrüchen ist? Unter fünfzehn Prozent!«

»Guten Morgen!«, rief Brenda MacKinney und kam mit einer Einkaufstasche in die Küche.

»Hallo, Brenda!«, erwiderte Calum.

»Was ist denn nur passiert? Ich habe eine umgestürzte Vase in der Halle gesehen, und in der Bibliothek sieht es noch schlimmer aus!« Die Haushaltshilfe stellte ihre Tasche auf die Arbeitsfläche und nahm Putzmittel heraus. »Ein Einbruch, Brenda. Mein Onkel rief uns gestern Nacht an, aber als wir ankamen, war der Kerl schon weg. Wenn es überhaupt ein Mann war.«

Entsetzt riss Brenda die Augen auf und schlug sich die Hand vor den Mund. »Nein! Das ist ja schrecklich! Wurde etwas gestohlen? Wie geht es deinem Onkel?«

»Das hat ihn natürlich mitgenommen. Er hat sich noch einmal hingelegt. Wir müssen aufräumen, Brenda«, sagte Calum »Es wurde nichts gestohlen, nur randaliert. Ein Dummejungenstreich oder ein Betrunkener. Soll ja vorkommen.«

Die Frau zog ihre ausgebeulte Fleecejacke aus und hängte sie über einen Stuhl. »So, so – und woher wollt ihr das wissen? Wie sind sie denn reingekommen?«

»Durch den Seiteneingang. Es gab keine Einbruchspuren.«

»Vielleicht habe ich die Tür nicht richtig abgeschlossen, aber ich kann es mir einfach nicht vorstellen«, sagte Ivy zerknirscht.

»Hm, na ja, ist ein altes Schloss, das könnte sogar

meine Großmutter mit einem Zahnstocher aufbringen. Aber der Laird wollte nie was machen lassen. Kostet Geld, sagt er immer, und Geld habe ich nicht. Jetzt wird er seine Meinung wohl ändern. All die schönen Sachen, die er hier herumstehen hat. Eine Schande ist das.« Brenda band sich eine Schürze um und nahm ein Paar Gummihandschuhe aus der Einkaufstasche.

»Wie sind Sie überhaupt hergekommen? Ich habe Ihr Fahrrad nicht gesehen?«, bemerkte Brenda.

»Ich habe sie mitgenommen, Brenda. Nach dem Unfall sollte Ivy noch nicht so weit mit dem Rad fahren.«

»Ardmore Bay entwickelt sich zu einem gefährlicheren Pflaster als London«, meinte Ivy.

»Aber erst, seit Sie hier sind …«, meinte Brenda spitz. »Dann gehe ich jetzt mal aufräumen.«

Ivys Telefon meldete sich. »Sienna! Die habe ich ja ganz vergessen. Cal, meine Freundin kommt heute zu Besuch.«

»Ich werde mal sehen, wie ich Brenda helfen kann.« Calum ließ sie in der Küche allein.

»Sienna, hallo!«

»Ich bin heute Abend da, habe ein kleines Cottage in Dunhallin gebucht. Das müsste doch bei dir in der Nähe sein, oder?«

»Ja, ist es. Wo steckst du denn jetzt?«

»Bin gerade aus dem Flieger in Edinburgh. Auto abholen, und dann starte ich. Wie geht es dir, Ivy?«

Nachdem sie Sienna einen kurzen Überblick über die Situation gegeben hatte, sagte sie: »Und ich habe überhaupt kein gutes Gefühl bei allem hier. Es kommt mir so vor, als braue sich ein Sturm zusammen, und ich bin mittendrin.«

»Die Kavallerie naht, halte die Stellung, Ivy, bis später!«

Obwohl sie zuvor wenig begeistert über den spontanen Besuch ihrer Freundin gewesen war, fühlte sie sich nun erleichtert, denn Siennas scharfer Verstand und ihre Sicht als Unparteiische waren genau das, was sie jetzt benötigte.

21

Ardmore Bay, Dezember 1879

Eye will see you,
Tongue will speak of you;
Heart will think of you –
The Three are protecting you –
The Father, Son and Holy Ghost.
His will be done. Amen

Das Auge sieht dich,
die Zunge wird von dir sprechen,
das Herz wird an dich denken –
die drei beschützen dich –
der Vater, der Sohn und der Heilige Geist.
Sein Wille geschehe. Amen

Traditioneller gälischer Heilzauber

Sorcha schwenkte ihr Amulett über Dolina, die mit ernster Miene den uralten Reimen lauschte.

»Mehr kann ich nicht für dich tun, Dolina. Du musst stark sein. Dein Mann und die Kinder brauchen dich. Möge der Herr dich beschützen.«

Die Heilerin berührte die verzweifelte Mutter an der Stirn, sammelte ihre Fläschchen und Kräuterbündel ein und verstaute sie in ihrem Beutel.

Peigi und Angus hatten als stumme Beobachter in der Tür gestanden. Die niedrige Hütte bestand aus nur einem Raum, der gerade genügend Platz für eine Feuerstelle, die Schlafstelle der Eltern und zwei Betten für fünf Kinder bot. Die Wände waren vom Torffeuer geschwärzt, das den Häusern ihren Namen gab – Black Houses. Mark Mavor lag ausgestreckt auf einem Bett und starrte zur Decke. Sein Bein wollte einfach nicht richtig verheilen, und die Schmerzen trieben ihn in den Wahnsinn. Er trank viel Selbstgebrannten, doch keiner konnte es ihm verdenken, wenn er humpelnd und mit schmerzverzerrtem Gesicht von seiner Hütte zum Meer hinunterging.

Die Hütte von Peigi und Angus lag einen Steinwurf entfernt, gefolgt von Iain Swans Behausung. Seit sie von MacKenzies Männern aus Trumpan vertrieben worden waren, lebten sie hier am Meer. Der Laird hatte ihnen den öden Landstrich zugewiesen, dessen Boden karg und felsig war, auf dem Ackerbau unmöglich war und dessen magerer Bewuchs den Tieren kaum Nahrung gab. Sie alle warteten auf das Frühjahr, wenn das zarte Gras in der Heidelandschaft durchkam. Das Zukaufen von Heu war unerschwinglich für die vertriebenen Crofter, die seit dem Sommer ums Überleben kämpften.

Dieser Herbst war kalt und nass gewesen. Tags zuvor hatte sich der Regen in Schnee verwandelt, und der Boden war gefroren. Die Felsen an der Küste waren nun noch gefährlicher für die Bewohner, denn ein unachtsamer Schritt konnte einen Sturz mit üblen Folgen nach sich ziehen.

»Sie tun mir so leid, Angus, aber ich weiß nicht, was wir noch für sie tun können«, flüsterte Peigi und schmiegte sich an ihren Mann.

Der eisige Wind drückte hinter ihnen gegen die Tür, durch deren Risse die Kälte zog.

»Wir haben ja selbst kaum genug zum Leben. Es ist ein Elend, ein schreckliches Elend, und dieser verfluchte Mistkerl sitzt dort oben in seinem Schloss und frisst sich am Hammel satt«, knurrte Angus.

Sein Gesicht war von vielen Stunden am Meer bei Sturm und Kälte gerötet, die Hände klamm und aufgeplatzt vom Flicken der Hummerkörbe. Vom Fischfang sollten sie leben, hatte der Laird befohlen. Genug Fische mochte es wohl geben, doch ohne eigenes Boot, Netze, Werkzeuge, Angeln und das Wissen, wo und wie man die besten Fischgründe fand, war das Fischen ein mühseliges Geschäft. Ganz abgesehen von den Fischern, die seit Generationen die Küsten unter sich aufgeteilt hatten und nicht erfreut über die Konkurrenz waren.

Der Gefährlichste unter den Fischern von Ardmore war Niall Gregor. Seine Familie dominierte seit Jahren die kleine Gemeinde aus Fischern und sorgte dafür, dass Fremde keinen Zutritt fanden. Nicht dass überhaupt viele Fremde nach Waternish kamen, dafür war die Landzunge zu abgelegen und unwirtlich. Doch seit dem Beginn der Highland Clearances hatte es immer wieder

Flüchtige von den Inseln und aus den östlichen Highlands zu ihnen verschlagen. Keiner von ihnen hatte sich hier gegen den Willen der Gregors niedergelassen. Doch heute war die Situation eine andere. Der Laird hatte seinen Leuten das karge Küstenstück zugewiesen. Dagegen konnte auch Gregor nichts ausrichten.

»Sorcha, kommst du noch mit zu uns? Liosa geht es nicht gut. Das Fieber will nicht sinken«, bat Peigi die Heilerin.

Die kleine Frau nickte, beugte sich zu Mark und legte ihm die Hand auf die Stirn. Angus fühlte mit Mark, der sich nutzlos vorkam, weil seine Verletzung ihn daran hinderte, seine Familie ausreichend zu ernähren. Durch das kaputte Bein konnte er weder auf ein Boot noch weiter durch die Hügel laufen und die Tiere hüten, und seine Kinder waren zu jung, um viel zum Lebensunterhalt beizutragen.

Als Sorcha zu ihnen trat, war ihr Gesichtsausdruck traurig. »Ich mache mir große Sorgen um Mark. Es ist nicht nur das Bein, das ist schlimm genug, aber er hat seinen Mut verloren.«

Alle drei zogen die dicken Tweedschals enger um die Schultern, und die Frauen schlugen sich die Tücher über den Kopf, denn die Kälte biss in Gesicht und Hände. Ihre Stiefel knirschten auf dem gefrorenen Schnee, und vom Meer wehte es eisig herauf. Auf den Bergen im Landesinnern lag schon seit Wochen Schnee, und es kamen nur noch wenige Besucher vom Festland herüber. Im Winter waren die Menschen auf Skye unter sich.

»Wen wundert's, Sorcha. Welche Zukunft haben wir

noch?« Angus starrte missmutig auf den Pfad, der die leicht ansteigende Steilküste von den Hügeln trennte. Der Strand war hier schmal und voller Steine, die Hütten, die den Croftern zugewiesen worden waren, befanden sich nördlich des Dörfchens Stein, wo die traditionellen Fischer lebten. In Stein gab es eine Anlegestelle, einen Hafen, der nie fertiggestellt worden war, doch der Pier reichte aus, dass die Fischerboote festmachen konnten, und an Land hatten sie ihre Schuppen und Gerüste für ihre Netze und die Hummerkörbe.

Unter ihnen rollte die See gegen die Felsen. Der strenge Geruch von Algen und Muscheln stieg zu ihnen herauf. Angus war nie ein Mann der See gewesen, und es fiel ihm schwer, sich an die neue Arbeit zu gewöhnen. Die kalte, salzige See hatte etwas Feindseliges, denn er konnte sie nicht lesen, nicht so wie die Fischer, die mit ihr aufgewachsen waren. Die Wellen waren für ihn unberechenbar, und die weiße Gischt schien ihm wie die Klauen eines der vielen Fabelwesen, die dort unten lebten und nach Menschen wie ihm griffen, weil sie leichte Beute waren.

»Sie weiß, dass du sie hasst, Angus, und das verzeiht sie nicht«, sagte Sorcha dunkel.

Es war ihr wieder einmal gelungen, seine Gedanken zu lesen.

»Was meint sie, Angus?« Peigi hatte ihn untergehakt und drängte sich an ihn.

»Das Meer«, murmelte er.

Seine Frau drückte tröstend seinen Arm. »Es tut mir so leid, dass du da rausmusst.«

»Schon gut. Ewig können wir hier nicht so weiter-machen. Entweder ich finde in der See mein kaltes Grab, oder Niall und seine Männer verjagen uns.«

Sorcha hatte seine Worte gehört. »Was der Laird treibt, ist nicht recht. Er hat kein Mitleid, und das wird sich irgendwann rächen. Ihr werdet schon sehen. Die Hexen von Bhreac sehen alles und vergessen nichts.«

Angus schauderte, denn wenn Sorcha von den Hexen sprach, hatte das eine tiefe Bedeutung. Immer folgten auf ihre Ahnungen Geschehnisse, die niemand für möglich gehalten hätte und die dennoch folgerichtig waren. Es war beinahe so, als verfluche sie jene, die Böses taten. Man konnte es leugnen, oder man konnte es glauben, das blieb jedem selbst überlassen. Angus wusste, woran er war.

Es dämmerte bereits. Im Winter waren die Tage kurz und grau, selten fand die Sonne den Weg durch die dich-ten Wolken, die vom Wind über die Insel getrieben wur-den. Von dem Pfad, dem sie hinunter zum Strand folg-ten, waren es an dieser Stelle nur wenige Meter zum Wasser. Weiter oben war das Ufer steiler. Angus machte sich von seiner Frau los.

»Lass mich noch ein paar Muscheln sammeln. Wir haben kaum noch welche.« Zumindest das hatte er ge-lernt. Muscheln wuchsen an gewissen Plätzen entlang der Bucht. Und hier fand er fast immer genügend für ein karges Mahl.

»Ich helfe dir, Angus«, bot Peigi an, doch Sorcha nahm ihren Ärmel.

»Komm, wir wollen nach deiner Tochter sehen. Ich muss noch weiter.«

Angus war schon über zwei Steine gesprungen und rief: »Geht nur, ich komme gleich nach!«

Darauf bedacht, nicht von den scharfkantigen Felsen ins Wasser abzurutschen, arbeitete er sich weiter in die Bucht hinaus, dorthin, wo im gerade ablaufenden Wasser die schwarzen Umrisse der Muscheln sichtbar wurden. Angus hatte nur seinen Lederbeutel dabei, doch das würde für das kurze Wegstück zurück genügen. Wenn er mehr sammelte, legte er die Muscheln in einen Eimer mit Meerwasser, damit sie frisch blieben und etwas sauberer wurden. Muscheln hatte er nie gern gegessen. Aber jetzt standen sie notgedrungen fast täglich auf ihrem Speiseplan. Wenn ein Tier geschlachtet worden war, kochte Peigi das Muschelfleisch zusammen mit Haferflocken und Blut zu einem Brei, der später zu einer Rolle verarbeitet wurde, von der sie Scheiben abschnitten und sie brieten. Die Kinder waren so hungrig, dass sie auch dieses aus der Not geborene Gericht aßen. Aber es war nahrhaft und machte satt. Angus zog sein Messer heraus und begann, die Muscheln von den Felsen zu kratzen. Dabei konnte man sich leicht verletzen, vor allem in dieser Kälte, die die Hände klamm und gefühllos werden ließ.

Er stand mittlerweile bis zu den Knien im Wasser hinter einem Felsen, vor dem die Wellen brachen. Seine Füße waren bereits taub, und die Nässe zog hinauf in seine Unterkleider. Zitternd warf er die letzte Muschel in seinen Beutel und stapfte rückwärts. Dabei rutschte er auf einem losen Stein am Meeresgrund aus und strauchelte. Er konnte den Sturz nicht verhindern und fiel rücklings ins knietiefe Wasser. Hose, Hemd, Umhang, alles saugte sich sofort voll mit Wasser, wurde schwer und zog ihn hinunter in die eisige Kälte des Meeres. Und als wäre das nicht genug, schlug eine Welle über ihm zusammen und ließ ihn panisch nach Luft ringen. Nie hatte er das Schwimmen richtig gelernt, und das war der Grund, warum er das Meer hasste. Es machte ihm Angst. Bisher war er immer in sicherem Abstand zu diesem Element geblieben. Oben auf den Felsen, in den Hügeln, dort fühlte er sich zu Hause und sicher. Prustend fuhr er aus dem Wasser und schüttelte sich.

»Ah!«, brüllte er, denn die Kälte war so beißend, dass er das Gefühl hatte, sein Herz müsste aussetzen.

Plötzlich schallte lautes Gelächter vom Ufer herüber. »Hahaha, sieh sich einer den Angus an!«

Niall Gregor stand mit zwei Männern und einem Eselskarren oben und schien sich bestens zu amüsieren. »Wolltest du ein Bad nehmen?«

Die drei Männer brüllten vor Lachen, und eine unbändige Wut erfasste Angus. Da seine Kleider vom Wasser so schwer geworden waren, konnte er sich nur langsam bewegen, und außerdem hörte er eine weitere Welle nahen. Angstvoll sah er sich um und versuchte, schneller in flacheres Wasser zu gelangen.

»Meine Güte, seht doch, wie er sich vor der winzigen Welle fürchtet. Was, Angus? Da machst du dir schon in die Hosen?« Wieder schütteten die Männer sich aus vor Lachen.

Angus hielt seinen Beutel mit den Muscheln fest und stapfte entschlossen durch das Wasser, bis er endlich sicheren Grund unter den Füßen hatte. Die Welle brach dicht hinter ihm, hatte jedoch keine Kraft, denn bei ablaufendem Wasser zog die Strömung alles nach draußen. Triefend und zitternd stieg er über die Felsen. Er musste an den hämischen Männern vorbei, sich ihrem Spott aussetzen, denn er konnte nicht riskieren, noch länger hier draußen zu bleiben.

Niall war von der Arbeit auf seinem Boot gestählt und genoss den Ruf eines streitsüchtigen Hitzkopfs. Wenn es irgendwo zu einer Schlägerei kam, war Gregor meist nicht weit. Der Fischer stieß Angus abfällig mit den Fingern vor die Brust. »Du wirst nie ein Fischer, so dumm, wie du dich im Wasser anstellst.«

Sein Freund schlug mit seinem Stock gegen Angus' Beutel. »Na, was haben wir denn da? Warst Muscheln schneiden? Müsst ihr es nötig haben.« Der Kerl spuckte aus und steckte sich eine Pfeife in den Mundwinkel.

Angus wollte keinen Streit, und außerdem war er zu erschöpft, um sich zu wehren, und drängte sich an den Männern vorbei, die die gesamte Breite des Pfades blockierten. Doch darauf schien Niall nur gewartet zu haben.

Der Fischer packte Angus am Kragen und stieß ihn grob zu Boden. Durch die nassen Kleider und die Kälte, die ihn lähmte, war es Angus unmöglich, sich zu wehren. Mit der rechten Hand suchte er sich abzufangen, fiel aber unglücklich und landete auf einem Felsbrocken. Er schrie vor Schmerzen auf, spürte wie ein Fingerknochen brach, und seine Knie wurden ebenfalls in Mitleidenschaft gezogen, denn es wurde warm an seinen Beinen.

Wenn nur die Haut aufgerissen war, dachte Angus, das würde heilen, aber er durfte nicht als Arbeitskraft ausfallen, nicht wie Mark enden. Eine unbändige Wut erfasste ihn. Mit einem Schrei kam er auf die Füße und stürzte sich auf den überraschten Niall, der anscheinend keine Gegenwehr erwartet hatte.

Seine Faust traf Niall mitten ins Gesicht. Und diesmal war es Niall, der schrie. »Verdammter Dreckskerl! Du hast mir die Nase gebrochen!«

Der Fischer zog seinen Dolch, wurde jedoch von seinen Kumpanen zurückgehalten. »Komm, Niall, lass ihn. Der sieht fertig genug aus.«

»Das wirst du noch bereuen, Ferguson!«, rief Niall.

Angus war zu sehr mit seinen Schmerzen beschäftigt, als dass er sich um Nialls rachsüchtige Worte kümmerte. So schnell er konnte lief er den Pfad entlang, den Blick auf die Hütten in der Ferne gerichtet, aus denen Rauch aufstieg.

»Angus! O Gott, was ist denn passiert? Wir haben uns schon solche Sorgen gemacht«, rief seine Frau, als er zur Tür hereinstolperte.

Seine Zähne klapperten so stark, dass er nicht antworten konnte, sondern sich nur die nassen Sachen vom Körper streifte und zur Feuerstelle wankte. Peigi kam mit einem trockenen Tuch, das sie ihm um die Schultern legte und rieb seinen Körper.

»Heißes Wasser«, befahl Sorcha.

Peigi ließ ihn los und brachte einen Kessel voll heißem Wasser, das sie in eine Zinkwanne goss. Sorcha gab

Kräuter hinein und zog einen Schemel hinzu. »Angus, setz dich her und stell deine Füße in die Wanne. Ich versorge deine Wunden, und Peigi bereitet dir einen Tee zu.«

Angus tat wie ihm geheißen, und sobald er die Füße in das heiße Wasser getaucht hatte, spürte er, wie die Wärme durch seinen Körper stieg und das Zittern verebbte. Sorcha spülte die Wunde an seinem Knie mit einer brennenden Tinktur aus und nahm sich dann seine Hand vor.

»Der Finger ist gebrochen, wird krumm wachsen, wenn du Pech hast, Angus.« Die Heilerin verband den kleinen Finger der linken Hand.

»Wenn's nur das ist ...« Angus nahm dankbar einen Teebecher von seiner Frau entgegen und trank das bittere Gebräu.

»Angus, erzähl mir, was geschehen ist«, bat seine Frau.

Jetzt sah er auch die Mädchen, die sich in Decken gehüllt auf die Bank neben dem Feuer gesetzt hatten. Nur seinen Sohn konnte er nicht entdecken.

»Die Muscheln, habt ihr sie gefunden?«, brachte er heiser heraus.

»Ja doch, ich habe sie in Wasser gelegt und säubere sie nachher. Möchtest du was essen? Wir haben noch Brei und Kartoffeln.«

Er nickte. »Wie geht es Liosa?«

Sorcha hockte neben dem Feuer und rührte in einer Schale. »Sie atmet schwer, das arme Kind. Wenn ich nur mehr Thymian hätte. Es ist zu kalt und feucht hier.«

Angus presste die Lippen zusammen und fühlte, wie

Tränen aus seinen Augen flossen. Peigi kam mit einem Teller zurück und reichte ihm einen Löffel. »Hier, iss, mein Lieber.« Sie küsste ihn auf die Stirn, strich ihm das nasse Haar zurück und stellte sich hinter ihn, so dass er sich an sie lehnen konnte.

Peigi hatte die Kinder zu Bett gebracht und saß an Liosas Krankenlager, als die Tür aufschwang und Henry hereinkam.

»Wo bist du so lange gewesen, Henry?«, verlangte Angus zu wissen. Er saß in dem einzigen Lehnstuhl am Feuer, die Füße auf einen Holzklotz gelegt, und baute einen Hummerkorb.

»Hab nach den Tieren gesehen. Ein Schaf war ausgerissen ...«, murmelte Henry, nahm seine Ledertasche von der Schulter und hängte sie an einen Haken neben der Tür. »Ich habe Niall getroffen. Der sah nicht gut aus, und er war wütend auf dich, Vater.«

»Nicht meine Schuld. Er hasst jeden, der ihm in der Bucht in die Quere kommt. Ich könnte gut darauf verzichten.« Angus mühte sich ungeduldig mit dem Hummerkorb ab, wobei ihm die verletzte Hand im Weg war.

Sein Sohn hatte sich eine Scheibe von der Rolle aus gekochtem Hafer, Blut und Muscheln abgeschnitten und verzehrte sie hungrig. Er wirkte abwesend und gleichzeitig aufgekratzt. Die Ereignisse der vergangenen Monate waren auch an ihm nicht spurlos vorübergegangen. Sein schmales Gesicht war härter geworden, der Ausdruck der klaren blauen Augen kühler. Er war ein nachdenklicher junger Mann geworden, der gelernt hatte, dass Macht und Reichtum nicht mit Moral und Verantwortungsbewusstsein einhergingen, dass sein Laird nur ein gieriger Landbesitzer war, der das Wohl seiner Leute seinen Interessen unterordnete und in Kauf nahm, dass dabei Leben geopfert wurde.

»Duff hätte dir zur Seite gestanden und Niall verprügelt. Es tut mir leid, Vater. Ich hätte da sein müssen.« Henry spuckte ein Stück Muschelschale aus und warf es ins Feuer. »Ich mochte Muscheln noch nie.«

Angus schnaufte. »Ich auch nicht. Und das Meer wird nie mein Freund sein. Wie viele Schafe haben wir noch?«

»Ein Dutzend. Eins humpelt. Ich seh's mir morgen früh genauer an. Es ist nicht leicht, die Tiere hier zusammenzuhalten, sie wollen immer wieder hinauf in die Hügel. Aber da werden sie von MacKenzies Leuten eingefangen und gezeichnet.«

Grimmig zurrte Angus die Schnur fester um den Korb. »Das machen sie, um uns noch mehr in die Enge zu treiben. Wir sollen hier ganz verschwinden, aber wir werden nicht gehen! Das ist unser Land, unsere Heimat, genau wie ihre.«

»Die MacKenzies sind nicht alle so«, sagte Henry leise und nahm seinem Vater den Korb ab. »Komm, ich helfe dir.«

»O nein, mein Sohn, sag bitte nicht, dass du von MacKenzies Tochter sprichst? Sie ist nur ein Mädchen und hat nichts zu sagen. Und du sollst dich nicht mit ihr treffen!«

»Shona ist so alt wie ich und sehr klug! Sie liest und

hat einen Lehrer, der von Rechten spricht, die alle Menschen haben.«

Angus war müde, sein Finger schmerzte, und das Knie fühlte sich ebenfalls nicht gut an, und nun wollte sein Sohn ihm etwas über Menschenrechte erzählen, die ausgerechnet die Tochter des Lairds erwähnte? »Es reicht, Henry! Red keinen Unsinn! Das Mädchen macht sich lustig über dich, und du merkst es nicht einmal. Ich muss kein Gelehrter sein, um zu wissen, dass es die Französische Revolution gab, und, was glaubst du eigentlich, machen Iain und die anderen in Inverness und Edinburgh? Sie kämpfen für unsere Rechte hier in den Highlands. Sie sprechen mit Anwälten und Parlamentariern, die sich für unsere Sache einsetzen können. Das ist der einzige Weg, den wir gehen können, Henry! Oder denkst du ernsthaft, dass sich eine reiche *Lassie* für arme Schlucker interessiert?«

»Du bist voreingenommen, Vater. Ich trauere auch um Duff, aber sie ist nicht wie ihr Vater. Das musst du mir glauben!«

Angus stand mühsam auf. »Für heute habe ich genug gehört. Wir sprechen morgen darüber. Leg dich schlafen, Henry.«

Trotz seines unfreiwilligen Bades blieb Angus vom Fieber verschont, doch seiner Tochter ging es täglich schlechter. Ihr Husten hatte sich festgesetzt, und das Atmen fiel ihr schwer. Sorcha gab sich große Mühe, machte Brustumschläge und bereitete Tees zu, doch das kleine Mädchen wurde immer schwächer und die Schatten unter den Augen dunkler.

Es war der letzte Tag des alten Jahres, die graue Wolkendecke war am Morgen aufgerissen und die Luft klirrend kalt. Vom Meer wehte es eisig herauf, und die Boote lagen alle fest vertäut im Hafen, weil ein Sturm erwartet wurde. Das Weihnachtsfest war still verlaufen, denn niemandem war nach Feiern zumute gewesen. Sie waren zum Gottesdienst nach Halistra gegangen und hatten sich die Predigt von Pfarrer Bothwick angehört. Das gemeinsame Singen und die Gebete gaben ihnen Kraft, doch ein Trost war es kaum. Die Aussichten wurden immer düsterer, denn aus Inverness kamen keine neuen Nachrichten, und MacKenzie blieb unnachgiebig und ließ keine der vertriebenen Crofter-Familien zurück auf sein Land.

Es klopfte, und Dolina kam mit einem Korb auf dem Arm zu ihnen. »Guten Morgen! Wie geht es Liosa? Ich habe euch etwas mitgebracht.«

Die junge Frau, die mit ihrem kranken Mann und den Kindern genügend eigene Sorgen hatte, stellte ihren mit einem Tuch abgedeckten Korb auf den Tisch. Es gab nur zwei winzige Fenster in der rechteckigen Hütte, die immerhin so groß war, dass sie auf einer Seite genügend Platz für die Betten der Familie aufwies. Ein schmaler Tisch an der Wand diente Peigi zum Nähen, und der große Tisch am anderen Ende bildete neben der primitiven Feuerstelle das Zentrum der Hütte, deren Wände geschwärzt vom Rauch des Torffeuers waren. Es gab keinen Rauchfang, der Rauch zog durch das mit Reet gedeckte Dach ab, weshalb man im Gebälk Fleisch und Fisch zum Räuchern aufhängte. Im Vergleich zu diesem einfachen Black House war ihr Crofter-Haus geräumig und komfortabel gewesen.

Dolina legte ihren Umhang ab, nahm das Tuch von ihrem Korb und holte eine Whiskyflasche, einen Laib Brot und eine Schachtel *Holloway's Pills* hervor. Mit den Pillen ging sie zu Peigi, die am Krankenbett ihrer Tochter saß und Socken strickte.

Als sie Liosas fiebriges Gesicht sah, erschrak sie. »Es geht ihr immer noch nicht besser? Das ist nicht gut. Hier, versuch doch die Pillen. Die haben meinem Jungen mal bei einem Husten geholfen.«

»Danke, Dolina, das ist sehr freundlich von dir. Der Herr prüft uns alle hart in diesem Jahr. Hoffen wir, dass uns das neue Jahr mehr Glück beschert.« Ihre Stricknadeln klapperten weiter, während sie sprach.

Angus fettete Lederzeug und seine Stiefel ein. »Wie geht es Mark?« Er hatte seinen Freund seit drei Tagen nicht gesehen und hoffte, dass er sich nicht der Trunksucht hingegeben hatte. Doch Dolina hatte eine Flasche Whisky mitgebracht, die Mark nicht hergegeben hätte, wenn er sich hätte betrinken wollen.

»Oh, besser, Angus. Ich bin sehr froh, dass sein Bein so gut verheilt. Es hat lange genug gedauert. Er wird immer humpeln, aber er kann längere Strecken gehen. Er …« Sie hielt inne und holte tief Luft.

Peigi und Angus sahen sie erwartungsvoll an, denn sie schien etwas auf dem Herzen zu haben.

»Nein, wir müssen euch etwas sagen. Im neuen Jahr wollen wir von hier fort.« Dolina nestelte an ihrem Tuch, dessen Rand ausgefranst war.

»Wer kann es euch verdenken«, meinte Peigi.

»Wohin wollt ihr? Habt ihr Verwandte auf dem Festland?«, fragte Angus.

Dolina schüttelte den Kopf. »Ich habe einen Onkel in Inverness, aber der würde uns nicht helfen. Er arbeitet für einen Kohlenhändler und hat selbst kaum genug. Wir wollen weiter fort. Nach Kanada.« Die letzten Worte flüsterte sie und sah sie mit großen Augen an.

Peigi ließ vor Schreck die Nadeln in den Schoß fallen. »Was? Das dürft ihr nicht! Das ist ja viel zu weit weg! Und überhaupt, die Überfahrt soll schrecklich sein!«

»Wisst ihr, worauf ihr euch da einlasst?« Angus kannte die Gefahren einer Atlantiküberquerung. Viele Schiffe waren die reinsten Seelenverkäufer, verkauften billige Passagen und pferchten die armen Passagiere unter menschenunwürdigen Bedingungen im Schiffsrumpf ein. Manche sahen während der gesamten Überfahrt – und das konnten viele Wochen sein – nie das Tageslicht, andere bekamen so winzige Rationen zugeteilt, dass sie elendiglich verhungerten, bevor sie das gelobte Land erreichten. Und wer solche Widrigkeiten überstanden hatte, krepierte vielleicht an Typhus oder ertrank mit dem untergehenden Schiff. Es gab genügend Geschichten von fürchterlichen Überfahrten, und sie alle waren vermutlich nichts gegen die raue Wirklichkeit.

Dolinas Blick war ängstlich und gleichzeitig hoffnungsvoll. »Es wird nicht leicht, aber wir haben uns entschieden. Es ist unsere einzige Chance auf einen Neuanfang. Hier haben wir nichts zu erwarten.«

Dagegen konnte Angus nicht argumentieren. So wie

die Dinge derzeit standen, hatten sie keine Rechte und waren kaum mehr als mittellose Tagelöhner. Was war nur aus der stolzen Tradition der Highlander geworden, wenn selbst der Clanchief keine Ehre mehr besaß?

Liosa verstarb am Dreikönigstag. Es begann zu schneien, als ihr kleines Herz zu schlagen aufhörte. Peigi nahm ihre Tochter weinend in die Arme, während Angus nach draußen ging und seinen Kummer stumm in die Winternacht hinausschrie.

»Was kannst du uns denn noch nehmen? Oh, Herr, was haben wir verbrochen, dass du uns so strafen musst?« Doch der Himmel gab keine Antwort, er schickte weiche weiße Flocken, die auf sein heißes Gesicht fielen, dort schmolzen und sich mit den Tränen mischten.

Wie ein Mahnmal erschien das weiße Tuch auf dem Kindersarg, der von Angus, Henry, David und Iain getragen wurde. Es leuchtete anklagend gegen den dunklen Winterhimmel, und es schien, als hätte der Tod des kleinen Mädchens die Menschen in ihrer Trauer vereint. Alle folgten dem Sarg, Niall Gregor genauso wie Tavish MacPhail, der sich in der Kirche in die hinterste Bank setzte. Als alle saßen und sangen:

»I am going home with thee, to thy home of autumn, of spring and of summer. I am going home with thee, thou child of my love, to thy eternal bed, to thy perpetual sleep. I am going home with thee, thou child of my love, to the dear Son of Blessings, to the Father of grace«,

wurde die Kirchentür geöffnet, und ein blonder Engel

schritt durch den Mittelgang bis vor den Sarg, kniete dort nieder und betete. Schließlich erhob sich Shona MacKenzie, breitete einen kostbaren Tartanschal über den Sarg und verneigte sich vor Angus und Peigi Ferguson, bevor sie nach hinten ging und sich neben den Verwalter des Lairds setzte.

Ein Raunen ging durch die Trauernden, während sie die letzte Strophe wiederholten: »Ich gehe heim mit dir, in dein Haus des Herbstes, des Frühlings und des Sommers. Ich kehre heim mit dir, du Kind der Liebe, in dein ewiges Bett, den ewigen Schlaf. Ich nehme dich mit heim, du mein geliebtes Kind, zum Sohn unseres Herrn und dem Vater aller Gnade.«

Angus hatte die heimlichen Blicke zwischen Henry und Shona wohl bemerkt. Dies war nicht das Ende, sondern der Anfang.

22

Ardmore, Mai 1880

My soul is full of longing
for the secret of the sea,
and the heart of the great ocean
sends a thrilling pulse through me.

Mein Herz sehnt sich
nach dem Geheimnis des Meeres,
und das Herz des weiten Ozeans
lässt das Blut durch meine Adern rauschen.

Henry Wadsworth Longfellow

Die Wellen klatschen rhythmisch gegen den Steg, an dem sie das Boot vertäut hatten. Sie hatten Skye bei Regen verlassen, doch die Wolkendecke war aufgerissen, genau, wie Henry es vorhergesagt hatte.

»Du liebst das Meer, nicht wahr, Henry?«

»Aye. Es ist so unendlich. Ich fühle mich frei, wenn ich mit meinem Boot hinausrudere. Da draußen warten neue Welten, Shona.« Er schwieg und beobachtete das Wasser. Der Strand der kleinen Insel war mit feinem weißen Sand bedeckt und die Bucht von Skye aus nicht einsehbar.

Es war nicht ungefährlich, von Skye zu dem winzigen Eiland hinüberzurudern, doch er kannte die Untiefen und Strömungen. Anders als sein Vater hatte er das Meer lieben gelernt und sich viel von den Fischern abgeschaut. Er hörte zu, wenn sie über das Verhalten der Meerestiere sprachen, über die Wege der Heringsschwärme und wie man die Wellenbewegungen deuten musste. Solange er sich von Niall Gregor und seinen Leuten fernhielt, hatte er keine Probleme, denn die anderen tolerierten seine Anwesenheit.

Sie saßen nebeneinander auf seinem Umhang und aßen, was Shona mitgebracht hatte – kaltes Fleisch vom Hirsch, Käse, Brot und Früchtekuchen. Die junge Frau nahm kaum etwas zu sich, sah jedoch lächelnd zu, wie ihr Begleiter hungrig ein großes Fleischstück vertilgte, bevor er sich ein Stück Käse abschnitt.

Die Tochter des Lairds brach sich ein Stück Kuchen ab und pulte die gezuckerten Früchte heraus, um sie sich genüsslich in den Mund zu schieben. »Mmh, ich war im letzten Sommer mit meinem Vater in London und Paris. Das werde ich nie vergessen. Es gab so viel zu sehen. Die riesigen Häuser und Kathedralen und die Galerien. In Paris habe ich Künstler getroffen, die völlig neue Farben verwenden. Sie malen das Licht!«

Sie sprach über Dinge, die niemanden aus seiner Familie interessierten. Für ihn verkörperte sie die glanzvolle Welt, von der er ein Teil werden wollte. Er wollte mehr erfahren, als die Highlands ihm bieten konnten, obwohl es nicht so war, dass er seine Heimat und seine Familie nicht liebte. Doch er strebte nach anderen Dingen, nach Wissen und einer Zukunft, die mehr für ihn bereithielt als das Hüten von Schafen oder das Flicken von Hummerkörben.

»Paris? Das ist nichts für mich. Noch nicht«, sinnierte Henry und trank einen Schluck Bier. »Ich will nach Kanada auswandern. So wie Mark und Dolina. Sie haben es richtig gemacht. Dort gibt es Land für alle. Da muss man nur jung und stark sein und kann sich seinen Platz erkämpfen. Und wenn ich genug Geld gemacht habe, dann eröffne ich ein Geschäft und verkaufe Bücher.«

Sie lachte. Es klang perlend und süß und nicht abfällig. Mehr so, als amüsiere er sie, und das war ihm genug, vorerst.

»Nach Kanada? Aber warum nur? Das ist die reine Wildnis!«, sagte Shona. »Dort sollen die Winter so kalt sein, dass man monatelang nur Schnee sieht, und es gibt Bären dort, die Menschen töten, und im Sommer haben sie Schlangen, deren Biss tödlich ist. Ich weiß das von Tavishs Bruder, der war im letzten Jahr zu Besuch.«

»Wie geht es ihm dort? Hat er ein Stück Land bekommen können?«

»Warum ist es so wichtig für dich, ob er Land besitzt?«

Der Wind frischte auf, und eine dunkle Wolke schob sich von Norden herunter.

»Das kann nur jemand fragen, dessen Familie Land besitzt. Wir müssen gehen, Shona. Könnte sein, dass ein Sturm aufzieht.« Er legte Fleisch, Brot und Käse in das

Tuch, um es zusammenzuknoten. Den restlichen Kuchen brach er in zwei Stücke und gab Shona eines.

»Tut mir leid. Manchmal denke ich nicht nach, bevor ich spreche. Ihr habt es so schwer, und ich kann meinen Vater einfach nicht verstehen. Er hätte euch nie vertreiben dürfen und schon gar nicht die Schafe der Engländer auf eurem Land weiden lassen.« Sie aß den Kuchen und wischte sich die Krümel von den Lippen.

Henry konnte seinen Blick nicht von ihrem Mund wenden. Bevor er Shona kennengelernt hatte, war ihm nicht bewusst gewesen, dass Mädchen diese Wirkung haben konnten. Zwar hatte er sich für die Mädchen der anderen Familie interessiert, aber es war nie eine dabei gewesen, für die er mehr empfunden hatte als körperliche Lust. Shona war nicht nur schön und begehrenswert, sondern berührte sein Innerstes. Wenn er in ihre Augen sah, fühlte er sich stark und nahezu unbesiegbar. Er wollte die Welt verändern, damit sie darin glücklich werden konnte.

Sie stieß ihn mit dem Finger gegen die Brust. »Du träumst, Henry Ferguson.«

Er lächelte und beugte sich vor, um ihr einen flüchtigen Kuss auf die Lippen zu geben, was sie geschehen ließ. »Es liegt an dir. Ich kann nicht anders und muss dich ansehen. Wenn ich mit Worten umgehen könnte, würde ich ein Gedicht über deine Schönheit schreiben, Shona MacKenzie.«

»Du Schmeichler!« Doch sie hockte sich so vor ihn, dass er sie an sich ziehen und ausgiebiger küssen konnte.

Als sie beide außer Atem waren und Henry um seine

Selbstbeherrschung zu fürchten begann, ließ er sie los und half ihr auf. Das Meer rauschte weiter draußen mittlerweile gefährlich laut, und das Boot hüpfte neben dem Steg auf den kabbeligen Wellen auf und ab. Er hob den Umhang auf und legte ihn ihr um die Schultern. »Komm, wir müssen uns beeilen.«

Sie schaute mit gerunzelter Stirn zum Himmel. »Und dabei war es eben noch richtig schön.«

Das Wetter überraschte immer wieder. Von einer Minute auf die nächste konnte es umschlagen. Im Grunde musste man stets auf alles gefasst sein. Henrys Magen zog sich zusammen, als er sah, wie sich die düstere Wolkenwand über dem offenen Meer auftürmte und die weißen Gischtkämme wie wilde Reiter die Wellen entlangjagten. Er nahm Shonas Hand und lief mit ihr zum Steg, doch als sie die nachlässig genagelten Bretter betraten und die Wellen immer häufiger über das Holz schwappten, blieb Henry stehen.

»Wir sollten jetzt nicht fahren, Shona. Ich kann nicht verantworten, dass dir etwas zustößt. Auf halbem Wege gibt es eine starke Strömung, und bei diesem Wellengang schaffe ich es nicht allein, uns da hindurchzurudern.« Sorgenvoll schaute er zu den Ufern von Skye, die nur undeutlich in der Ferne zu sehen waren.

»Wo können wir uns unterstellen? Die Insel ist doch unbewohnt!« Ängstlich schaute Shona auf den überspülten Steg und schrie auf, als die nächste Welle ihre Stiefel erfasste.

»Vielleicht finden wir in den Ruinen Unterschlupf.« Er zog sie mit sich vom Steg auf den Sand.

»O nein, nicht in die Ruinen! Die sind verflucht!« Der Wind riss Strähnen aus ihrem blonden Zopf, der lose aufgesteckt war. Sie hielt seinen Arm umklammert und blickte mit kreidebleichem Gesicht den Strand hinauf.

Dort, wo der Sand zwischen den Felsen endete und das Land anstieg, ragten dunkel die Umrisse der alten Black Houses auf. Die ehemaligen Behausungen von fünfzehn Familien waren dort zu finden. Das Boot krachte gegen den Steg, und das Geräusch von berstendem Holz fuhr Henry durch die Knochen.

»Komm schon, das Boot ist hin. Ich kann es bei diesem Unwetter nicht reparieren. Wir müssen dort oben Schutz suchen!«

»Heilige Jungfrau, beschütze uns!«, murmelte Shona.

Eine heftige Böe zerrte an ihren Kleidern und trieb sie den Hügel hinauf. Mit David und Duff war Henry einige Male heimlich auf der Insel gewesen, die seit der Vertreibung der Bewohner nur von Schafen bevölkert wurde. Er kannte die Ruinen, in denen sie manch brauchbares Werkzeug gefunden hatten.

Die Steine rutschten unter ihren Schuhen, doch der schmale Pfad hinauf zu den Häusern war noch immer zu erkennen. Algen und Moos hatten den Weg rutschig werden lassen, doch Henry sah sich vor und achtete darauf, dass Shona nicht fiel. Endlich waren sie oben und konnten bis in die Inselmitte und zum höchsten Punkt blicken. Von den Schafen war nichts zu sehen. Die Tiere waren schlauer und hatten sich, wahrscheinlich schon lange, bevor der Wind richtig aufgefrischt hatte, auf die andere Seite begeben.

Die verfallenen Black Houses lagen zu beiden Seiten einer Straße, die lediglich aus einer Fahrspur bestand. Karrenräder hatten sich tief in den Boden gegraben und zeugten von der ehemaligen Aktivität der Bewohner.

»Das hier ist gut.« Henry zog Shona mit sich in eine Ruine, deren Wände hoch genug waren, um sie vor dem Wind zu schützen. Ein Dach gab es nicht, doch die alte Feuerstelle bot ihnen Schutz vor dem einsetzenden Regen. Eng aneinandergedrängt hockten sie dort, wo vor vierzig Jahren eine Familie gelebt und gelitten hatte.

»Warum sagst du, dass die Ruinen verflucht sind? Das hier sind Häuser genau wie unsere auf eurem Land. Hier haben Fischerfamilien gelebt, die von den MacLeods vertrieben wurden, damit die ihre Schafe herbringen konnten. Als ob die Fischer die Schafe am Grasen gehindert hätten ...«, schnaufte Henry.

»Nicht deswegen, Henry, und es tut mir schrecklich leid, dass mein Vater euch vertrieben hat. Das weißt du doch!« Sie drückte sich an ihn und schlang einen Arm unter seinem hindurch. »Der Fluch rührt von Roderick MacLeod her. *Seanmhair* hat mir davon erzählt.«

Ihre *Seanmhair*, gälisch für Großmutter, war eine MacLeod, wie Henry wusste. Der Clan MacLeod beherrschte den größten Teil vom nördlichen Skye und lag in ständigem Streit mit dem Clan MacDonald.

Während der Wind um die alten Steine heulte, begann Shona zu erzählen: »Roderick MacLeod trug den Beinamen ›der Böse‹, weil er hinterhältig und unersättlich war. Er war ein mächtiger Clanchief vor zweihundert Jahren. Damals gehörten den MacLeods von Lewis die nördlichen Inseln, nur Raasay und die Ländereien um Gairloch noch nicht. Diese wollte Roderick für seine Enkel sichern. Und so lud er eines Tages die beiden Clans, die dort lebten, hierher nach Isay ein. Die große Ruine vorn auf der Landzunge, die hat dem Chief MacLeod gehört.«

Henry erinnerte sich an die festungsähnliche Konstruktion der Ruine. Von seinen Leuten hatte nie jemand über die Legenden von Isay gesprochen. Der Regen wurde dichter und bildete Rinnsale und Pfützen auf dem Boden des alten Hauses. Mit den Füßen grub Henry den Lehm auf, damit das Wasser in der Rinne lief und sie dahinter trocken blieben. Es roch nach See, Algen und Moder, der sich zwischen den Steinen gesammelt hatte.

»Roderick ließ verlauten, dass es ein Festbankett gäbe, zu dem er sie alle einlud. Auf diesem besonderen Fest wolle er jedem der Gäste eine Neuigkeit von großer Wichtigkeit mitteilen. Die beiden Clans folgten der Einladung, warum, kann ich nicht sagen. Vielleicht hofften sie auf ein lukratives Geschäft oder eine Vermählung. Jedenfalls waren sie alle versammelt und lachten und tranken und aßen mit den MacLeods an einem Tisch. Als es so weit war, ließ Roderick die Männer der Clans nacheinander zu sich auf die Terrasse kommen, um ihnen dort persönlich die Neuigkeit mitzuteilen.« Shona machte eine Pause und schlug den Umhang um sie beide, so dass die Wärme ihrer Körper darunter gespeichert wurde.

»Und dann hat er sie nacheinander abstechen lassen wie Vieh, das zur Schlachtbank geführt wird. Er hatte einen Diener, der gewandt mit dem Dolch war. Es soll ein Mann von Lewis gewesen sein, der bei allen für seine Klinge gefürchtet war. Da lagen die Leichen dann allesamt nebeneinander. Seither gehen die Seelen der Ermordeten hier um.« Sie schluckte und fügte hinzu: »So viele Tote, nur damit MacLeod sein Herrschaftsgebiet erweitern konnte.«

»Es hat sich nichts geändert«, meinte Henry düster.

»Doch!«, sagte Shona leise und führte seine Hand an ihre Lippen. »Wir sind anders. Ich bin nicht wie meine Familie. Wenn ich etwas zu sagen hätte, würde ich meinen Vater bitten, unser Land gerecht zu verteilen. Niemand sollte viel Land allein besitzen.«

»Oh, Shona!« Henrys Herz quoll über vor Liebe zu dieser jungen Frau, welche die Tochter des Mörders seines Bruders war.

»Ich kann deinen Bruder nicht wieder lebendig machen, Henry, aber vielleicht gelingt es uns, das Böse durch unsere Liebe zu überwinden.«

Sie hatte es ausgesprochen! »Shona, ich liebe dich so sehr!« Er sah ihr in die Augen und fand die Welt darin.

Die jungen Menschen lachten und hielten einander in den Armen und vergaßen für einige kostbare Momente die tosende Wirklichkeit und den Sturm, der sich um sie zusammenbraute.

Als der Wind gegen Abend nachließ, untersuchte Henry das Boot und musste feststellen, dass der Riss im Rumpf nicht massiv war, doch groß genug, um eine Überfahrt nach Skye zu einem lebensgefährlichen Unterfangen zu machen. Sollte das Boot auf halbem Wege sinken, waren sie verloren, denn die See war zu kalt, um lange darin zu überleben. Shona würde mit ihren Kleidern sofort auf den Meeresgrund gezogen werden, und selbst wenn sie die Röcke auszog, würde die Kälte sie töten.

Henry stemmte die Arme in die Hüften und schaute über das Meer, das noch immer aufgewühlt war. Nur David wusste, wohin er gefahren war, und sein Freund war schlau genug, spätestens morgen früh nach ihm zu sehen, wenn er bis dahin nicht zurück war. Außerdem würde sein Vater das Boot vermissen.

»Hast du jemandem gesagt, wohin du wolltest?«, fragte er Shona, die nicht allein in der Ruine bleiben wollte und am Strand wartete.

»Nur meiner Freundin. Mein Vater hat eine Jagdgesellschaft zu Besuch, und die Chancen stehen gut, dass er sich erst morgen früh um mich Sorgen macht. Wenn man nach mir fragt, wird Aileen sagen, dass ich bei ihr bin. Sie lebt bei ihrer Tante, die eine Künstlerin ist und uns schon öfter geholfen hat. Für eine Nacht wird das gehen, hoffe ich.«

Sie gingen zurück zur Ruine, aßen und hoben sich Käse und ein Stück Brot für den nächsten Morgen auf. Die Nächte im Mai waren noch empfindlich kalt, und obwohl es zumindest aufhörte zu regnen, klapperten Shona bald die Zähne. Henry gab sich alle Mühe, seine Freundin zu wärmen. Er rieb ihre Hände und Füße und hielt sie unter dem Umhang fest an sich gedrückt, doch ihr Körper war zart und nicht so abgehärtet wie seiner. Als die Sonne endlich über der Bucht aufging, waren

Shonas Lippen blau gefroren und ihr Gesicht erschreckend blass.

»Shona, wir müssen uns bewegen. Hier, iss den Käse, und dann laufen wir hinunter zum Ufer.«

Folgsam aß sie winzige Brocken und gab Henry den Rest. »Ich kann nicht mehr. Iss du, schließlich brauchst du deine Kraft zum Rudern.«

Widerwillig nahm Henry den letzten Bissen Käse, doch er wusste auch, dass sie recht hatte. Wenn ihn die Kräfte verließen, hatten sie keine Aussicht auf eine baldige Rückkehr nach Skye. Morgennebel hing noch über der See, doch diese lag beinahe spiegelglatt vor ihnen. Der Sturm hatte seine Spuren hinterlassen und Seetang und Holz angespült. Mit banger Erwartung näherte er sich dem Steg und atmete aus, als er das Boot noch vertäut vorfand. Allerdings war der Boden mit Wasser bedeckt, das sie ohne Hilfsmittel kaum vollständig ausschöpfen konnten. Henry holte sich eine angespülte zerborstene Planke und schaufelte so gut es ging das Wasser aus dem Boot.

Shona hüpfte am Strand von einem Bein aufs andere und rief: »Wie sieht es aus? Können wir damit rudern?«

Er beobachtete, wie sich das Wasser gluckernd durch den Riss drängte. Wenn es ihm gelänge, den Riss ein wenig zu stopfen, konnten sie es wagen.

»Hast du ein dünnes Tuch, das du mir geben kannst? Mit Holzsplittern kann ich damit den Riss abdichten.«

Shona zögerte nicht, sondern riss einen Streifen feinsten Musselin von einem ihrer Unterröcke ab.

Bald darauf saßen sich Henry und Shona in dem massiven Holzboot gegenüber, und die Ruder stachen in gleichmäßigem Rhythmus ins Wasser.

Sie umrundeten die winzigen Inseln vor Isay, die nicht mehr als begrünte Felsbrocken waren, und erreichten die offene Bucht. Hier wurde der Nebel wieder dichter. In einiger Entfernung hörten sie das Klatschen von Rudern und Stimmen, unter denen er Niall Gregor heraushörte. Das andere Boot entfernte sich rasch, und Henry nahm an, dass sie auf das offene Meer zusteuerten. Als das Wasser ihre Knöchel erreichte, ruderte Henry noch schneller, und Shona krallte sich ängstlich an der Planke fest, auf der sie saß.

»Wir schaffen es, Shona!«, stieß er zwischen zusammengepressten Zähnen hervor. Das Rudern erschöpfte ihn, und er sorgte sich um Shonas Gesundheit.

MacKenzies Tochter brachte ein Lächeln zustande, nahm das Holzstück und schaufelte Wasser aus dem Boot. »Lieber Gott, steh uns bei …«

Als sie erneut Stimmen auf dem Wasser vernahmen, rief Henry: »Hier sind wir! Hallo, hört ihr uns? Hier sind wir!«

Es dauerte nicht lange, und das Boot seines Vaters durchschnitt die Nebelschwaden. Angus hatte eine Laterne vorn am Bug befestigt.

»Dem Himmel sei Dank! Geht es dir gut? Wir haben uns Sorgen gemacht!« Angus ging längsseits und erkannte sofort den Ernst der Lage.

»Beide kommt ihr herüber zu uns. David, gib der jungen Lady die Decke.«

David half Shona mit einem breiten Grinsen ins größere Boot und legte ihr eine Wolldecke um. Als Angus seinem Sohn die Hand reichte, zuckte seine Augenbraue gefährlich. »Was hast du dir nur dabei gedacht? Verdammter Bursche!«

»Es tut mir leid, Vater. Wir wollten ja noch am Nachmittag zurück, aber das Wetter schlug so schnell um. Das konnte ich doch nicht ahnen!« Er half, das Boot am Heck zu vertäuen, und kletterte über die Körbe zu seinem Vater.

»Wenn der Laird erfährt, wo seine Tochter war, sind wir geliefert, Henry«, raunzte Angus ihn an.

»Sir, hören Sie, mein Vater wird nichts erfahren. Und selbst wenn, nehme ich alle Schuld auf mich!«, versicherte Shona.

»Das mag sein, Mylady, aber es wird uns nicht retten.« Mit grimmiger Miene ruderten sie zurück an das Ufer von Ardmore Bay, wo sie wider Erwarten nicht von einer bewaffneten Abordnung der MacKenzies erwartet wurden.

Es gelang ihnen, mithilfe von David und einem Pony, das sie von einem Nachbarn liehen, Shona unbemerkt zu ihrer Freundin zu bringen, deren Tante in Lusta, südlich von Stein lebte. Angus war so wütend auf seinen Sohn, dass er kein Wort mit ihm sprach, bis sie zu Hause waren.

Dort nahm er Henry mit in den Verschlag, der als Stall für die Ziegen diente, und schlug ihm hart ins Gesicht. »Was ist nur in dich gefahren? Bist du von Sinnen? Nein, sag es nicht, dein Verstand hat ausgesetzt, sonst hättest du das Leben deiner Familie wohl kaum so leichtfertig aufs Spiel gesetzt.«

Henry rieb sich die brennende Wange und sah schuldbewusst zu Boden. »Es war dumm von mir, ja, aber es ist doch alles gut ausgegangen. Shona würde uns nie verraten, das musst du mir einfach glauben!«

Angus schnaufte wütend, und die Knöchel seiner geballten Fäuste waren weiß. »Gestern Abend kam ein Brief von Mark aus Kanada.«

Henry horchte auf. »Endlich! Lass uns auch auswandern, Vater. Dort haben wir eine Chance! Hier nicht. Hier sind wir nie mehr als arme Crofter, und nicht einmal das sind wir noch. Aber da drüben gibt es gutes Land und Freiheit!«

»Freiheit!« Das Wort klang bitter aus Angus' Mund. »Freiheit kann dich teuer zu stehen kommen, mein Junge. Mark und Dolina haben noch immer kein Land. Dolina ist krank, ihre kleine Tochter ist gestorben, und Mark schuftet im Hafen von Dartmouth als Schauermann.«

Henry sackte gegen den Stützpfeiler. »Nein, das kann doch nicht … Warum haben sie ihr Land nicht erhalten?«

»Weil man sie übervorteilt hat. Die Menschen sind da drüben nicht besser, nur weil sie ihre alte Heimat verlassen haben. Begreif das endlich, Henry. Hier müssen wir für unsere Sache einstehen und kämpfen!« Er legte seinem Sohn die Hände auf die Schultern.

Angus Fergusons Augen waren voller Zorn und Verzweiflung, und Henry wusste, dass sein Vater recht hatte.

23

My love is like a red, red rose
that's newly sprung in June:
My love is like the melody
That's sweetly played in tune

Meine Liebe ist wie eine rote, rote Rose
entsprungen neu im Juni;
Meine Liebe ist wie die Melodie
Die in süßer Harmonie spielt

Robert Burns, 1794

Sie fand Calum mit Brenda in der Bibliothek, wo die Haushälterin mit Besen und Schaufel die Scherben zusammenfegte.

»Eine schlimme Sache, und ich weiß nicht, wohin das führen soll, nein, ganz und gar nicht«, sagte Brenda vorwurfsvoll und ließ die Scherben geräuschvoll in einen Eimer fallen.

»Mein Onkel ist in der Hinsicht sehr stur, das müssen wir akzeptieren. Er hat's nicht gern, wenn in seinen Angelegenheiten herumgeschnüffelt wird. Nach dem, was er damals mit der Polizei erlebt hat, kann ich das auch verstehen. Mach hier bitte sauber, Brenda, und ich kümmere mich um die Reparatur.«

»Aber das kann doch Seth übernehmen! Mein Mann hat hier im Schloss immer alles für den Laird erledigt.« Das klang noch vorwurfsvoller.

»Hallo, Cal, kann ich dich kurz sprechen?«

Brenda warf ihr einen säuerlichen Blick zu und murmelte etwas, das Ivy nicht verstand.

»Natürlich. Also gut, dann übergeben wir Seth die Reparatur der Vitrine. Kann er Sicherheitsglas besorgen? Das wäre wohl angebracht.«

»Ja doch, er kann fast alles besorgen«, meinte Brenda.

Calum hob eine Augenbraue, kam zu Ivy, legte ihr den Arm um die Schultern und führte sie hinaus. Auf dem Weg in die Halle drückte er ihr einen Kuss auf die Wange. Sie errötete, hoffte, dass Brenda sie nicht beobachtete, und wartete, bis sie um eine Ecke bogen, bevor sie stehen blieb und ihn küsste.

»Ich möchte euch helfen, Cal. Wie wäre es, wenn ich mit Rachel telefoniere und sie ein wenig über die Leute hier ausfrage, vielleicht trinken wir einen Kaffee, dabei plaudert es sich leichter.«

Calums Lächeln wich einer nachdenklichen Miene. »Irgendwo müssen wir beginnen. Zu dumm, dass mein Onkel die Polizei nicht einschalten will. Ruf mich an, wenn du irgendetwas erfährst. Ich spreche später mit meinen Eltern – und auch mit Gordon Buchanan, denn der kennt tausend Leute.«

»Gordon? Ach ja, Moiras Sohn. Und wie ist es mit Moira?«

»Warum nicht.«

»Hast du ihre Nummer?«

»Das haben wir gleich.« Er zog sein Mobiltelefon hervor. »Gordon? Sag mal …« Cal erzählte von dem Einbruch im Schloss. »Und nun überlegen wir natürlich, wer das gewesen sein könnte.«

Sie konnte nicht verstehen, was Gordon sagte, und ging auf ihrem Telefon rasch die Nachrichten durch. Sie musste unbedingt Fulbrook anrufen. Auch warteten drei Kunden auf Abschlussberichte, die sie noch erstellen musste.

»Hat sie nicht? Wie überlebt sie? Gut, danke dir, Gordon. Wir sehen uns später.« Calum ließ das Telefon sinken, und Ivy sah ihn fragend an.

»Moira hat kein Mobiltelefon. Lehnt sie ab. Gordon findet das überhaupt nicht witzig, denn er kann sie so natürlich kaum erreichen. Aber so ist sie.« Es schepperte in der Bibliothek, und Calum zuckte zusammen. »Nicht dass Brenda sich verletzt. Das fehlte uns noch. Du kannst meinen Wagen nehmen, Ivy.«

Für ihn schien das eine Selbstverständlichkeit. »Wenn du ihn aber brauchst?«

Er kramte den Schlüssel aus seiner Hosentasche. »Dann ruf ich dich an, und so lange willst du nicht fortbleiben, oder?«

»Nein. Danke, du bist unglaublich.« Sie drückte ihm einen Kuss auf die Lippen, der leicht sein sollte, doch das misslang gründlich. Als sie verträumt die Augen öffnete, grinste er.

»Ich weiß, aber ich mag deine Art von Bestätigung, bis nachher.«

Calums Bus holperte die Piste nach Norden entlang, und Ivy dachte an Moira. Dass Moira kein Mobiltelefon benutzte, wunderte sie nicht. Schon von Weitem sah sie Rachel und ihren Sohn vor dem Haus. Und noch eine Frau stand dort mit dem Rücken zu ihr, doch Ivy erkannte die blonden Haare und überlegte, ob es besser war, ihren Besuch zu verschieben, als Rachel winkte.

Zu spät. Sie parkte neben der Werkstatt, aus der das Kreischen einer Säge zu hören war. Fiona Gregor drehte sich um, und Ivy amüsierte sich über das erfreute Aufleuchten in Fionas Gesicht beim Anblick von Calums Bus, das blitzschnell in verärgerte Enttäuschung überging, als nur sie ausstieg.

»Hi, Rachel, Fiona!«

»Das ist aber eine schöne Überraschung, Ivy«, begrüßte Rachel sie herzlich.

»Ivy«, meinte Fiona knapp und schaute zum Bus. »Wo ist Cal?«

»Im Schloss.« Sie überlegte kurz, entschied sich aber, beiden Frauen von dem Einbruch zu erzählen. Fiona kannte durch ihre Brüder wahrscheinlich mehr Leute, die eventuell von Diebstählen gehört hatten.

»Letzte Nacht wurde im Schloss eingebrochen. Cals Onkel ist noch ziemlich angeschlagen.«

»O nein!«, rief Rachel. »Komm rein, ich mache uns einen Tee, und du erzählst alles. Das gibt es ja nicht. Und ich dachte immer, hier sind wir sicher. Ich schließ nie ab, weißt du?«

Wenig später saßen sie am Küchentisch, Toby verschönerte mit Wachskreiden auf dem Fußboden ein Blatt Papier und die Steinfliesen und steckte sich die Kreide auch in den Mund.

»Toby, das ist nicht gut. Schmeckt doch gar nicht«, meinte Rachel geduldig und gab Toby ein Stück Apfel, das er sich ebenso begeistert in den Mund schob.

»Du bist eine tolle Mutter, Rachel«, sagte Ivy.

»Ach, das sieht nur so aus. Jetzt ist es einfach. Er ist noch so süß und klein, aber wenn er erst mal in die Schule geht, sprechen wir uns wieder. Was ist mit dir? Willst du Kinder?« Rachel stellte den Wasserkessel an und holte eine Dose mit Keksen aus einem Regal.

»Irgendwann vielleicht. Muss halt alles passen«, antwortete Ivy vage.

Fiona verzog das Gesicht. »So was plant man nicht. Das passiert einfach. Jetzt erzähl schon, ich platze vor Neugierde.«

»So spektakulär war's nun auch wieder nicht.« Ivy gab den beiden Frauen einen Überblick.

»Na, das ist aber schon heftig!«, meinte Rachel.

»Und merkwürdig«, fügte Fiona hinzu.

»Genau das denken wir auch. Warum? Und nichts gestohlen? Macht doch keinen Sinn!«

»Weiß der alte MacKenzie denn, ob was gestohlen wurde? Er hat doch sicher einen Haufen Sachen im Schloss! Verliert man da nicht den Überblick?«, fragte Fiona.

»Ein Mann wie Cals Onkel sicher nicht. Das Sammeln und Verkaufen von Antiquitäten war sein Leben, und jedes Stück in seinem Schloss hat eine besondere

Geschichte. Wir vermuten vielmehr, dass jemand nach etwas gesucht hat.«

»Oder der Dieb wurde gestört und musste ohne Beute fliehen«, schlug Rachel vor.

»Ein Zufallsdieb würde einfach nach etwas greifen und es mitgehen lassen. Solche Typen testen, ob sie irgendwo schnell einsteigen können, und nutzen die Gunst der Stunde. Gab es denn Einbruchsspuren?« Fiona goss Milch in ihren Tee.

»Nein. Hier in der Gegend sind Einbrüche eher selten?«

Rachel zuckte mit den Schultern. »Wie gesagt, ich schließe fast nie ab. In Tommys Werkstatt wurden mal Werkzeuge gestohlen. Das war im letzten Jahr.«

»Am Hafen gab es auch mal kleinere Diebstähle. Dougie hat sich den Typen, einen jungen Burschen von hier, vorgenommen, und dann war's vorbei«, sagte Fiona.

»Ja? Ich frage Tommy mal wegen der Werkstattgeschichte, da kommt er übrigens gerade.« Die Tür fiel ins Schloss, und bald darauf schaute Tommy in die Küche. Sehr zur Freude seines Sohnes, der ihm quietschend die Kreiden entgegenhielt.

»Wenn du hier bist, bin ich abgemeldet ... Hallo, Schatz«, begrüßte Rachel ihren Mann, der sie küsste, den Damen ein Lächeln schenkte und sich dann zu seinem Sohn auf den Boden hockte.

»Ivy und Fiona, seltene Gäste. Ich dachte, Cal wäre hier, als ich seinen Bus sah.« Tommy grinste Ivy an. »Bleibst wohl doch länger, oder?«

»Ich weiß noch nicht, wir werden sehen.«

»Im Schloss wurde eingebrochen«, sagte Rachel. »Wir überlegen gerade, wer hier in der Gegend dafür infrage käme, wenn überhaupt. Fiona meinte, im letzten Jahr gab es Diebstähle am Hafen und bei uns ja auch.«

Tommy überlegte. »Die Geschichte mit Dex? Der arme Kerl tat mir sogar leid, obwohl er natürlich nicht meine teure Säge hätte stehlen dürfen.«

»Dex war das, ja, richtig!«, meinte Fiona. »Dex Jankins ist so ein echter Versager, leider, kein schlechter Kerl, aber hat nie was zu Ende gebracht und sich das Hirn weggekifft.«

»Ach ja, ich weiß, wen ihr meint. Der Kerl schleicht immer hier herum, und ich mag das nicht, wenn Toby draußen ist!«, meinte Rachel.

Ihr Mann winkte ab. »Dex kriegt nichts auf die Reihe, ist aber kein übler Mensch. Ich habe ihn erst vor Kurzem bei den MacKenzies gesehen. Da hilft er mit, den neuen Stall zu bauen.«

»Wo lebt dieser Dex denn? Und wie sieht er aus, falls ich ihn zufällig sehe?«, fragte Ivy.

»Mittelgroß, lange dunkelblonde Haare, Bart, dünnes Hemd. Eigentlich ein Hübscher, wenn er sich mal waschen würde.« Fiona lachte. »Ich glaube, er lebt immer noch bei seiner Großmutter, der alten Jankins. Sie hat ihn großgezogen. Ihre Kate liegt an der Straße von Halistra nach Gillen.«

»Sie lebt noch? Die muss schon sehr alt sein. Ich glaube, Moira kümmert sich manchmal um die alte Frau«, sagte Rachel. »Moira kennst du noch, oder?«

»Aber ja, wir haben uns auch schon gesehen. Moira

macht also Hausbesuche. Ich kann sie nur schwer einordnen.« Ivy trank den Tee, der würzig schmeckte. »Hm, gut!«

»Eigene Mischung. Kannst du in meinem Shop kaufen«, meinte Rachel mit einem Augenzwinkern.

»Niemand weiß so richtig viel über Moira.« Fiona tippte auf ihrem Handy und sah kurz hoch. »Dougie hält sie für eine Hexe, aber der ist so abergläubisch, dagegen bin ich abgebrüht, und ich bekreuzige mich schon, wenn ich einen Schatten von links sehe.«

»Das wusste ich ja gar nicht. Du bist abergläubisch, Fiona?« Ivy musterte die ehemalige Schulkameradin.

»Sicher, wer mit dem Boot rausgeht, ist das sowieso. Man spaßt nicht mit den Geistern des Meeres. Wenn du sie verärgerst, erlauben sie sich Scherze mit dir, und die können tödlich enden. Denk nur an die Geschichte mit den drei Felsen, wenn man von Ardmore Bay rausfährt nach Uist. Ich bin da immer ganz vorsichtig. Alle Fischer sind das. Man darf die Wassergeister nicht verärgern, sonst schlingen sie ihre Haare um deine Schiffsschraube und ziehen dich auf den Grund.«

Machte Fiona sich einen Spaß mit ihr? Ivy räusperte sich. »Okay, eine Umschreibung für Strömungen, ja?«

Fiona schnaufte abfällig. »Nenn es, wie du willst. Moira kennt all die Geschichten von hier. Frag sie doch, was sie davon hält.«

»Das würde ich gern machen, nur hat sie kein Telefon. Wie finde ich sie?«

Rachel lachte. »Natürlich hat sie ein Telefon. Einen Festnetzanschluss zwar, aber sie hört ihren Anrufbeantworter ab. Ich schreib dir ihre Nummer auf.«

Ivy nahm ihr Handy heraus. »Ich speichere sie gleich ab.«

Nebelschwaden zogen durch die Kirchenruine von Trumpan, als Ivy den Bus oberhalb der Küste parkte. Sie stieg nicht aus, starrte nur nach unten, wo sie vor ein paar Tagen gestürzt war. Noch immer konnte sie nicht verstehen, wie ihr das hatte passieren können, sie musste gestoßen worden sein. Die Platzwunde war so gut abgeheilt, dass sie nur noch daran dachte, wenn sie die Stirn berührte.

Sie rief Fulbrook an. Nicole verband sie direkt mit dem Inhaber der Kunstversicherung.

»Wir haben lange nichts von Ihnen gehört, Ivy. Ich hoffe doch, dass Sie Ergebnisse vorzuweisen haben. Ich leite schließlich eine Versicherung und kein Reisebüro.«

»Ich gebe mir die größte Mühe, aber dass es nicht leicht werden würde, haben wir alle gewusst. MacKenzie ist kein einfacher Mann, und obwohl er sehr krank ist, darf man sich nicht täuschen lassen. Sein Verstand ist hellwach, und er lässt sich nichts vormachen. Ich muss sehr vorsichtig mit meinen Nachforschungen sein, denn er würde mich sofort hinauswerfen, wenn er auch nur ahnte, warum ich wirklich hier bin.«

Sie strich über die winzige Finne, die von Cals Rückspiegel herunterbaumelte, und fühlte sich elend, weil er ihr vertraute und sie ihn hinterging.

»Ja, ja, genug der Schonzeit, ich will Ergebnisse hören. Haben Sie nun was, oder nicht? Sonst blasen wir die Aktion ab, bestätigen Kermack die Echtheit, und die Sache ist beendet.«

»Sie haben doch meine Bilder von dem anderen Tisch erhalten. Meiner Ansicht nach stammt der von demselben Meister. Ich tendiere zu Mewesen, aber das kann ich erst genau sagen, wenn ich mir das Stück noch einmal angesehen habe. So wie wir an Kermacks Tisch keine Spuren moderner Bearbeitung finden konnten, so habe ich auch keine an dem Exemplar im Schloss gefunden. Es ist mehr eine Stilfrage.«

»Na schön, aber am Wochenende ist Schluss. Montag will ich Sie wieder hier in London im Büro sehen, Ivy. Wir haben noch andere Aufträge zu bearbeiten. Ich hätte MacKenzie, den alten Fuchs, gerne überführt, denn ich hatte immer den Verdacht, dass er nicht ganz koscher ist. Aber gut, ohne Beweise können wir nichts machen.«

Ivy biss sich auf die Lippen. Nicht ganz koscher konnte eine Menge bedeuten. »Ich halte MacKenzie nicht für einen Betrüger, wenn ich das so sagen darf.«

Oscar Fulbrook lachte dröhnend. »Ein dehnbarer Begriff in unserer Branche, würde ich sagen. Per se halte ich jeden Kunsthändler für intelligent und gerissen genug, zweitklassige Stücke in erstklassige zu verwandeln oder verwandeln zu lassen. Nun gut, wir werden sehen. Montag.«

Er hatte aufgelegt, bevor sie antworten konnte. Verdammt, dachte Ivy. Ihr blieben nur noch vier Tage.

Vor dem Pub herrschte reger Betrieb. Zum Abend hin hatte sich der Nebel verzogen, und nun konnte man die Positionslichter der Boote in der Bucht und auch den Leuchtturm von Ardmore sehen. Sogar die dunklen

Umrisse der kleinen Inseln zwischen Ardmore Bay und Loch Dunvegan waren als Buckel zu erkennen. Sie waren mit Siennas Wagen gekommen, den sie oben an der Straße geparkt hatten.

Sienna legte den Arm um ihre Freundin und schaute über die Bucht. »Es ist unfassbar schön hier, weißt du das?«

Manchmal musste man die Heimat mit den Augen eines Fremden sehen, dachte Ivy. »Ja, das ist es. Ich vergesse das manchmal.«

»Was sind das für Berge dahinten? Inseln oder Festland?«

»Unbewohnte Inseln. Mingay ist die kleinere, und der Buckel, der wie ein Walrücken aussieht, ist Isay. Da gibt es Reste eines Fischerdorfs. Aber die wurden vertrieben, genau wie die Crofter hier.«

»Ich habe darüber gelesen, die Highland Clearances. Das waren grausame Zeiten.« Sienna als Historikerin hatte sich gewiss genauestens über die Region kundig gemacht.

»Sollten wir meine Eltern morgen treffen, sprich bitte nicht darüber, das ist für meinen Vater wie Salz in eine offene Wunde streuen. Es reicht mir, dass er die MacKenzies nicht leiden kann.«

»Wenn eure Familie damals alles verloren hat, kann ich ihn sogar verstehen. Überleg doch mal! Die Menschen wurden gewaltsam aus ihren Häusern vertrieben, da gab es keine Auffanglager und Hilfsgelder. Ein sehr spannendes Thema, das ich im nächsten Semester vielleicht angehen werde.«

Ivy seufzte. »Bitte verschon mich heute damit.« Aus dem Pub klang Musik. »Das Essen ist in Ordnung und der Pub wirklich schön. Und die Band, die heute spielt, soll sehr gut sein.«

Sienna Rowland war etwas kleiner als Ivy, hatte halblanges rotbraunes Haar, Sommersprossen und die quirlige Energie eines Eichhörnchens. Nun ja, eines, das äußerst begabt Fiddle spielte. Selbst nach der langen Anreise wirkte Sienna munter, und ihre grünbraunen Augen strahlten Ivy an. »Herrlich! Ist es nicht wunderbar, dass ich jetzt hier bin? Ich musste einfach mal raus aus der Stadt. Freddy hat kaum Zeit, weil er irgendeine neue Software mitentwickelt. Oh, aber er hat mir was für dich mitgegeben. Ich musste ihm versprechen, es dir nur gedruckt zu geben, weil man sonst die Spur bis zu ihm zurückverfolgen könne. Ich glaube, er sieht zu viele Spionagethriller.« Sienna lachte.

»Etwa die Prozessakten von Ross MacKenzie?«

»Genau die. Frag mich nicht, wie er das gemacht hat, aber ich habe sie in meinem Koffer.« Sie näherten sich dem Eingang vom *Stein Inn*, und Sienna bewegte sich im Takt der Musik.

»Hast du sie gelesen?«

»Natürlich, was denkst du denn!« Ein junger Mann mit Rucksack lächelte Sienna zu, die Ivy anstieß. »Das wird ein netter Abend. Wo ist dein Schotte? Kommt er nicht?«

Ivy kannte ihre Freundin zu gut, um sie weiter zu drängen. Wenn Sienna über etwas nicht sprechen wollte, war nichts aus ihr herauszubringen. Vor dem Eingang hatte sich eine Schlange gebildet, in die sich die Freundinnen einreihten.

»Ich fühle mich wie eine Studentin, sehr schön«, meinte Sienna kichernd.

Ein langhaariger Mann drängte sich an ihnen vorbei und stieß Ivy grob zur Seite. Als sie lautstark protestierte, drehte er sich um und warf ihr einen gehetzten Blick zu.

»Eh, kannst du nicht aufpassen ...«, begann Ivy, wurde jedoch von Sienna zurückgehalten.

»Lass ihn, Ivy«, flüsterte ihre Freundin. »Der ist zugedröhnt.«

Jetzt bemerkte auch Ivy die unnatürlich geweiteten Pupillen des jungen Mannes und winkte ab. Der Fremde lief weiter und wurde an der Hauswand von einem grauhaarigen Mann erwartet, der mit dem Rücken zu ihnen stand. Etwas an der Gestalt kam Ivy vertraut vor, doch sie konnte es nicht fassen. In diesem Moment drängte sich die Schlange vor, und sie konnten den Pub betreten.

Für die nächste Stunde genoss Ivy die unterhaltsame Gesellschaft ihrer Freundin und vergaß ihre Sorgen. Sienna verstand es zu feiern. Schon bald hielt es die Dozentin nicht mehr auf ihrem Stuhl, und sie ging zu den Musikern, von denen einer die Fiddle spielte. Nach einem kurzen Gespräch gab er ihr sein Instrument, und Sienna winkte Ivy zu sich, die ahnte, was nun folgen würde. Der Pub war bis in die hinterste Ecke mit Besuchern besetzt, die neugierig beobachteten, was an der kleinen Bühne neben dem Tresen vor sich ging.

Sienna glühte vor Glück. »Sie spielen *My love is like a red, red rose* von Robert Burns.«

»Okay, da kann ich nicht widerstehen«, gab Ivy zu und begrüßte die Musiker, zwei Männer und eine Frau, die von Skye stammten.

Sie sprachen kurz die Stimmverteilung ab, und dann begann der Gitarrist zu spielen. Sienna spielte die erste Strophe auf der Fiddle, und der zweite Mann schlug den Rhythmus auf einer Bodhran, einer kleinen Trommel. Ivy nahm das Mikrofon, schloss die Augen und begann zu singen: »*My love is like a red, red rose. That's newly sprung in June:*

My love is like the melody. That's sweetly played in tune ...«

Das traditionelle Lied erfüllte sie mit einem Gefühl von Zugehörigkeit und Verbundenheit, wie sie es lange nicht mehr gespürt hatte. Als sie verträumt die Augen öffnete und ins Publikum sah, das gebannt lauschte, fing sie den Blick von Cal auf, der inzwischen hereingekommen sein musste. Ihr Herz schlug schneller, und ihr Magen zog sich sehnsuchtsvoll zusammen.

»*And I will come again, my love, though it were ten thousand mile*«, sang sie und empfand genau das, was das Lied ausdrückte. Sie wollte nicht mehr fort von Skye, und sie wollte Cal nicht gehen lassen.

24

Die Gäste im *Stein Inn* plauderten ausgelassen, und die Kellnerin hatte Mühe, ein Tablett mit leeren Gläsern durch die dicht gedrängten Menschen zu balancieren.

»Jetzt verstehe ich auch, warum Ivy noch hier ist ... Cheers!« Sienna hob ihr Pintglas und grinste verschmitzt.

Cal, der neben Ivy stand und seine Hand wie selbstverständlich über ihren Rücken gleiten ließ, hob sein Glas ebenfalls. »Cheers!«

»Sienna, ich weiß nicht, was du meinst«, versetzte Ivy kopfschüttelnd.

»Ich weiß, was ich sehe, das ist alles«, sagte Sienna. »Cal, bist du auch hier aufgewachsen wie Ivy? Ich beneide euch um eine Kindheit auf dieser Insel.«

»Das nicht, aber ich habe die Sommerferien fast immer bei meinem Onkel auf dem Schloss verbracht, und die Insel hat mich nie losgelassen.«

»Kein Wunder, es ist herrlich hier draußen an der See«, meinte Sienna sehnsüchtig. »Die Luft ist so frisch, dass ich mich gleich irgendwie sauberer fühle. London ist großartig, und ich lebe gern dort, aber ich arbeite daran, vielleicht einmal im Jahr drei oder vier Monate eine Auszeit zu nehmen. Dann komme ich her und miete mir ein winziges Cottage am Meer.«

»Du würdest dich nach zwei Wochen zu Tode langweilen«, sagte Ivy. »Sie kann gar nicht ohne Theater und
Konzerte sein.«

»Wenn ich euch beiden zuhöre, komme ich mir furchtbar untalentiert vor«, meinte Calum. »Habt ihr euch über
die Musik kennengelernt?«

Ivy nickte, und sie plauderten über London und die
Musik, die sie verband. Cal mit seiner unterhaltsamen
Art machte es ihnen leicht. Nie kam das Gespräch ins
Stocken, und Sienna war ganz offensichtlich begeistert
von Ivys Eroberung.

»Ich hole uns noch eine Runde«, schlug Ivy vor, doch
Calum küsste sie auf die Lippen und nahm ihr das Glas ab.

»Diesmal bin ich dran.«

Als er zum Tresen ging, seufzte Sienna. »Wenn du den
wieder gehen lässt, kann dir wirklich niemand helfen …
Also ohne Freddy …«

»Hey!« Ivy knuffte ihre Freundin, war jedoch glücklich, dass diese Calum mochte. »Und jetzt mach es doch
nicht so spannend. Was steht denn in den Akten, die
Freddy kopiert hat?«

»Es war ein reiner Indizienprozess, Ivy. Du musst dir
das in Ruhe durchlesen. Kirsty MacKenzie war im drit-
ten Monat schwanger. Wusstest du das?«

»Nein!«, entfuhr es Ivy. Dieser Umstand warf ein ganz
neues Licht auf die Tat. »Wie entsetzlich, das hieße ja,
das Kind hätte von einem anderen sein können, und das
wäre ein starkes Tatmotiv für MacKenzie gewesen.«

»Oder für den Mörder«, meinte Sienna.

»Ja, wenn er ein verheirateter Mann war oder wenn sie

MacKenzie nicht verlassen wollte oder … Ach, das ist alles furchtbar!«, stöhnte Ivy.

»Warum? Weil du den alten Knaben jetzt kennst?«

Ivy sah ihre Freundin an. »MacKenzie ist ein komischer Kauz, verschroben, ein Geheimniskrämer und ein schlecht gelaunter Griesgram, aber ich halte ihn nicht für einen Mörder.«

»Tja, wer sieht schon wie ein Mörder aus. Von den wenigsten Tätern könnte man das wohl sagen.«

Ivy entdeckte Fiona auf der anderen Seite des Raumes. Sie sprach mit Brenda und Seth, und als ihre Blicke sich trafen, winkte Fiona kurz. Brenda und Seth wirkten verärgert und redeten auf Fiona ein, die mit den beiden in den benachbarten Raum ging.

Cal kehrte mit den Gläsern zurück. »War das eben Fiona? Hier entkommt man sich kaum. Nicht so wie in London oder Edinburgh, wo man einfach einen anderen Pub wählt. Die Auswahl ist eher beschränkt.«

»Aber das macht doch den Charme des Landlebens aus. In der Stadt kennt man vielleicht die Leute aus dem eigenen Kiez, ansonsten bleibt jeder für sich. Hier ist das anders.« Sienna bedankte sich für den Drink.

»Das mag schon sein, aber es kann auch zu viel werden. Frag meinen Onkel«, meinte Cal vielsagend.

»Du meinst die Zeit nach dem Tod seiner Frau?« Sienna achtete darauf, dass die Umstehenden sie nicht hören konnten.

»Für meinen Onkel war das ein Spießrutenlaufen, nicht nur hier, überall haben sie ihn darauf angesprochen, und deshalb hat er sich auf seinem Schloss eingeigelt.«

»Und das gab den Tratschmäulern sicher auch wieder genug Stoff«, bemerkte Ivy. »Warum ist er nicht weggezogen? Irgendwohin, wo ihn niemand kennt?«

Cal hob die Schultern. »Er hat seinen Stolz, und das Schloss ist Familienbesitz, seine Heimat. Da fühlt er sich sicher.«

»Na ja, abgesehen von seltsamen Einbrechern …«

Es war nach Mitternacht, als sie den Pub verließen. Sienna sagte: »Ich geh schon mal zum Auto.«

»Deine Freundin ist nicht nur sehr klug, sondern auch verständnisvoll«, meinte Cal und zog Ivy mit sich hinter einen Windschutz, der sie vor neugierigen Blicken verbarg.

Ivy lehnte sich an ihn und schlang die Arme um seinen Körper. »Muss ich eifersüchtig sein?«

Anstelle einer Antwort küsste er sie. Seine Wärme durchflutete sie, und sie genoss es, sich an ihn zu schmiegen und die Muskeln seines durchtrainierten Körpers zu spüren. »Hm, nein, ich glaube nicht«, murmelte sie und öffnete verträumt die Augen.

Cal umfasste ihr Gesicht und sah sie liebevoll an. »Bis morgen, Ivy Ferguson.«

»Bis morgen, Cal MacKenzie«, sagte sie heiser und lief zu ihrer wartenden Freundin.

Sienna saß bereits im Wagen und startete den Motor, nachdem Ivy die Beifahrertür geschlossen hatte. »So habe ich dich noch nie gesehen, Ivy. Den solltest du festhalten.«

Die Dunkelheit verbarg Ivys gerötete Wangen. »Aber was, wenn er herausfindet, warum ich wirklich hier bin?«

»Ich bin immer für Offenheit. Wenn ihr euch liebt, findet ihr einen Weg. Die Akte liegt hinten auf dem Rücksitz, kannst du mitnehmen.«

»Ach ja? Ich dachte, du hast sie in deinem Koffer!« Ivy streckte sich nach hinten und fischte einen dünnen Ordner zwischen Jacken und einer Tasche hervor.

»Ich wollte, dass wir den Abend unbeschwert genießen und nicht nur über MacKenzie reden. Und war das nicht ein wundervoller Abend?«

Sienna lenkte den Wagen die schmale Straße an der Küste entlang. In der Bucht blinkten ein paar wenige Lichter, und die Straße zurück nach Ardmore Castle war wie leer gefegt. Die Saison neigte sich dem Ende zu, ab Oktober wurde es sehr ruhig auf Skye. Ivy erinnerte sich an lange Winter, in denen sie die Strände ganz für sich gehabt hatten, und es hatte sie nicht gestört. Ob das heute noch so war? Wahrscheinlich nicht.

»Ja, du hast recht. Und es ist so schön, dich hier zu haben. Fulbrook hat mir heute Druck gemacht. Vier Tage noch, dann muss ich nach London zurück. O verdammt, Sienna, ich weiß einfach nicht, was ich tun soll!«

»Wo muss ich abbiegen? Gleich da vorn?«

In der Ferne thronte das Schloss an der Küste. Nur ein Fenster war erleuchtet, und Ivy fragte sich, ob MacKenzie mit seinem Bruder über den Einbruch gesprochen und möglicherweise Konsequenzen für den Verbleib seiner Kunstwerke gezogen hatte. Immerhin befanden sich einige sehr wertvolle Stücke in dem so gut wie ungesicherten Schloss.

»Äh, ja, gleich rechts hinter dem Schild dort. Tut mir

leid, dass du mich noch rumkutschieren musst. Du bist doch sicher hundemüde.«

»Nein, gar nicht! Dafür genieße ich das Reisen viel zu sehr. Es ist einfach herrlich, für einige Tage aus dem Londoner Mief herauszukönnen.«

Die Steine rasselten unter den Rädern des Mietwagens, einem kleinen, geländegängigen Modell.

»Vier Tage, sagst du? Und was passiert, wenn du einfach verlängerst?«

»Keine Ahnung. Vielleicht feuert er mich. Immerhin bin ich noch in der Probezeit.«

»Wäre es schlimm, wenn du den Job verlierst?«

Überrascht sah Ivy ihre Freundin an, die sich auf den dunklen Weg konzentrierte, der rechts und links von Sträuchern und aufgeschichteten Steinen gesäumt wurde. »Tja, ich könnte die Wohnung in London nicht halten. Meine Existenz hängt von diesem Job ab.«

»Dein Leben in London, ja, aber vielleicht könntest du woanders neu anfangen und sogar glücklicher werden.«

»Ach, Sienna, du meinst mit Cal? Dafür ist es viel zu früh. Außerdem hat er ein Leben in Edinburgh. Skye ist für uns beide eine schöne Auszeit, eine Art Urlaub vom Alltag. Wir sind in einer Ausnahmesituation.«

»Ich meine ja nur. Manchmal ergeben sich Dinge, die man sich vorher nicht einmal hätte vorstellen können. Ich finde nur, dass du offen sein solltest für alle Möglichkeiten. Oh, das ist euer Hof? Sehr hübsch!«

Sie passierten das Eingangstor und wurden von Molly begrüßt, die aus dem Stall gelaufen kam.

In der Nacht las sich Ivy MacKenzies Prozessakte durch und kam genau wie Sienna zu dem Ergebnis, dass die Indizien durchaus gegen den Antiquitätenhändler sprachen – oder zumindest so interpretiert werden konnten. Schwer wog die neue Erkenntnis über die Schwangerschaft seiner Frau, zumal MacKenzie das ihr gegenüber mit keinem Wort erwähnt hatte. Auch in der Presse war diese Information nicht aufgetaucht, was Ivy verwunderte, hätten sich die Reporter doch mit Freude auf dieses Detail gestürzt. Dann schaute sie auf die Daten und stellte fest, dass es Verfahrensfehler gegeben hatte. Der Gerichtsmediziner hatte gewechselt, und die Schwangerschaft war erst nach dem Prozess und einer Exhumierung entdeckt worden. Aufgrund zahlreicher Fehler hatte diese Information also nicht einfließen können.

Sie hatte eine Menge Fragen an MacKenzie, denn sie brauchte die Gewissheit über das, was damals geschehen war, für sich selbst, denn ihre Entscheidung im Hinblick auf MacKenzie würde davon abhängen. War er ein Mörder, würde sie keine Rücksicht auf seine mögliche Fälschertätigkeit nehmen. Andernfalls jedoch war sie geneigt, ihm, soweit es in ihrer Macht stand, zu helfen.

Der Tag gestaltete sich jedoch gänzlich anders als erwartet.

Ivy frühstückte mit Cal in der Küche und ging danach hinauf in Kirstys Zimmer, wo sie sich dem kleinen Schreibmöbel widmen wollte, um endlich Ergebnisse für Fulbrook erzielen zu können. Als sie sich diesmal die Oberflächen, das Furnier und die geometrischen Muster ansah, musste sie an die Aufzeichnungen eines der berühmtesten Möbelfälscher des frühen zwanzigsten Jahrhunderts denken. André Mailfert hatte um die Jahrhundertwende in Paris gelebt und eine geniale Fälscherwerkstatt betrieben. Über die außergewöhnlichen Tricks und Täuschungsmanöver, mit denen er seine Kunden eingewickelt und zum Kauf von angeblich seltenen Stücken zu exorbitanten Preisen gebracht hatte, schrieb der König der Möbelfälscher ein Buch.

Ivy kniete auf dem Boden vor dem hübschen Schreibtisch, der keinerlei Misstöne in Bezug auf die verwendeten Materialien aufwies. Doch je länger sie die Verzierungen betrachtete und mit denen von Kermacks Tisch verglich, desto stärker reifte die Überzeugung in ihr, dass hier ein Meister der Täuschung Hand angelegt hatte. Wenn nun MacKenzie selbst diese Möbelstücke gefälscht und verkauft hatte und ihm ein Kunde auf die Schliche gekommen war? Vielleicht einer, mit dem seine Frau ein Verhältnis gehabt hatte? Ivy biss sich auf die Lippen und seufzte.

Für weitere wenig erquickliche Gedankenspiele blieb ihr keine Zeit, denn unten in der Halle erklang eine Männerstimme, die ihr bekannt vorkam. Alarmiert sprang sie auf und eilte die Treppe hinunter. Laird Ross MacKenzie persönlich stand in der Halle und unterhielt sich mit einem distinguiert aussehenden Herrn mittleren Alters. Handgenähte Schuhe, ein Sakko von einem der besten Schneider Londons und ein Siegelring am kleinen Finger ließen den Upper-Class-Hintergrund des

Besuchers für jeden deutlich werden. Und genau das war die Absicht von Giles Cunningham, der sich mit blasierter Miene in der Halle von Ardmore Castle umschaute.

»Oh, wen haben wir denn da?« Süffisant hob er eine Augenbraue und bedachte Ivy mit einem triumphierenden Lächeln.

Charly kam zu ihr gelaufen und legte seine Schnauze in ihre ausgestreckte Hand. Sie kraulte den Jagdhund und sah irritiert von Giles zu MacKenzie. Nun kam auch noch Calum dazu.

»Guten Tag! Onkel, wer ist das?« Cal musterte den unangemeldeten Besucher mit großer Skepsis.

»Giles Cunningham, Cal. Er kommt aus London und ist Kunstexperte. Wo, sagten Sie, arbeiten Sie?«, fragte Ross MacKenzie.

Giles lächelte kühl. »Ich hatte noch gar nichts gesagt. Ich bin Experte bei der Kunstversicherung Fulbrook, die Ihnen sicher ein Begriff ist?«

»Meine aktiven Zeiten sind vorbei, aber natürlich kenne ich Fulbrook. Oscar Fulbrook war der Inhaber. Ist er das noch?«

Ivy wurde schlecht. Warum kreuzte Giles hier einfach so auf?

Giles ließ Ivy nicht aus den Augen, während er antwortete: »Aber ja, und ich werde demnächst sein Teilhaber. Wissen Sie, Sir, ich war gerade in der Gegend und wollte mal sehen, wie weit unsere reizende Ivy mit ihrer Arbeit ist.«

»Wie bitte? Was soll das?«, entrang sich Ivy krächzend die Worte.

Plötzlich lagen zwei schottische Augenpaare auf ihr und erwarteten eine Erklärung.

»Ja, das ist eine gute Frage. Kennst du diesen Herrn, Ivy?« Cal verschränkte die Arme vor der Brust und runzelte die Stirn.

»Oh, habe ich Sie in Verlegenheit gebracht, Ivy? Das war nicht meine Absicht.«

Und ob das deine Absicht war, dachte Ivy grimmig.

»Wir kennen uns schon eine ganze Weile. Ivy ist ein vielversprechender Stern in der Kunstbranche, und wir sind so froh, dass sie sich für uns entschieden hat.«

»Ach, dann hast du den Job in London bekommen? Davon hast du noch gar nichts gesagt.« Cal wirkte verletzt, und es brach Ivy das Herz.

»Hat sie nicht? Nun ja, sie arbeitet ja auch noch nicht allzu lange für uns. Noch ist sie in der Probezeit und muss sich bewähren. Eine Anstellung bei Fulbrooks ist schließlich eine Auszeichnung.« Giles verlagerte sein Gewicht und sah sich lässig um. »Sind Sie denn auch gut versichert, Sir? Ich sehe hier einige Schätze.«

Der alte Laird stützte sich schwer auf seinen Stock. »Was wollen Sie hier, Mr Cunningham? Und was machen Sie hier, Ivy, wenn Sie doch für Fulbrook arbeiten? Ich verlange eine Erklärung!«

»Ich, oh, äh ...«, stammelte Ivy, und die Tränen stiegen ihr in die Augen, während sie Cal flehentlich anschaute.

»Es klärt sich doch alles ganz leicht, nicht wahr, Ivy? Sie hat sich Urlaub wegen familiärer Angelegenheiten genommen, und da kam der Job hier bei Ihnen ganz gelegen«, sagte Giles. »Ich kann das gut verstehen. London ist teuer, da muss man sehen, wo man bleibt.«

Er hatte sie von Anfang an nicht in der Firma haben wollen, weil er in ihr eine Konkurrenz sah. Oscar mochte sie, und das konnte Giles nicht hinnehmen. Und jetzt brachte er sie hier in eine höchst unangenehme Situation, das war einfach nicht fair. Glaubte er, sie derart verunsichern zu können, dass sie aufgab, oder wollte er die Sache beschleunigen?

»Ganz genauso ist es. Sie haben mich in Verlegenheit gebracht, Giles. Es ist nicht meine Art, Dinge zu verheimlichen, aber es schien mir unangebracht, von meiner Anstellung bei Fulbrooks zu sprechen, solange ich hier bin.«

MacKenzie stieß seinen Stock auf den Boden. »Das haben Sie uns verschwiegen? Eine Kleinigkeit ist das nicht, Ms Ferguson. Überhaupt nicht. Und was wollen Sie nun wirklich hier, Mr Cunningham? Jemand wie Sie ist nicht zufällig auf Skye. Oder haben Sie hier ebenfalls Familie?«

»Ich betreue einen Kunden mit einem Anwesen in Plockton. Sehr reizvoll, aber Skye gefällt mir doch viel besser. Wenn ich mir ein Feriendomizil zulegen würde, dann sicher auf Skye oder einer der anderen Inseln«, sagte Giles mit einem breiten Lächeln.

»Es kann hier im Winter recht einsam sein«, erwiderte Ivy.

»Das würde mich nicht stören, im Gegenteil«, sagte Giles. »Deshalb kommt man ja her, nicht wahr? Man möchte die Natur genießen und einmal ganz bei sich sein können.«

»Wie wäre es denn mit einem Schloss, Mr Cunningham? Sind Sie hier, weil Ivy Ihnen erzählt hat, dass Ardmore Castle zum Verkauf steht?« Cal war sichtlich verärgert.

Doch sein Onkel fuhr dazwischen. »So ein Unsinn! Mein Schloss ist nicht zu verkaufen! Nicht, solange ich lebe!«

Cunningham lachte. »Also das nenne ich echten Highlander-Stolz. Und wer will schon ein ganzes Schloss? So was verschlingt Unsummen.«

»Lass mich das kurz klarstellen. Du hast den Job hier angenommen, und Fulbrook weiß davon?« Cal hatte die Hände in den Hosentaschen vergraben, und seine Miene wirkte düster.

»Also ja, es hat sich so ergeben«, erwiderte Ivy unglücklich. »Ich kann dir das gleich erklären, Cal.«

Neugierig beobachtete Giles die beiden. »Ivy, wenn Sie kurz einen Moment für mich hätten. Mr Fulbrook hat da noch eine Frage. Sir, ich bin immer auf der Suche nach ausgefallenen Stücken. Falls Sie etwas anzubieten haben?«

MacKenzie schnaufte ungehalten. »Nehmen Sie diese Person mit und lassen Sie sich hier nicht wieder blicken.« Damit wandte sich der alte Laird um und schlurfte davon.

Ivy sah bittend zu Cal, bevor sie mit Giles dem Ausgang zustrebte. Als sie im Innenhof standen, fauchte sie Giles an: »Was sollte das denn?«

Der Kunstexperte lächelte schmal. »Nun, wir haben uns Sorgen gemacht, Ivy. Ich hatte gerade hier oben zu tun und habe mit Oscar abgesprochen, nach Ihnen zu sehen. Sie sind überrascht? So war es gedacht. Normalerweise wäre das ein Job von wenigen Tagen gewesen. Aber ich verstehe Sie jetzt besser. Es ist der junge MacKenzie, oder? Allerdings sehen wir es nicht gern, wenn sich einer unserer Mitarbeiter auf Kosten der Firma einen schönen Lenz macht. Haben Sie Ergebnisse vorzuweisen, oder nicht? Jetzt wäre der Moment, es mir zu sagen, ansonsten können Sie sich am Montag Ihre Papiere holen. Ich trage die Entscheidung, Sie weiter zu beschäftigen, nicht mit.«

»Ich bin kurz davor, das Geheimnis dieses Schreibtisches zu lüften. Hier wurde gerade eingebrochen, deshalb kam ich nicht weiter.« Was um Himmels willen sollte sie nur tun? Wenn sie MacKenzie als Kunstfälscher entlarvte, würde ihr Calum das niemals verzeihen. Andererseits wäre sie ihren Job los, und Fulbrook würde ihr sicher ein so schlechtes Zeugnis ausstellen, dass ihre Karriere in der Branche erledigt war.

»Ein Einbruch? Ach, sieh an. Was wurde entwendet? Der Burns-Brief?« Giles schaute sich um und betrachtete die Fenster. »Ungesichert, da kann ja jeder einsteigen – oder gibt es eine versteckte Alarmanlage?«

Sie schüttelte den Kopf. »Nein, nichts, soweit ich weiß.«

»Will er den Burns-Brief denn nicht verkaufen? Haben Sie den gesichtet?«

»Der Brief ist unverkäuflich.«

»Tatsächlich? Aber der alte Kauz braucht doch Geld! Irgendetwas stinkt hier. Ich habe ein Zimmer mit Mackintosh-Möbeln gesehen. Merkwürdig, dass mir die Garnitur bisher noch nicht untergekommen ist, und ich kenne alle Stücke, die jemals in Mackintoshs Auftrag hergestellt worden sind.« Cunningham verstand sein Metier, und Ivy begriff, dass sie den Mann so schnell wie möglich von hier weglotsen musste.

Er sprach offen aus, was sie längst insgeheim vermutete und nicht wahrhaben wollte. Ross MacKenzie hatte Antiquitäten gefälscht oder fälschen lassen. Das erklärte auch seine abwehrende Haltung und seine Verschlossenheit.

»Es gibt Entwürfe zu diesem Ensemble. Die Stücke waren nur im Privatbesitz, aber ich bin da dran.«

Cunninghams Telefon summte. Er warf einen Blick auf das Display und sagte zu Ivy: »Ich bin bis morgen Nachmittag bei Lady Mortham auf Mortham Hall. Sie erreichen mich mobil. Melden Sie mir eine bahnbrechende Neuigkeit, das kann ich Ihnen nur wünschen, wenn Sie eine Zukunft bei uns haben wollen.«

Er nahm das Gespräch an und ging davon.

Sie hatte eine Galgenfrist von einem Tag erwirkt. Mit weichen Knien ging sie zurück ins Schloss, wo Cal sie in der Küche erwartete. Seine Miene verhieß nichts Gutes.

»Wo ist dein Onkel?«, begann sie leise.

»Nach oben gegangen. Er ist enttäuscht, Ivy. Anscheinend weiß er mehr über diesen Fulbrook als ich. Was hat das zu bedeuten?«

Sie holte tief Luft und seufzte, bevor sie sagte: »Ich habe euch nicht die Wahrheit gesagt. Nicht die ganze Wahrheit. Also eigentlich habe ich auch nicht gelogen, ich habe eben nur verschwiegen, dass ich bei Fulbrook auf Probe angestellt bin.«

»Und warum konntest du das nicht sagen? Da steckt doch mehr dahinter, Ivy. Verdammt, ich hasse Lügen! Ich dachte, du bist anders.«

»Es tut mir so leid, Cal. Gib mir nur einen Tag, um die ganze Sache zu klären. Dann kann ich dir alles erzählen.« Sie trat zu ihm und wollte ihn berühren, doch er wich zurück.

»Keine Lügen, Ivy. So baut man keine Beziehung auf, die Bestand haben soll. Wahrscheinlich warst du auch gar nicht an mehr interessiert, oder? Läuft da vielleicht sogar was zwischen dir und diesem Schnösel aus London? Willst du auch aufsteigen in der Firma? Ist es das?«

Sie biss sich auf die Lippen und spürte, wie ihre Augen sich mit Tränen füllten. »Das ist gemein, Cal. Nein, ich …« Sie wusste nicht, was sie sagen sollte, ohne ihn noch mehr zu verletzen.

Er sah sie einen langen Moment an und nickte. »Alles klar. Ich gehe jetzt zu meinem Onkel. Du brauchst nicht hinter dir abzuschließen. Du weißt ja, dass wir hier sehr vertrauensvoll miteinander umgehen.«

Ihr war so elend zumute, dass sie keinen klaren Gedanken fassen konnte. Alles stand auf dem Spiel. Ihre berufliche Zukunft und der Ruf seines Onkels, von dem der Verkauf seiner Antiquitäten abhing. Wie sollte sie ihm das beibringen ohne Beweise?

»Cal, ich kann dir alles erklären, nur brauche ich Zeit«, versuchte sie es erneut.

Sie konnte die Muskeln an seinem Kiefer sehen, die

sich bewegten. »Wofür? Für noch mehr Lügen? Ich brauche jetzt eine Pause, Ivy. Mein Bedarf an Halbwahrheiten ist für heute gedeckt.«

»Vielleicht fragst du deinen Onkel mal nach der Herkunft des Schreibtisches in Kirstys Zimmer und auch, woher die Mackintosh-Möbel stammen«, sagte sie, doch er ließ sie stehen und verließ die Küche.

Weinend barg Ivy das Gesicht in den Händen. Als sie sich beruhigt hatte, spritzte sie sich kaltes Wasser aus dem Wasserhahn der Spüle ins Gesicht.

»Was ist denn mit Ihnen los? Ist jemand gestorben?«, erklang die kehlige Stimme von Brenda MacKinney. »Und was wollte der elegante Typ in dem Jaguar hier oben? Der rauschte eben an mir vorbei.«

»Was haben Sie dem erzählt, Ivy?« Seth MacKinney war seiner Frau gefolgt und sah Ivy finster an.

»Das ist eine gute Frage, Seth. Sie können sicher besser beurteilen, was es hier zu verheimlichen gibt, als ich!«

Seth machte einen Schritt auf sie zu, wurde jedoch von seiner Frau zurückgehalten. »Nicht, lass sie. Sie wollte gerade gehen.«

Die beiden Vertrauten des Lairds sahen sie mit hartem Blick an.

»Wir werden sehen, wer hier das letzte Wort hat!«, sagte Ivy.

»Passen Sie auf sich auf, Ms Ferguson, es kann sehr gefährlich sein hier draußen.« Seth stand breitbeinig neben dem Herd.

»Sie drohen mir?«

Brenda winkte ab und knuffte ihren Mann in die Seite.

»Nicht doch, aber Sie sollten besser gehen, oder haben Sie hier noch etwas zu tun?«

»Vorerst nicht.«

Ivy wischte sich über die Augen und ging ins Büro, um ihre Tasche zu holen. Als sie durch das Tor schritt und den Blick über die grünen, von grauen Felsen durchsetzten Hügel, die weißen Häuser im Crofterstil und die tiefblaue See in der Bucht schweifen ließ, wurde sie von einer tiefen Traurigkeit erfasst. Hatte sie zu spät begriffen, dass sie hierhergehörte? Dass ihr Herz hier zu Hause war?

25

Battle of Glengrasco, Juni 1880

We sow the glebe, we reap the corn,
We build the house where we may rest,
And then, at moments, suddenly
We look up to the great wide sky,
Inquiring wherefore we were born ...
For earnest, or for jest?

Wir bestellen den Boden, wir ernten das Getreide,
wir bauen ein Haus, um dort zu ruhen,
und dann, plötzlich
schauen wir auf in den weiten Himmel,
und fragen uns, wofür wir geboren wurden,
hat es einen Sinn oder sind wir nur ein Scherz?

Elizabeth Barret Browning (1806–1861):
»Human Life's Mystery«

Angus und Iain gingen Seite an Seite inmitten der aufgebrachten Männer. Sie alle waren Crofter, denen man
ihr Land, ihr Haus und damit ihre Existenz genommen
hatte. Gestern hatte sie der Aufruf von Frasier Kinnel

erreicht. Und heute waren sie bewaffnet mit Knüppeln und ihren Dolchen vor dem Anwesen der MacDonalds of Glengrasco aufmarschiert, um für ihre Rechte zu kämpfen.

Die wütenden Männer stampften über den matschigen Boden, der vom Regen der vergangenen Nacht aufgeweicht war. Der Himmel war noch immer wolkenverhangen, und so dunkel und grau wie die Wolken war auch die Stimmung der vom Schicksal gebeutelten Männer. Sie waren stolze Highlander, Männer, die harte Arbeit gewohnt waren, die ihr Land bestellt und für ihre Familien gesorgt hatten. Die Gier der Land besitzenden Clanchiefs hatte sie um alles gebracht, wofür Generationen vor ihnen gekämpft und gelitten hatten. Nie hatten sie sich beschwert, wären für ihre Chiefs durchs Feuer gegangen, hatten ihre Schwerter gegen Pflüge getauscht und auf die Sorgfaltspflicht ihrer Herren vertraut. Doch diese hatten sie bitter enttäuscht, immer wieder. Nun war der Leidensdruck zu groß geworden, zu viele Familien auseinandergerissen worden, zu viele hatten bereits im Verlauf der Highland Clearances sterben müssen.

»Es ist genug!«, rief Frasier und gab einen Schuss in die Luft ab.

»Genug!«, brüllte es aus hundert heiseren Kehlen.

Sie waren von den Wäldern der MacDonalds umgeben, die sich hinauf zum Beinn na Greine erstreckten und reich an Rotwild waren.

Wild, das ihnen verboten war, Wald, der ihnen nicht gehörte, Holz, das sie nicht schlagen durften. Der Zorn der Ohnmächtigen brach sich in wütendem Gebrüll

Bahn. Knüppel wurden geschwungen, und weitere Schüsse ertönten. Dunkel erhob sich das Herrenhaus der MacDonalds inmitten der Tannen. Der einzige Weg war die Straße, auf der die Männer marschierten. Eine Sackgasse, strategisch schlecht gewählt, doch das hatten die Verzweifelten nicht bedacht. Blind in ihrer Hoffnungslosigkeit, rasend vor Zorn und Verzweiflung marschierten sie weiter durch den Schlamm.

Frasier hatte diesen Aufstand organisiert, weil Laird MacDonald ihm und den übrigen Croftern von Glengrasco die Weiderechte entzogen hatte. Das wenige Land, das man ihnen für die Schafe gelassen hatte, war ihnen nun auch noch genommen worden, nach über fünfzehn Jahren erbitterter Kämpfe. Seit Monaten schon zahlten die Crofter um Frasier keine Pacht mehr, und das hatte MacDonald dazu bewogen, sie gewaltsam aus den Häusern vertreiben zu lassen. Es wäre ihnen nicht besser gegangen als Angus und den Seinen. Nur hielten die Crofter hier zusammen, sprachen sich ab und konnten dem Laird so die Stirn bieten. Der Schrei eines Mannes verhallte ungehört, der Schrei vieler Männer erregte die Aufmerksamkeit des Lairds und schallte weit über die Grenzen von Skye hinaus.

Frasier und seine Männer hatten den Sheriff, der vom Festland herübergeschickt worden war, dazu gezwungen, die Papiere zu verbrennen, die ihre Vertreibung aus den Häusern bewirken sollten. Daraufhin hatte Sheriff Mac-Cunn Verstärkung angefordert. Fünfzig Polizisten setzten nach Skye über, um die Crofter einzuschüchtern, doch das war ihnen bisher gründlich misslungen.

Auch Frauen und Kinder marschierten zwischen den Männern und schrien ihre Wut hinaus in den nassen Junitag. »Gebt uns unser Land zurück! Unsere Kinder hungern!«

Der Weg machte eine scharfe Kurve, und plötzlich standen sie vor dem düsteren Anwesen der MacDonalds. Vier spitze Türme ragten aus den grauen Mauern hervor und reckten sich mit den Wipfeln der Tannen nach dem Licht, das nur spärlich in das Tal um Beinn na Greine gelangte. Hunde jaulten und bellten, Pferdehufe trommelten über den gepflasterten Hof, und angesichts des Aufgebots an Polizisten und bewaffneten Männern des Lairds verlangsamte die aufgebrachte Meute ihre Schritte.

»Das geht nicht gut aus«, murrte Angus. »Wir hätten nicht kommen sollen.«

Iain erwiderte: »Wir mussten etwas tun. Wenn wir uns nicht wehren, wird es nicht aufhören. Jetzt wissen alle im Land, was sie uns hier draußen antun. Abknallen können sie uns nicht. Das wäre heimtückischer Mord.«

»Aye, MacDonald! Komm raus und rede mit uns!«, rief Frasier und sprang auf einen Baumstumpf am Wegesrand.

Einer der Reiter preschte vor. Der glänzende Rappe tänzelte und stieg vor der aufgebrachten Menge, so dass die Menschen ängstlich aufschrien und zurückwichen. Ein Kind weinte und wurde gerade noch unter den Hufen des nervösen Pferdes weggerissen.

Laird MacDonald maß die Menschen mit hartem Blick. Er hatte das fünfte Jahrzehnt erreicht, trug einen grau-roten Vollbart, die Haare wurden von einer Tweedmütze bedeckt, sein Tweedsakko war in den Farben seines Clans gewebt, die Reitstiefel gefettet und handgenäht. Mit einer Hand hielt er die Zügel, mit der anderen schwang er eine Peitsche, die er kurz vor den Menschen auf den Boden knallen ließ.

»Wollt ihr wohl zurückweichen, ihr Pack!«, rief der Chief. »Tun Sie was, Sheriff, lassen Sie Ihre Männer schießen, wenn es nicht anders geht. Dieses Gesindel ist widerrechtlich auf meinem Land und bringt meine Familie in Gefahr.«

Der Angesprochene, an seiner Uniform als Sheriff erkennbar, drängte sein Pferd neben das des Lairds. »Sir, wir sollten versuchen, diese Sache ohne Blutvergießen zu beenden. Es sind Frauen und Kinder dabei.«

Frasier stellte sich vor den großen Rappen, aus dessen Maul Schaum tropfte. »Ihre Familie? Was ist mit unseren Familien? Wir haben kein Dach über dem Kopf und kein Essen. Was haben Sie denn auszustehen? Vielleicht einen Fasan weniger auf dem Teller? Pfui, schämen sollten Sie sich!«

Die Peitsche schnitt durch die Luft und traf Frasier auf der Stirn. Es gab ein hässliches klatschendes Geräusch, und Frasier sackte zu Boden, wo er sich mit einer klaffenden Stirnwunde nur mühsam aufrappelte und seinen Peiniger mit blutverschmiertem Gesicht ansah.

»Musste das sein?«, rief der Sheriff. »Können Sie aufstehen, Mann? Leute helft ihm doch!«

Zwei von Frasiers Freunden kamen ihm zu Hilfe und stützten ihn. »Verdammt, wir brauchen einen Arzt!«

Frasier röchelte und starrte mit verdrehten Augen in den grauen Himmel. Der Wind frischte auf, und in der Ferne war leises Donnergrollen zu hören. Angus packte Iain am Arm. »Gleich sind sie nicht mehr zu halten!«

Kaum ausgesprochen begann die Menge unheilvoll zu heulen. Die Männer schoben sich vor und hatten nur ein Ziel – den Laird, der einen der Ihren niedergestreckt hatte. Auf der anderen Seite machten sich die Polizisten bereit, packten die Schlagstöcke fester und warfen einander fragende Blicke zu. Und dann brach das Unglück los. Ein Kind kam unter die Hufe von MacDonalds Rappen, die Mutter schrie, und plötzlich waren Angus und Iain inmitten der panischen Menschen, die blind um sich schlugen, den Schlägen der Polizisten und den Hufen der Pferde zu entkommen suchten.

Fünfzig Polizisten richteten mehr aus als hundert wütende Crofter ohne Waffen, die noch dazu Hunger litten und Angst um ihre Familie hatten. Angus und Iain waren unter den zwanzig Männern, die inhaftiert und nach Inverness gebracht wurden.

Henry und David waren mit den ersten Sonnenstrahlen aufs Meer hinausgerudert und hatten die Hummerkörbe kontrolliert. Ihre Ausbeute war mager gewesen, und auch die Netze waren nicht voll geworden. Ein paar Hummer, Heringe, Makrelen und ein Dorsch – mehr hatten sie nicht gefangen. Nicht genug, um von dem Verkauf zu überleben, aber wenigstens ausreichend, um die hungrigen Mäuler zu Hause zu stopfen. Mit klammen Fingern packten die jungen Männer die Kisten mit den Fischen und hievten sie vom Boot. Die anderen Fischer waren schon lange vor ihnen wieder im Hafen gewesen, und Niall Gregor stand mit verschränkten Armen, ein Bein auf eine Kiste gestellt, am Ufer und beobachtete sie grinsend.

»Aus euch werden nie richtige Fischer. Na, wenigstens macht ihr uns so keine Konkurrenz.« Niall lachte und paffte an seiner Pfeife. »Die Hummer nehme ich.«

Er nannte einen lächerlich geringen Preis.

»Da kann ich sie ja gleich verschenken«, meinte Henry.

»Tja, an wen willst du sie denn dann verkaufen?«

Henry sah zum Ufer hinauf, wo oberhalb die Straße verlief. Seit einigen Minuten wartete dort Tavish Mac-Phail mit zwei Männern und einem Pferdekarren.

»Tavish! Was ist, braucht ihr Hummer und Fisch?«, rief Henry nach oben.

»Warum sollte der ausgerechnet uns was abkaufen?« David wischte sich die Stirn und vertäute das Boot. Er hasste das Fischen und mochte das Meer nicht, doch er tat, was nötig war, um seine Mutter und die Geschwister zu versorgen. Es waren ihrer beider Väter, die in Inverness festgehalten wurden, und niemand wusste, für wie lange.

»Weil er ein schlechtes Gewissen hat. Tavish ist nicht der Übelste und heißt nicht gut, was sein Herr an uns verbrochen hat, aber er würde sich nie gegen ihn stellen.«

»Was ist er denn als ein Sklave, ein Diener ohne eigene Stimme. Schämen soll er sich. Diese Zeiten sind vorbei!« David keuchte beim Sprechen, weil er gleichzeitig Netze anhob und an Land schleppte.

»Sind sie das, David? Immerhin halten sie unsere Väter in Inverness gefangen, obwohl sie nichts getan haben, außer für ihr Recht zu kämpfen. MacDonald ist genauso übel wie MacKenzie.«

»Schlimmer, denn er hat selbst mit der Peitsche zugeschlagen und den armen Frasier schwer verletzt. Ob der jemals wieder wird?«

Aus Inverness schickte Reverend MacLauchlan ihnen Nachricht über den Verlauf der Gerichtsverhandlungen, die zwar anberaumt, doch immer wieder vertragt wurden. Die Zeitungen waren voll von Berichten über gewalttätige Highlander. Nur *The Highlander* berichtete objektiv über die Schlacht bei Glengrasco. Es gab inzwischen sogar ein Lied »The Battle of Glengrasco«, das heimlich von den Menschen in ihren Häusern gesungen wurde.

Als Henry mit seinem Fang nach Hause kam, erwarteten ihn betrübte Gesichter. Seine Mutter stellte eine Schüssel mit Porridge auf den Tisch, auf einem Brett lagen Brot und Butter. Er hatte die Fische draußen in einen Eimer gelegt und sich die Hände gewaschen. Hungrig setzte er sich und riss sich ein Stück Brot ab, das er mit Butter bestrich.

Seine Mutter, die nach dem Tod der kleinen Liosa noch stiller geworden war, nahm eine Blechkanne von der Feuerstelle und brühte ihrem Sohn Tee auf. Teeblätter wurden so lange benutzt, bis der Tee kaum noch Farbe hatte, doch dieser hier war stark und dunkel. Die Ziegenmilch gab dem Tee einen herben Geschmack, aber sie war nahrhaft und fettig. Henry gab noch ein Stück Butter in seinen Tee und tunkte das Brot hinein.

»Gibt es Neuigkeiten, Mutter?«

Peigi Ferguson nickte und zog einen zerknitterten Brief aus ihrer Rocktasche. »Sie haben sie nach Edinburgh gebracht. Vor dem Court of Session sind sie zu zwei Monaten Haft verurteilt worden.« Der Court of Session war das höchste Zivilgericht Schottlands. Sie kämpfte mit den Tränen. »Zwei Monate, Henry. Wie sollen wir das nur schaffen? Sieh dich an, du bist ja nur noch Haut und Knochen und wirst mir noch krank.«

»Ich bin jung und stark. Das macht mir nichts aus. Zwei Monate halten wir schon durch. Tavish hat mir die Hummer abgekauft, zu einem guten Preis. MacKenzie hat Glück, dass Tavish für ihn arbeitet. Sonst hätten ihn seine Leute wohl schon längst im Stich gelassen.«

»Aber auch Tavish hat nicht verhindern können, dass man uns vertrieben hat wie lästiges Geschmeiß. Ach, Henry, dass wir so was erleben müssen. Niemals hätte ich für möglich gehalten, dass uns der Laird derart im Stich lässt.« Sie schlug die Hände vors Gesicht und weinte.

Henry stand auf und legte den Arm um seine Mutter. »Wir werden das schon schaffen, Mum, ganz sicher.«

»Mein Junge, erst dein Bruder, den wir verloren haben, dann Liosa, und nun sitzt dein Vater im Gefängnis. Er, der rechtschaffenste Mann, den man sich vorstellen kann.«

Seine Schwester Eilidth kam mit einem Eimer Milch von draußen herein. »Henry, hast du es schon gehört? Dad sitzt im Gefängnis! So eine Schande, und der Laird, der Frasier fast zu Tode geprügelt hat, kommt davon.«

»Was sollen wir machen, Eilidth? So ist es doch immer.

Wir müssen froh sein, dass es nur zwei Monate sind.« Wenn seine Familie ihn hier nicht gebraucht hätte, wäre Henry nach Edinburgh gefahren und hätte versucht, dort etwas für seinen Vater zu erreichen. Aber weder er noch David konnten von hier fort. Sie mussten auf die Hilfe der Freunde in Inverness vertrauen.

Seine Schwester biss die Zähne zusammen und goss die Milch in einen großen Tonbehälter. »Ja, ich weiß, aber es ist doch ungerecht.«

»Von Gerechtigkeit sind wir noch weit entfernt«, meinte Henry düster.

Eve, die jüngste Schwester, hob den Kopf von ihrer Näharbeit. »Ich habe eine Blume gestickt. Können wir das verkaufen und Geld für Dad sammeln?«

Peigi stand auf und ging zu dem Mädchen, das sie mit großen Augen hoffnungsvoll ansah. Sacht nahm sie das bestickte Taschentuch und hielt es ins Licht. »Das hast du sehr hübsch gemacht, meine Süße, aber es ist so schön, dass ich es lieber für mich behalten möchte. Oder noch besser, wir schicken es Vater nach Edinburgh, damit er sich daran erfreuen kann. Was denkst du?«

Henry sah die ungelenk gestickte Blume und lächelte.

»Schau mal, Eve, was ich noch habe.« Peigi ging zu der einzigen Truhe, die ihnen verblieben war, und hob den Deckel.

Es war immer etwas Besonderes, wenn die Eltern zur Truhe gingen, denn darin befanden sich die wertvollen Güter der Familie, Geburtsurkunden, Kerzen, das Hochzeitskleid der Mutter, ein gutes Kleid, der schwarze Schleier, der bei Beerdigungen getragen wurde, und

Angus' Kilt samt Dolch. Irgendwann würde Henry den Kilt von seinem Vater erben. Das Tuch war fest gewebt und seit Generationen im Familienbesitz. Es gab auch einen großen Schal, der bei feierlichen Anlässen von Peigi getragen wurde. In ihrem vorherigen Haus hatte dieses Tuch über der Lehne des kleinen Sofas gehangen. Doch hier gab es dafür keinen Platz. In dieser Hütte wurde alles schwarz vom Torffeuer, weil es keinen richtigen Abzug gab. Es war primitiv, aber immerhin hatten sie ein Dach über dem Kopf und eine Feuerstelle, auf der sie ihr Essen zubereiten konnten.

Peigi holte ein hellblaues Samtband hervor und reichte es ihrer Tochter. »Schau, mein Engel, das flechten wir dir in die Haare, und dann siehst du aus wie eine Prinzessin.«

Eve strahlte und hüpfte mit dem Samtband in den Händen durch die Hütte, als hätte sie gerade die Kronjuwelen geschenkt bekommen. »Oh, das ist so schön! So schön!«

Spät in der Nacht, als alle im Haus schliefen, stand Henry auf, zog seine Jacke über und ging nach draußen. Mungo, der im Stall bei den Ziegen schlief, kam zu ihm und hielt die Nase in die kühle Nachtluft.

»Bleib hier, mein Freund, und pass auf sie auf, hörst du? Ich bin gleich zurück.«

Henry lauschte in die Nacht, hörte jedoch nur das Meer unten rauschen und spürte die Feuchtigkeit, die in der Luft hing. Es war ruhig entlang der Küste nahe dem Fischerdorf Stein, und nur wenige Wolken zogen über den nächtlichen Himmel. Der volle Mond schien auf die Bucht, und Henry sah kleine Schaumkronen auf den Wellen weiter draußen auf dem Little Minch. Sein Weg führte ihn jedoch nicht zum Wasser, sondern in die Hügel zu ihrem alten Crofter-Haus. Er hätte den Weg auch blind gefunden, denn er kannte jeden Stein und jeden Strauch hier draußen. Ein Uhu rief, und am Schloss bellte ein Hund.

Darauf bedacht, keinen Stein loszutreten, der den Hang hinabrollen und jemanden aufwecken konnte, setzte er sorgsam Fuß um Fuß. Da Schafe bei Vollmond meist die Nacht durchfraßen, kam Henry an vielen Tieren vorüber, die sich durch ihn nicht gestört fühlten. Für den Fall, dass ein Hütehund auftauchte und seine Herde bedroht sah, hatte er ein Stück Trockenfleisch mitgenommen.

Die Umrisse seines einstigen Wohnhauses oder vielmehr das, was davon übrig war, ragten anklagend im Mondlicht auf. Balken des Dachstuhls glänzten silbrig, während der Stall als schwarze Masse neben den niedergebrannten Mauerresten lag. Ein Schatten löste sich aus der Dunkelheit, und ein silberner Strahl traf auf blondes Haar. Henrys Herz schlug rascher, und er beschleunigte seine Schritte.

»Shona?«, flüsterte er, und die Geliebte flog ihm in die Arme.

Er konnte noch immer nicht glauben, dass dieses wundervolle Geschöpf ihn liebte. Aber so war es. Sie küssten sich, und Shona schmiegte sich seufzend an ihn.

»Ich habe mir solche Sorgen um dich gemacht,

Henry. Sie passen jetzt noch mehr auf, und ich weiß nicht, wann ich das nächste Mal entwischen kann. Vielleicht erst, wenn mein Vater nach Edinburgh fährt. Es geht um neue Gesetze zur Landverteilung. Oh, Henry, es tut mir so schrecklich leid, was da in Glengrasco geschehen ist.«

Henry hielt sie an sich gedrückt und vergrub die Nase in ihrem Haar. »Du kannst ja nichts dafür, Shona. Ich wünschte nur, mein Vater und Iain wären nicht dabei gewesen, dann säßen sie jetzt nicht im Gefängnis, und meine Mutter wäre nicht so verzweifelt.« Er nahm ihre Hand und drückte sie an seine Lippen. »Ich kann dir nichts bieten, Shona. Nichts! Wir haben kein Land und unsere Tiere bald kein Futter mehr. Ich sehe keine Zukunft hier in Schottland. Wenn mein Vater wieder aus dem Gefängnis kommt, werde ich mit ihm sprechen. Auch wenn er nicht will, ich werde auswandern und in Kanada mein Glück suchen. Ich kann nicht von dir verlangen, dass du auf mich wartest. Aber ich werde es schaffen und mit Geld zurückkehren! Ich weiß, dass ich es schaffen kann!«

»Oh, Henry, ich komme mit dir! Ich folge dir überallhin!« Sie sah zu ihm auf, und er küsste sie.

»Ich kann das nicht von dir verlangen, Shona. Das wäre nicht recht. Auf der Überfahrt kann viel geschehen. Gib mir Zeit, ein Jahr, zwei. Dann kann ich dich nachholen, oder vielleicht sieht es dann auch hier schon anders aus. Es muss sich etwas verändern!«

Sie schwiegen beide und hielten einander in den Armen, jeder dem Herzschlag des anderen lauschend.

»Ich muss zurück, bevor sie mein Fehlen bemerken.«
Nur widerwillig löste sich Shona von ihm.

»Ich bringe dich.« Ohne auf ihren Protest zu hören,
nahm er ihre Hand und ging mit ihr den ganzen Weg
zum Schloss. Der Rückweg war für ihn nun doppelt so
lang, und bis zum Sonnenaufgang bliebe ihm kaum eine
Stunde Schlaf, doch das kümmerte ihn nicht. Die Nähe
zu seiner Geliebten ließ ihn alles ertragen, gab ihm die
Kraft, den nächsten Tag zu überstehen, und die Hoffnung auf eine hellere Zukunft.

Unterhalb des Hügels, auf dem die Burg thronte, blieb
Shona stehen und nahm seine Hände. »Morgen ist mein
Geburtstag, und ich werde von meiner Mutter kostbaren
Familienschmuck erhalten. Das ist die Tradition der
MacKenzies. Ich brauche ihn nicht, aber du kannst von
dem Erlös nach Kanada reisen, Henry. In zwei oder drei
Tagen komme ich zu dir und bringe ihn mit. Und das
hier ist für dich und deine Familie.« Sie zog einen kleinen Beutel aus ihrem Mantel und drückte ihn Henry in
die Hand. »Mehr konnte ich nicht finden, das jedoch
gehört mir, also kann ich es geben, wem ich möchte.«

»Nein, Shona, nein!«, protestierte Henry, doch sie
drückte ihm einen Kuss auf und eilte davon.

Beschämt steckte er den Geldbeutel in seine Hosentasche und sah der schmalen Gestalt nach, bis sie das
Burgtor erreicht hatte.

26

Ardmore, Juli 1880

Is there for honest Poverty
That hings his head, an' a'that,
The coward slave-we pass him by,
We dare be poor for a'that!
... A Man's a Man for a'that!

Wenn Armut euer Los auch ist,
hebt stolz den Kopf trotz allem!
Am feigen Knecht gehen wir vorbei,
wagt arm zu sein, trotz allem!
... Ein Mann ist ein Mann, trotz allem!

Robert Burns, »A Man's a Man for A'That«, 1795

Drei Wochen waren seit ihrer letzten Begegnung am alten Crofter-Haus vergangen, doch Henry hatte Nachricht durch Shonas Dienstmädchen erhalten. Heute endlich würde sie kommen können, denn ihr Vater war mit einer Jagdgesellschaft am Ben Sca unterwegs. Henry hatte am Morgen beobachtet, wie die Reiter gut gelaunt mit der Hundemeute durch die Hügel geritten waren.

Shona hatte ihm ausrichten lassen, dass sie am frühen Abend an der Ruine von Trumpan wäre. Die See lag ruhig in der Bucht, nur ein leichtes Kräuseln verriet den Windhauch, der von Osten herüberwehte. Der Duft von erblühtem Ginster hing in der Luft und überdeckte den herben Salzgeruch von Meer und Algen. Henry saß auf einem Felsen und schnitzte an einem Stock, den er seinem Vater bei dessen Rückkehr aus dem Gefängnis schenken wollte. Das Wurzelholz war hart und hatte eine schöne Maserung. Der obere Teil musste nur ein wenig in eine handschmeichelnde Form gebracht werden und würde einen prächtigen Stab zum Wandern abgeben.

Henry summte eine Melodie. Vielleicht konnten sie ihr Schicksal zum Besseren wenden, wenn der Vater nur erst zurück war. Der Widerstand wurde stärker, und irgendwann würden die Politiker sie nicht mehr ignorieren können. Der amerikanische Landreformer Henry George hatte ein Buch geschrieben, das große Aufmerksamkeit erregte, »Progress and Poverty«. Fortschritt und Armut waren seine Themen, und sie gingen alle an, Landbesitzer und Arbeiter. Es musste doch endlich ein Weg gefunden werden, ein Gleichgewicht herzustellen und den Menschen die Hoffnung auf ein besseres Leben zu geben. Was wollten sie denn schon? Henry schnaufte wütend. Ein Dach über dem Kopf, genug zu essen und Schulbildung für die Kinder.

»Aye, junger Ferguson, was machst du allein hier draußen?«

Erschrocken hob er den Kopf und fand sich Sorcha,

der Heilerin, gegenüber, die mit einem Lederbeutel voller Kräuter an der Kirchenruine stand. Das rotviolette Licht der untergehenden Sonne umhüllte sie wie eine Aura, was zu ihrem stets unvermittelten Auftauchen passte.

»Nachdenken – und dabei schnitze ich diesen Stab für meinen Vater.«

Die Frau lachte leise. »Deshalb hast du nicht den weiten Weg von Stein hier heraus gemacht, Henry. Ich denke, du wartest auf deine Liebe. Oh, junges Glück, unbeschwerte Jugend, es sei euch vergönnt, doch denkt nicht nur an euch. Es betrifft immer auch die anderen, was auch immer wir tun.«

Sie sprach bedeutungsschwer, orakelhaft, mahnend und jagte ihm einen Schauer über den Rücken. »Woher willst du das wissen, Sorcha?«

»Ich sehe, was ich sehe, und ich weiß, was ich weiß. Nimm meine Worte oder lass sie vom Wind verwehen. Aber sag später nicht, ich hätte dich nicht gewarnt.« Damit wandte Sorcha sich um und war, als er sich das nächste Mal umsah, mit der Landschaft verschmolzen.

Mit einem unguten Gefühl erhob sich Henry, nahm Stock und Messer und wollte Shona entgegengehen, als er sie auf der Hügelkuppe erblickte. Sie war zu Pferd und winkte, als sie ihn entdeckte. Später vermochte er nicht zu sagen, was das Scheuen ihres Pferdes ausgelöst hatte. Waren es die aufsteigenden Krähen gewesen, oder war das Tier mit den Hufen vom Fels abgerutscht und vor Schreck gestiegen? Nur an seinen Schrei erinnerte er sich, als er mit ansehen musste, wie Shona abgeworfen wurde, mit dem Kopf auf einen Felsen prallte und regungslos liegen blieb.

»Nein! Shona! Nein! O Gott, nein! Zu Hilfe!« So schnell er konnte, rannte er den steilen Hügel hinauf und nahm die Gestürzte in die Arme.

Sie war so zart und leicht, doch ihre Glieder fielen schwer zur Seite. Henry küsste ihre Stirn und weinte. Ihre Augenlider flatterten, und endlich sah sie ihn an.

»Henry ...«, flüsterte sie.

»Shona, bleib bei mir. Ich hole Hilfe. Du musst stark sein, hörst du. Nicht einschlafen, Geliebte, nicht einschlafen.«

Doch Shona seufzte. Die Lider wurden ihr schwer. »Bleib bei mir, Henry, lass mich nicht allein«, flüsterte sie kaum hörbar.

Und er hielt die Verletzte in den Armen, sah, wie das Pferd davongaloppierte, und hoffte, dass irgendjemand sie sah.

»Sorcha!«, rief er verzweifelt. Vielleicht war die Heilerin noch in der Nähe und hörte sie. Hatte sie den Unfall vorhergesehen?

Er hätte nicht zu sagen vermocht, wie lange er so mit Shona auf dem Boden gesessen hatte. Das Blut an ihrem Hinterkopf war zu einer klebrigen Masse getrocknet, und ihr Atem ging flach. Die Sonnenstrahlen berührten nur noch die Felsen unten an der Ruine. Es wurde kühl, und Henry mühte sich darum, Shona warm zu halten.

Endlich hörte er Schritte auf dem Sand zwischen den Steinen und schaute ins Zwielicht. Es war tatsächlich die Heilerin, die mit ernster Miene herbeikam.

»Lass mich sehen, Henry.« Sie ging in die Knie und untersuchte den Kopf der Verletzten, tastete Shonas Glieder ab und hielt schließlich die Hand von MacKenzies Tochter in ihrer.

Nach einer Weile legte sie Shonas Hand auf deren Bauch ab und erhob sich. »Ich kann ihr nicht helfen, Henry. Ich fürchte, niemand kann das.«

»Nein!«, rief Henry und drückte die Geliebte an sich. »Du darfst nicht sterben, Shona!« Schluchzend barg er das Gesicht an ihrem Haar, doch Shona antwortete nicht.

»Henry, sie werden kommen und dich verhaften, wenn du hierbleibst«, sagte Sorcha und berührte ihn an der Schulter, doch er schüttelte sie ab wie eine lästige Fliege.

»Dann sollen sie das tun. Ich lasse Shona nicht allein.«

Die Männer des Lairds kamen, als es bereits dunkel war. Ein Fackelzug gleich einem Lindwurm wand sich den Küstenweg am Ufer entlang. Da Tavish seinen Herrn auf die Jagd begleitet hatte, führte Murdoch den Zug an. Henry ergab sich in sein Schicksal. Die Schläge prasselten auf ihn nieder, ohne dass er die Schmerzen spürte. Als man ihn später im Hof des Schlosses in eine Kammer des Stallkomplexes sperrte, hatte er keine Tränen mehr. Sein Mund war geschwollen, zwei Zähne locker, die Nase gebrochen. Seine Rippen waren wohl ebenfalls gebrochen, denn er bekam kaum Luft und konnte sich vor Schmerz nicht bewegen. Doch was bedeutete seine physische Versehrtheit im Vergleich zu dem, was Shona zugestoßen war? Seinetwegen war sie nach Trumpan hinausgeritten, und seinetwegen war sie nun dem Tode nah.

Sie brachten ihm Wasser und gerade so viel Brot und Suppe, dass er überlebte. Tagelang hockte er nun schon hier, ohne dass man ihm sagte, wie es um Shona stand. Eines Nachts hörte er ein Kratzen an der Öffnung, die zu den Hügeln lag, wie er annahm, denn er konnte das Meer hier nur schwach hören.

»Henry?«

Es war Davids Stimme!

»Ja!« Mühsam richtete Henry sich auf und hielt sich an einem Balken fest. Sein Brustkorb schmerzte, dass es ihm die Luft einschnürte und jeder Atemzug eine Qual war.

»Ich hole dich da raus. Du hast keine Chance, Henry. Sie wird sterben.«

»Nein!«

»Es tut mir leid, aber wir haben keine Zeit. Sorcha hat es mir gesagt, und MacKenzie hat überall herumerzählt, dass er dich büßen lassen wird, wenn seine Tochter stirbt.«

Es scheuerte und scharrte an der Mauer, kurz darauf wurde ein Seil hereingeschoben.

»Mach es irgendwo fest.«

Henry sah sich in der Dunkelheit um und fand einen Eisenring, der in der Mauer verankert war. Dort befestigte er das Seil und schaute zweifelnd zu der schmalen Öffnung hinauf, die kaum groß genug für ein Kind, geschweige denn für einen Mann war.

»Das schaffe ich nicht, David«, flüsterte er.

»Du musst. Wir haben nur diese eine Chance. Sorcha wird die Wachen ablenken, wenn sie uns bemerken. Aber heute Nacht ist es dunkel, und MacKenzie und seine Leute sind zu einer Mitternachtsmesse aufgebrochen.«

Unter Aufbietung seiner verbliebenen Kräfte zog Henry sich an dem Seil nach oben und schaffte es, Kopf und einen Teil des Oberkörpers durch den schmalen Lichtschacht zu zwängen. Doch dann steckte er fest, und die Luft wurde ihm knapp.

Unter ihm stand David und streckte ihm die Hände entgegen. »Komm schon, noch ein Stück, dann zieh ich dich raus!«

Keuchend strampelte Henry und bedankte sich insgeheim bei MacKenzie für die mageren Rationen, die ihm nun halfen, sich durch die enge Öffnung zu zwängen.

»Ich hab dich!«, presste David zwischen den Zähnen, packte seine Hände und zog so lange, bis Henry sich nach vorn fallen und mithilfe seines Freundes auf den felsigen Untergrund gleiten lassen konnte.

Nach Luft ringend lag Henry da und hielt sich den Brustkorb. »Ich kann … nicht … laufen«, murmelte er und starrte in die Dunkelheit. In den Hügeln waren dort, wo früher die Crofter gelebt hatten, keine Lichter zu sehen.

»Was hat das Schwein dir angetan … Unten habe ich ein Pony, das dich tragen wird, aber bis dahin musst du es schaffen. Komm schon. Du willst ihm doch diesen Triumph nicht gönnen?« David packte seinen Arm, legte ihn sich über die Schultern und stützte Henry mit der freien Hand.

»Du stinkst wie ein Schweinestall. Los jetzt, zum Teufel!«

Mehr schlecht als recht stolperten sie den Abhang hinunter, und bei jedem Stein, der unter ihren Füßen rollte, zuckten sie zusammen, doch auf der Burg blieb es ruhig. Henry keuchte und musste immer wieder stehen bleiben, weil ihm die Knie einbrachen. Doch schließlich erreichten sie eine Baumgruppe, in deren Schutz David das Pony angebunden hatte. Er half seinem Freund aufzusteigen, und als er das brave Tier losmachte, stieß auch Sorcha zu ihnen.

»Wo ist Shona? Lebt sie noch?«, wollte Henry wissen. Seine Zähne klapperten vor Kälte und Erschöpfung.

Die Heilerin legte ihm eine Decke um die Schultern und drängte David zum Aufbruch. »Wir müssen jetzt gehen. Dies ist die Stunde zwischen Nacht und Morgenlicht, in der alle schlafen. Ihr müsst das Boot erreichen, David. Eilt!«

Gehorsam führte David das Pony über den Fuhrweg in die Hügel, weg von der Küste.

»Wir vermeiden die Küste, solange wir können. Das Boot wartet bei Trumpan auf uns, Henry. Von da setzen wir über nach Uist.«

Kaum noch Herr seiner gequälten Sinne, stöhnte Henry, während er sich mühsam auf dem Pferderücken hielt: »Nach Uist?«

»Was glaubst du, wo sie dich zuerst suchen? Du musst hier weg.«

»Und du?«

David warf ihm einen grimmigen Blick zu. »Ich werde

ihnen hier die Stirn bieten. Aber du musst weg aus Schottland, Henry. MacKenzie wird nicht ruhen, bis er dich gefunden hat.«

Die *Caledonia* lag im Hafen von Tobermory vor Anker. Das Dampfschiff, ein Transatlantikliner, hatte zwei Masten und einen Schornstein und wirkte trotz seiner beeindruckenden Länge von einhundert Metern schnittig.

Peigi hatte die Arme um ihre Töchter gelegt und starrte auf die Bucht vor der Insel Mull hinaus. Seit zwei Tagen war es so stürmisch, dass an ein Auslaufen nicht zu denken war. Das Weißwasser spritzte gegen die Kaimauer, und das massige Dampfschiff wurde von den Wogen hin und her geworfen. Angus und Henry standen mit in den Hosentaschen vergrabenen Händen neben den Frauen und begutachteten das raue Wetter mit düsteren Mienen.

»Wann soll der Sturm abflauen?«, fragte Angus seinen Sohn.

Henry war drei Wochen vor seiner Familie auf der Insel eingetroffen. Ein Kohleschiff hatte ihn von Uist mit hinunter nach Mull genommen. Die körperlichen Wunden verheilten, doch der Schmerz um den Verlust von Shona peinigte ihn Tag und Nacht. Er konnte nicht verwinden, dass ausgerechnet sie, die so voller Liebe und Mitgefühl gewesen war, hatte sterben müssen.

»Der Hafenmeister meinte, dass wir übermorgen auslaufen können.«

Der Wind trieb die Gischt über die Hafenmauer, und sie schmeckten das Meer auf ihren Lippen. Auch die

Kleider wurden feucht und schwer und ließen die Menschen frösteln. Der September neigte sich dem Ende zu, und die stürmische Jahreszeit kündigte sich an. Ausgerechnet jetzt sollten sie den Atlantik überqueren.

»Das Schiff macht einen guten Eindruck«, meinte Angus.

»Wir werden sehen. Für die dritte Klasse gibt es fünfhundert Plätze, für die erste zwanzig. Und ich kann mir genau vorstellen, für wen es mehr Platz gibt.« Henry verzog grimmig das Gesicht.

Die Ungerechtigkeit ihrer wirtschaftlichen Not verfolgte sie, und sie konnten nichts tun, um daran etwas zu ändern.

»Wenn wir nur erst drüben sind!« Henry fuhr sich über das Gesicht. »Ich hasse dieses Land, es hat uns alles genommen.«

Die Fischerboote lagen alle im Hafen, und die Fischer saßen vor oder in ihren Schuppen und reparierten ihre Netze. Es gab immer etwas zu tun. Hinter ihnen erhob sich der Hügel, an dem entlang sich die bunten Häuser von Tobermory reihten. Die kleine Hafenstadt war zu einem Refugium für vertriebene Crofter aus allen Teilen der Highlands geworden, doch anders als Iain und seine Familie sahen die Fergusons hier keine Zukunft für sich. Der Arm der MacKenzies von Ardmore würde auch bis hierher greifen, wenn der Laird erfuhr, dass sie sich nach Mull geflüchtet hatten.

Shona war vier Tage nach ihrem Reitunfall gestorben. Angus hatte davon erfahren, als man ihn und Iain aus dem Gefängnis entlassen und direkt nach Fort

William, von dort nach Oban und weiter nach Mull gebracht hatte. Reverend MacLauchlan und Mr Jolly hatten gemeinsam mit Alexander McGregor das Geld für die Überfahrt der Fergusons vorgestreckt. Angus war mit fünf Fahrkarten für seine Familie nach Mull gekommen, wohin Peigi mit den Mädchen gemeinsam mit Greer Swan und deren Kindern gereist war. Iain hatte Verwandte auf Mull, bei denen er und seine Familie vorläufig unterkommen konnten. Sein Vetter betrieb eine Druckerei, in der Iain und David aushalfen. Was sich daraus entwickeln würde, war abzuwarten.

»Du wirst anders denken, wenn wir drüben sind«, sagte Angus. »Das hier ist unsere Heimat, Henry, wird es immer sein. Ich wollte immer in schottischer Erde begraben werden.«

»Oh, Vater, es tut mir so leid, dass es so gekommen ist. Ich hätte auf dich hören und mich von Shona fernhalten sollen. Dann wäre euch das hier vielleicht erspart geblieben.«

Eine Böe pfiff heulend durch die Schuppen, und die Wellen krachten unten gegen die Kaimauer. Angus schauderte.

»Weißt du, Henry, das Meer und ich werden niemals Freunde. Mit der Fischerei hätte es auf Skye für mich keine Zukunft gegeben. Vielleicht hätte ich in Glasgow oder Inverness nach Arbeit gesucht, aber Skye hätte ich verlassen müssen. Warum dann also nicht die Fremde auf der anderen Seite des Ozeans.«

Sein Vater hatte ihm keinen Vorwurf gemacht, sondern ihn im Gegenteil getröstet und ihm klarzumachen versucht, dass ihn keine Schuld an Shonas Tod traf. Er bewunderte seinen Vater für dessen Toleranz und Klugheit. Angus Ferguson hatte wahrlich Besseres verdient, als auswandern und in einem wilden, unerbittlichen Land, das den Einwanderern alles abverlangte, neu anfangen zu müssen.

»Zumindest Eve und Eilidth freuen sich auf das neue Land.« Henry schluckte und fügte hinzu: »Shona wäre auch mit mir gekommen. Ich wollte es nicht, um sie nicht in Gefahr zu bringen, und dann stirbt sie zu Hause durch einen dummen Unfall. Warum lässt Gott so etwas zu? Das ist doch nicht gerecht! Das ergibt doch keinen Sinn!« Ob seine Augen vom Wind oder seiner Trauer tränten, wusste nur er selbst.

»Junge, hör auf, dich deswegen zu zermartern. Es gibt keinen Sinn hinter diesen Dingen. Ich habe schon lange aufgehört, nach dem Sinn zu fragen. Spätestens im Gefängnis habe ich begriffen, dass es nur das Hier und Jetzt, unsere Zeit auf Erden, gibt, die wir nutzen müssen. Wir haben unser Schicksal in der Hand, wir allein, Henry.«

Henry spürte die Hand seines Vaters auf der Schulter und wandte den Kopf. Das vertraute Profil von Angus Ferguson zeichnete sich gegen den grauen Himmel ab. Warum war das Leben eines ehrlichen armen Mannes weniger wert als das eines reichen Landbesitzers? Warum wurde ein Mann, der friedlich für das Recht auf ein Stück Land demonstrierte, eingesperrt, und der Landbesitzer, der einen seiner Leute zum Krüppel schlug, kam ungestraft davon? Shona hatte an ihn geglaubt, sie hatte ihn geliebt, obwohl er nichts besaß. Er würde nie wieder lieben.

Der Druck der väterlichen Hand verstärkte sich, und Henry räusperte sich. »Wir werden uns ein neues Leben schaffen, Vater.«

Er sagte nicht in der neuen Heimat, weil es nur eine Heimat gab.

27

Noch während Calum durch die Halle lief, bereute er seine harten Worte. Er hätte Ivy anhören, ihr zumindest die Möglichkeit einer Erklärung geben müssen. Doch er war verletzt, die Enttäuschung über ihre Lüge zu groß gewesen. Auf der Treppe blieb er kurz stehen und überlegte, ob er ihr nachgehen sollte. Später, entschied er, jetzt musste er mit jemand anderem ein ernstes Gespräch führen.

Er klopfte an die Tür zum Zimmer seines Onkels, erhielt jedoch keine Antwort. Einem Impuls folgend ging Calum weiter den Flur entlang und fand die Tür zu Kirstys Zimmer offen stehend. In einem Armlehnstuhl saß Ross MacKenzie und weinte.

»Onkel!«

Der alte Mann sah auf und zog umständlich ein Taschentuch aus seiner Hosentasche. Nachdem er sich geschnäuzt hatte, räusperte er sich und murmelte unwirsch: »Was willst du? Hat die Ferguson nicht genug angerichtet?«

Cal setzte sich auf die Bettkante und betrachtete seinen Onkel mit einem schiefen Lächeln. »Hat sie das wirklich? Oder hat sie nicht vielmehr nur den Finger in offene Wunden gelegt? Ivy Ferguson ist eine intelligente

Person, und sie versteht etwas von ihrem Job. So viel, dass sie gesehen hat, was mir nie aufgefallen ist. Nicht wahr, Onkel?«

»Ich weiß nicht, worauf du hinauswillst, Cal.« MacKenzie stieß mit seinem Gehstock gegen den kleinen Schreibtisch, in dem Ivy das Geheimfach mit den Gedichten entdeckt hatte.

»Der Schrank dort hat ein Geheimfach, wusstest du das?«

Ross hob die Augenbrauen. »Ja? Kann sein, ich habe es vergessen.«

»In diesem Geheimfach war etwas verborgen, Onkel.«

»Tatsächlich?« Müde hob MacKenzie den Blick. Er hatte offensichtlich keine Ahnung von der Existenz der Gedichte, oder es war ihm egal.

»Ivy hat es entdeckt.« Cal wollte seinen Onkel aus der Reserve locken, doch MacKenzie schluckte den Köder nicht.

Sein Telefon klingelte. »Ja?«, meldete Calum sich.

»Wir wollten uns doch treffen, wo bleibst du? Deine Mutter ist verärgert, und du weißt, wie unleidlich sie sein kann«, beschwerte sich Alistair MacKenzie.

Das Mittagessen! »Es tut mir leid, Dad, das habe ich vollkommen vergessen. Ich kann hier nur gerade nicht weg. Wie ist es heute Abend? Dinner bei euch im Hotel?«

»Was ist los, mein Sohn?« Alistair klang ehrlich besorgt. »Geht es um Ross? Was hat er vor? Ich gebe ihm genügend Geld, um das Schloss zu halten. Was ist mit der Ferguson? Versteht sie ihren Job nicht? Es gibt doch genügend Antiquitäten, die viel Geld einbringen! Ein wenig verstehe ich auch von dem Geschäft. Immerhin bin ich oft genug mit deiner Mutter einkaufen gegangen.« Sein Vater lachte.

Es tat gut, so offen mit ihm zu sprechen. Warum taten sie das nicht öfter? »Doch, doch, Ivy hat sehr gute Arbeit geleistet. Das ist ein Teil des Problems. Gib mir etwas Zeit, ja, Dad? Und gib Mutter einen Kuss von mir. Ich mache es wieder gut und besuche euch in London.«

»Leere Versprechungen, aber ich richte es aus. Bis heute Abend. Acht Uhr!« Alistair legte auf.

Cal legte das Telefon zur Seite. »Warum hast du geweint, Onkel? War es wegen Kirsty?«

Für einen kurzen Moment beschlich ihn die Angst, dass sein Onkel doch in ihren Tod verwickelt sein konnte.

»Ich bin alt, Cal. Da wird man sentimental.«

»Das ist keine Antwort. Ach, Onkel, das glaube ich dir nicht. Nicht dass du nicht sentimental sein kannst.« Er grinste. »Aber die Geschichte mit Ivy geht mir nahe. Sie hat doch etwas herausgefunden. Ich mag sie sehr, trotz allem. Und ich würde gern von dir hören, was sie mir nicht sagen kann oder will.«

Überrascht sah Ross seinen Neffen an, kniff die Augen zusammen, holte tief Luft und sagte: »Sie hat wirklich nichts gesagt?«

Sie umkreisten sich wie die Raubkatzen ihre Beute. »Nein.«

Ross nickte. »Hätte ich ihr nicht zugetraut. Immerhin ist sie eine Ferguson.«

»So, jetzt habe ich die Nase voll! Sag mir verdammt noch mal, was hier gespielt wird!«

Unten im Haus ging eine Tür. Brenda.

MacKenzie lehnte sich zurück. »Was war in dem Geheimfach?«

»Gedichte. Erotische Gedichte, die jemand Kirsty geschrieben hat. Ich glaube nicht, dass du das warst, oder?«

Ross grinste sarkastisch. »Ein Poet war ich nie. Wahrscheinlich hat ihr das gefehlt. Die Romantik. Dabei hatten wir ein aufregendes Leben. Wer hat ihr die Gedichte geschrieben?«

»Der Verfasser zog es vor, anonym zu bleiben. Angesichts des schlechten Stils eine weise Entscheidung.«

»Ivy hat dir die Gedichte gegeben und sonst mit niemandem darüber gesprochen?«

»Richtig. Sie ist loyal, Onkel.«

MacKenzie lachte leise. »Nicht meinetwegen, sondern deinetwegen. Ich habe Glück, dass du hier bist, sonst hätte sie mich ans Messer geliefert.«

»Womit? Geht es um die Möbel? Sie sind nicht echt, oder? Ich habe keine Ahnung, aber irgendetwas stimmt doch nicht, sonst würdest du dich nicht so anstellen, hättest dich nicht so dagegen gewehrt, dass ich eine Expertin engagiere. Du kannst mir nicht erzählen, dass du alles behalten willst.« Cal sah sich in dem ehemaligen Zimmer seiner Tante um und deutete auf die Tapetentür. »Die Werkstatt dort drüben. Was hast du dort gemacht? Restauriert, gefälscht?«

»Das ist ein hartes Wort, mein Junge. Ich habe nie etwas gefälscht, nur neu erschaffen. Die Materialien waren immer authentisch.« MacKenzie grummelte etwas. »Ich hätte nicht gedacht, dass Ivy Ferguson so hartnäckig ist.«

Cal seufzte. »Das ist es also. Du kannst die meisten Stücke hier nicht verkaufen, weil man dir sonst auf die Schliche kommen würde, ja?«

»So in etwa. Ja, das trifft es ganz gut. Du kannst das nicht verstehen, Cal. Der Antiquitätenhandel ist ein kompliziertes Geschäft. Es gibt Sammler, die sich sehnlichst ein bestimmtes Stück wünschen, und wenn ich ihnen diesen Herzenswunsch erfüllen kann …? Warum sollte ich es nicht tun? Ich habe viele Menschen sehr glücklich gemacht.« Es schwang Stolz in der Stimme seines Onkels mit.

»Und du hast dabei sehr gut verdient.«

Ross blinzelte und tippte den Schreibtisch an. »Der ist doch wunderschön, oder? Und er hat sogar ein Geheimfach. Ha, das hatte ich tatsächlich vergessen. Dieser Schelm …«

»Wen meinst du?«

»Äh, ich kann es dir nicht sagen.«

»Ach, komm schon, jetzt ist die Stunde der Wahrheit. Seth? Hat er dir geholfen?«

»Du musst mir versprechen, ihn nicht zu verraten. Er ist ein guter Mann und hat nur getan, worum ich ihn gebeten habe. Das ist alles auf meinem Mist gewachsen.«

Cal schlug sich die Hände auf die Knie. »Also schön, wie hast du es gemacht, und wie konnte das so lange gut gehen? Es ging doch um viel Geld, da prüfen die Leute sicher, was sie kaufen.«

Sein Onkel schaute ihn verschmitzt an. »Das Erschaffen eines Kunstwerks ist die eine Sache. Aber fast genauso wichtig ist die Präsentation, den Käufer zu locken, das

Netz auszulegen, in dem er sich verfängt und in dem er sich nur zu gern freiwillig immer weiter verheddert. Ein Beispiel: Du möchtest den Anschein erwecken, dass ein Möbelstück aus einem alten Haus, am besten einem Schloss oder einem herrschaftlichen Anwesen stammt. Dann brauchst du ein Zimmer wie dieses mit einer Tapete aus der Zeit. Du arrangierst eine Szene, wie sie in viktorianischer Zeit typisch gewesen wäre, hängst Bilder und einen Spiegel auf und sprühst die Wand mit einem Schmutzfilm ein. Nur ganz leicht, damit es wie vergilbt aussieht. Das Objekt der Begierde wird nun leicht verschoben, so dass der helle Fleck dahinter an der Wand sichtbar ist. Ah!« Ross hob den Zeigefinger, wie ein Dozent, der seinem Schüler eine erste Lektion erteilt. »Dann nehmen wir vielleicht noch eine alte Fotografie, die wir in eine Schublade legen, ein Haarband, ein Necessaire, alte Spitzen … lass der Fantasie freien Lauf. Wir machen ein Foto, lassen es dem Käufer zukommen. Dann laden wir ihn ein, zeigen ihm das Stück im Ausstellungsraum, allein, er darf es exklusiv sehen, darf entdecken, dass noch ein Stück Feder aus dem Hut einer Lady zwischen den Bronzeornamenten klemmt, ah, wie aufregend.«

So voller Begeisterung hatte Cal seinen Onkel selten erlebt, noch nie, wenn er ehrlich war. Ein wenig enttäuscht meinte Cal: »Du hast eine Charade aufgeführt, die Leute betrogen.«

»Nein, nein, ich habe ihnen gegeben, was sie haben wollten. Und die wirklichen Kenner habe ich nie getäuscht, glaub mir, mein Junge, ich kannte meine Schäfchen genau.«

»Und wo hast du das Material für die Möbel aufgetrieben?«

MacKenzie machte eine vage Handbewegung. »Damals waren Trödelmärkte noch echte Fundgruben. Ich bin durch ganz Europa gereist und habe aufgekauft, was noch zu gebrauchen war. Die besten Stücke habe ich aus Italien und Frankreich mitgebracht.« Der alte Gauner lachte. »Da gab es Künstler, die sogar mich manches Mal geleimt haben!«

»Künstler, pah!«, meinte Cal abfällig, doch dann fiel ihm ein, wie oft er seinen Onkel in der Werkstatt bei aufwendigen Restaurierungsarbeiten gesehen hatte. Sehr spezielle Details hatte er wahrscheinlich oben in der geheimen Werkstatt bearbeitet. Manches Mal hatte Ross seinem Neffen erklärt, wie sorgsam man mit altem Holz, verschiedenen Furnieren und Bronzebeschlägen umgehen musste. Allein einen Riss zu beheben, bedurfte mehrerer Tage Arbeit. Einfach nur Leimen oder Schrauben war nicht möglich.

»Verzeih, ja, ich verstehe, was du meinst.«

»Hm, siehst du. Ich habe mich sicher nicht immer in der Legalität bewegt, und das wollte ich vor dir und Alistair nicht zugeben. Ihr seid anders, und das ist gut so.« Ross MacKenzie streckte die Hand nach Calum aus.

Cal stand auf und umarmte seinen Onkel. »Ich hole uns mal was Stärkendes.«

Er lief den Flur entlang, die Treppen hinunter und in die Küche, wo Brenda gerade eine Schale mit einem Auflauf in den Kühlschrank stellte.

»Hi, Cal, das ist für deinen Onkel. Shepherd's Pie, die

mag er so gern.« Brenda MacKinney sah ihn aufmerksam an. »Geht es ihm gut? Du siehst irgendwie mitgenommen aus.«

»Alles in Ordnung.« Er nahm eine Whiskyflasche aus dem Schrank und sah Brenda direkt an. »Wir machen gerade reinen Tisch.«

Die Frau von Seth, dem heimlichen Kunsttischler, zuckte zusammen und versuchte zu lächeln. »Äh, ja?«

»Ich glaube, dieser fünfzehn Jahre alte Benriach ist dem Ereignis angemessen. Was denkst du?«

Die Röte stieg in Brendas Wangen. »Äh ...«, stammelte sie und sah an ihm vorbei zur Tür.

»Was gibt es denn?« Seth trat ein und nickte anerkennend. »Benriach. Gibt es was zu feiern?«

»Die Wahrheit, Seth. Was sagst du dazu?«

Seth und Brenda tauschten einen vielsagenden Blick, dann seufzte Seth, die Schultern sackten herunter: »Dein Onkel hat es dir gesagt?«

»Ich musste es ihm förmlich abbitten, aber ja, er hat mir endlich erklärt, was ihr hier getrieben habt. Das heißt, in den letzten Jahren war es ja wohl eher ruhig, oder täusche ich mich da?« Calum holte zwei Gläser vom Regal und steckte die Flasche unter den Arm.

Der Mann kratzte sich am Kinn, sichtlich verlegen und um eine Erklärung bemüht. »Wir haben nicht mehr, also ich habe ... Cal ... Ich muss arbeiten, um zu überleben. Das verstehst du, nicht wahr?«

»Sicher.«

»Ich habe eine Werkstatt. Meine Werkstatt.« Seth machte eine Pause.

»Aha«, erwiderte Cal.

Brenda klapperte angelegentlich mit dem Geschirr.

»Also, ich restauriere schon noch Möbel. Also, wenn man mich fragt.«

»Und wer fragt dich?«

»Klienten, die ich durch deinen Onkel kenne. Weißt du, Cal, das hat sich eingespielt.« Seth zog eine vielsagende Grimasse.

»Eingespielt, so, so. Ich kann mir sehr gut vorstellen, was du meinst. Du hast also auf eigene Faust weiterhin Möbel hergestellt und sie verkauft? Ist es das, was du meinst?«

»So in etwa. Dein Onkel hat einen Teil vom Gewinn erhalten und die Expertise erstellt.« Seth hob bittend die Hände. »Das war nicht richtig, aber es hat uns über Wasser gehalten. Das Schloss verschlingt Unsummen.«

»Und du hast gut davon gelebt.« Cal ließ die Gläser klirren.

»Wir ahnten, dass du das nicht gutheißen würdest«, sagte Seth.

»Eure Ahnung hat euch nicht getäuscht.«

»Und es tut mir leid wegen Ivy. Sie ist ganz anders, als ich gedacht hatte.« Seth wirkte zerknirscht.

»Was meinst du? Was tut dir leid?« Die Alarmglocken schrillten bei Calum.

»Ich wollte ihr nicht wehtun, sie nur erschrecken, so dass sie wieder geht. Sie ist schlau. Ja, sie versteht ihr Handwerk und hat gleich gesehen, dass mit den Möbeln hier etwas nicht stimmt.« Seth ereiferte sich. »Das hätte ich ihr nicht zugetraut. Aber sie hat ein untrügliches Auge für echte Antiquitäten. Der kann man nichts vormachen. Deshalb musste ich etwas unternehmen.«

»Moment, Seth. Du willst mir erzählen, dass du Ivy erschreckt hast? Warst du es, der sie an der Ruine von Trumpan geschubst hat?« Cal wäre beinahe die Flasche entglitten.

»Oh, Seth, das hast du nicht getan!?« Brenda wirkte ehrlich entsetzt.

»Sie ist so unglücklich gefallen. Das wollte ich nicht, wirklich, bitte glaubt mir!«, beteuerte Seth.

Calum schüttelte den Kopf. »Abgründe tun sich hier auf!«

»Ich wollte deinen Onkel schützen, Cal, das musst du mir glauben! Ms Ferguson kommt aus London, und wenn sie herausgefunden hätte, was wir …«

»Ganz genau, was ihr getan habt! Dann wärst du mit dran gewesen, Seth. Verdammt noch mal, wie konntest du nur?!« Wütend sah Cal den langjährigen Mitarbeiter seines Onkels an. Aber sie alle saßen in einem Boot, wenn man es nüchtern betrachtete. Fiel einer, riss er die anderen mit in die Tiefe.

»Ich werde mit ihr sprechen und sie um Verzeihung bitten, Cal.« Seth atmete hörbar aus. »Das wollte ich sowieso tun.«

»Weiß mein Onkel, dass du Ivy verletzt hast?«

»Nein! Das hätte er niemals geduldet. Erschrecken ja, aber doch nicht so!«

»Erschrecken? Meine Güte, was seid ihr nur für …« Cal war fassungslos.

»Bitte, Cal, ich fühle mich seit dem Unfall schrecklich und konnte nicht mehr schlafen!«, sagte Seth.

»Das stimmt! Er war vollkommen neben sich und wollte mir nicht sagen, warum!« Brenda wischte sich die Hände trocken. »Du Idiot!«, sagte sie zu ihrem Mann.

»Okay, lassen wir das mal so stehen. Wir sprechen uns noch – und auch darüber, wie du das bei Ivy wiedergutmachen kannst, Seth!« Cal griff Gläser und Flasche und ließ die MacKinneys stehen. Er hatte genug gehört.

Ross MacKenzie saß noch in dem Armlehnstuhl am Fenster. »Musstest du den Whisky aus der Destillerie holen?«

Langsam schenkte Cal je einen Schluck in die beiden Gläser. »Seth und Brenda waren unten in der Küche. Ich glaube, du schuldest Ivy was.«

Cal sah immer wieder auf sein Mobiltelefon, doch sie reagierte nicht auf seine Anrufe. Verdenken konnte er es ihr nicht.

»Unser Tisch ist frei. Wir gehen jetzt hinein.« Alistair trat zu seinem Sohn, während Lorna und Ross die Bar verließen, um ins Restaurant hinüberzugehen.

»Sie wird sich schon melden, Cal.«

Dankbar nickte er. Sein Vater hatte die Enthüllung über die illegale Nebentätigkeit seines Bruders überraschend gefasst aufgenommen. Beinahe hätte man meinen können, dass er es gewusst oder zumindest geahnt hatte. Ross und Cal hatten beschlossen, Alistair einzuweihen, Lorna jedoch nichts zu erzählen, denn seine Mutter neigte zu dramatischen Szenen, und dafür waren die Nerven aller Beteiligten derzeit bereits zu strapaziert.

»Vielleicht sollte ich zu ihren Eltern fahren und dort mit ihr sprechen.«

»Gib ihr Zeit, Cal. Es ist einiges passiert, und sie war auch nicht ganz ehrlich. Ich bin mir sicher, dass ihr euch bald aussprechen und eine neue gemeinsame Basis finden werdet. Wenn selbst Ross sie akzeptiert – und das, obwohl sie eine Ferguson ist …« Alistair grinste.

»Ach, ich bin diese alten Geschichten so leid. Was hat es nur mit diesem Hass auf sich?« Cal leerte sein Wasserglas und stellte es auf den Tresen.

Je länger Cal seinen Vater und Ross zusammen sah, desto größer schienen ihm die Gemeinsamkeiten der Brüder. Das Alter hatte sie milder gestimmt und möglicherweise auch die Verbundenheit mit dem Familiensitz, den keiner von beiden aufgeben wollte.

»Hatte Großvater etwas damit zu tun?« Seine Großeltern waren vor Jahren bei einem Flugzeugabsturz ums Leben gekommen.

»Nein, nein, das liegt weiter zurück. Dein Urgroßvater, Colin, war derjenige, der noch Crofter von seinem Land vertrieben hat. Kein rühmliches Kapitel unserer Familiengeschichte, und wir haben nie darüber gesprochen.«

»Gibt es Aufzeichnungen darüber?«

»Nicht dass ich wüsste, Cal. Ist das denn noch wichtig? Würde es für dich und Ivy einen Unterschied machen?«

»Für mich nicht, nein. Und für Ivy wohl auch nicht, aber für ihre Eltern. Verständlich ist das schon, wenn man bedenkt, dass seine Familie vielleicht alles verloren hat.«

Alistair klopfte seinem Sohn auf die Schulter. »Wie auch immer, Cal, ihr werdet einen Weg finden. Jetzt lass uns essen. Es kommt selten genug vor, dass ich mit meinem Bruder an einem Tisch sitze.«

»Ihr müsst von nun an öfter nach Skye kommen, Dad.«

»Das werden wir, mein Sohn, das werden wir.«

Das Essen verlief harmonisch und endete in einem gemeinsamen Spaziergang zum Hafen von Portree. Dort trafen sie auf Moira, die Gordon einen Korb Kräuter gebracht hatte. Seine Mutter begegnete der ungewöhnlichen Frau mit der ihr eigenen Reserviertheit, doch Alistair und vor allem Ross plauderten angeregt mit ihr.

Cal erahnte eine Spur von Eifersucht im Verhalten seiner Mutter und schmunzelte. »Mum, was hältst du davon, Weihnachten im Schloss zu feiern? Das wäre doch mal etwas ganz anderes.«

»Bitte nicht! Im Winter ist es hier trostlos. Kalt, nass und windig! Wir wollen nach Mauritius. Besuche uns lieber dort.« Lorna MacKenzie hakte sich bei ihrem Mann ein. »Oder möchtest du im Dezember deine Arthritis hier aufleben lassen?«

»Arthritis? Da kann ich dir helfen, Alistair«, sagte Moira, die ihre grauen Haare im Nacken lose zusammengebunden trug. »Und für dich habe ich auch noch etwas, das dir guttun wird, Ross. Ich sehe morgen im Schloss vorbei, jetzt muss ich gehen.« Und ohne ein weiteres Wort verschwand Moira Buchanan in der Dunkelheit.

Lorna wirkte konsterniert. »Sie hat so eine Art an sich, die mich ganz nervös macht.«

Ross murmelte: »Dafür gibt es keinen Grund, Lorna. Ich bin müde, aber ich danke euch für diesen Abend. Es ist lange her, dass ich mit meiner Familie zusammen war.«

»An uns hat es nicht gelegen, Ross«, meinte Lorna spitz.

Nachdem sie wieder im Schloss waren und Ross sich zu Bett begeben hatte, ging Cal noch einmal hinunter, um zu prüfen, ob alle Fenster und Türen verschlossen waren. Er hatte sein Telefon in der Hosentasche und holte es sofort hervor, als es vibrierte. Es war kurz nach Mitternacht, und sein Herz machte einen Satz, als er sah, wer ihn anrief.

»Ivy!«

»Ich weiß, dass es spät ist, aber hast du einen Moment?«

»Wo bist du?«

»Vor dem *Stein Inn*.«

»Warte dort auf mich. Ich bin gleich da.«

Er verriegelte alle Türen doppelt hinter sich und beschloss, Ivy mit herzubringen, um seinen Onkel nicht lange allein im Schloss zu wissen. Charly war zwar ein guter Wachhund, aber das allein reichte nicht aus. Bevor er zu seinem Wagen ging, schaltete er noch die Außenbeleuchtung an.

Die letzten Gäste verließen den Pub, der Parkplatz und die Straße leerten sich. Ein leichter Wind wehte noch über die Bucht und drückte kleine Wellen ans Ufer.

Er entdeckte sie auf einer niedrigen Mauer. Ihre widerspenstigen Locken wurden von einer Böe erfasst, als sie sich umdrehte. Cal parkte seinen Bus und stieg aus. Die kühle Nachtluft fühlte sich herbstlich an.

Ivy sprang von der Mauer und erwartete ihn mit vor dem Körper verschränkten Armen. »Hi, tut mir leid, aber es hat mir einfach keine Ruhe gelassen.«

Er konnte sehen, wie ihre Lippen zitterten, und ihre Augen schimmerten verdächtig. »Mir auch nicht, Ivy.«

»Ich …«, begann sie und brach ab.

Anstelle einer Antwort nahm er sie in die Arme. »Wenn du es willst, finden wir einen Weg, aber wir müssen ehrlich miteinander sein.«

Sie drückte sich an ihn. »Okay. Ich fange an. Ich arbeite für eine Kunstversicherung und sollte deinen Onkel einer Fälschung überführen.«

Cal lachte leise und antwortete: »Ich weiß, wer dich in Trumpan geschubst hat.«

Sie fuhr zurück. »Nein! Ist nicht wahr! Wer? Moira?«

»Um Himmels willen, nein! Wie kommst du darauf?«

»Wer sonst?«

»Seth.« Er hielt sie fest, denn er befürchtete, dass sie sich abwenden würde.

»Meine Güte.« Die Enttäuschung in ihrer Stimme traf ihn hart. »Warum?«, fragte sie leise.

Er strich ihr über den Rücken, doch er spürte, wie sie sich versteifte. »Es tut ihm furchtbar leid. Er wollte dich nicht verletzen. Seth hatte Angst aufzufliegen. Er ist in Panik geraten und weggelaufen. Das war schlimm und hätte nicht geschehen dürfen. Gemeinsam mit meinem

Onkel hat er jahrelang Antiquitäten gefälscht. Das hast du geahnt oder sogar gewusst, oder?«

»Schon, ja, aber trotzdem.«

Das Schweigen, das sich zwischen sie legte, wog schwer, und als er fürchtete, sie zu verlieren, küsste er sie.

28

I love her and that's
the beginning and end
of everything.

Ich liebe sie
und das ist der Anfang und
das Ende von allem.

F. Scott Fitzgerald

Seth hatte sie gestoßen! Ivy konnte es nicht glauben. Der Kerl hatte in Kauf genommen, dass sie sich verletzte. Sie befreite sich aus Cals Umarmung.

»Hat dein Onkel davon gewusst? Und du? Habt ihr hinter meinem Rücken über mich gelacht?« Es tat weh. Mehr, als sie für möglich gehalten hätte.

Cal ließ die Arme sinken. »Natürlich habe ich es nicht gewusst! Verdammt, Ivy, wofür hältst du mich denn? Ich habe ja auch gerade erst erfahren, dass mein Onkel über Jahrzehnte Antiquitäten auf hohem Niveau gefälscht hat. Zum Teufel, er ist ein Kunstfälscher! Denkst du, das hätte ich gutgeheißen?«

Während sie in seinen Augen nach der Wahrheit

suchte, tobte in ihrem Inneren ein Gefühlschaos. »Cal, ach, ich weiß gerade nicht, was ich überhaupt noch denken soll. Vielleicht brauchen wir einfach etwas Abstand, um uns über alles klar zu werden.«

Ein tiefer, trauriger Seufzer entfuhr ihm. »Ivy, egal, was geschieht, du sollst wissen, dass mir die Zeit mit dir sehr viel bedeutet. Ich möchte mehr Zeit mit dir verbringen, sehr viel mehr.«

»O Cal, mir geht es genauso, aber ...« Hilflos rang sie nach Worten.

»Aber es gibt ein paar Dinge, die wir klären müssen. Ich verstehe das. Wir MacKenzies sind nicht gerade pflegeleicht, und mein Onkel ist schon ein sehr spezieller Fall«, meinte Cal.

»Speziell trifft es nicht annähernd.«

»Er mag dich, Ivy. Das allein hat mich schon gewundert, denn er mag eigentlich kaum jemanden, und er schätzt deine Fachkompetenz.«

»Ha, ja, das kann ich mir vorstellen!«

»Was wirst du tun? Ich meine, willst du deiner Versicherung sagen, was du herausgefunden hast?«

Die Außenbeleuchtung des *Stein Inn* warf nur wenig Licht bis zu ihnen herüber, und es war schwer, Cals Miene zu lesen, doch er wirkte sehr ernst. »Ich will dich nicht beeinflussen, Ivy. Du musst tun, was du für richtig hältst, und niemand wird dir einen Vorwurf machen. Ich am wenigsten.«

Sie wandte sich dem Meer zu und vermied es, ihn anzusehen. »Du machst es mir schwer, Cal. Was glaubst du denn? Ich will euch nicht schaden, und ich will meinen

Job nicht verlieren und meine Karriere aufs Spiel setzen, und gleichzeitig weiß ich gar nicht, ob es das ist, was ich noch möchte. Verdammt noch eins, du hast mein Leben ganz schön durcheinandergebracht!«

Cal trat neben sie und nahm ihre Hand. »Aye, Ivy Ferguson. Dein Job hat dich hergeführt, also war es eine gute Sache, eine Fügung des Schicksals. Was wir daraus machen, liegt bei uns. Ich liebe meinen Onkel, aber wenn ich morgens aufwache, möchte ich nicht sein Gesicht sehen, sondern deins.«

Ivy lachte und weinte zugleich und schlang die Arme um den Mann, den sie so sehr ins Herz geschlossen hatte. »Gib mir Zeit, Cal, dann wird sich alles finden.«

Bevor er sie küssen konnte, klingelte sein Telefon. »Es muss wichtig sein! Warte!« Er nahm das Gespräch an. »Onkel, ja?!«

Es dauerte nur Sekunden, dann steckte er das Handy ein und nahm ihre Hand. »Komm, mein Onkel hat Geräusche im Haus gehört. Vielleicht ist es derselbe Kerl.«

»Sollten wir nicht die Polizei anrufen?«, sagte sie und folgte ihm wie selbstverständlich. »Ich weiß, dass dein Onkel das nicht möchte, aber ...«

»Ja, mach du das, während ich fahre.« Er schloss den Bus auf, und Ivy stieg auf der Beifahrerseite ein.

Als sie bereits kurz vor dem Schloss waren, erreichte sie endlich die zuständige Polizeistation, die versprach, eine Streife zu ihnen zu schicken. Allerdings könne das zwanzig Minuten dauern, da die Beamten noch mit einem Fall von häuslicher Gewalt in Skeabost beschäftigt waren.

»Und jetzt?«, fragte sie Cal, der grimmig das Gaspedal durchtrat.

»Ruf Seth an! Hier, nimm mein Handy. Er ist abgespeichert unter Seth.«

Sie wählte. Es dauerte nicht lange und Seth MacKinney nahm ab. »Cal? Was ist los?«

»Ich bin's, Ivy. Wir sind auf dem Weg zum Schloss, und wahrscheinlich ist wieder ein Einbrecher dort. Die Polizei braucht noch mindestens eine halbe Stunde!«

»Bin unterwegs!« Seth legte auf.

»Wenn wir in den Hof fahren, ist der Kerl gewarnt«, meinte Ivy.

»Ich mache das Licht aus und parke unterhalb.«

Cal hielt den Bus etwa zwanzig Meter vor dem Tor an und nahm ein halbes Paddel mit. »Wer auch immer das ist, damit können wir uns wehren.«

»Psst, sieh doch, da vorn!« Ivy hatte einen Lichtkegel entdeckt, der in der Küche hin und her glitt.

»So ein Dreckskerl! Ich gehe rein, du wartest draußen!«, entschied Cal.

Gemeinsam liefen sie bis in den Hof, wo sie die Küchentür offen fanden. »Wir sollten über bessere Schlösser nachdenken«, flüsterte Cal und verschwand nach drinnen.

Ivy konnte Charly oben bellen hören. Der Einbrecher musste starke Nerven haben, wenn ihn das nicht in die Flucht schlug. Nervös folgte sie Calum bis zur Tür und lauschte ins Innere. Als sie Gerangel und lautes Stöhnen hörte, ging sie hinein und schaltete auf ihrem Weg das Licht ein.

»Cal? Ist alles in Ordnung?«

Sie hatte die Küche noch nicht erreicht, da steckte Cal den Kopf zu Tür hinaus. Sein breites Grinsen ließ sie erleichtert durchatmen. »Es geht dir gut!«

»Dem anderen nicht so ...«

Oben bellte Charly, und sie hörten Ross rufen: »Was ist denn los? Cal? Bist du da?«

Cal ging bis zur Halle vor und rief: »Alles in Ordnung, Onkel. Bleib einfach in deinem Zimmer, wir kommen gleich rauf!«

Ivy trat vorsichtig in die Küche und wäre beinahe über den Körper eines Mannes auf dem Fußboden gestolpert. Der Fremde stöhnte und fluchte. Cal kam zurück und sagte zu Ivy: »Ich musste gar nicht viel tun. Der Trottel hat sich selbst außer Gefecht gesetzt. Als er mein Paddel sah, hielt er das wohl für einen Baseballschläger oder etwas in der Art, wollte wegrennen, stolperte über die eigenen Füße und schlug beim Fallen gegen den Herd. Tut weh, oder?«

Der Eindringling regte sich und versuchte, sich aufzustützen.

»Mach ja keine Dummheiten. Die Polizei ist auf dem Weg, und so lange bleibst du hier, verstanden? Sonst lasse ich den Hund oben raus.«

Ivy hatte das Licht in der Küche eingeschaltet und betrachtete den Fremden genauer. »Sag mal, das ist doch ...«

Jetzt stutzte auch Cal. »Dex? Bist du das?«

Der schlaksige junge Mann rappelte sich auf und erhob sich langsam. »Nicht schlagen, okay?«

Er trug abgerissene Jeans, Turnschuhe und einen Kapuzensweater. Strähnige Haare hingen heraus, und sie wurden von tief liegenden Augen angesehen, die Mühe hatten, sie zu fokussieren.

»O Mann, Dex, du bist auf Droge, oder? Was soll das? Warum steigst du hier bei uns ein? Mein Onkel hat kein Geld versteckt, und einen Schatz wirst du hier auch nicht finden.«

Der junge Mann fuhr sich mit zittrigen Händen über die aufgesprungenen Lippen. »Habt ihr was zu trinken für mich? Mir geht's echt beschissen.«

»Cal? Wo steckst du?« Seth kam durch den Flur.

»In der Küche, Seth!«, rief Calum und füllte Wasser aus dem Hahn in ein Glas, das er Dex Jankins reichte.

Der hockte wie ein Häufchen Elend auf einem der Küchenstühle und zitterte am ganzen Körper.

Seth kam herein und erfasste sofort die Situation. »Na, das ist ja wohl die Höhe! Dex, du kleine Ratte. Dass du dich hertraust, du mieser kleiner Gauner!«

Bedrohlich dicht stellte sich Seth vor den Einbrecher und zog ihm grob die Kapuze vom Kopf. Dex duckte sich, doch Seth trat zurück. »Keine Angst, an dir mache ich mir die Hände nicht schmutzig.«

Nur an mir, dachte Ivy verbittert und warf Seth einen wütenden Blick zu.

»Was hast du hier gesucht, Dex?«

»Äh, Geld, Handys, Silber, was man so verkaufen kann eben«, stotterte er nervös.

»Erzähl doch keinen Mist!«, sagte Calum. »Du warst schon mal hier und hast die Vitrine zerschlagen. Warum?

Wer hat dich geschickt?« Cal stieß ihn vor die Brust, und Dex sackte in sich zusammen.

»Ich hätte das nicht tun sollen. Es tut mir leid, ehrlich! Aber ich habe keine Kohle, bin seit Monaten blank. Keiner gibt mir einen Job und …«

»Halt den Mund! Deine Lügen kannst du dir sparen. Keinen Job! Du verlierst jeden Job, weil du unzuverlässig bist!«, fuhr Seth ihn scharf an. »Antworte: Wer hat dich geschickt!«

Ivy hörte einen Wagen durch das Tor fahren, und kurz darauf klopfte es laut an der Tür. »Die Polizei ist hier!«

Die Augen des ertappten Diebes weiteten sich vor Entsetzen, und seine Miene verschloss sich augenblicklich. Was auch immer er hatte sagen wollen, bei der Erwähnung der Polizei klappte Dex zu wie eine Auster.

Ivy wartete in der Halle, während Cal in der Küche mit den Polizisten sprach.

»Ms Ferguson, Ivy, ich möchte mich in aller Form entschuldigen«, begann Seth, der zu ihr gekommen war. »Es hätte nicht so weit kommen dürfen, und vor allem hätte ich Sie nicht verletzt zurücklassen dürfen. Ich war in Panik. Das ist keine Entschuldigung, aber …«

Sie musterte den Mann, dessen gewaltsamer Übergriff sie geschockt und verletzt hatte. »Nachvollziehen kann ich es nicht. Wir hätten über alles sprechen können, Seth. Das, was Sie getan haben, ist nicht akzeptabel.«

Er senkte den Blick und murmelte: »Natürlich nicht.« Dann sah er sie an. »Ich hoffe nur, dass Sie es nicht dem

Laird oder seinem Neffen nachtragen, denn die beiden haben nichts gewusst. Sie hätten so etwas niemals geduldet. Es war mein Fehler, und dafür übernehme ich die volle Verantwortung. Die Polizei ist da, wenn Sie mich anzeigen wollen …«

Ivy musste nicht lange überlegen. »Nein, das werde ich nicht. Die MacKenzies haben genug Ärger. Und überhaupt habe ich für heute Nacht genug von Ihnen allen. Das heißt … Sind Sie mit dem Wagen hier?«

»Ja.«

»Würden Sie mich nach Hause fahren? Dann kann Cal bei seinem Onkel bleiben.«

»Aber gern«, versicherte Seth, sichtlich erleichtert, dass sie von einer Anzeige absah.

Ivy ging in die Küche, wo zwei uniformierte Polizisten mit Dex sprachen. »Verzeihung. Cal, Seth fährt mich nach Hause. Wir telefonieren morgen, ja?«

Cal kam zu ihr und küsste sie auf die Wange. »Du Arme, was für eine Nacht. Ich komme morgen Vormittag bei dir vorbei und lade dich zum Lunch ein. Wäre das ein Anfang?«

Sie nickte, doch jetzt wollte sie einfach nur nach Hause.

Als sie am nächsten Morgen aufwachte, fühlte sie sich wie gerädert und nicht in der Lage, mit Cal zu sprechen. Sie rief Sienna an, denn bei all der Aufregung hatte sie viel zu wenig Zeit für die Freundin gefunden.

Sie erzählte Sienna von den Ereignissen der Nacht und vor allem von Seth. Der hatte sich während der kurzen Fahrt zum Hof ihrer Eltern mehrfach bei ihr entschuldigt und ihr angeboten, ein Möbelstück ihrer Wahl für sie zu fertigen. Ausgerechnet!

Als Sienna das hörte, lachte sie herzlich. »Na, der Kerl hat Nerven! Aber jetzt verstehe ich dein Dilemma. Was willst du tun?«, wollte ihre Freundin wissen. »Vielleicht ist es gut, wenn du erst mal zur Ruhe kommst und mit Abstand an die Sache herangehen kannst.«

»Mir brummt der Kopf, und ich fühle mich überrollt. Von meinen Gefühlen, von den Ereignissen …«

»Ach, Liebes, ich würde so gern mit dir spazieren gehen und alles besprechen, aber ich muss zurück nach London. Ich bin zu einem wichtigen Symposium eingeladen worden, für das ich mich noch vorbereiten muss. Was machen wir denn nun?«

»Wann musst du fahren?«

»Heute!«

»Nimmst du mich mit zurück?«

Die Freundin stutzte. »Bist du sicher? Willst du hier nicht lieber alles klären, vor allem mit Cal? Der Mann liebt dich, das habe ich gesehen. So was gibt man nicht einfach auf.«

Ivy trat aus der Terrassentür der kleinen Lodge und schaute hinüber zum Schloss, das in der Morgensonne über der Bucht aufragte. Die Möwen schrien, und ein Fischkutter lief in die Bucht aus. Frische, salzige Luft wehte zu ihr herauf, und unten blökten die Schafe. Molly kläffte in den Hügeln, weil ein Jungtier ausgerissen war. In der Ferne konnte sie die dunklen Buckel der kleinen Inseln ausmachen, Isay und Mingay.

Seufzend erwiderte sie: »Das will ich auch nicht, aber ich brauche etwas Abstand, um mich zu sortieren.«

»Und was ist mit Giles und Oscar? Was willst du denen sagen?«

Ivy rieb sich die Stirn. »Das überlege ich mir unterwegs. Habe ich noch Zeit für einen Kaffee?«

»Ja doch!«, versicherte Sienna.

Ivy fand ihre Eltern in der Küche beim Frühstück.

»So früh bist du schon auf?«, meinte ihr Vater.

»Danke, dir auch einen guten Morgen, Dad.« Sie küsste ihre Mutter auf die Wange. »Kaffee, großartig.«

»Setz dich, Schatz, was möchtest du? Ich bin gerade dabei, Pfannkuchen zu machen.«

»Sehr gern, danke.« Ivy lehnte sich mit ihrem Kaffeebecher an den Kühlschrank. »Ich muss euch etwas sagen.«

»Lass mich raten. Der Job ist erledigt, und du willst wieder nach London.«

»Oh, sehr gut geraten, Dad! Aber weißt du, der Job ist überhaupt nicht erledigt, weil ich nicht weiß, was ich mit meinem Wissen anfangen soll.«

Ihre Mutter gab ihr eine Schale mit Joghurt und Honig. »Selbst gemacht. So, Alfred, jetzt lässt du unsere Tochter ausreden. Wenn du nicht immer so stur und engstirnig wärst, hätten wir sie vielleicht öfter zu Besuch.«

»Also, das ist wieder ...«, begann Alfred, doch der Blick seiner Frau ließ ihn schweigen.

Ivy ließ nichts aus, weder ihre Gefühle für Cal noch die Fälschertätigkeit von Ross und Seth und auch nicht das Auftauchen von Giles. Nur, dass Seth sie gestoßen hatte, verschwieg sie ihren Eltern, wohl wissend, dass ihr Vater solch ein Verhalten niemals ungestraft toleriert hätte. Aber das war ihr passiert, und sie musste damit umgehen.

»Und jetzt weiß ich einfach nicht, was ich tun soll ...«, schloss sie und seufzte.

»Setz dich und iss diesen Pfannkuchen mit Erdbeerkompott«, sagte ihre Mutter lächelnd und stellte einen köstlich duftenden Teller voller kleiner Pfannkuchen und eine Schale mit selbst gekochtem Erdbeerkompott auf den Tisch.

Alfred Ferguson stach mit der Gabel in zwei Pfannkuchen. »Das ist einer der Gründe, warum ich dich geheiratet habe, Edith.«

»Immerhin gibt es noch andere Gründe«, witzelte Edith und strich ihrem Mann über den Kopf. »Guten Appetit.«

Sie setzte sich zu ihrer Familie und nahm sich ebenfalls einen Pfannkuchen. Dann sah sie ihre Tochter an. »Du hast dich doch längst entschieden, Ivy.«

Ivy probierte das Fruchtkompott, das nicht zu süß und voller ganzer Beeren war.

»Hm!«, sagte sie genüsslich.

»Aber sie kann nicht dauerhaft in der Lodge wohnen«, meinte Alfred.

»Wie bitte? Ich habe doch gar nichts gesagt!« Ivy wäre beinahe die Gabel aus der Hand gefallen.

Ihre Eltern sahen einander an und aßen mit einem wissenden Lächeln weiter.

Nachdem sie vier Pfannkuchen gegessen hatte, sagte Ivy: »Also gut, da ihr glaubt zu wissen, was ich tun werde, könnt ihr mir auch helfen. Ich verstehe bis heute nicht, warum die Fergusons und die MacKenzies verfeindet sind. Abgesehen von der Vertreibung – aber wir haben doch das Haus zurückerhalten! Was ist der Grund für deinen Zorn auf die MacKenzies, Dad? Ross jedenfalls hat nie etwas Nachteiliges über euch gesagt.«

Edith stellte die Teller aufeinander. »Alfred, gib ihr die Briefe. Es ist Zeit.«

Ihr Vater überlegte kurz, erhob sich schließlich und verließ die Küche.

»Welche Briefe, Mum?«

»Du wirst schon sehen. Dein Urgroßvater, Frasier, hat im Ersten Weltkrieg gedient. Deshalb ist er aus Kanada zurückgekommen.«

»Die Fergusons waren in Kanada?«

»O ja. Die MacKenzies haben sie vertrieben. Angus Ferguson war während eines Protestes gegen die Landbesitzer festgenommen worden und kam ins Gefängnis. Danach ging er mit seiner Familie nach Kanada. Freiwillig ist keiner gegangen, dafür haben sie alle ihr Land viel zu sehr geliebt. Aber es gab noch einen anderen Grund. Die genauen Umstände verstehst du besser, wenn du die Briefe liest, die Frasier seiner Frau aus dem Feld geschrieben hat. Ich glaube, er hat sich durch das Aufschreiben seiner Familiengeschichte seine geistige Gesundheit erhalten. Viele Soldaten sind verrückt geworden durch das Grauen, das sie erleben mussten.«

Ihr Vater kam mit einer Metallschachtel, einer Keksdose aus den Zwanzigerjahren, zurück und stellte sie feierlich vor sie auf den Tisch. »Jetzt bist du so weit, Ivy. Ich dachte immer, es würde dich nicht interessieren. Das hat mich sehr traurig gemacht.«

»Oh, Dad!«, sagte Ivy leise und umarmte ihren Vater, der sie an sich drückte.

»Nimm sie mit und lies sie in aller Ruhe. Dann verstehst du unsere Geschichte.« Er wischte sich verschämt die Augen. »Ich muss nach den Schafen sehen. Ruf an, wenn du etwas wissen willst, Ivy. Ruf an!«

Ivy wollte etwas sagen, doch er war schon zur Tür hinaus.

»Mein Gott, dass ich das noch erlebe!«, sagte Edith Ferguson lachend und wischte sich ebenfalls die Augen.

Auf dem Hof fuhr ein Wagen vor.

Ivy trat ans Fenster. »Das ist Sienna.«

»Du kannst deine Sachen ruhig in der Lodge lassen. Du fühlst dich doch wohl da oben, nicht wahr?« Ihre Mutter nahm sie in die Arme. »Klär deine Angelegenheiten in London, und wenn du so weit bist, weißt du, wo dein Zuhause ist.«

»Ach, Mum. Danke!«

»Na, geh schon!«

Ivy wollte den Tisch abräumen, doch ihre Mutter scheuchte sie zur Tür hinaus.

29

London

Ihre winzige Wohnung mit Blick in einen begrünten Innenhof war ihr immer wichtig gewesen. Sie hatte sich glücklich geschätzt, eine bezahlbare Wohnung in guter Lage gefunden zu haben. Doch als sie diesmal in ihr kleines Refugium zurückkehrte, fühlte es sich anders an. Es kam ihr klein und beengt vor, und als sie die Fenster öffnete und nur den Lärm der Stadt vernahm, wandte sie sich ab. Sie vermisste die Seeluft, den Wind, der heulend um die Klippen wehte, das Rauschen des Meeres und die Weite. Wenn sie die Augen schloss, sah sie die grünen Hügel mit den schroffen Felsen, den Schafen und den weißen Häusern vor sich. Die Sehnsucht nach Skye war immer in ihr gewesen, doch sie hatte sie nicht zugelassen.

Ivy setzte den Wasserkessel auf. In der kurzen Zeit, die sie auf Skye verbracht hatte, war mehr geschehen als in den Jahren zuvor. Nein, dachte sie, sie war nur zur richtigen Zeit am richtigen Ort gewesen. In London hatte sie sich bewiesen, hatte Erfahrungen in der Kunstwelt gesammelt und die Möglichkeiten für sich ausgeschöpft. Der Job bei Fulbrook war eine große Chance, um die sie mancher beneiden würde. Doch tief in ihrem Inneren war sie immer ein Mädchen der Highlands geblieben. Allerdings hätte sie sich das nie eingestanden, wenn sie nicht zuvor ihre Fühler in die Welt ausgestreckt hätte.

Das Wasser kochte, und sie goss sich einen Becher Tee auf. Auf der Fahrt hatte sie die Briefe, die ihr Vater ihr anvertraut hatte, nur oberflächlich durchgesehen. Die Handschrift bedurfte großer Aufmerksamkeit, und es hatte gutgetan, mit Sienna zu reden. Ihre Freundin wollte heute Abend zu ihr kommen, denn bevor Ivy sich entschied, wollte sie alle Möglichkeiten abwägen. Und dabei konnte ihr die analytisch denkende Sienna am besten helfen.

Calum war von ihrer überstürzten Abreise nicht sonderlich überrascht gewesen. Lass dir Zeit, hatte er gesagt, aber gib mir Nachricht, was mit den Antiquitäten meines Onkels wird. Genau das war der springende Punkt, die Entscheidung, die sie treffen musste, denn davon hing ihre Zukunft als Kunstexpertin ab. De facto betraf ihre Entscheidung nicht nur sie selbst, sondern hatte weitreichende Auswirkungen, über die sie sich im Klaren sein musste.

Sie stellte den Teebecher auf einen kleinen Tisch und griff nach der Blechdose. Eine Rosenranke und ein liebliches Frauenporträt zierten die Oberseite, abgestoßene Ecken zeigten, durch wie viele Hände sie gegangen war. Ivy fuhr mit den Fingerspitzen über die kleinen Dellen und die Ränder des Schriftzuges »Rosie's Cookies«. Diese Schachtel aus Metall stammte aus den Jahren nach dem Ersten Weltkrieg und hatte sicher einiges zu erzählen. Das liebte sie an Kunstwerken, die Geschichte, die sie mit sich brachten. Nicht, dass es sich bei der Keksdose um ein Kunstwerk handelte, es war ein liebevoll gehegter Gebrauchsgegenstand, der durch seinen Inhalt zu einem wertvollen Stück für die Familie geworden war.

Letzte Nacht hatte sie einen Großteil der Briefe erneut gelesen. Es war die erstaunliche Geschichte ihrer Familie, aufgeschrieben von ihrem Urgroßvater, Frasier Ferguson. Frasier war das jüngste Kind von Angus und Peigi gewesen. Seine Eltern waren von Laird Colin MacKenzie von ihrem Croft vertrieben worden. Ihr ältester Sohn, Duff, war von einem Mann des Lairds während der gewaltsamen Vertreibung erschlagen worden. Die Ungerechtigkeit, die diesen Menschen widerfahren war, trieb ihr die Tränen in die Augen, auch wenn sie als Historikerin die damaligen Umstände bedachte. Aber das waren ihre Vorfahren, ihre Familie, Schicksale, die mit ihrem eng verwoben waren.

Sie nahm den ersten Stapel der Briefbogen heraus, strich die eng mit einer schönen Handschrift beschriebenen Blätter glatt und legte sie neben sich auf das Sofa. Angus hatte nicht nach Kanada gehen wollen, doch die Not zwang ihn dazu, seine Familie mit in das wilde ferne Land zu nehmen, um dort neu anzufangen. Ob er geahnt hatte, dass er seine schottische Heimat niemals wiedersehen würde?

Angus gelang es, sich ein Haus in Nova Scotia zu bauen, wo Peigi das jüngste Kind, Frasier, zur Welt brachte. Henry, der Zweitälteste, schien nie über den Verlust seiner großen Liebe, Shona MacKenzie, hinweggekommen zu sein. Er schlug sich als Baumfäller durch, bis er bei dieser gefährlichen Arbeit ums Leben kam. Frasier sprach voller Mitgefühl von seinem Bruder, der sich die Schuld am Unglück der Familie gab. Denn durch Henrys Liebe zu Shona und dem daraus resultierenden Unfall waren die Fergusons zur Auswanderung gezwungen worden. Seine Schwestern Eilidth und Eve und auch seine Mutter starben während einer schweren Grippeepidemie im Jahre 1911. Kurz darauf verstarb auch Angus an Kummer und Gram. Zurück blieb Frasier, der damals Mitte zwanzig gewesen sein musste. Frasier Ferguson arbeitete in einer Druckerei, träumte jedoch von einer eigenen Farm. Er sparte jeden Penny und heiratete 1913 eine junge Schottin, deren Eltern auf der Überfahrt nach Kanada ums Leben gekommen waren. Beide einte die Sehnsucht nach ihrer schottischen Heimat, nach den Wurzeln ihrer Familien, die Schottland gegen ihren Willen verlassen hatten.

Im Ersten Weltkrieg ließ sich Frasier für das kanadische Expeditionskorps anwerben. Mehr als zweiunddreißigtausend Männer, überwiegend Einwanderer mit britischen Wurzeln, dienten so ihrem Land. Frasier schrieb von der Front an seine Frau, um nicht den Verstand zu verlieren und um die Geschichte seiner Familie zu bewahren.

Ivy las von den täglichen Einsätzen, die Frasier in Frankreich erlebte. Immer wieder zeichnete sich Frasier durch mutige Einsätze aus und wurde schließlich mit dem Victoria-Kreuz geehrt, der höchsten Kriegsauszeichnung der Streitkräfte des Vereinigten Königreichs.

Nach dem Krieg wollte man den Soldaten eine Wiedergutmachung zuteilwerden lassen. Es kam zu Landschenkungen, und als Frasier darum bat, das Croft seiner Familie auf Skye zurückzuerhalten, willigte die Regierung ein. Einem Träger des Victoria-Kreuzes verweigerte man seinen bescheidenen Wunsch nicht.

Ivy nippte an ihrem Tee, obwohl ihr das, was sie las, eigentlich die Kehle zuschnürte. Sie wischte sich mit einem Taschentuch Nase und Augen und nahm den letzten Brief, der am 22. Dezember 1920 geschrieben worden war, zur Hand. Dieser war nicht an seine Frau adressiert gewesen und mit dem Vermerk »Annahme verweigert« von dem Adressaten zurückgesandt worden.

»*An Seine Lordschaft, Sir Colin MacKenzie*«, stand dort. »*Da ich auf mein erstes Schreiben keine Antwort erhalten habe, wende ich mich ein letztes Mal an Sie und werde diese Angelegenheit ansonsten nicht mehr erwähnen, weder in der Öffentlichkeit noch meiner Familie gegenüber. Ich appelliere an Ihre Menschlichkeit, werter Sir. Nun, da sich die Zeiten geändert haben und es Gesetze gibt, welche die Rechte der Crofter schützen, sollte es möglich sein, friedlich nebeneinander zu existieren.*
Ich wünsche mir für unsere Familie ein tolerantes Nebeneinander, wenn ein Miteinander nicht möglich ist. Mein Bruder, Henry Ferguson, und Ihre Tochter, Shona MacKenzie, waren einander vor vierzig Jahren in tiefer Liebe zugetan. Ich weiß von meinem Bruder, der an seinem Leid zerbrochen ist und in

*kanadischer Erde seine letzte Ruhe gefunden hat, wie
sehr er Ihre Tochter geliebt hat und dass seine Liebe
erwidert wurde. Er hat sich nie verzeihen können,
dass Shona zu ihm hinausgeritten kam, um ihm und
seiner Familie in großer Not finanziell zu helfen. Wie
es zur Notlage meiner Familie und auch anderer
Crofter auf Ihrem Land kam, dürfte Ihnen wohl
bekannt sein. Dass Shonas Pferd scheute und es zu
einem tragischen Unfall kam, war nicht die Schuld
meines Bruders, doch er konnte sich nicht verzeihen,
dass Shona starb, weil sie ihm helfen wollte.
Ihre Tochter und mein Bruder waren großherzige,
mitfühlende Menschen, erhaben über Standesdünkel
und gesellschaftliche Schranken. Vielleicht waren sie zu
fortschrittlich für die Zeit, in der sie lebten. Sollten wir
nicht gelernt haben aus dem, was geschehen ist? Sollten
wir nicht in der Lage sein, einander die Hand zu
reichen und die Vergangenheit zu verzeihen?
Ich reiche Ihnen meine Hand in versöhnlicher Geste.
Der Krieg hat mich gelehrt, dass das Leben alles ist,
was wir besitzen. Das Leben und unsere Gesundheit
sind das kostbarste Gut, das wir haben, ob wir nun
Herr oder Knecht sind. Und sind die Tage der Knecht-
schaft nicht vorüber? Sind wir nicht alle Menschen?
In Erwartung Ihrer Antwort –
Frasier Ferguson«*

Ivy schluchzte und legte den Brief zur Seite. Ihr Urgroßvater war ein wahrhaft großherziger Mensch gewesen,
und sie war unendlich stolz auf ihn. Wie musste sich

Frasier gefühlt haben, als der Laird, der für das Leid seiner Familie verantwortlich gewesen war, ihm jede Aussprache verweigerte?

Es klingelte an ihrer Wohnungstür. Ivy stand auf, um Sienna hereinzulassen. Die beiden Frauen umarmten sich.

»Hey, was ist los? Du siehst so traurig aus. Ich dachte, du hast dich entschieden? Doch nicht?« Sienna stellte eine Papiertüte auf den Tisch, aus der sie eine Flasche Prosecco und einige italienische Köstlichkeiten hervorzauberte. »Genau das Richtige für diesen Abend.«

»Hm, Antipasti, frisches Brot und Panna cotta! Ich liebe dich, Sienna!«

Ihre Freundin lachte. »Sag das nicht mir, sondern deinem hübschen Schotten! Ich hoffe, du hast mit ihm gesprochen?«

Sienna entkorkte die Flasche, und Ivy holte Gläser, Eiswürfel, Geschirr und Besteck. »Eins nach dem anderen. Ich habe gerade etwas sehr Trauriges und Interessantes gelesen.«

Ivy und Sienna setzen sich nebeneinander aufs Sofa, und die Historikerin nahm nach dem Anstoßen den Brief zur Hand.

»Ach nein, wie konnte der Laird nur so hartherzig sein! Schrecklich. Es muss ihm doch ebenfalls bewusst gewesen sein, dass die Liebe zwischen Henry und seiner Tochter wahrhaftig gewesen ist. Wie kann man nur so unnachgiebig sein! Andererseits – nur ein Mann, der so arrogant und ohne Mitgefühl ist, bringt es wohl fertig, seine eigenen Leute von Haus und Hof zu vertreiben, wohl wissend, dass sie ins Elend gestürzt werden.« Sienna drückte die Hand ihrer Freundin. »Sieh es so, dieser Laird Colin war der Letzte seiner Art. Er gehörte zur Generation der selbstherrlichen Landbesitzer, die noch tun und lassen konnten, was sie wollten. Diese Herren haben sich gefühlt und aufgeführt wie Könige, die Crofter waren nichts weiter für sie als Leibeigene. Aber deine Vorfahren waren mutig genug, sich gegen dieses ungerechte System zu wehren. Angus hat aufbegehrt. Ich habe großen Respekt vor solchen Menschen, Ivy. Wo würden wir stehen, wenn es sie nicht gegeben hätte?«

Ivy gab noch einen Eiswürfel in ihren Prosecco. »Aber sie haben so viel durchleiden müssen. Angus und Peigi mussten miterleben, wie ihre Kinder vor ihnen starben.« Sie schüttelte den Kopf. »Das muss das Schlimmste gewesen sein.«

Sienna schob sich eine Olive in den Mund. »Zweifellos. Und in der Fremde sterben zu müssen. Ich glaube, wir können nicht ermessen, was diese Menschen durchlitten haben. Schottland war ihre Heimat, dort haben sie über Generationen ein Stück Land bearbeitet und für ihren Chief gearbeitet und gekämpft. Aber selbst ohne diese enge soziale Bindung ist Heimat etwas, das man nicht unterschätzen sollte. Auch wenn wir heute manchmal anders darüber denken.«

»Der arme Angus. Er war kaum ein paar Jahre in Kanada, als endlich 1883 die Crofters Party gegründet wurde.« Ivy hatte die Geschichte der Crofter mittlerweile genau recherchiert. »1885 waren sie mit fünf Abgeordneten im Parlament vertreten. Ihr Wahlspruch war *Is*

Treasa Tuath na Tighearna. Die Landbevölkerung ist stärker als die Lords.«

»Das hing alles eng mit der irischen Home-Rule-Bewegung zusammen«, ergänzte Sienna. »Weißt du, die englische Regierung unter Lord Napier fürchtete natürlich, dass der Umschwung von Irland rüberschwappte. Nur deshalb hat sich Napier überhaupt dazu herabgelassen, die Situation der Crofter zu untersuchen. Gladstone hat einen ersten Gesetzesentwurf im Mai 1885 vorgelegt, der aber nicht durch das Parlament kam. Ein Jahr später wurde das Gesetz erneut vorgelegt und trat endlich am ersten Februar in Kraft.«

Ivy lehnte sich zurück und betrachtete die Briefe ihres Urgroßvaters. »Ich hätte Angus so sehr gewünscht, dass er miterlebt hätte, wie die Crofters Commission eingerichtet wurde, wie den Croftern endlich das Recht auf ihr Land zugestanden wurde. Die Pacht musste angemessen sein, und bei einer Umsiedlung musste dem Crofter nun ein voller Ausgleich gezahlt werden.« Sie betrachtete die Metalldose. »Warum hat das so lange gedauert? Warum konnte Colin MacKenzie das nicht vorher einsehen und sich seinen Leuten gegenüber fürsorglich verhalten?«

»Warum sind Menschen, wie sie sind?« Sienna seufzte und hob ihr Glas. »Es hat noch viele Jahre gedauert, bis die Crofter endlich auch ihr Land zu einem erschwinglichen Preis kaufen konnten. Wann war das noch gleich? 1976, nicht wahr? Da konnte das Land zum fünfzehnfachen Pachtpreis erworben werden.«

»Und erst 2003 erlaubte der Land Reform Act den

Crofting-Gemeinden unter bestimmten Voraussetzungen, das Land auch gegen den Willen des Grundbesitzers zu kaufen und als Gemeinschaftseigentum selbst zu verwalten«, sagte Ivy.

»Damals unvorstellbar.«

Für einen Moment schwiegen sie, und Ivy dachte an Angus, Peigi und deren Kinder in Kanada, diesem fremden Land, das ihnen nie zur neuen Heimat geworden war.

»Ich fühle mich heute zum ersten Mal als Schottin«, sagte Ivy zu ihrer Freundin. »Ist das nicht seltsam?«

»Nein, gar nicht. Ich freue mich für dich, Ivy. Viele Menschen suchen ihr Leben lang nach dem Platz, an den sie gehören, dem sie sich verbunden fühlen, aus welchen Gründen auch immer. Und was ist mit London? Du liebst es, das weiß ich. Aber du hast deinen Horizont erweitert.«

»Ja, das ist es, Sienna. Ich möchte die Wohnung hier behalten. Ich werde sie untervermieten, und dann gehe ich für einige Zeit nach Skye und helfe meinen Eltern mit der Vermietung. Und weißt du, ich habe da einige Ideen für ein Kulturfestival in Waternish. Rachel und ihr Töpferstudio und die Ruine von Trumpan spielen da eine Rolle. Und Musiker will ich nach Skye holen. Was denkst du, Sienna? Wir könnten gemeinsam auftreten und so eine Art Folkfestival etablieren.«

»Ich bin dabei, keine Frage. Im Sommer auf jeden Fall.« Sienna grinste. »Wenn's da oben nur regnet, allerdings eher nicht.«

Das alles waren nur Ideen, Pläne ohne Substanz, aber mit viel Herzblut – und das war es, was zählte, dachte Ivy.

»Und was sagst du Fulbrook morgen?«

»Ich kündige.« Ivy hatte nun lange genug darüber nachgedacht. Sie sah sich nicht unter Cunningham arbeiten, der zum Partner aufsteigen wollte. Giles Cunningham war mit Hintergedanken nach Skye gekommen, und sie hatte keine Lust auf firmeninterne Intrigen. »Eigentlich habe ich nur gern mit Sebastian Russell gearbeitet. Ich hätte ehrlich mit mir sein sollen. Diese Kunstversicherung ist mir zu abstrakt, zu geschäftsorientiert. Ich mag es, mit den Kunden zu sprechen, sie zu beraten, die eingelieferten Stücke zu untersuchen. All das vermisse ich bei Fulbrook.«

»Du weißt schon, dass dir dann erst mal eine Menge Türen vor der Nase zugeschlagen werden, oder?«

»Ach weißt du, eine Tür schlägt zu, und die nächste tut sich auf.«

Sienna lächelte. »Cheers, meine Liebe.«

»Cheers. Und ich habe noch eine Menge offener Fragen, die ich nur auf Skye für mich klären kann. Der Tod von Kirsty MacKenzie lässt mir keine Ruhe, Sienna. Ich denke so oft daran. Wenn ich mit Calum zusammen sein will, muss ich seine Familie, seinen Onkel akzeptieren. Und das kann ich nur, wenn ich weiß, was damals passiert ist. Wie soll ich Ross denn gegenübertreten, wenn immer der Verdacht im Raum hängt, dass er Kirsty ermordet hat?«

Sienna atmete tief ein. »Schwierig ...«

»Ich kann mir einfach nicht vorstellen, dass vielleicht die Brüder, Ross und Alistair, gemeinsam daran beteiligt waren oder der eine den anderen deckt.« Ivy beobachtete den perlenden Prosecco. »Das wäre furchtbar für Cal. Ich hoffe nicht, dass sich mein Verdacht bestätigt.«

»Du könntest es auf sich beruhen lassen, wenn du Angst vor der Wahrheit hast. Immerhin ist es nicht deine Familie«, schlug Sienna vor.

»Ich bin nicht wie Frasier, ich muss den Dingen auf den Grund gehen.«

»Du solltest Calum unbedingt miteinbeziehen, wenn du in den Umständen von Kirsty MacKenzies Tod herumstocherst. Wirklich, Ivy, sei da vorsichtig.«

»Aber ja. Schau, das mit meinem Unfall bei Trumpan hat sich ja auch als relativ harmlos aufgeklärt.«

»Ph!«, machte Sienna. »Harmlos nenne ich das nicht. Der Kerl hat dich vorsätzlich einer Gefahr ausgesetzt. Aber er kann nichts mit der Sache zu tun haben?«

»Seth MacKinney ist um einiges jünger als Ross. Nein, das halte ich für ausgeschlossen.«

»Na schön, und wenn du meine Hilfe brauchst, komme ich hoch, auch wenn es stürmt und regnet«, sagte Sienna mit einem Augenzwinkern.

»Das sagen Sie mir einfach so auf den Kopf zu?«, rief Oscar Fulbrook und schlug wütend mit der Hand auf seinen eleganten Louis-XV.-Schreibtisch.

»Wie konnte ich mich nur so in Ihnen täuschen?! Ich habe Ihnen eine vertrauensvolle, wichtige Aufgabe gegeben, weil ich dachte, dass Sie ihr gewachsen sind. Und was machen Sie? Urlaub!« Wütend starrte Oscar Fulbrook sie durch seine Hornbrille an. »Giles meinte gleich, dass wir mit Ihnen nur unsere Zeit verschwenden. Da werde ich auf meine alten Tage sentimental und denke, weil Sie bei Russell gearbeitet haben, wären Sie etwas Besonderes.«

»Es tut mir leid, das müssen Sie mir glauben, Oscar. Ich habe es versucht, aber Ross MacKenzie lässt sich nicht in die Karten schauen«, log sie, ohne dass es ihr leidtat. Sie hatte beschlossen, den alten Mann nicht auffliegen zu lassen. Wenn es nicht um seinetwillen war, dann für Cal. »Meine Ergebnisse habe ich Nicole übermittelt. Restaurierungsspuren finden sich natürlich, wie an fast allen Antiquitäten. Was mich aber überzeugt hat, ist der Carlin-Schreibtisch im Schloss. Der ist absolut authentisch.«

Oscar beobachtete sie skeptisch. »Tja, ich kann das nur so hinnehmen, auch wenn ich nicht so überzeugt bin wie Sie. Irgendetwas ist auf Skye geschehen. Aber das ist Ihre Sache, Ivy. Ich bedaure, eine fähige Kunstkennerin verloren zu haben. Auf ein Empfehlungsschreiben werden Sie nach diesem Ausscheiden verzichten müssen.«

»Natürlich. Es …« Bevor sie noch etwas sagen konnte, unterbrach Fulbrook sie.

»Das ist alles. Ihre Abrechnung stellen wir in den kommenden Tagen zu.«

Er senkte den Blick und vertiefte sich in eine Akte.

Beschämt verließ Ivy das Büro des Mannes, der sie so wohlwollend aufgenommen und ihr eine Chance gegeben hatte. Sie hätte ihm gern die Wahrheit gesagt, doch das konnte sie nicht, ohne MacKenzie bloßzustellen und ihm jede Möglichkeit auf den Verkauf zumindest einiger Stücke zu nehmen.

»Ich bin nicht einmal überrascht von Ihrem Versagen,

Ivy«, erklang die kühle Stimme von Giles Cunningham hinter ihr.

Sie drehte sich um und setzte ein höfliches Lächeln auf. »Versagen würde ich es nicht nennen. Ich weiß, dass Sie gern eine Bestätigung für Kermacks Verdacht gehabt hätten. Aber die kann ich nicht liefern, weil sein Stück echt ist. Sein Schreibtisch ist ein Mewesen, was auch etwas Gutes hat – ein wertvolles Stück befindet sich in seinem Besitz. Vielleicht hat Kermack ja etwas gegen MacKenzie. Ein alter Groll? Haben wir das überhaupt in Erwägung gezogen? So was gibt es schließlich auch.« Und noch während sie das sagte, nahm sie sich vor, Ross MacKenzie bei nächster Gelegenheit darauf anzusprechen. Wenn er erfuhr, dass sie ihn gedeckt hatte, schuldete er ihr zumindest Aufrichtigkeit.

Die folgenden zwei Wochen vergingen mit Packen, bürokratischen Notwendigkeiten und der Suche nach einer Nachmieterin. Letzteres war nicht schwierig, denn Sienna hatte in der Uni nur andeuten müssen, dass eine Wohnung frei wurde, und konnte sich vor Bewerbern kaum retten. Ivy entschied sich für eine Studentin aus York, die einen zuverlässigen Eindruck machte und gerade mit ihrem Postgraduierten-Studiengang begonnen hatte.

Schließlich saß Ivy am letzten Abend vor gepackten Koffern in ihrer Wohnung und fühlte sich befreit. Wie seltsam, dachte sie, ich habe augenscheinlich das Richtige getan, denn sonst würde ich es bereuen, London zu verlassen. Nur eine Sache hatte sie ständig vor sich hergeschoben. Sie nahm das Telefon.

Es klingelte so lange, dass sie auflegen wollte. Vielleicht wollte er nicht mit ihr sprechen. »Ivy!«

Er war außer Atem.

»Cal, störe ich?« Und wenn er nicht allein war?

»Nein, nein, ich komme vom Surfen. Mein Telefon lag im Büro.«

»Du bist noch auf Skye?«

»Wieder. Sagen wir es so. Ich war für ein paar Tage in Edinburgh, um einiges zu regeln, und bin zurück, um meinem Onkel mit dem Verkauf zu helfen. Wobei du uns fehlst, Ivy. Mir aus anderen Gründen als meinem Onkel …«

Sie schluckte und musste sich zusammenreißen, um nicht zu heulen, weil sie so erleichtert war. Er vermisste sie. »Das trifft sich gut. Ich habe nämlich auf Skye zu tun.«

»Wirklich? Wann?«

»Morgen fahre ich hoch.« Ihr Herz jubelte, und dabei mussten sie noch so viele Dinge klären, aber sie war voller Zuversicht.

»Morgen? Fliegst du?«

»Nein, ich fahre mit meinem alten Mini. Das dauert etwas, aber dann bin ich unabhängig. Mir gefällt es nämlich gar nicht ohne Auto auf Skye.«

Es dauerte einen Moment, bis er antwortete. »Okay, du fährst also hoch. Das lohnt sich ja aber eigentlich nur, wenn du länger bleibst, oder?«

»Ein paar Tage werden es schon werden oder Wochen …«, sagte sie gedehnt.

»Oder Monate?« Seine Stimme klang hoffnungsvoll.

»Kann gut sein, ja. Kommt darauf an.«

»Aha. Na, dann pass auf dich auf, Ivy, und ruf mich von unterwegs an, damit ich den Wein kalt stellen kann. Hier ist einiges passiert, das wird dich interessieren.«

»Was denn?«

»Erzähl ich dir, wenn du da bist.«

»Spann mich doch nicht auf die Folter!«

Er lachte. »Hast du nicht anders verdient. Ich musste schließlich auch warten. Bis bald, Ivy!«

30

Am späten Nachmittag des zweiten Tages nach ihrer Abfahrt aus London erreichte Ivy die Abzweigung nach Waternish. An der Fairy Bridge hielt sie an und stieg aus. Es schien ihr angemessen, an diesem historisch bedeutsamen Ort innezuhalten und sich einen Moment dankbar für die raue Schönheit der Landschaft zu zeigen, die sie umgab. Der Wind fuhr ihr durch die langen Haare, und sie holte tief Luft und breitete die Arme aus. Wo seid ihr Wassergeister und Feenwesen, dachte sie und lächelte.

Hinter ihr knirschten die Steine unter leichten Schritten.

»*Halo ghràdhaich, bha sinn a 'feitheamh riut*«, begrüßte Moira sie auf Gälisch.

Ivy verstand, dass Moira sie herzlich willkommen hieß und auf sie gewartet hatte. »Mein Gälisch ist etwas eingerostet, aber ich werde daran arbeiten. Schön, dich zu sehen, Moira, auch wenn du mich wieder einmal ein klein wenig erschreckt hast. Vielleicht gewöhne ich mich daran irgendwann.«

Die kleine Frau mit den unergründlichen dunklen Augen kam zu ihr und umarmte sie. »Gehört es nicht zum Nimbus einer Heilerin, geheimnisvoll zu sein?«

»Bei dir bin ich mir nie sicher, Moira, aber ich mag dich und hoffe, dass wir uns öfter sehen.«

»Das werden wir, Ivy. Und jetzt beeil dich, du wirst erwartet.«

Man musste keine Hellseherin sein, um zu ahnen, dass Ivys Eltern und vielleicht auch ein gewisser Spross der MacKenzies sich auf ihre Ankunft freuten.

»Kann ich dich mitnehmen?«

»Danke, aber ich bin noch auf der Suche nach einigen Kräutern.« Moira winkte und ging über die Fairy Bridge in Richtung Stein.

Ivy sah der energisch ausschreitenden Frau nach und glaubte, einen Schatten zu sehen, der sich hinter der Brücke aus dem Wasser löste und Moira zu begleiten schien. Anscheinend war sie müde von der langen Fahrt, mit diesem Gedanken setzte sie sich ins Auto und fuhr weiter nach Ardmore.

Als sie die vertraute Silhouette der Burg und die weißen Crofter-Häuser in den Hügeln oberhalb der Küste sah, wurde sie von einem Gefühl der Wärme durchflutet, das sie so noch nie empfunden hatte, wenn sie nach Skye gekommen war. Es tat ihr nach wie vor leid, Oscar Fulbrook enttäuscht zu haben, aber letztlich war es nur dem Job bei ihm zu verdanken, dass sie den Weg zurück nach Skye und in eine neue Zukunft gefunden hatte. Nichts war leicht, keine Entscheidung ohne Konsequenzen in alle Richtungen, aber es fühlte sich richtig an, hier zu sein.

Ihr Mini ächzte über die schmale Schotterpiste, die zum Hof ihrer Eltern führte. Der kleine Wagen hatte in

London nicht viel aushalten müssen und würde auf seine alten Tage in den Highlands noch gefordert werden. Nur wenige Wolken standen am Himmel, und die Sonne machte sich bereit, den Tag der Nacht zu übergeben. Warmes, goldenes Licht verlieh dem Hof einen Charme, wie man ihn von den Bildern der Präraffaeliten kannte.

Sie entdeckte Calums Bus neben dem Stall. War er drinnen bei ihren Eltern? Kaum war sie durch das offene Gatter gefahren, da kam auch schon Molly bellend angelaufen. Ivy parkte vor dem Wohnhaus und stieg aus, um sich von dem Hund stürmisch begrüßen zu lassen.

»Ja, meine Molly, jetzt bin ich wieder da und lasse dich nicht so schnell allein, versprochen!« Sie ging in die Knie und kraulte den am ganzen Körper freudig wackelnden Hund.

»Ivy!«, rief ihre Mutter.

Auch ihr Vater war aus dem Haus getreten, gefolgt von Calum, der verschmitzt grinste. Ivy umarmte zuerst ihre Eltern und drückte vor allem ihren Vater länger.

»Danke, Dad, dass ich die Briefe lesen durfte. Jetzt verstehe ich vieles besser«, flüsterte sie und küsste ihn auf die Wange.

»Wir reden später, Ivy. Cal will dir beim Auspacken helfen, und ich muss nach den Schafen sehen.« Das war typisch für ihren Vater. Nur nicht zu viel Gefühl zulassen, aber Ivy wusste, dass sie einen Anfang gemacht hatten, und darauf konnten sie aufbauen.

Gemeinsam mit Calum trug sie einen Koffer und ein paar Kisten nach oben in die Lodge. Als sie die letzte Kiste auf den Boden gestellt hatte, sagte sie: »Wird eng, und ich habe noch nicht mal die Hälfte meiner Bücher mitgenommen. Aber ich bin glücklich, ist das nicht fantastisch?«

Calum nahm ihre Hand und zog sie langsam zu sich. »Das ist mehr, als die meisten Menschen von sich sagen können. Und ich nehme an, dass dir der Abschied von Fulbrook nicht leichtgefallen ist. Du hast eine Karriere aufgegeben.«

Sie lehnte sich an ihn, nahm jedoch den Kopf zurück, um ihn ansehen zu können. »Ich kann auch anders erfolgreich sein. Mir erschien der Preis für meinen Erfolg bei Fulbrook zu hoch.«

Er hob eine Augenbraue. »Inwiefern?«

»Ich hätte dich verloren.«

»Warum sagst du das? Das kannst du nicht wissen.«

»Ich hätte deinen Onkel und seine kreativen Kunstwerke verraten müssen, Cal. Das hätte eure Chancen auf einen gewinnbringenden Verkauf vernichtet oder zumindest sehr stark eingeschränkt. Mal ganz abgesehen von der schlechten Presse und dem Aufwühlen der alten Geschichte. So was liebt die Klatschpresse. Die hätten sich wie die Geier auf deinen Onkel gestürzt.«

»Und wie hast du dich aus der Affäre gezogen?« Seine Hände glitten unter ihren Pullover und verursachten einen wohligen Schauer auf ihrer Haut.

»Ich habe gelogen«, murmelte sie und konnte nicht widerstehen, ihn zu küssen, nur ein kleiner, zarter Kuss.

»Ich habe Fulbrook angelogen und ihm versichert, dass der Schreibtisch seines Kunden ein echter Mewesen sein muss. Aber ...«

Sie schloss die Augen, als er ihren Hals küsste. »Hm?«

»Dein Onkel muss mir etwas versprechen!«

Cal hob den Kopf. »Was?«

»Er muss Kirstys Schreibtisch vernichten oder zumindest nicht mehr öffentlich zeigen.«

»Gut, das wird er tun.«

»Und die Mackintosh-Möbel müssen verschwinden!«

»Alles? Das ist eine komplette Zimmereinrichtung!«

»Alles! Cunningham hat sofort Lunte gerochen.«

Er war so warm und sein Körper so anziehend, dass es ihr schwerfiel, sich zu konzentrieren.

»Dein Onkel muss mir alle gefälschten Stücke zeigen, damit wir den Schaden begrenzen können.«

»Wir sprechen morgen mit ihm. Und wenn du keine weiteren Bedingungen hast, würde ich mich gern wichtigeren Dingen widmen ...«

Ivy grinste. »Ich mag deine Prioritäten.«

Er zog sie fest an sich, und diesmal ließ sein Kuss keine Zweifel darüber aufkommen, was er als Nächstes vorhatte. Doch das war ganz in Ivys Sinne.

Der Mond schien hell in die Lodge, als Ivy neben Cal erwachte. Sie hatten noch nicht über gemeinsame Pläne gesprochen, und dennoch vertraute sie darauf, dass sich alles finden würde. Diese Zuversicht ohne konkrete Pläne war neu für Ivy und gleichzeitig aufregend und elektrisierend. Sie war so voller Ideen und Tatendrang wie schon lange nicht mehr.

»Was habe ich falsch gemacht? Du bist nicht müde?« Cal zog sie auf seine Brust.

Sie lachte leise. »Mir geht so viel durch den Kopf. Und von dir«, sie strich über seinen Brustkorb und ließ ihre Hand auf seinem Bauch liegen, »kann ich einfach nicht genug bekommen. Ich bin schrecklich selbstsüchtig und dachte, dass ich dich öfter sehe, wenn ich in Schottland bin.«

»Ah, tatsächlich? Ich fühle mich geschmeichelt. Ivy, da ist noch eine Sache.« Er hielt inne.

Ein ängstliches Ziehen machte sich in ihrem Magen bemerkbar. »Du bist verheiratet und hast fünf Kinder?«

Cal lachte. »An Kinder habe ich noch nicht gedacht, aber wenn du welche willst, warum nicht?«

»Nicht so schnell!«

Er klopfte ihr auf den Hintern. »Keine Sorge, du reichst mir vorerst. Nein, es geht um Dex. Er hat seinen Auftraggeber verraten.«

Sie stützte sich auf die Ellbogen und sah ihn gespannt an. »Ja?«

»Angeblich hat ihn Osborne angestiftet, mein ehemaliger Lehrer, du erinnerst dich?«

»Ja, schon. Aber warum?«

»Die Gedichte in Kirstys Schreibtisch. Er hat nicht direkt danach verlangt, aber gesagt, Dex solle nach alten Briefen in einem Sekretär suchen.«

Ivy riss die Augen auf. »Mein Gott! Osborne? Deshalb hat Dex die Vitrine zerschlagen, weil er dachte, da wäre der Brief?«

»Ja, Dex hat Drogenprobleme, aber das hat er schon noch begriffen, dass der Burns-Brief nicht das ist, was er stehlen sollte, und dann geriet er in Panik, als Charly zu bellen anfing. Aber er braucht dringend Geld, und deshalb hat er sich darauf eingelassen.«

»Wie kommt Osborne denn auf Dex?«

»Er kennt ihn aus Sommerkursen. Ist das nicht verrückt? Osborne, wer hätte das gedacht.«

»Der Lehrer und deine Tante. Aber ja. Sie fühlte sich einsam, und er war hier vor Ort, konnte gut reden und trösten. Eins führte zum anderen. Leidenschaft, Lust und Gewalt liegen ja oft dicht beieinander. Ich traue es ihm zu – und du?«

»Schwer zu sagen, aber wem traut man schon einen Mord zu … Möglich ist es zumindest. Es würde erklären, warum Osborne seine Gedichte zurückhaben will. Er hat Angst, dass man sie findet und ihn mit modernen Ermittlungsmethoden eventuell doch noch überführt.«

»Aber wie sollen wir das jemals beweisen? Und weiß dein Onkel davon?«

Cal schüttelte den Kopf. »Ich wollte es nur dir sagen. Lass uns darüber nachdenken. Vielleicht fällt uns eine List ein, ihn zu überführen.«

»Eine Handschriftenprobe!«

»Schon, aber was würde das beweisen, außer dass er schmutzige Fantasien hatte?«

»Hm, tja, auch wieder richtig. Wie lange bist du denn eigentlich noch hier, Cal?«

Er drehte sich auf die Seite und verschlang seine Beine mit ihren. »Kommt ganz darauf an, Ms Ferguson.«

Der Oktober verging, und sie feierten den Guy Fawkes Day. Am fünften November wurden zu Ehren von Guy

Fawkes überall im Land Feuerwerke gezündet. 1607 hatte Fawkes versucht, das englische Parlament in die Luft zu sprengen, um so gegen die antikatholischen Gesetze von James VI. zu protestieren. Dieser Akt der Rebellion wurde auch heute noch mit Begeisterung gefeert.

Seit Ivy wieder zurück war und Calum fast durchgängig im Schloss lebte, war auch die Lebensfreude nach Ardmore Castle zurückgekehrt. Cals Eltern, die wieder in London waren, planten einen Besuch zu Weihnachten. Ivy und Cal hatten lange hin und her überlegt, wie sie Osborne aus der Reserve locken könnten, waren aber zu keinem Ergebnis gekommen. An diesem Abend entschieden sie, Ross MacKenzie und auch Moira, die wieder einmal zu Besuch war, von ihrem Verdacht zu erzählen. Sie mussten ihn miteinbeziehen, wenn sie eine derart schwerwiegende Entscheidung trafen. Und Moira stand ihm nahe und war eine intelligente Frau, die sich auf der Insel besser auskannte als sonst irgendjemand, den sie kannten. Außerdem ging es Ross gesundheitlich besser, was ihr Vorgehen rechtfertigte. MacKenzie war Ivy zutiefst dankbar für ihre Loyalität ihm gegenüber, wobei er natürlich wusste, dass Cal der Grund für ihre Entscheidung war.

Erschüttert nahm Ross zur Kenntnis, dass Osborne ein Verhältnis mit seiner Frau gehabt hatte und sie womöglich getötet haben konnte. Er konnte es nicht fassen, dass dieser Mann die Dreistigkeit besaß, noch immer auf der Insel zu leben.

Moira hatte noch nichts zu dieser neuen Wendung

gesagt und betrachtete den Whisky, der im Kerzenlicht golden in ihrem Glas schimmerte. »Mein Lieber, ich habe es dir nie gesagt, weil es mich nichts anging. Ich habe auch kein Recht, einen Verdacht gegen jemanden auszusprechen und ihn dadurch womöglich öffentlich an den Pranger zu stellen. Deine Frau war einsam und hat sich Zerstreuung gesucht. Sie hatte Liebschaften, und ich habe Osborne einmal in die Burg gehen sehen. Aber er und Kirsty ... Es erschien mir so unwahrscheinlich. Osborne, dieser langweilige Mensch, passte so gar nicht zu ihr. Aber wer kann das schon beurteilen.« Sie strich über die Hand ihres alten Freundes. »Es tut mir leid, Ross.«

MacKenzie schloss kurz die Augen. »Ich habe sie zu oft allein gelassen und mache ihr sicher keinen Vorwurf. Nur ihm, diesem ...« Zähneknirschend ballte er die Hand zur Faust.

»So gern ich dir auch helfen würde, Ross, das hier ist eine Sache für die Polizei. Cal, du hast doch gesagt, dass der Kommissar ein kluger Mann ist«, sagte Moira. »Mit der Schriftprobe der Gedichte, der Aussage von Dex und den heute möglichen DNA-Beweisverfahren wird sich doch bei einer Exhumierung etwas herausfinden lassen. Kirsty war schwanger, und wenn das Kind wirklich von Osborne stammt, kann man das heute beweisen. Und letztlich wird er sich vor dem höchsten Richter verantworten müssen, davor kann ihn niemand bewahren.«

»Das ist mir nicht genug«, sagte MacKenzie grimmig. »Er soll vor Gericht gestellt und verurteilt werden. Die Öffentlichkeit muss erfahren, wer Kirsty getötet hat. All die Jahre ...« Der alte Mann barg das Gesicht in den Händen. Charly lag zu seinen Füßen und seufzte im Schlaf.

»Ich habe nie an dir gezweifelt«, sagte Moira sanft.

Ross hob den Kopf. »Das weiß ich, und dafür danke ich dir. Ich war ein Narr und ein Feigling, mich hier zu verstecken, aber ich konnte nicht aus meiner Haut. Kirstys Tod, dann die Hexenjagd durch die Presse, und ich war ohnehin an einem Punkt in meinem Leben, an dem ich vieles ändern wollte.«

Sie saßen in der Küche von Ardmore Castle um den alten Holztisch, an dem schon das Gesinde der Mac-Kenzies gesessen hatte. In diesen Tagen war die Küche der Ort, an dem gemeinsam gekocht und geredet wurde. Cal kochte gern, und auch Ivy hatte ihre Begeisterung für das Kochen entdeckt. Und wenn sie am Vorbereiten des Mittag- oder Abendessens waren, kam Ross neuerdings zu ihnen und setzte sich an den Tisch. Manchmal erzählte er von den extravaganten Kunden, die er kennengelernt hatte, und manchmal von besonderen Antiquitäten, die er gefunden hatte. Seltener verriet er, welche Stücke er ein klein wenig verändert hatte, um einen Kunden glücklich zu machen, wie er sich ausdrückte. Und nie verriet er die Namen von Kunden, die er hinters Licht geführt hatte.

Cal saß neben Ivy und hatte den Arm auf ihrer Stuhllehne abgelegt, so dass er ihre Schulter berührte. Es waren kleine vertraute Gesten, die sie lieb gewonnen hatte und nicht mehr missen wollte. Wer hätte gedacht, dass sie erst nach Skye kommen musste, um dem Mann zu begegnen, mit dem sie sich eine gemeinsame Zukunft vorstellen konnte? Sie war aus freien Stücken und mit großen Hoffnungen im Gepäck nach Skye zurückgekehrt, während Ross MacKenzie die Burg wie ein selbst gewähltes Exil vom Leben vorgekommen sein musste.

»Es ist spät«, sagte Moira. »Ich werde jetzt fahren.«

Cal sah die aparte Frau an. »Wir hatten alle das eine oder andere Glas Whisky zu viel. Du kannst gern über Nacht hierbleiben, Moira. Wir haben ein Gästezimmer, in dem die Spinnweben nicht von der Decke hängen.«

Moira Buchanan lächelte und sah Ross an. »Wer hätte für möglich gehalten, dass ich noch einmal mit einem MacKenzie unter einem Dach schlafe.«

Der alte Laird räusperte sich verlegen. »Dann wollen wir mal.«

»Wir räumen noch auf«, sagte Cal.

Als Ivy mit einem Handtuch neben Cal an der Spüle stand, sagte sie: »Die beiden verbindet immer noch etwas. Ich finde das schön.«

»Besser spät als nie, meinst du nicht auch?«

Ivy beugte sich vor und küsste Cal auf die Wange. »Was ist das nur mit euch MacKenzie-Männern, dass wir Frauen auf euch hereinfallen …«

Er stellte ein Glas auf den Abtropfrost und nahm ihr das Tuch aus den Händen. »Du hast einfach einen guten Geschmack, Ivy Ferguson.«

Sie umfasste seine Hüfte und zog ihn an sich. »Hm, finde ich auch.«

31

On the first day of Christmas,
My true love sent to me
A partridge in a pear tree.

Am ersten Weihnachtstag
Schickte mein Liebster mir
Ein Rebhuhn in einem Birnbaum.

»The Twelve Days of Christmas«,
traditioneller englischer Carol

Die Gipfel der Cuillins waren schon länger schneebedeckt, und seit Tagen waren die Temperaturen um die null Grad. Als Ivy in den Himmel hinaufschaute und die dicken grauen Wolken entdeckte, wusste sie, dass es bald schneien würde. Schnee zu Weihnachten, dachte sie und legte ein weiteres Holzstück in ihren Korb.

›Ivy? Soll ich dir helfen?«, fragte Calum.

›Nein, ich schaffe das!« Molly tanzte um Ivy herum und hielt ihr einen morschen Stock entgegen.

›Okay, aber nur noch einmal, Molly.« Ivy warf den Stock so weit sie konnte die Weide hinauf, auf der die Schafe gelassen dem Hund entgegensahen.

Das Holz für den Kamin lagerte unter dem Vordach eines Schuppens hinter dem großen Stall, in dem die Schafe Unterschlupf finden konnten. Doch die robusten Tiere zogen es meist vor, durch die Hügel zu laufen und die letzten noch auffindbaren Kräuter zu fressen. Während Ivy auf ihren Hund wartete, sah sie zum Hof und weiter zum Meer hinunter. Früher hatte sie den Winter auf Skye verflucht, doch heute war sie dankbar für die Ruhe und die klare Luft, die sie atmen durfte. In London wäre sie jetzt zwischen den Menschenmassen in der U-Bahn eingepfercht oder müsste sich durch die gestressten Städter von Geschäft zu Geschäft vorkämpfen.

Konsum schien hier draußen viel weniger wichtig. Sie sorgte sich um die Tiere und plante mit ihren Eltern den Bau einer weiteren Lodge. Dafür wollte sie einen Teil ihrer Ersparnisse beisteuern. Auf Skye bot der Tourismus neue Möglichkeiten, auch für kulturelle Bereiche. Cal war vorerst zu ihr in die Lodge gezogen, doch er fuhr täglich ins Schloss, um mit seinem Onkel neue Pläne zu schmieden. In diese Pläne war auch Ivy involviert, zumindest wenn es um die Antiquitäten und die Umwandlung des Schlosses in ein Hotel ging. Dafür hatte Alistair finanzielle Unterstützung versprochen, denn ihm gefiel der Gedanke, das Schloss so erhalten und mit Leben füllen zu können.

In der ersten Dezemberwoche hatte die Exhumierung von Kirsty MacKenzies Leichnam stattgefunden, und auch wenn die Ergebnisse noch nicht offiziell waren, hatte der Kommissar ihnen mitgeteilt, dass Osborne der Vater von Kirstys ungeborenem Kind gewesen war.

Zudem hatte das graphologische Gutachten der Gedichte aus Kirstys Schreibtisch eindeutig ergeben, dass Osborne der Verfasser war. Osborne hatte gefürchtet, seine Frau, seine Kinder und seinen Job zu verlieren. Mit den neuen Beweisen konfrontiert war der ehemalige Lehrer zusammengebrochen und hatte zumindest eingestanden, ein Verhältnis mit Kirsty gehabt zu haben. Er konnte kein Alibi für die Tatnacht vorweisen und wurde auch nicht von seiner Frau gedeckt. Gestanden hatte Osborne noch nicht, doch es war durchaus wahrscheinlich, dass er dem Druck des Verfahrens nicht standhalten und sich zu seiner Tat bekennen würde. Ein Gerichtsverfahren war für den Februar des nächsten Jahres anberaumt worden, und der zuständige Staatsanwalt war für die Durchsetzung von Höchststrafen bekannt.

Molly kam mit dem Stock im Maul zurück, und Ivy hob den Korb mit den Holzscheiten auf. »Na komm, lass uns nach unten gehen, Molly.«

Als sie die Haustür öffnete, schlug ihr der Duft von gebackenen Äpfeln entgegen. Sie stellte den Korb ab und vernahm Stimmen aus dem Wohnzimmer.

»Hey, Ivy. Cal hat mir von euren Plänen für das Schlosshotel erzählt.« Ihr Vater saß in seinem Lieblingssessel vor dem Kamin und studierte die Zeichnung, die Cal mitgebracht hatte. »Da habt ihr euch viel vorgenommen.«

Ivy hielt die kalten Hände in die Nähe des Kaminfeuers und zog sich ein Sitzkissen neben den Sessel, in dem Calum ihrem Vater gegenübersaß. Die beiden Männer verstanden sich ausgesprochen gut, was Ivy kaum für möglich gehalten hatte, erinnerte sie sich doch mit gemischten Gefühlen an die erste Begegnung ihres Vaters mit ihrem Ex, Louis.

Cal reichte ihr ein Glas Rotwein. »Hast du dir verdient, so wie du geschuftet hast.« Zu Alfred sagte er: »Das sind erste Entwürfe. Wir wollen keine radikalen Umbauten, nur leichte Modernisierungen und Renovierung, wo es nötig ist.«

»Du willst nicht im Schloss wohnen?«, wollte Alfred wissen.

»Nein. Mein Onkel soll dort wohnen, solange er möchte und kann, aber ich würde mir gern ein eigenes Haus bauen. Das Land neben eurem wäre dafür ideal.«

Alfred Ferguson sah von Calum zu seiner Tochter. »Willst du auch Tiere halten, Cal?«

»Schafe oder Rinder? Nein. Ich dachte eher an ein Boot«, meinte Calum.

»Ein Boot? Warum nicht ...«

Es klingelte an der Haustür, und gleich darauf schaute Ivys Mutter zur Tür herein. »Wir haben unerwarteten Besuch. Bitte, Sir, treten Sie nur ein, und geben Sie mir doch Ihren Mantel.«

Ross MacKenzie zog seinen Wintermantel aus und gab ihn Edith mit einer angedeuteten Verbeugung. Ein Kavalier der alten Schule, dachte Ivy und ging dem Laird entgegen. Der große Mann wirkte in seinem Anzug mit Weste und Einstecktuch distinguiert und respekteinflößend. Inzwischen duzten sie sich, was ihr noch ein wenig schwer von den Lippen ging, doch Ross hatte darauf bestanden. Calum war ebenfalls aufgestanden.

»Onkel! Na, das ist ja eine Überraschung! Bitte nimm doch hier Platz.« Er schob seinem Onkel den Sessel am Kamin hin.

Alfred Ferguson machte Anstalten aufzustehen, wenn auch seine Miene abweisend oder zumindest skeptisch blieb, doch MacKenzie sagte: »Mr Ferguson, behalten Sie Platz. Ich würde Ihnen keinen Vorwurf machen, wenn Sie mich hinauswerfen ...«

Alfreds Züge entspannten sich. »Bitte nehmen Sie nur Platz, und seien Sie bei uns willkommen.«

Ivy holte ein Glas. »Etwas Wein?«

Ross MacKenzie nickte, sah jedoch ihren Vater an. »Ich bin gekommen, um Abbitte zu leisten, Sir.«

Es wurde sehr still im Wohnzimmer der Fergusons. Das Knistern des Kaminfeuers war das einzige Geräusch. Ivy beobachtete gebannt ihren Vater. Seit Colin MacKenzie ihre Vorfahren von ihrem Land vertrieben hatte, war kein Laird der MacKenzies mehr auf dem Besitz der Fergusons erschienen.

Alfred Ferguson schluckte. »Sie haben mir nichts abzubitten, Sir.«

»Doch, das habe ich. Es ist eine Schande, dass ich erst durch meinen Neffen gelernt habe, was meine Familie der Ihren angetan hat. Es gibt keine Entschuldigung für meine Ignoranz, und noch weniger möchte ich das Verhalten meines Urgroßvaters entschuldigen. Ich hätte mich informieren und Wiedergutmachung leisten müssen.« Ross MacKenzie saß aufrecht in seinem Sessel, die Hände vor sich gefaltet, und sah sein Gegenüber direkt an.

»Ich nehme an, dass Sie im Bilde sind, was meine persönliche Geschichte und die meines Hauses betrifft?«

Alfred nickte.

»Nun, Ihre Tochter und mein Neffe klärten mich auf über die Bemühungen Ihres Großvaters Frasier. Besagter Frasier hat meines Wissens nach einen Brief an meinen Urgroßvater oder, um genau zu sein, meinen Ururgroßvater Colin geschrieben, den dieser nicht beantwortet hat.« Ross machte eine Pause und schien sich innerlich zu sammeln. »Ich möchte an seiner Stelle antworten.«

Alfred umklammerte sein Weinglas und schien nicht fassen zu können, was gerade geschah. Ivy ergriff Cals Hand und wagte kaum zu atmen, während ihre Mutter angespannt in der Tür stand.

»Im Namen meiner Familie, des Clans MacKenzie, entschuldige ich mich für das Fehlverhalten und die Verbrechen, die meine Vorfahren an Ihrer Familie begangen haben.« Der Laird machte eine Pause, und seine Augen schimmerten feucht. »Es ist eine Fügung des Schicksals, dass mein Neffe und Ihre Tochter einander in Liebe zugetan sind. So wird das, was ich veranlasst habe, umso mehr zu einer Einigung unserer Familien beitragen. Mein Neffe, Calum, ist der alleinige Erbe des Familiensitzes der MacKenzies, und ich habe notariell verfügen lassen, dass er schon zu meinen Lebzeiten meine Nachfolge antreten wird. Alles Land und alle Besitzungen der MacKenzies gehören seit heute Calum.«

Calum öffnete den Mund, aber sein Onkel fuhr fort: »Ich hoffe doch sehr, dass ihr bald heiraten werdet, Cal. Hast du dieser außergewöhnlichen jungen Dame schon einen Antrag gemacht? Mir bleibt nicht mehr allzu viel Zeit, und ich möchte eure Hochzeit auf Ardmore Castle miterleben.« Ross MacKenzie räusperte sich. »Diesen Wunsch dürft ihr mir nicht abschlagen. Vielleicht hole ich zur Feier des Tages meinen Dudelsack hervor.«

Ivy zitterte, und Cal zog sie an sich und drückte ihr einen Kuss auf die Wange. »Wir lassen uns nicht erpressen, Onkel, aber da ich diese wunderschöne Frau liebe, werden wir darüber nachdenken.«

Im Sommer des darauffolgenden Jahres gab es ein großes Fest auf Ardmore Castle. Dem Wunsch seines Onkels entsprechend hatten Cal und Ivy ihre Hochzeit, mit der sie sich unter anderen Umständen noch Zeit gelassen hätten, vorgezogen. Doch Ivy war überglücklich und bereute keinen ihrer Schritte, die sie zurück nach Skye und an die Seite von Calum MacKenzie geführt hatten. Cal trug den Kilt der MacKenzies, dazu ein weißes Hemd, Weste und eine Smokingjacke. Er stand mit Rachel, Tommy, Sienna und Freddy im Hof neben dem Buffet. Wenn sie nicht schon verliebt gewesen wäre, hätte sie sich heute in den warmherzigen Schotten verliebt. Tommy und Sienna waren ihre Trauzeugen, und auch sonst verstanden sich ihre gemeinsamen Freunde. Sienna hatte versprochen, Werbung für das Schlosshotel auf Skye zu machen, das mit viel Einsatz und gutem Willen Ende des Jahres eröffnet werden sollte. Rachel plante die Eröffnung eines kleinen Cafés neben ihrer Töpferwerkstatt und bekam dafür von Cal und Ivy die Mackintosh-Möbel geschenkt. In dem modernen Ambiente würde niemand auf die Idee kommen, dass es sich um »beinahe« echte Stücke handelte, sondern davon ausgehen, dass es Repliken waren. Ivy musste den Rock ihres Kleides anheben, um nicht über den Saum zu stolpern. Das cremefarbene Kleid war aus alter Seide, die ihrer Mutter gehört hatte, und einer Schärpe aus dem Tartanstoff der MacKenzies genäht.

Vor der alten Werkstatt im Hof hatten sie eine kleine Bühne errichtet, auf der sich die Musiker einstimmten. Es handelte sich um die Band, die sie im *Stein Inn* erlebt und mit der sie und Sienna gesungen hatten. Ivy grüßte die Gäste, die ihr lächelnd Glück wünschten, und sah, wie Alistair und Lorna sich mit ihren Eltern unterhielten. Man konnte den MacKenzies einiges nachsagen, doch nicht, dass sie arrogant wären oder sich nicht geändert hätten. Unter den Gästen waren auch Fiona und Dougie Gregor, der sich mit einer attraktiven Londonerin unterhielt, die Sienna mitgebracht hatte.

Fiona kam auf Ivy zu. »Ich wollte dir gratulieren, Ivy, euch, meine ich. Das wollte ich dir sagen, damit du nicht denkst, dass ich dir dein Glück mit Calum missgönne.«

Ivy lächelte. »Danke, Fiona. Das ist sehr lieb von dir.«

»Ich weiß ja, dass ich nie eine Chance bei Cal gehabt hätte, aber er ist schon verdammt süß ...«, meinte sie grinsend.

»Finde ich auch. Wir haben übrigens eine Menge Ideen für das Schloss und Aktivitäten mit Gästen. Lass uns mal miteinander sprechen, wenn wir hier zur Ruhe gekommen sind.«

»Gern, Ivy. Oh, ich glaube, du wirst gebraucht.« Fiona sah zur Bühne.

Der Gitarrist stellte den Verstärker ein, um die Rückkopplung zu vermeiden, der Perkussionist legte sich seine Instrumente zurecht und winkte in Ivys Richtung.

Ivy betrat die Bühne. »Hat man euch mit Getränken versorgt?«

Die Musiker nickten. »Danke, alles bestens. Wir würden dann in fünf Minuten mit *My love is like a red, red rose* beginnen, danach kündigen wir euren Walzer an. Okay?«

»Ihr seid ein tolles Paar, Ivy«, sagte Ruby, die Sängerin. »Weißt du, als du damals im Pub gesungen hast und ich gesehen habe, wie Cal dich anschaute, wusste ich, dass das mit euch was Besonderes ist.«

Ivy errötete. »Danke, Ruby, wir hatten Glück, das ist es.«

»Mehr als das, aber bevor ich jetzt anfange zu heulen, weil ich mich so für euch freue, sag mir, wann du *Will Ye Go Lassie Go* singen willst?«

Ein Geräusch aus der Werkstatt ließ sie aufhorchen. Von der Bühne aus konnte sie in die offene Flügeltür sehen. Alle Bereiche des Schlosses waren überholt und renoviert worden. Die eine Hälfte der Werkstatt wurde nun als Raum für Fahrräder und Surfbretter genutzt, denn Cal wollte Surfkurse und Paddelausflüge anbieten. In der anderen Hälfte befanden sich weiterhin die Werkbank, Sägen und alle für die Restaurierung von Möbeln notwendigen Werkzeuge sowie einige ältere Stücke von Ross MacKenzie und Seth MacKinney. Seth war mit dem Bau neuer Betten, Schränke und Ablagen für den Hotelbetrieb beschäftigt.

»Einen Moment, Ruby, bin gleich zurück.« Ivy stieg mit angehobenem Rock die Stufen hinunter und lugte in die Werkstatt.

Dort entdeckte sie Ross MacKenzie im Gespräch mit einem ihr unbekannten Mann mittleren Alters. Der Laird trug ebenfalls den festlichen Kilt des Clans, sein Gegenüber hingegen einen Smoking.

»Ross? Wir wollen gleich mit unserem Brauttanz beginnen«, sagte Ivy.

Als hätte sie ihn bei etwas Verbotenem ertappt, lächelte Ross entschuldigend und sagte hastig: »Natürlich, ja. Wir kommen sofort, meine Liebe. Mr Highnam interessiert sich für alte Möbel, und da habe ich ihm meine Werkstatt gezeigt. Was davon übrig ist.«

Highnam, ein distinguiert wirkender Mann, verneigte sich. »Wir wurden einander noch nicht vorgestellt, ich gehöre zu den Freunden Ihres Schwiegervaters. Ich muss Ihnen ein Kompliment machen. Sie haben Wunder an dem alten Kasten vollbracht.«

»Nun, nun, so schlimm sah es ja nun auch nicht aus«, meinte Ross leicht pikiert.

»Wir versuchen, so viel vom alten Charme zu erhalten wie möglich und mit modernem Komfort zu verbinden. Sind Sie aus der Hotelbranche, Mr Highnam?«

»Äh, nein, ich bin in der Anlageberatung tätig.«

Ivy sah Ross prüfend an. »Immobilien, Aktien oder auch Kunst?«

Highnam machte eine vage Handbewegung. »Von allem etwas.«

Draußen erklangen die ersten Töne von *My love is like*

a red, red rose, und Ivy meinte: »Nun, Mr Highnam, genießen Sie das Fest.«

»Oh, das tue ich bereits, vielen Dank!« Er verneigte sich erneut.

Ivy warf Ross einen vielsagenden Blick zu, als sie sich zum Gehen wandte. »Denk an dein Versprechen.«

Ross MacKenzie schenkte ihr ein warmes Lächeln. »Ich bin ein geläuterter Mann, aber so eine Schlossrenovierung ist wie ein Fass ohne Boden, meinst du nicht auch, Ivy?«

Sie wollte etwas erwidern, doch Ruby rief nach dem Brautpaar. Als sie sich ein letztes Mal umsah, legte Ross den Arm um seinen Gast und deutete auf einen kastenförmigen Gegenstand, der unter einem Tuch verborgen in einer Ecke stand.

Nachwort

Das Thema der Highland Clearances hat mich schon länger umgetrieben. Bei meinen Recherchen zu anderen Romanen, vor allem dem letzten Wales-Roman, begegnete mir die Auswandererthematik. Für die Recherche zu »Ein Sommer in Wales« war ich vor einigen Jahren in Tobermory auf Mull. Von Oban bin ich mit der Fähre, die übrigens *Caledonia* hieß, nach Mull übergesetzt und war von der Insel begeistert. Und das trotz eines sehr regnerischen Märztages. Die Idee reifte zu einer Geschichte, und weil mich die Hebriden und Schottland faszinieren, wählte ich die Isle of Skye als Schauplatz.

Um die Geschichte der Crofter zu verstehen, sollte man die Orte besuchen, an denen sie gelebt haben. Also machte ich mich auf nach Skye und verfiel sofort dem Zauber dieser wundervollen Insel. Die Landschaft ist so atemberaubend schön, dass ich nur die Augen zu schließen brauche und die zerklüftete Küste, den Old Man of Storr, die bunten Häuser im Hafen von Portree, die satten grünen Hügel auf der Halbinsel Waternish und die weißen Häuser mit ihren schwarzen Fensterrahmen vor mir sehe. Einmal saß ich vor dem *Stein Inn* – ja, diesen Pub gibt es tatsächlich – und schaute auf die Bucht hinaus. Ein Hummerfischer kam mit seinem Kutter zurück und lud seine Käfige aus. Von ihm erfuhr ich einiges über den Fischfang und den Verkauf der Hummer nach Frankreich.

Beeindruckend und äußerst informativ ist das Museum of Island Life auf der Halbinsel Trotternish nahe Kilmuir. In sieben alten Black Houses wird dem Besucher das Leben der Crofter im achtzehnten und neunzehnten Jahrhundert eindringlich nahegebracht. Wenn man in den niedrigen Reetdachhäusern steht, wird einem bewusst, dass dieses Leben rein gar nichts mit Romantik zu tun hatte. Es roch tatsächlich noch ein wenig nach den Torffeuern, deren schwarzer, beißender Rauch den Häusern ihren Namen gegeben hat. Die Werkzeuge und Alltagsgegenstände zu sehen macht die Vergangenheit lebendig.

Natürlich habe ich auch das Grab von Flora MacDonald auf dem Friedhof von Kilmuir besucht, dieser verehrten Heldin der Highlander. Ardmore Castle ist eine fiktive Burg, angelehnt an Dunvegan Castle und die Ruine von Armadale. Die MacKenzies haben nicht auf Waternish gelebt, aber da ich weder den MacLeods noch den MacDonalds zu nahe treten wollte, habe ich meinen Clan MacKenzie frei erfunden. Die Geschichte der Fergusons und MacKenzies spielt gegen Ende des neunzehnten Jahrhunderts, zu einer Zeit, als die Highland Clearances noch im Gange waren. Das Tragische war, dass am bitteren Ende der Vertreibungen alle Crofter ihre Häuser und das Land, das sie über Generationen bewirtschaftet hatten, verloren.

Gegen ihren Willen wurden tatsächlich viele Crofter auf Transatlantikdampfschiffe oder marode Segler verfrachtet und erreichten ihre neue Heimat oft krank und mittellos oder starben auf der Überfahrt. Die Zeitung *The Highlander* war ein wichtiges Instrument für die Highland Land League und ihr Anliegen, den Croftern zu ihren Rechten zu verhelfen. Den Aufstand bei Glengrasco, der im Roman erwähnt wird, gab es nicht, sondern ich habe ihn angelehnt an den Battle of the Braes, den Aufruhr im Brae Estate bei Portree 1882.

Eine Quelle mit authentischen Berichten vertriebener Crofter ist Alexander Mackenzies »Stories of the Highland Clearances«, erschienen bei LangSyne Publishing. Hervorragende alte Fotografien und Sekundärliteratur zum Leben auf Skye habe ich im empfehlenswerten Museum von Armadale Castle auf Skye gefunden. Ein großartiges Buch mit schönem Bildmaterial zu den Hebriden hat Paul Murton geschrieben: »The Hebrides«.

Als Kunsthistorikerin habe ich selbst Einblicke in die Welt der Auktionshäuser und des Antiquitätenhandels genommen und möchte ausdrücklich alle seriösen Kunsthändler in Schutz nehmen. Ross MacKenzie ist ein fiktiver Charakter und sicher kein typischer Vertreter seiner Zunft. Aber wie überall hat auch diese Branche ihre schwarzen Schafe. Und letztlich lebt eine gute Geschichte von vielschichtigen Charakteren mit ihren Ecken und Kanten, und manchmal dürfen wir eben auch in Abgründe der menschlichen Natur blicken.

Liebe Leserinnen und Leser, weitere Hintergrundinformationen und Fotos von meinen Recherchereisen finden Sie auf www.constanzewilken.de und auf meinem Instagram-Account www.instagram.com/constanzewilken

Viel Spaß beim Stöbern!

Dank

Für ihre Hilfe, Inspiration, Unterstützung und Geduld bedanke ich mich bei: den lieben Goldmann-Frauen Dr. Barbara Heinzius, Barbara Henning, Katrin Cinque und Manuela Braun, meinem Agenten Dr. Harry Olechnowitz, meiner Lektorin Regine Weisbrod, Alessa Schmelzer für ihre kreativen Webdesigns, meiner Familie und meinen vierbeinigen Freunden für erholsame Auszeiten und inspirierende Spaziergänge am Strand.

Unsere Leseempfehlung

432 Seiten
Auch als E-Book
erhältlich

Es gibt keine Zufälle, es gibt nur Zeichen. Davon ist die Hamburger Autorin Katrin überzeugt. Doch während sie Bücher schreibt, die anderen Orientierung geben sollen, steckt sie selbst in einer Lebenskrise. Bis das Schicksal auch ihr ein Zeichen gibt: Als sie einen Liebesbrief findet, adressiert an einen Filipe in Portugal, beschließt sie, dem Empfänger die Botschaft persönlich zu überbringen. Mit ihrer Freundin Julia reist sie auf eine idyllische Halbinsel an der Atlantikküste. Bei der Suche nach Filipe gerät Katrin unversehens in ein Familiendrama. Und findet etwas, wonach sie gar nicht gesucht hat …